中國新聞史研究輯刊

初 編

主編　方漢奇

副主編　王潤澤、程曼麗

第 2 冊

中國國民黨黨報歷史研究
（1927～1949）

蔡 銘 澤 著

花木蘭文化出版社

國家圖書館出版品預行編目資料

中國國民黨黨報歷史研究（1927～1949）／蔡銘澤 著 — 初版
— 新北市：花木蘭文化出版社，2013〔民 102〕
序 2+ 目 4+256 面；19×26 公分
（中國新聞史研究輯刊 初編；第 2 冊）
ISBN：978-986-322-293-4（精裝）
1. 中國國民黨　2. 中國報業史
890.9208　　　　　　　　　　　　　　　102012304

ISBN-978-986-322-293-4

中國新聞史研究輯刊
初　編　第 二 冊　　　　　　　ISBN：978-986-322-293-4

中國國民黨黨報歷史研究（1927～1949）

作　　者　蔡銘澤
主　　編　方漢奇
副 主 編　王潤澤、程曼麗
總 編 輯　杜潔祥
出　　版　花木蘭文化出版社
發 行 所　花木蘭文化出版社
發 行 人　高小娟
聯絡地址　235 新北市中和區中安街七二號十三樓
　　　　　電話：02-2923-1455／傳真：02-2923-1452
網　　址　http://www.huamulan.tw 信箱 sut81518@gmail.com
印　　刷　普羅文化出版廣告事業
初　　版　2013 年 9 月
定　　價　初編 12 冊（精裝）新台幣 20,000 元

中國國民黨黨報歷史研究
（1927～1949）

蔡銘澤　著

作者簡介

蔡銘澤，男，1956 年 11 月出生，湖南岳陽人。暨南大學教授，博士生導師。本科和研究生畢業於湘潭大學歷史系，獲歷史學學士學位（1982）和法學碩士學位（1987）；博士研究生畢業於中國人民大學新聞學院，獲法學（新聞學）博士學位（1993）。先後在湘潭大學、中國人民大學、廣州師範學院、暨南大學任教。曾任廣州師範學院新聞傳播系主任、暨南大學新聞與傳播學院院長。兼任中華全國新聞工作者協會特邀理事、教育部高等學校新聞學學科教學指導委員會委員、廣東省新聞學會副會長、廣東省廣播電視協會副會長、暨南大學學位委員會文學分委員會主席。發表學術論文近百篇，出版專著 5 部，主編教材 1 部，參撰專著與教材 6 部。其中，《中國國民黨黨報歷史研究》（團結出版社 1998 年出版）、《新聞傳播學》（暨南大學出版社 2003 年出版，2009 年第三版）、《〈向導〉周報研究》（福建人民出版社 2004 年出版）、《興稼細語》（暨南大學出版社 2012 年 2 月出版）獲學界與讀者好評。教學科研之余，將為人、處世、讀書、治學、為文、書翰之心得著述為文，在《南方日報》、《羊城晚報》和《廣州日報》等報刊發表。此類文章，言簡意賅，文辭考究，粲然可觀。

提　　要

　　本書是在作者博士學位論文基礎上反覆修訂而成的。全書共六章，全面論述了中國國民黨黨報產生、發展和在中國大陸消亡的歷史。其中涉及新聞傳播媒介與時代變遷、中國國民黨黨報經營管理體制、中國國民黨黨報的傳播策略及其效果，中國國民黨人的新聞思想、國共兩黨黨報之比較等一系列重大問題。作者根據大量的歷史檔案資料，遵循客觀公正、實事求是和科學嚴謹的態度，對這些問題均進行了深入論述，並提出了獨到見解。

《中國新聞史研究輯刊》總序

　　新聞史是一門科學，是一門考察和研究新聞事業發生發展歷史及其衍變規律的科學。它和新聞理論、新聞業務一樣，都是新聞學的重要組成部分。新聞史又是一門歷史的科學。屬於文化史的範疇，是文化史的重要組成部分。由於新聞事業的特殊性，新聞史的研究和各時期的政治、經濟、文化都有著緊密的聯繫。

　　在中國，近代以來的重大政治運動，和文化史上的許多重大事件，都和當時的新聞事業有著密切的聯繫。從戊戌維新到辛亥革命，每一次重大的政治活動都離不開媒體的宣傳和鼓吹。近代歷史上的幾次大的思想啓蒙運動，哲學和文學領域的幾次大的論戰，新文化運動的誕生和發展，各種文學流派的形成及其代表作品的問世，著名作家、表演藝術家的嶄露頭角和得到社會承認，以及某些科學文化知識的普及和傳播，也都無不和報刊的參與，有著密切的聯繫。各時期的經濟的發展，也有賴於媒體在輿論上的醞釀、推動和支持。

　　新聞史，從宏觀的角度來說，需要研究的是整個人類新聞傳播活動的歷史。從微觀的角度來說，則是要研究一個國家、一個地區、一個時代、一個時期、一類報刊、一類報人，乃至於具體到某一家報刊、某一個報刊工作者和某一個重大新聞事件的歷史。研究到近代以來的新聞史的時候，則還要兼及通訊社、廣播電臺、電視臺和各種現代化新聞傳播機構和新聞傳播手段發生發展的歷史。

　　對於中國的新聞史研究工作者來說，需要著重研究的是中國新聞事業發生發展的歷史。中國是世界上最先有報紙和最先有印刷報紙的國家，中國有

將近 1300 年的封建王朝辦報的歷史,有 1000 多年民間辦報活動的歷史,有近 200 年外國人來華辦報的歷史。曾經先後湧現過數以千萬計的報刊、通訊社、廣播電臺、電視臺和各種各樣的新媒體,以及數以千百計的傑出的新聞工作者,有過幾百次大小不等的有影響的和媒體及報人有關的重大事件。這些都是中國新聞史需要認真研究的物件。由於中國的新聞事業歷史悠久、源遠流長,中國的新聞史因此有著異常豐富的內容,這是世界上任何國家的新聞史都無法比擬的。

在中國,新聞史的研究,已經有一百年以上的歷史。1873 年《申報》上發表的專論《論中國京報異於外國新報》和 1901 年《清議報》上發表的梁啟超的《中國各報存佚表序》,就是我國研究新聞事業歷史的最早的篇什。至於新聞史的專著,則以姚公鶴寫的《上海報紙小史》為最早,從 1917 年姚書的出版到現在,中國新聞史的研究經歷了以下三個時期。

第一個時期,是 1917 年至 1949 年。這一時期出版的各種類型的新聞史專著不下 50 種。其中屬於通史方面的代表作,有戈公振的《中國報學史》、黃天鵬的《中國的新聞事業》、蔣國珍的《中國新聞發達史》、趙君豪的《中國近代之報業》等。屬於地方新聞史的代表作,有姚公鶴的《上海報紙小史》、項士元的《浙江新聞史》、胡道靜的《上海新聞事業之史的發展》、蔡寄鷗的《武漢新聞史》、長白山人的《北京報紙小史》(收入《新聞學集成》)等。屬於新聞史文集方面的代表作,有孫玉聲的《報海前塵錄》、胡道靜的《新聞史上的新時代》等。屬於新聞史人物研究方面的代表作,有張靜廬的《中國的新聞記者》、黃天鵬的《新聞記者外史》、趙君豪的《上海報人的奮鬥》等。屬於新聞史某一個方面的專著,則有趙敏恒的《外人在華新聞事業》、林語堂的《中國輿論史》、如來生的《中國廣告事業史》和吳憲增的《中國新聞教育史》等。在這一時期出版的新聞史專著中,以戈公振的《中國報學史》影響最大。這部新聞史專著根據作者親自搜訪到的大量第一手材料,系統全面地介紹和論述了中國新聞事業發生發展的歷史,材料豐富,考訂精詳,是中國新聞史研究的奠基之作。至今在新聞史研究工作中,仍然有很大參考價值。其餘的專著,彙集了某一個地區、某一個時期、某一個方面的新聞史方面的材料,也都各有一定的參考價值。

第二個時期,是 1949 至 1978 年。這一時期海峽兩岸的新聞史研究工作都有長足的發展。大陸方面,重點在中共報刊史的研究。其代表作是 1959 年

由中國人民大學新聞系編印出版的《中國現代報刊史》講義，和1962年由復旦大學新聞系編印出版的《中國新民主主義革命時期新聞事業史講義》。此外，這一時期還出版了一批帶有資料性質的新聞史參考用書，如人民出版社出版的《五四時期期刊介紹》，潘梓年等撰寫的《新華日報的回憶》，張靜廬編輯的《中國近代出版史料》和《中國現代出版史料》，阿英的《晚清文藝報刊述略》和徐忍寒輯錄的《申報七十七年史料》等。與此同時，一些新聞業務刊物和文史刊物上也發表了一大批有關新聞史的文章。其中如李龍牧所寫的有關《新青年》歷史的文章，丁樹奇所寫的有關《嚮導》歷史的文章，王芸生、曹穀冰合寫的有關《大公報》歷史的文章，吳範寰所寫的有關《世界日報》歷史的文章等，都有一定的影響。這一時期臺港兩地的新聞史研究，在1949年前後來自大陸的中老新聞史學者的帶動下，開展得較為蓬勃。30年間陸續出版的中外新聞史著作，近80種。其中主要的有曾盧白、李瞻等分別擔任主編的同名的兩部《中國新聞史》，賴光臨的《中國新聞傳播史》、《七十年中國報業史》、《梁啓超與近代報業》和《中國近代報人與報業》，朱傳譽的《先秦傳播事業概要》、《宋代新聞史》、《報人報史報學》，陳紀瀅的《報人張季鸞》，馮愛群的《華僑報業史》和林友蘭的《香港報業發達史》等等。此外，臺灣出版的《報學週刊》、《報學半年刊》、《記者通訊》等新聞學刊物上，也刊有不少有關新聞史的文章。一般地說，臺港兩地這一時期出版的上述專著，在中國古代新聞史和海外華僑新聞史的研究上，有較高的造詣，可以補同時期大陸新聞史學者的不足。在個別近代報刊報人和有關港臺地區報紙歷史的研究上，由於掌握了較多的材料，也給大陸的新聞史學者，提供了不少參考和借鑒

　　第三個時期，是1978年到現在大約30多年的一段時期。這是中國大陸新聞史研究工作空前繁榮的一段時期。原因有以下幾點：一是隨著政治和經濟上的改革開放，和「實踐是檢驗真理的唯一標準」的討論，前一階段的「左」的思想影響逐步削弱，能夠辯證的看待新聞史上的報刊、人物和事件，打破了許多研究的禁區。二是隨著這一時期新聞傳播事業的迅猛發展，新聞教育事業受到高度重視，大陸各高校設置的和新聞傳播有關的院、系、專業之類的教學點已超過600個。在這些教學點中，中國新聞史通常被安排為必修課程，因而湧現了一大批在這些教學點中從事教學工作的新聞史教學研究工作者。三是上個世紀80年代以後，各省市史志的編寫工作紛紛上馬，這些史志

中通常都設有報刊、廣播、電視等媒體的專志，有一大批從一線退下來的老新聞工作者，從事這一類地方新聞史志的編寫工作，因而擴大了新聞史研究工作者的隊伍，豐富和充實了新聞史研究的成果。四是改革開放打破了前 30年自我封閉的格局。海內外、國內外、境內外和兩岸三地的人際交流，學術交流，資訊交流日益頻繁。為中國新聞史的研究提供了有利的條件。1992 年中國新聞史學會的成立，和下屬的「新聞傳播教育史」、「外國新聞傳播史」、「網路傳播史」、「少數民族新聞傳播史」、「臺灣與東南亞新聞傳播史」等分會的成立，和該會會刊《新聞春秋》的創刊，也對新聞史研究隊伍的整合與交流起了很大的推動作用。到本世紀的第一個十年，中國大陸的新聞史教學研究工作者已經由前一個時期的不到數十人，發展到數百人。陸續出版的新聞史教材、教學參考資料和專著，如李龍牧的《中國新聞事業史稿》、方漢奇的《中國近代報刊史》、50 位新聞史學者合作完成的《中國新聞事業通史》（三卷本）、胡太春的《中國近代新聞思想史》、徐培汀的《中國新聞傳播學說史（1949-2005）》、韓辛茹的《新華日報史》、王敬等的《延安解放日報史》、張友鸞等的《世界日報興衰史》、尹韻公的《中國明代新聞傳播史》、郭鎮之的《中國電視史》、曾建雄的《中國新聞評論發展史》、程曼麗的《蜜蜂華報研究》、馬光仁等的《上海新聞史》、龐榮棣的《史量才傳》、白潤生等的《中國少數民族新聞傳播通史》（上、下）、吳廷俊的《新記大公報史稿》和《中國新聞史新修》、陳玉申的《晚清報業史》，鐘沛璋的《當代中國的新聞事業》等，累計已超過 100 種。其中有通史，有編年史，有斷代史，有個別新聞媒體的專史，也有新聞界人物的傳記。與此同時，還出現了一批像《新聞研究資料》、《新聞界人物》、《新華社史料》、《天津新聞史料》、《武漢新聞史料》等這樣一些「以新聞史料和新聞史料研究為主」的定期和不定期的新聞史專業刊物。所刊文章的字數以千萬計。使大陸新聞史的研究達到了空前的高潮。這一時期臺港澳的新聞史研究也有一定的發展。李瞻的《中國新聞史》、賴光臨的《中國新聞傳播史》和《七十年中國報業史》、朱傳譽的《中國新聞事業論集》、陳孟堅的《民報與辛亥革命》、王天濱的《臺灣報業史》和《臺灣新聞傳播史》、李穀城的《香港中文報業發展史》、《香港〈中國旬報〉研究》等是其中的有代表性的專著。但受海歸學者偏重傳播學理論和實證研究的影響，新聞史研究者的隊伍有逐步縮小的趨勢。值得提出的，是這一時期海外華裔學者從事中國新聞史研究的也大有人在。其傑出的代表，是現在北京大

學任教的新加坡籍的卓南生教授。他所著的《中國近代報業發展史》，有中文、日文兩種版本，也出版在這一時期，彌補了大陸學者研究的許多空白，堪稱是一部力作。

　　和臺港澳新聞史研究的情況相比，中國大陸的新聞史研究，目前仍處在蓬勃發展的階段。為適應新聞事業迅猛發展的需要，上個世紀 80 年代以來，大陸各高校新聞教學點的數量有了很大的發展，檔次也有了很大的提高。師資隊伍出現了極大的缺口。為適應形勢發展的需要，幾個重點高校紛紛開設師資培訓班，為各高校新聞院系輸送新聞史論方面的教學骨幹。稍後又大力發展研究生教育，設置新聞學、傳播學的碩士點和博士點，招收攻讀新聞史方向的研究生。到本世紀的第一個十年，擁有博士學位和博士後學歷的中青年新聞史學者已經數以百計。這些中青年學者，大都在高校和上述 600 多個新聞專業教學點從事新聞史的教學研究工作。他們和在中國社會科學院新聞學研究所和各省市社科院新聞所從事新聞史研究的中青年研究人員以及老一代的新聞史學者一道，構建了一支老中青結合的學術梯隊，形成了一支數以百計的新聞史研究隊伍，不斷的為新聞史的研究提供新的成果。其中有不少開拓較深，頗具卓識，填補了前人的學術研究的空白。

　　收入《中國新聞史研究叢書》的這些專著，就是從後一時期近 20 年來中國大陸中青年新聞史學者的眾多研究成果中篩選出來的。既有宏觀的階段性的歷史敘事和總結，也有關於個別媒體、個別報人和重大新聞史事件的個案研究。其中有一些是以他們的博士論文為基礎，增益刪改完成的。有的則是作者們自出機杼的專著。內容涉及近現當代中國新聞事業歷史的方方面面，既反映了中國大陸改革開放以來新聞史研究蝶舞蜂喧花團錦簇的繁榮景象，展示了中青年學者們的豐碩研究成果，也為中國新聞史研究的進一步發展，提供了不少參考和借鑒。把它們有選擇的彙集起來，分輯出版，體現了花木蘭文化出版社在推動新聞史學術發展和海內外以及兩岸學術交流方面的遠見卓識，我樂觀厥成，爰為之序。

方漢奇
2013 年 4 月 30 日

　　（序的作者為中國人民大學榮譽一級教授，北京大學新聞學研究會學術總顧問，中國新聞史學會創會會長。）

序

　　在中國近現代政治舞臺上，中國國民黨扮演過重要角色。爲了宣傳自己的理論和政策，中國國民黨創辦過大量黨報。無疑，這些黨報屬於中國新聞事業史研究的範疇。但是，長期以來，由於種種原因，這一研究領域被嚴重地忽視了。中共十一屆三中全會以後，這種狀況有了很大改變，中國國民黨黨報史料被陸續整理出版，有關研究論文時有所見。不過，這方面系統的研究成果尚付闕如。

　　有鑒於此，蔡銘澤同志 1990 年進入中國人民大學新聞學院隨我研習中國新聞史之初，即確定以中國國民黨黨報研究作爲博士學位論文題目。寒來暑往，作者窮三年時光在北京、上海、南京、長沙等地收集了大量的第一手資料。通過博士學位論文答辯後，作者對書稿又反覆增補和刪節，使之更臻完善。呈現在讀者面前的《中國國民黨黨報歷史研究》（1927～1949），是作者數年心血之作，也是一部塡補中國新聞史研究空白的力作。

　　綜觀全書，我以爲以下三個特點是比較明顯的：第一，實事求是。作者堅持按照歷史的本來面目具體評述中國國民黨黨報的歷史地位和作用，既旗幟鮮明地揭露和批判中國國民黨黨報維護中國國民黨一黨專制的本質及反共反人民的各種表現，又具體地肯定了其在特定條件下所作的某些積極宣傳和改革。這種實事求是的態度增強了本書的科學性。第二，資料翔實。作者非常重視第一手資料的運用，書中所徵引的大量材料均來自報刊原件和檔案資料，許多資料屬首次披露。在大量確鑿的論據下引出的結論，自然具有說服力。第三，論述精當。作者遵循歷史線索，以政治事件爲主，全面展開，重點剖析，採用定性分析、定量分析和比較分析等方法，達到了系統、全面、

重點突出、關鍵部分深入的研究效果。另外，作者十分注意調查統計材料和數據的運用，全書列有調查表 9 種，有關報紙的數據多達數百處。這樣就改變了同類研究中往往空疏籠統的弊端。

正是由於佔有大量第一手資料，又運用科學的研究方法，作者對有關中國國民黨黨報的一系列重大問題均提出了獨到而新穎的見解。如對中國國民黨文化專制主義的分析，對 20 世紀 30 年代輿論環境和中國國民黨黨報特色的分析，對十年內戰時期《中央日報》宣傳方針、宣傳策略及其效果的分析，對抗戰時期中國國民黨報人愛國熱情和艱苦創業精神的分析，對中國國民黨黨報企業化經營管理的分析等，均為人所未言，發為新聲。所嫌不足的是，書中對中國國民黨黨報「面」上的概括還不完全，除《中央日報》外，其他類型的國民黨黨報的研究還不夠充分。這是需要新聞史學界特別是本書作者繼續努力的。

銘澤同志出生於貧苦農家，自幼養成吃苦耐勞、堅忍不拔的精神。在京五年，隨我研習中國新聞史，更見其為人樸實誠懇、治學刻苦嚴謹。1994 年底，他調入廣州師範學院新聞傳播系，繼續從事新聞教學和科研工作。廣東是改革開放的前沿陣地，是中國近代報刊的發源地，也是當代中國新聞事業最發達的地區之一。在那裏從事新聞教育和科研工作，是可以大有作為的。作為導師，我衷心希望銘澤同志繼續努力，不斷作出新成績。

方漢奇

1996 年 6 月於北京林園

（注：方漢奇，中國人民大學新聞學院教授，博士生導師，中國新聞史
　　學會會長，國務院學位委員會新聞傳播學科評議組組長）

目次

前　言

一、中國國民黨黨報歷史研究的意義

　　黨報，在中國新聞事業歷史上佔有重要的地位。從廣義上講，歷史上各個國家、各個地區、各個時期的各個政黨、政治派別或政治集團所創辦的報紙都屬於黨報的範疇。在中國，黨報不僅歷史長、數量多，而且影響大。這在世界新聞事業歷史上是不多見的。

　　這種現象是由中國特殊的社會歷史條件所決定的。1840 年鴉片戰爭後，外敵頻繁入侵，建立在自給自足的自然經濟和中央封建集權統治基礎之上的傳統社會秩序被打破，中國逐步淪為半殖民地半封建社會。為了挽救國家的危亡，尋求人民的自由幸福，一批又一批志士仁人組織政黨、提出政綱、全力以赴。於是，黨報蔚然而起，風行天下。各種主義、政黨、政綱相互交鋒，黨報成了有力的戰鬥工具。因此，全面系統地研究中國黨報發展的歷史，能夠清晰地窺測各個政黨在不同的歷史階段的政治綱領、施政方針和集團意志傾向。研究中國黨報發展的歷史，是研究中國新聞事業歷史，乃至整個中國近現代歷史的一個重要課題。

　　中國國民黨在近現代中國政治舞臺上扮演著主要角色。在不同的歷史時期，中國國民黨創辦過大量的黨報。辛亥革命時期，以孫中山為首的資產階級革命黨人通過《民報》、《民立報》等報刊，揭露清王朝的腐朽統治，批駁保皇黨人的政治主張，反抗帝國主義列強的侵略行徑，動員和組織人民群眾參加革命運動，進行了卓有成效的宣傳工作。五四運動時期，中國國民黨通過上海《民國日報》、《國民》雜誌等報刊，維護民主共和政體，介紹世界進

步思潮，有力地推動了思想啓蒙運動的發展，促進了馬克思主義等思潮在中國的傳播。五四運動以後，國共兩黨合作，上海《民國日報》、廣州《民國日報》、漢口《民國日報》等中國國民黨黨報和中國共產黨政治機關報《向導》周報一道，廣泛地宣傳反帝反封建的民主革命綱領，推動了北伐戰爭的勝利發展。1927 年 4 月，南京國民政府成立，中國國民黨利用全國執政黨的優越地位，很快建立起一個以《中央日報》爲核心、以各中央直屬黨報爲骨幹、包括各地方黨報和軍隊黨報在內的龐大的黨報體系。總的來說，這個黨報體系是爲中國國民黨一黨專制的統治服務的。但是，在深重的民族災難面前，特別是在八年抗日戰爭中，中國國民黨黨報及其報人又表現出滿腔的愛國熱情和民族氣節。在報業經營管理方面，中國國民黨黨報也作過一些有益的探索，並逐步形成了與其政治宣傳目的相適應的黨報經營管理體制。由中國國民黨黨報所開啓的黨報企業化經營管理體制，在中國新聞事業史上有著重要的意義，甚至對後來中國共產黨黨報改革和發展也有借鑒作用。對上述各個歷史時期中國國民黨黨報的活動及其經營管理體制的變更作出符合實際的分析和評價，將會極大地豐富中國新聞事業史的內容。

但是，長期以來，這一研究領域被嚴重地忽視了。在大陸方面，由於受「左」傾思潮影響，中國新聞事業史研究中對國民黨黨報很少提及。正如方漢奇教授所言，中國新聞教育與學術界「對（中共）黨報以外的其他類型報刊歷史的研究不夠」〔註 1〕。中共十一屆三中全會以後，這種狀況有了很大改變。中國國民黨黨報史料被陸續整理出版，有關研究論文零星出現，各類新聞事業史著作中也開始客觀介紹中國國民黨黨報。不過，這一切才剛剛起步，還有許多工作要做。臺灣方面，曾虛白教授著《中國新聞史》和賴光臨教授著《七十年中國報業史》，均有專節論述中國國民黨黨報。但是，由於客觀條件的限制，全面系統、客觀公正地研究中國國民黨黨報的成果尚付闕如，已出版的論著中難免溢美之嫌。近年來，臺灣學術研究日趨商業化。「無論教學或研究，新聞或傳播歷史則是備受忽略。……新聞史變得非常冷門。」〔註 2〕中國國民黨黨報歷史的研究同樣也不受重視。因此，全面系統、客觀公正地研究中國國民黨黨報發展的歷史具有開創性的意義。

〔註 1〕方漢奇主編：《中國新聞事業通史》第一卷，中國人民大學出版社 1992 年版，第 9 頁。

〔註 2〕馬之驌：《新聞界三老兵・徐佳士序》，臺灣經世書局 1986 年版，第 1 頁。

二、中國國民黨黨報歷史研究的內容

　　中國國民黨黨報歷史研究，體大事繁，決非一己之力、數載之功所能竣事。因此，本書只能就中國國民黨黨報發展歷史上的某一特定時期，即 1927 年至 1949 年中國國民黨執掌全國政權這一段時期，來進行研究。

　　中國國民黨黨報按照其發展線索，大致可分為三個階段。第一個階段，從 1905 年 11 月《民報》的創刊到 1927 年 4 月南京國民政府成立。這是中國國民黨尚未執政或未執掌全國政權的時期。在這一時期，中國國民民面臨的主要任務是動員人民群眾參加反帝國主義和反封建主義的鬥爭，推翻滿清王朝和北洋軍閥的統治。由於這些宣傳得到人民群眾的擁護，中國國民黨黨報呈現出蓬勃向上的發展勢頭。第二個階段，從 1927 年 4 月南京國民政府成立到 1949 年 10 月中國國民黨統治在大陸崩潰。這是中國國民黨執掌全國政權的時期。在這一時期中，中國社會急劇動盪，中國國民黨所面臨的主要任務是「安內攘外」，即既禦「外侮」又平「內亂」。適應這種形勢的需要，中國國民黨黨報曾經迅猛發展，但卻因時局突變而步步下降，終於在大陸徹底消失。第三個時期，從 1949 年中國國民黨退踞臺灣至今。這是中國國民黨執掌臺灣政權的時期。在這一時期中，中國國民黨的主要任務是「反共復國」，即維護中國國民黨在臺灣的一黨專制統治，並維護國家的獨立。中國國民黨黨報積極推行和宣傳這個方針，一方面壓制了臺灣島內民眾的民主自由，遲滯了祖國的和平統一，另一方面又維持了臺灣島內的相對穩定，使臺灣的經濟持續穩定地發展，從而維護了臺灣的主權和獨立地位。1987 年 1 月，中國國民黨當局宣佈「解嚴」，臺灣「報禁」隨之解除。以《聯合報》和《中國時報》為代表的民營報紙迅猛發展，中國國民黨黨報遭到了新的嚴重挑戰，正經歷著深刻的變化和嚴峻的挑戰。

　　本書研究中國國民黨黨報發展歷史上的第二階段，即 1927 年至 1949 年中國國民黨執掌全國政權時期的黨報。其中包括以下三個方面的內容：

　　第一，按照歷史發展脈絡，客觀敘述中國國民黨黨報產生、發展和在中國大陸消失的過程。作者認為，本世紀 20 年代末期到 30 年代初中期，即十年內戰時期，是中國國民黨黨報建立時期。至 1936 年底，全國各級各類中國國民黨黨報達 600 家以上，占全國報刊總數 1468 家的 40.5％〔註3〕。抗日戰爭

〔註 3〕參閱：本書第三章第二節第二目之「中國國民黨全國黨報統計表」。

時期，是中國國民黨黨報的發展時期。抗戰初期，中國國民黨黨報大規模西遷，數量有所減少，規模有所縮小。但是經過一段時間的恢復，到 1944 年中國國民黨黨報重新達到 600 家左右，占當時國民政府統轄區報紙總數 1100 家的 53.9％〔註4〕大大高於戰前的比例。這種發展不僅表現在數量方面，而且也表現在精神方面。在全民族奮起抗戰激昂情緒的鼓舞下，在艱難困苦的環境中，中國國民黨報人逐漸養成了為國犧牲、團結合作和艱苦創業的精神，並且初步提出了黨報企業化經營管理的設想和三民主義的新聞思想。第三次國內戰爭時期，是中國國民黨黨報迅猛擴張和旋即在大陸消失的時期。抗日戰爭勝利後，在大量接收敵偽新聞事業和吞併民營新聞事業的基礎上，中國國民黨報迅速膨脹，並建立了《中央日報》、《和平日報》和「民間黨報」等幾個大的報系。同時，由於實施企業化經營管理，中國國民黨黨報物質基礎進一步增強。但是，由於它頑固地為中國國民黨蔣介石集團的獨裁專制統治服務，很快在經濟上、宣傳上、精神上徹底破產。隨著中國國民黨在大陸統治的瓦解，中國國民黨黨報也迅速在中國大陸上消失。

　　第二，在全面敘述中國國民黨黨報的基礎上，分析其特點。作者認為，中國國民黨黨報的特點可以概括為以下三個方面：（一）黨政重視，財力雄厚。蔣介石認為「報紙是國民的導師，報紙的言論記載，影響國民的心理甚大。……所以輿論界的責任，比任何（事業）都大。」〔註5〕由於最高當局的重視，中國國民黨黨報經費充足，人員齊整，並且在採訪、發行、廣告等方面享有許多特權。如果僅從表面上看，中國國民黨黨報內容充實，堪稱國內第一流大報。（二）控制嚴密，矛盾重重。高度重視，意味著必須嚴密控制。在蔣介石心中，「中央日報是代表政府發言的機關」，因此要求非常嚴格，「稍有差錯，必遭訓斥。」〔註6〕為了有效地控制和指導黨報的運作，中國國民黨中央宣傳部制定了一系列條例、規章，從宣傳方針、人事制度、經費來源、組織紀律等各個方面將中國國民黨黨報嚴密控制起來。在複雜多變的政局中，這對於中國國民黨黨報有效地宣傳和貫徹中國國民黨中央和國民政府「訓政」時期的各項方略，是有一定意義的。但是，由於控制過於嚴密，也導致了中國國民黨黨報上下之間、左右之間和內外之間種種複雜的矛盾。這些矛

〔註 4〕參閱：本書第五章第二節第一目之「抗戰時期中國國民黨各省黨報統計表。」
〔註 5〕《蔣介石對記者之演詞》，《中央日報》1929 年 7 月 11 日。
〔註 6〕馬之驌：《新聞界三老兵》，臺灣經世書局 1986 年版，第 388 頁。

盾的存在和發展，嚴重地束縛了中國國民黨黨報的手腳，削弱了它作爲新聞媒介應有的作用。（三）淡化「黨性」，講求經營。中國國民黨黨報產生於 20 世紀 20 年代末、30 年代初半殖民地半封建中國社會那個特定的報業多元化的輿論環境中。當時，除中國國民黨黨報之外，還有外國人在華報刊、民營報刊、中國共產黨黨報及其他政黨報刊。在這種特定的輿論環境中，中國國民黨黨報除堅持其黨派性外，還必須具有時代特色。事實正是這樣，受報業多元化輿論環境的影響，它不得不採取多層次結構（黨報、本黨報、準黨報），並以「民衆喉舌」自詡，以淡化黨報色彩。另一方面，在激烈的報業競爭中，它必須注意經營管理和內部改革，以求得生存和發展，爭奪輿論的領導權。上述特點是相互聯繫的，在各個時期又有不同的表現。

　　第三，在全面分析中國國民黨黨報產生、發展和在大陸消失的歷史過程的基礎上，揭示其發展規律。任何一種新聞事業，就其本質而言，都是一定的社會經濟狀況、階級狀況和政治形勢的產物。中國國民黨執掌全國政權的時期，20 世紀 20 至 40 年代，中國仍然是一個半殖民地半封建的社會。一方面，外敵欺凌特別是日本帝國主義的武裝侵略，使中華民族災難日益深重。爭取民族獨立和自由，仍然是中國民主革命的首要任務。在這方面，中國國民黨黨報及其報人表現出了極大的愛國熱情，許多人爲民族的自由和解放獻出了自己寶貴的生命。由此，中國國民黨黨報及其報人在抗日戰爭時期受到了國民的歡迎。這是中國國民黨黨報抗日戰爭時期得以迅速發展的根本原因。另一方面，辛亥革命雖然推翻了封建皇帝的統治，但封建勢力依然頑固地存在著，大大小小的封建割據勢力普遍存在。因此，維護統一，訓導民衆，培植民主憲政的基礎，也一直是中國國民黨的主要任務。在這方面，中國國民黨黨報作了一定的宣傳，這對於普及民主法治觀念，推動中國社會進步具有歷史意義。但是由於「訓政」時期太長和國民頭腦中封建意識殘餘太多，特別是中國國民黨頑固推行其一黨專制統治，中國國民黨黨報對於民主憲政的宣傳，收效甚微，完全充當了維護中國國民黨一黨專制統治的工具。這是中國民主憲政道路坎坷的根本癥結所在，也是中國國民黨黨報在大陸消失的最根本的原因。

　　任何黨報，既是黨的政治宣傳工具，也是報導新聞的大衆傳播媒介。因此，在宣傳黨的政綱的同時，還必須遵循新聞傳播事業本身的一系列基本規律。新聞傳播事業的內在規律很多，其中最重要的一條就是堅持新聞的眞實

性原則。不能籠統地認為中國國民黨黨報所傳播的新聞都不真實，但是新聞失實的現象在中國國民黨黨報屢有發生，有時還相當嚴重。這種現象在十年內戰時期的所謂「剿共」軍事報導中有過，在第三次國內戰爭時期的所謂「戡亂建國」的軍事報導中有過，在國民政府撤離大陸前夕的反對官僚壟斷資本主義禍國殃民罪行的報導中也有過。嚴格地說，這不能簡單地歸咎於中國國民黨報人缺乏起碼的新聞道德，而主要是由當時中國國民黨黨報為維護國民黨一黨專制統治服務的宗旨所導致的。不過，新聞失實對於中國國民黨黨報所造成的損失和危害是極其嚴重的。這種「黨」與「報」嚴重分離、「報」亡於「黨」的現象，是中國國民黨黨報歷史上值得深入研究的問題，也是應該為各種形式黨報所應引起高度關注的現實問題。

新聞事業作為橫跨於一定社會經濟基礎和上層建築之間的特殊事業，在階級社會中具有階級性和企業性的雙重屬性。一方面，它屬於上層建築的一部分，是一定階級和政黨的政治宣傳工具。另一方面，它又屬於社會經濟基礎的一部分，是社會的第三產業或文化信息產業。因此，處於近現代中國社會由傳統社會向現代社會轉型過程中的中國國民黨黨報，面臨報業多元化競爭的環境，除了擔負特定的政治宣傳使命外，還必須按照企業化的要求加強報業經營管理。中國國民黨黨報從產生之日起即具有注重報業經營管理的傳統，20世紀30年代中期和抗日戰爭中，《中央日報》社長程滄波等人又明確提出了「黨報企業化經營管理」的理念，並積極付諸實施。在此基礎上，抗日戰爭勝利後，中國國民黨黨報正式確立了企業化經營管理體制。從根本上來說，中國國民黨黨報實施企業化經營管理是為維護中國國民黨一黨專制統治服務的，是國家壟斷資本主義在新聞事業中擴張的表現。但是，它迎合了當時中國報業企業化的潮流，又探索了中國黨報企業的新路，對於未來者具有一定啟發意義。

三、中國國民黨黨報歷史研究的方法

無庸諱言，研究中國國民黨黨報具有一定的困難。就研究對象本身而言，中國國民黨黨報存在的時間長（僅中國國民黨全國執政時間的黨報即達22年之久）、數量多（1947年時達到1170家〔註7〕）、分佈面積廣、結構複雜。要對此進行全面的研究，需要查閱浩如煙海的原始報紙。可以說，中國國民黨

〔註 7〕參閱：本書第六章第一節第二目之「中國國民黨黨報的擴展」。

黨報的報面資料是十分豐富的。但是，真正深入到中國國民黨黨報的人事變遷，宣傳策略制定，經營狀況的實績等方面的資料則是十分隱密的。因此，僅資料的發掘和整理就需要花費大量的精力。不僅如此，研究中國國民黨黨報歷史，還必須涉及到一系列重大的歷史事件和歷史人物。其中，中國國民黨和中國共產黨兩黨之間複雜的關係及其歷史恩怨是不可迴避的。這既是一個複雜的歷史問題，也是一個嚴肅的現實政治問題。在中國現代歷史上，國共兩黨曾經兩度為「友」，兩度為「敵」，由此造成了現代中國的政治格局。在這個意義上說來，國共兩黨對於現代中國既成的歷史和未來的走向，均負有重要的責任。作者不敏，竊以為研究中國國民黨黨報對於上述重要關係之記載，對於整個民族由「分」而「合」的前途，即中華民族的振興實具有重大意義，但這又是一個十分艱巨的任務。

　　中國國民黨黨報歷史研究的困難已於上述。但是，作者認為，只要真正本著尊重歷史、尊重事實的態度，運用科學的研究方法，這些困難是不難克服的。所謂尊重歷史、尊重事實的態度，即徹底的實事求是的態度。實事求是的態度是歷史唯物主義原理對歷史研究者的必然要求。它要求歷史研究者一切從歷史實際出發，而不是從主觀臆斷出發，客觀地冷靜地描述歷史，科學準確地得出結論。這種態度不僅體現在一時一事的研究上，而且要貫穿於研究的全過程和各個方面。只有這樣，主觀好惡才能掃除，歷史迷霧才能廓清。用這種觀點來研究中國國民黨黨報，大致應該體現以下三個原則：第一，中國國民黨黨報的產生、發展和在大陸的消亡是一個自然的歷史過程，其中是有規律可尋的。但是，這種規律只能從中國國民黨黨報的歷史發展過程中去尋求，而不能從別的什麼「已有的定論」中去尋求。這就要求我們用客觀的、全面的、發展的觀點去分析，而不能用主觀的、片面的、靜止的觀點去分析。第二，中國國民黨黨報的發展既然是一個有規律可尋的歷史發展過程，就要求我們在分析中國國民黨黨報歷史上的某一現象時，一定要從當時全方位的社會歷史條件中發現原因，而不能僅從自己的臆斷妄加推測，更不能用今人的眼光或觀點去苛求前人。這種態度不僅體現在一時一事的分析上，更要貫穿於研究的全過程和全方位。第三，在歷史資料的選取和分析上，研究者應該客觀審視，縝密考訂，以期去偽存真，披沙揀金。近年來，大陸和臺灣方面都出版了一些有關中國國民黨黨報的史料。這些資料是本書研究的基礎和出發點之一。但是，由於資料提供者的政治立場不同，加之年代較遠，

其中難免有些不准確的地方。對此，是需要加以認眞鑒別的。對於第二手資料（如回憶錄等）如此，對於第一手資料（如原始報載和檔案資料）亦應如此。

　　爲了拓展研究的深度和廣度，本書所採取的主要研究方法是：第一，照顧歷史線索，以政治事件爲主、全面鋪開、重點解剖。即在全面敘述各個歷史時期的各種類型的中國國民黨黨報的基礎上，重點解剖《中央日報》（上海、南京、重慶、南京四個時期），而在解剖《中央日報》時又重點解剖它在一些重大事件上的重大宣傳戰役、重大業務改革、重要報人的表現等方面的情況。第二、以定性分析爲主、定量分析爲輔，並適當採用比較分析、數據分析和傳播「訴求」方式分析等方法。在這方面，本書借鑒了海外學者的一些研究方法，並從中得到了一些啓示。

　　最後，需要說明的是：本書所引用的文獻資料無論是在第一次出現時，還是在重複出現時，均詳細注明出處；本書行文一律採用公曆紀年，凡用「民國」紀年的地方均作相應的變通；由於文法上的差異，本書對所引用的文獻中無標點或一標到底的部分，作了重新斷句和標點，書中所有著重號均爲作者自加；爲保存歷史文獻本來面目，本書對中國國民黨和中國共產黨相互「批判」性的用詞，一仍其舊，不加改動。

第一章　中國國民黨黨報源流
及其傳統

　　中國國民黨成立於 1912 年 8 月，其前身是 1905 年 8 月成立的中國同盟會。在 1927 年 4 月建立南京國民政府、取得全國政權以前，中國國民黨已經成爲中國政治舞臺上的重要力量。以孫中山爲領袖的中國國民黨人，十分重視報紙的作用，在各個歷史時期創辦了許多黨報。這些黨報爲宣傳和貫徹中國國民黨政治綱領、路線、方針和政策作出了重要貢獻。在此基礎上，中國國民黨黨報形成了一些獨特的傳統和特色。這些傳統和特色對於後來執掌全國政權的中國國民黨創辦的黨報有著全面而深刻的影響。

第一節　辛亥革命時期中國資產階級革命派的辦報
活動

一、中國同盟會成立前的資產階級革命派報刊

　　在整個辛亥革命時期，以孫中山爲首的中國資產階級革命派，在國內外一共創辦了 176 種革命報刊〔註1〕。在當時滿清王朝封建統治日趨腐敗、中華民族危機日益深重的形勢下，這些報刊揭露了滿清王朝的黑暗統治，宣傳了西方資產階級民主革命理論，組織了廣大的革命隊伍，加速了辛亥革命的勝利。

〔註 1〕據史和、姚福申等編著之《中國近代報刊目錄》（福建人民出版社 1991 年版，第 62～65 頁）統計。

　　1894 年底成立的興中會，在其宣言中明確宣佈，「擬辦之事」，首在「設報館以開風氣」。由此可見，以孫中山爲首的資產階級革命派，自登上政治舞臺伊始就十分重視報刊的宣傳作用。但是，由於人才缺乏，加之武裝起義屢遭失敗，這一計劃在很長一段時期內無法實現。

　　1900 年，義和團運動失敗，「要革命，不要改良」的呼聲響徹中華大地。在這種形勢下，1900 年 1 月，中國資產階級革命派成功地在香港創辦了自己的第一份政治機關報──《中國日報》。報名取「中國者中國人之中國」之義，報紙於 1900 年 1 月 25 日出版。陳少白任社長兼總編輯，主要編輯和撰稿者有王質甫、鄭貫公、馮自由等。報紙日出兩大張，採用「日本報式」，作橫行短排，內容以政治、經濟新聞和評論爲主。同時，又附出《中國旬報》一種，設「中外新聞」、「視聽錄」、「鼓吹錄」等欄目。從此，以孫中山爲首的中國資產階級革命派將新聞傳播媒介與革命運動結合起來，其意義是十分重大的。陳少白說：「中國報者，唯一創始之公言革命報，亦革命過程中繼往開來之總樞紐也。自乙未廣州事敗，同志星散，團體幾解。中國報出，以懸一線未斷之革命工作。喚醒多少國民昏睡未醒之迷夢，鼓吹中國乃中國人之中國之主義，戰敗康氏保皇之妖說，號召中外，蔚爲革命之大風。不數年，國內商埠，海外華僑，聞風而起，同主義之報林立」〔註2〕。

　　的確，此後即有一大批革命報刊在海內外湧現出來。據方漢奇教授所著之《中國近代報刊史》〔註3〕一書記載，1905 年 8 月中國同盟會成立以前，海內外革命報刊分佈情況如下：

　　在日本東京方面，有 1901 年 5 月秦力山、張繼等創辦的《國民報》（同年 8 月 10 號停刊），1902 年黃興、陳天華等創辦的《游學譯編》（次年 11 月 3 日停刊），1903 年 1 月劉成禺、藍天蔚等創辦的《湖北學生界》（同年 9 月 21 日停刊），1903 年 2 月孫翼中、蔣方震等創辦的《浙江潮》（1904 年停刊），1903 年 4 月秦毓鎏、黃宗仰等創辦的《江蘇》（次年 5 月停刊），1905 年 6 月宋教仁、田桐等創辦的《二十世紀之支那》（同年 9 月被日本方查禁，同年 11 月 26 日改名《民報》出版發行，是爲中國同盟會的機關報）等，共計 12 種。

　　在南洋和美洲方面，有 1903 年 12 月程蔚南、何寬等創辦的《檀山新報》

〔註 2〕《辛亥革命》第一冊，上海人民出版社 1957 年 7 月版，第 62～65 頁。
〔註 3〕方漢奇：《中國報刊近代史》，山西人民出版社 1981 年第 1 版。

（原名《隆報記》），1904 年陳楚楠、張永福在新加坡創辦的《圖南日報》（1906年停刊），1903 年經過改組後由劉成禺、蔣夢麟等主持編輯的舊金山《大同日報》，1903 年創辦、1905 改組後由秦力山主持的緬甸《仰光日報》等，共計 5 家。

　　在上海方面，有 1902 年 12 月戢元丞、秦力山創辦的《大陸報》（1905年停刊），1903 年 5 月由陳夢坡聘請章行嚴（士釗）、章炳麟（太炎）主持的《蘇報》（1903 年 7 月 7 日被清政府查封，是謂「蘇報案」），1903 年 8 月章行嚴、蘇曼殊等承《蘇報》之後創辦的《國民日日報》（同年 12 月 1 日因內部分歧而停刊），1903 年 12 月蔡元培（子民）、劉師培（光漢）等創辦的《俄事警聞》（1904年初改名爲《警鐘日報》，1905 年 3 月 25 日被德國駐滬領事館公同清政府查封），1903 年 12 月林獬（白水）、林宗素創辦的《中國白話報》（次年改名爲《社會日報》，出版至 1926 年 8 月被北洋軍閥張宗昌查封），1904 年 10 月陳去病（佩忍）、柳亞子等創辦的《二十世紀大舞臺》（1905 年被查封）等，共 13 種。

　　在廣州、香港和國內其它地區，有 1902 年 5 月由曾杏村、吳子壽在汕頭創辦的《嶺東日報》，1902 年 5 月謝伯英等在廣州創辦的《亞洲日報》（1904年 3 月陳慶琛主持後，傾向於改良派），1903 年 11 月高天梅在江蘇松江創辦的《覺民》，1904 年 1 月、3 月和 1905 年 6 月鄭貫公、李大醒、黃世仲等先後在香港創辦的《廣東日報》（1906 年 4 月停刊）、《世界公益報》（辛亥革命後停刊）、《有所謂報》（全稱《唯一趣報有所謂》，1906 年 7 月停刊）、1904年 3 月陳仲甫（獨秀）、房秩五在安慶創辦的《安徽俗話報》（1905 年秋被地方當局勒令停刊），1904 年 7 月張恭、劉琨等在浙江金華創辦的《萃新報》（發刊未久，就被停刊），1904 年 10 月卞小吾、蕭九垓在重慶主持的《重慶日報》（1905 年 6 月 1 日，卞小吾被捕，報紙被查封）等，共計數十種。

　　如此龐大的宣傳陣營，既批判了滿清王朝的腐朽統治，揭露了帝國主義列強的侵華罪行，灌輸了革命思想和新知識，又加強了各個革命小團體之間的聯繫，促成了全國統一的資產階級革命政黨的誕生。

二、辛亥革命期間革命黨人的辦報活動

　　1905 年 8 月，中國同盟會在日本東京成立，孫中山被選舉爲同盟會總理。自此，中國反帝反封建的資產階級民主革命運動有了統一的領導核心，革命大潮風雷激蕩，一日千里，終於在 1911 年辛亥革命的高潮中推翻了滿清王朝

的統治，結束了中國延綿兩千多年的封建專制制度。在這天翻地覆的大革命運動中，資產階級革命黨人所創辦的革命報刊發揮了重大作用。其功勳卓著、光芒萬丈者當首推中國同盟會機關報《民報》和稍後的同盟會中部總會機關報《民立報》。

《民報》創刊於 1905 年 11 月 26 日，社址設在日本東京牛込區新小町二丁八番地。該報的「編輯兼發行人」先後有胡漢民、章炳麟、陶成章、汪精衛；主要撰稿人包括陳天華、宋教仁、汪東、朱執信、廖仲愷、劉光漢（師復）、蘇曼殊、黃鍾等。這些編撰者，革命豪情滿懷，聰明才智橫溢，辦報經驗豐富。在他們的主持下，《民報》集一時之盛，聲光奪人，成為革命黨人最強有力的宣傳堡壘。

孫中山在為《民報》所寫的《發刊詞》中第一次明確提出了民族、民權、民生三大主義，從而為《民報》確立了宣傳宗旨。它表示，要盡「先知先覺之天職」，將此「非常革新之學說，其理想灌輸於人心，而化為常識。」〔註 4〕為了忠於自己的宣傳宗旨，《民報》提示六項目標於每期扉頁之上：一、傾覆滿洲惡化政府；二、建設共和政體；三、土地國有；四、維持世界真和平；五、中日兩國國民連合；六、要求世界列強贊成中國之革新事業。

1905 年至 1907 年間，《民報》同康（有為）梁（啓超）資產階級改良派之間進行了一場大論戰。當時，康梁保皇派以《新民叢報》為陣地，大力宣揚保皇，反對革命。革命派認為，「為本黨宣傳之梗者，保皇黨勝於清廷，非言論戰勝保皇黨之報，則宣傳無由得力也。」〔註 5〕《民報》先後發表 30 多篇文章，在民族革命、民主革命和土地國有等幾個問題上，全面批駁了保皇派的觀點。雙方論戰的結果，革命派明顯地佔有優勢。李劍農在其所著《中國近百年政治史》一書指出，「就當時多數的青年心理言，民報的勢力，確在新民叢報之上。」1907 年 5 月，這場論戰結束時，《新民叢報》的主帥梁啓超也坦然認輸。他說：「革命論盛行於國中，其旗幟益鮮明，其壁壘益森嚴，其勢力益磅礴」，而所謂立憲黨者，「氣為所攝，口為所箝也。」〔註 6〕

《民報》在論戰中取勝，不但推動了革命運動的發展，而且也擴大了自己的影響。其銷數不斷上升，該報第 1 至 5 期一再重印，有的達 7 版之多，

〔註 4〕《孫中山選集》，人民出版社 1981 年第 2 版，第 76 頁。
〔註 5〕鄒魯：《中國國民黨史稿》，中華書局 1960 年版，第 500 頁。
〔註 6〕梁啓超：《論中國現在之黨派及將來之政黨》，《新民叢報》第 92 期。

至 18 期以後每期總銷數達 1200 份以上〔註7〕。但出至第 24 期，日本政府應清廷之請，以其中《革命心理》一文有「激揚暗殺，破壞治安」之嫌，將《民報》封閉。其後，雖然在 1910 年 2 月《民報》又出過兩期（第 25 期、第 26 期），但由於革命黨人內部紛爭和國內革命運動高漲而導致同盟會工作重心的內移，終於無疾而終。

　　《民報》停刊後，革命黨人將宣傳重心由海外轉移至國內。1909～1910 年間，于右任先後在上海創辦了《民呼日報》、《民籲日報》、《民立報》。三報均以「民」字為冠，俗稱「豎三民」。其創辦人和主持者，均是于右任先生。于右任（1897～1964），原名伯循，字誘人，陝西三原人。幼年曾做「牧羊兒」，後入私塾，肄業於三原縣學、西安關中學院。1903 年中舉人，次年因撰寫《半哭半笑樓詩草》，被清廷以「倡言革命，大逆不道」通緝，逃往上海協助馬相伯創辦復旦公學。1906 年赴日本，加入中國同盟會。

　　先是，于右任奉同盟會委派於 1907 年 2 月 20 日在上海創辦了《神州日報》。當時，革命黨人的言論機關相繼被封，士氣消沉，正言不作。《神州日報》一創刊即受到廣泛歡迎，「銷路即駕於上海各報之上。」〔註8〕但是，3 月 26 日鄰居廣智書局失火，殃及報社，于右任、楊篤生等負債退出，該報逐漸改變本色。次年，于右任另籌《民呼日報》，他在上海各報刊登廣告云：「鄙人去歲創辦神州報，因火災不支而退，未竟籌備艱難，以為民請命為宗旨。大聲疾呼，故日民呼。」〔註9〕因於籌備艱難，《民呼日報》拖至 1909 年 5 月 5 日才出版。于右任任社長，主要編撰人員有范光啓（鴻仙）、徐天復（血兒）、戴季陶（天仇）等。由於它指斥時弊，言辭激烈，引起地方官吏群起攻擊，8 月 4 日被上海公共租界當局查封。

　　《民呼日報》停刊後，于右任立即將資產轉盤，另創《民籲日報》。其轉盤廣告稱：「本報自停刊招盤，業經多日，近將機器生財等，過盤與民籲日報承接。所有一切應收應付款項，以後概歸民籲日報社經理，快事亦痛事也。」〔註10〕因此《民籲日報》得以在 10 月 3 日發刊，社址、人事、規模一仍「民

〔註7〕曼華：《同盟會時代民報始末記》，臺灣中央文物供應社《革命文獻》第 2 輯，第 218 頁。

〔註8〕劉延濤：《民國于右任先生年譜》，臺灣商務印書局 1981 年初版，第 16 頁。

〔註9〕劉延濤：《民國于右任先生年譜》，臺灣商務印書局 1981 年初版，第 17 頁。

〔註10〕劉延濤：《民國于右任先生年譜》，臺灣商務印書局 1981 年初版，第 20 頁。

呼」舊例。其時，日本剛吞併朝鮮，謀中國東北甚急。《民籲日報》對此進行了大量的揭露和譴責。10月26日，日本首相伊藤博文在哈爾濱車站被朝鮮志士安重根刺死，《民籲日報》發表20多篇評論和報導，讚揚朝鮮志士。由此，招日本政府壓迫，報紙於是年11月19日被封閉。

革命黨人不畏強暴，再接再勵，在武昌起義前一年，即1910年10月，又創辦了更加輝煌的《民立報》。《民立報》創刊於庚戌年重陽節，社址在公共租界三茅閣橋。社長還是于右任，主要編撰者除范光啓、景耀月等舊人外，又新加進了剛從日本歸國的革命健將、文壇高手宋教仁（出任主筆）。由於得到了滬上巨商沈縵雲、懋昭來的資助，《民立報》實力大增，日出4大張16版。無論從筆陣、財力或是版面看，《民立報》都是資產階級革命派報刊中最重要、最正規的一張報紙，也是滬上最著名的大報之一。于右任所撰發刊詞中，把《民立報》比喻為「植立於風霜之表，經秋而彌茂」的「晚節黃花」。他堅定地表示，在四面楚歌之中，「當整頓全神為國民效馳驅」、「以造福國民」，以「獨立於言論」，爭「獨立之民族」，衛「獨立之國家」。〔註11〕

《民立報》創刊的時候，正是中國的民族民主革命運動在珠江流域和長江流域風雲際會、激浪揚波的時候。為了適應形勢的發展，《民立報》一方面作為同盟會的聯絡機關向廣東、武漢輸送幹部，策劃起義，另一方面充分發揮新聞媒介的作用，大造革命輿論。1911年4月，廣州黃花崗起義爆發後兩天，《民立報》就突破清廷的封鎖，向全國人民報導了這一重要消息。接著，又以顯著的版位刊登《廣州血戰記》、《革命流血後之廣州》等「專函」，詳細介紹了起義的經過。並且發表社論警告清廷：「汝兵雖勁，汝刑雖屬，吾敢斷言，為汝自殺之具也。」

武昌起義爆發後，武漢成了另一個輿論關注的焦點。革命黨人立即在這裏創辦了自己的言論機關報《大漢報》（10月14）和《中華民國報》（10月16日），報導起義消息，策動革命進行。《大漢報》創刊的第一天就發行了3萬份，三天後增加至4萬份，七天後增加到4.8萬份，「直至機器之力告竭乃止」。與此同時，革命派的報紙在上海方面也受到了人民的歡迎。望平街上，萬首攢動，摩肩接踵，交通為之中絕。《民立報》是上海最先報導武昌起義的報紙，自然成了消息的總匯。武昌起義爆發後的第二天，它就以頭條宋體字

〔註11〕《民立報》創刊號，1910年10月11日。

刊出有關起義的專電。此後，它又開闢「武昌革命大風暴」專欄，以整版的篇幅刊載起義的消息、通訊和圖片。其銷數增至 2 萬份。「報紙一出，購者紛紛，竟至有出銀元一元而不能購得一份者。」〔註12〕

革命是人民群眾的盛大節日，也是報刊活動的興奮時期。據統計，1911年 4 月至 10 月間在國內繼續發行的革命派報刊在 70 種以上，其中僅在上海一地新出版的報刊就有 30 多種。如此強大的宣傳陣容，推波助瀾，其作用是顯而易見的。1912 年初，孫中山在《民立報》歡迎茶話會上說：「此次革命事業，數十年間屢僕屢起，而卒成於今日者，實報紙鼓吹之力。」又說，「革命之成功，革命軍隊之力半，報紙宣傳之力半。」〔註13〕這是對革命報刊在辛亥革命期間作用的確切評價。

第二節　五四運動前後中國國民黨人的辦報活動

一、辛亥革命失敗後中國國民黨人的辦報活動

辛亥革命推翻了滿清王朝的統治，兩千多年的中國封建專制政體被解除，民主政治曙光初現。一時間，政黨林立，報章叢生，民主共和，萬口喧囂，一派熱鬧非凡的景象。據統計，武昌起義後的半年內，全國報紙的數量由此前的 100 多家，猛增到近 500 家，報紙總銷量達到 4200 萬份。〔註14〕

1912 年 8 月同盟會改組為中國國民黨。中國國民黨的機關報和黨人經營的報刊蓬勃一時，遍佈於京津滬漢及各主要省會。其中，最主要的有北京的《國風日報》、《亞東新聞》、《國光新報》，南京的《民生報》，上海的《民立報》、《天鐸報》、《大陸報》（英文）、《太平洋報》、《民國日報》等。這些報紙為鞏固革命的勝利，反對袁世凱的復辟纂權活動，都進行過積極的鬥爭。但是，由於封建勢力反撲，辛亥革命的勝利果實很快被纂奪。剛剛呼吸到一點民主政治新鮮空氣的新聞事業橫遭摧殘，首當其衝的自然是各地中國國民黨的機關報。1913 年 9 月 4 日《民立報》被迫停刊後，中國國民黨報刊如西風落葉，餘片無存。

在嚴峻的形勢下，1914 年孫中山重組中華革命黨，並於 5 月 10 日在東京

〔註12〕方漢奇：《中國近代報刊史》，山西人民出版社 1981 年版，第 619 頁。
〔註13〕《孫中山全集》第 2 卷，中華書局 1984 年版，第 337 頁。
〔註14〕方漢奇：《中國近代報刊史》，山西人民出版社 1981 年版，第 676 頁。

創辦《民國》雜誌，以為鼓吹。《民國》雜誌由胡漢民任主編，居正為發行人，朱執信、田桐、戴季陶、邵元沖等為編輯。其發刊詞揭露袁世凱「襲民主之名，行帝制之實」，號召黨員「發揮其能力，斬除其惰性，遇艱險而益厲，更喪敗而前行。」〔註15〕針對袁世凱殘害黨人的罪行，《民國》雜誌特闢「黨禍記」一欄，以記其事。「凡記事、譯述、通訊、雜著，無不本『革命』、『討袁』之精神，從事宣傳。」〔註16〕

與此同時，孫中山派陳英士回國，「一方面忙於準備討袁軍事，一方面又注意到文字宣傳。」〔註17〕經過緊張籌備，1916年1月22日，中華革命黨的機關報《民國日報》在上海創刊。該報社址先設在法租界天主堂街59號，後遷至公共租界河南路12號，再遷至山東路（望平街）D163號。葉楚傖任總編輯，邵力子任總經理，主要撰稿人有胡樸安、姚鵷鶵、徐謙（佐治）、成舍我、管際安等。總編輯葉楚傖（1883～1946），名宗源，號小鳳，江蘇吳縣人。早年參加同盟會並加入南社。1910年起先後任上海《民主報》記者，汕頭《中華新報》和上海《大風報》、《太平洋報》主編，以後長期主管中國國民黨中央的宣傳工作。當時護國戰爭剛剛爆發，中國國民黨人正在到處奔波從事反袁軍事活動，費用浩繁。《民國日報》的開辦費僅500元，情形十分窘迫，「有時到報紙上版的時候，印報的紙張還沒有著落，必須敲開當鋪門當了衣服去購紙印報，或向紙張鋪去借幾筒紙來印報。」〔註18〕但是社中人員熱情很高，兢兢業業，報紙的實力不斷增強，由開始時日出3大張12版擴大到4大張16版，銷數由7000份擴大到2萬份左右。

《民國日報》創刊之日，正是袁世凱帝制復辟之時。因此，該報緊隨孫中山的主張，高舉反袁護法的旗幟，堅決反對北洋軍閥的封建統治。其發刊詞尖銳指出：「帝制獨夫暴露之春，海內義師起義之日，吾民國日報謹為全國同胞發最初之詞曰：專制無不亂之國，篡逆無不誅之罪，苟安非自衛之計，姑息非行義之道」。明確提出，「發揚民國之精神，延長民國之壽算，被除民國之惡魔，此民國日報之所由作也。」〔註19〕縱觀1919年五四運動以前乃至

〔註15〕《民國》雜誌第1卷，1914年5月1日出版。
〔註16〕徐詠平：《中國國民黨中央直屬黨報發展史略》，載李瞻主編《中國新聞史》，臺灣學生書局1979年9月版。
〔註17〕葉楚傖：《序民國日報五千號紀念刊》，《民國日報》1930年3月13日。
〔註18〕德徵：《代「怪物」作供狀》，上海《民國日報》1928年元旦特刊。
〔註19〕《本報發刊辭》，上海《民國日報》1916年1月22日。

1923 年以前的《民國日報》，反袁護法和反對北洋軍閥封建統治一直是其主旨所在，破除人治、建立法治是它宣傳報導的重點。

二、上海《民國日報》對「法治」思想的宣傳

中國國民黨人清醒地認識到，辛亥革命之所以迅速失敗，袁世凱之所以能輕而易舉地復辟帝制，根本原因在於國民頭腦裏存留著封建思想，缺乏民主共和的意識。因此，重新奪回辛亥革命的成果，要建立鞏固的資產階級共和國，「非先將國民腦子裏所有反對共和的舊思想，洗刷乾淨不可。」〔註20〕於是，上海《民國日報》在極力鼓吹對復辟的封建帝制進行「武器的批判」的同時，也對幾千年遺留下來的中國封建制度舉起了「批判的武器」。這「批判的武器」的矛頭首先對準封建皇帝，即對準以君權神授爲特徵的人治主義。它指出，「中國之歷史，人治主義之歷史也。人治二字，乃爲中國政治史上一大線索也。」〔註21〕

在封建社會，封建帝王集軍事、行政、財政大權，乃至人民的生殺予奪於一身，所以人治主義實質上是一種寡頭政治，具有極端的獨裁性。君王可以爲所欲爲，由此決定了人治主義具有極大的隨意性。《民國日報》指出，「惟其人治也，執政者賢，則民蒙其庥。執政者不肖，則民受其害。蒙其庥者，則民安而國治，受其害者，則民擾而國亂。自古賢者少，不肖者多，⋯⋯所以自有歷史以來，禍亂相尋而無已時也。」〔註22〕這樣，就使得中國社會處於永久的動亂之中，給社會生產力造成極大的破壞，因而人治主義又具有極端的腐朽性。袁世凱的倒行逆施，就是這種腐朽性的突出表現。所以，《民國日報》指出，「袁氏之罪，全在反乎法治。質言之，即誤認人治可以立國，而務違反法治，以自用其聰明，以至有今日之禍也。」〔註23〕

爲了掃除封建專制主義的人治主義，《民國日報》響亮地提出了「破除人治主義迷夢，建立法治國家」的口號。它指出，要建立法治國家，必須堅持主權在民的原則。「夫物必與立，精神既充，形體斯備。世界各國，未有無保障民權之精神，而克建共和者。」〔註24〕那麼，怎樣體現「主權在民」這個

〔註20〕陳獨秀：《舊思想與國體問題》，《新青年》第 3 卷第 3 號。
〔註21〕悱：《破人治迷夢》，上海《民國日報》1916 年 6 月 1 日。
〔註22〕頌民：《弔民篇》，上海《民國日報》1918 年 8 月 15 日。
〔註23〕悱：《人治與法治之過渡》，上海《民國日報》1916 年 6 月 10 日。
〔註24〕哀：《本報發刊辭》，上海《民國日報》1916 年 1 月 22 日。

根本原則呢？《國民日報》認爲，方法只有一個，那就是堅持在地方分權基礎上的中央行政統一。封建君主之所以具有至高無上的權力，主要是通過中央集權的形式，將地方的政治、軍事和財政大權高度統一起來，並通過龐大的軍隊和官僚實行嚴密的控制。因此，要貫徹主權在民的精神，必須衝破這種君主專制的中央集權，實行人民當家作主的地方自治制度。「地方自治者，國之基石也」。「制度一復，民權大張。其於中央之財政、內務、農商、教育諸權，不啻絕根伐幹。而一人之淫威，將無所託以自庇矣。」〔註25〕

立法固然重要，但有「法」並不等於「法治」。中國國民黨人認爲，要眞正實現法治，還必須肅清全國人民頭腦中的封建愚昧意識，這才是實現「法治」的根本所在。這也是《民國日報》宣傳法治思想中的一個重點。中國人民長期受封建專制壓迫，「共和政治的基礎遠未堅固，多數人之認識未眞。乃有姦人乘機撥弄，遂使民國者一切形式機關制度，傾覆掃蕩，而使專制帝國幾乎復活。此非徒袁氏之罪，多數人不知自愛其寶也。」〔註26〕

爲了使國人「自愛其寶」，《民國日報》著重從三個方面進行宣傳。首先，開發實業、興辦教育，開闊人民的眼界，啓迪民智。惟有開發實業、興辦教育，才能「以人道主義去君權之專制，以科學知識去神權之迷信。……期以保護共和國民之人格，而力求進步。」〔註27〕爲此，《民國日報》曾連篇累牘地登載孫中山關於實業建設的雄心勃勃的計劃。其次，由革命政府對人民實行「訓導」，使之逐步熟悉和適應法治。「我國人民處於專制制度之下，奴性已深，牢不可破，不有一度之訓政時期以洗除其舊污，奚能享民國主人之權利。」所以，訓政時期實爲「專制入共和之過渡所必要也，非此則必流於亂也。」〔註28〕再次，舉行全國宣誓，效忠憲法。「中國四萬萬人實等於一片散沙，而成爲一有機體結合之法治國家，其道爲何？則從宣誓以發其正心誠意之端。」〔註29〕《民國日報》認爲，人們宣誓以後，必須效忠憲法，履行誓言。若謀圖不軌，則是背叛民國，定爲天理所不容。由於人心向背已定，法治國家的建立就有了鞏固的根基。

〔註25〕湘君：《恢復地方自治》，上海《民國日報》1917 年 10 月 3 日。
〔註26〕《孫中山全集》第 3 卷，中華書局 1984 年版，第 318 頁。
〔註27〕《宋教仁集》下冊，中華書局 1982 年版，第 377 頁。
〔註28〕《孫中山選集》，人民出版社 1982 年版，第 173 頁。
〔註29〕《孫中山選集》，人民出版社 1982 年版，第 174 頁。

上海《民國日報》對資產階級法治思想的宣傳，極大地衝擊了封建專制主義思想，爲五四新文化運動的產生和發展，掃清了道路，也爲中華民族探尋民主法治之路提供有益的借鑒。

三、五四運動時期中國國民黨人的辦報活動

1919 年五四運動爆發，中國社會的歷史走向發生重大轉折。一方面，各種新思潮、新學說紛紛傳入，廣泛傳播，相互激蕩，萬流奔湧，眞正出現了一次思想解放的熱潮。另一方面，各派政治力量急劇分化，重新組合，民主革命勢力逐漸集合到孫中山所高舉的「國民革命」旗幟下，準備向著帝國主義和封建軍閥發動猛烈的進攻。在這新舊交替、波瀾壯闊的歷史時期，中國國民黨人主辦的政治機關報（特別是上海《民國日報》和廣州《民國日報》），在傳播新思想、團結盟友兩個方面發揮了重要的積極作用。

1919 年 5 月 4 日，北京學生爲反對「巴黎和會」瓜分中國山東主權，舉行大規模的請願、遊行、示威運動。北京學生的愛國行動，得到了全國各地、各階層人民的熱烈響應，但卻遭到了北洋軍閥政府的血腥鎮壓。五四運動爆發後，孫中山及其中國國民黨人對學生的愛國行動給予熱情的讚揚和堅決的支持。五四運動爆發時，《民國日報》總編輯葉楚傖、邵力子於 5 月 6 日凌晨接到北京的電報，立即在當天出版的報紙上《以北京學生界之奮起》爲題作了報導。孫中山接報後立即指示：「《民國日報》要大力宣傳報導北京學生開展的反帝愛國運動，立即發動組織上海學生起來響應。」〔註 30〕遵照孫中山的指示，次日，總編輯葉楚傖親撰社論《五月七日之神——北京學生》，對北京學生運動予以極高的評價。社論指出，學生們「在萬鈞壓力之下，做了驚天地、泣鬼神的事業來：這是五月七日之神，這是中國的恩人，這是山東問題瀕危中救命的方舟，這是留得一份良心的國民的模範。」社論堅決表示，「應該代表國民，向北京學界，伸出一百二十分的謝忱，並且誓與被捕學生，共生死。」與此同時，邵力子拿著當天出版的報紙去復旦大學散發、演講，鼓動上海學生起來示威遊行，支持北京的學生運動。

五四運動時期，《民國日報》還積極參加推動新文化運動，廣泛宣傳西方政治思想特別是馬克思主義及其社會主義思想，而這一任務又主要是由《覺悟》副刊來承擔的。《覺悟》副刊最早見報於 1919 年 6 月 15 日，主編是邵力

〔註 30〕轉引自：蕭效欽著《中國國民黨史》，安徽人民出版社 1989 年版，第 90 頁。

子和沈玄廬（定一），它是在《民國日報》一系列專刊專欄的基礎上演化而來
的。最初，《民國日報》設《藝文部》，以「專挽國粹，提攜風雅，靡飲海內
學者」爲宗旨。1917 年 9 月 1 日，《藝文部》和《民國閒話》合併，改稱《民
國藝藪》，1918 年元旦再改爲《民國思潮》。1918 年 5 月 17 日，《民國思潮》
改爲《救國之聲》，由著名學者華林主編，專門介紹世界新思潮。五四運動爆
發後，在《救國之聲》等副刊的基礎上，出版《覺悟》副刊。沈玄廬在發刊
詞中指出，「現在的世界，是什麼世界？是已經覺悟的世界。覺悟點什麼？覺
悟『解放』的要求。覺悟了，要求了，能不解放麼？」〔註 31〕追求新思潮，
嚮往社會主義，貼近工農群眾，這就是《覺悟》副刊所代表的時代主題，也
是中國國民黨人所趨向的主要目標。

在《覺悟》前後創刊的還有《星期評論》和《建設》雜誌，它們都是中
國國民黨的理論刊物。《星期評論》創刊於 1919 年 6 月 8 日，由沈劍侯、孫
棣三、戴季陶主編，隨《民國日報》免費附送。其發刊詞稱：「一切世界，都
從心裏的思想創造出來。這個心原是我一個人的心，卻凡是人都有心，就都
有我，合眾我眾心的思想和意識，就是創造或改造世界的根本。」〔註 32〕通
俗地說，就是「要把人的究竟，國家的究竟，社會的究竟，文明的究竟，有
個徹底的思索，明白的理論，切實的主張。」〔註 33〕《建設》雜誌創刊於 1919
年 8 月 1 日，由孫中山親自主持，司筆政者有胡漢民、朱執信、廖仲愷、戴
季陶等。當時，孫中山在護法運動屢遭挫敗之後，退居上海，潛心革命理論
著述和建設方案研究。「鼓吹建設常識，使人人知建設爲今日之需要，使人人
知建設爲易行之事功，由是萬眾一心以赴之而建設一世界最富強最快樂之國
家。」〔註 34〕這是孫中山的宏願，是中國國民黨人的共識，也是《建設》雜
誌的宗旨。

總之，從辛亥革命失敗到五四運動爆發，中國國民黨人以《民國日報》
爲主要宣傳陣地，高舉反袁護法的旗幟，緊扣時代的脈搏，尋求救國救民的
新路，進行了艱難的探索。以俄爲師，國共合作，發動農工、反帝反封建，
就是他們的結論。

〔註 31〕上海《民國日報》，1919 年 6 月 15 日。
〔註 32〕沈玄廬：《星期評論發刊詞》，1919 年 6 月 8 日。
〔註 33〕《本報附送星期評論啟事》，上海《民國日報》1919 年 6 月 17 日。
〔註 34〕《〈建設〉雜誌發刊詞》，1918 年 8 月 1 日。

四、第一次國內革命戰爭時期中國國民黨人的辦報活動

　　沿著五四運動時期的進步趨勢，上海《民國日報》很快將宣傳基調轉移到聯俄聯共扶助農工上來。1922 年 8 月 25 日，該報發表總編輯葉楚傖撰寫的社論《今後時局的展開》，根據孫中山的旨意，提出了聯合各民主力量的設想。第二天，該報又在社論欄發表中國共產黨總書記陳獨秀的文章——《對於現在中國政治問題的我見》，正式提出了國共合作的主張。對此，《民國日報》特加編者按指出：「陳先生此文，主張解決現在的中國政治問題，只有集中全國的民主主義的分子組織強大的政黨……一個方法。而於現有的黨派中，他又只稱許國民黨有民主革命的歷史……；那麼，中國要組織強大的政黨，最好的方法，是全國民主主義的分子都來加入國民黨。關於這一點，我們很望讀者諸君注意。」由於《民國日報》在推動國共合作方面作出了大量的貢獻，它的總編輯葉楚傖受到孫中山的信任，在 1924 年 1 月召開的國民黨的「一大」上被選為中央執行委員，旋任國民黨中央宣傳部部長。中國國民黨「一大」後，葉楚傖回上海參與組建國民黨中央執行委員會上海執行部，任宣傳部長兼婦女部長。與此同時，惲代英、向警予、瞿秋白等著名的共產黨人參加《民國日報》的編輯、發行工作。他們發表了一系列推動國共合作的文章，這標誌著國共合作進入了最佳時期。

　　但是，孫中山逝世後，隨著中國國民黨內左右派鬥爭的不斷升級，《民國日報》不斷偏袒右派，逐漸蛻化為中國國民黨右派——西山會議派的機關報。1925 年下半年，該報大量發表戴季陶等人的反共文章，登載西山會議派的文件，舉起了反蘇（俄）、反共、對抗廣州國民黨中央的旗幟。由此，該報受到了廣州國民黨中央的嚴厲批評，說它「替帝國主義軍閥揚善隱惡無微不至，對國民黨國民政府的革命策略絲毫不能宣傳。」〔註35〕這種情況，在 1926 年初，中國國民黨右派人士陳德徵接任該報總編輯後，變得更為嚴重。以《覺悟》副刊為例，1926 年 1 月 7 日，該刊上首次出現《忠告我們的朋友——共產黨》這樣的反共文章。於是乎，一發而不可收，該刊幾乎成了反共專刊。這個具有光榮歷史的著名專刊，雖然一直維持到 1947 年《民國日報》終刊（其間，1932 年 1 月至 1946 年 7 月，該報曾長期停刊），但是它早已失去了昔日的風采。

〔註35〕《政治周報》第 3 期，第 4 頁。

　　第一次國共合作期間，以「民國」二字命名的大型中國國民黨黨報還有三家，一是廣州《民國日報》，一是漢口《民國日報》，一是北京《民國日報》。這三家黨報，特別是前兩家，在國共合作期間，都作了大量的積極的宣傳。

　　廣州《民國日報》創刊於1923年6月，爲孫中山在粵所手創三大事業之一（其他二者爲黃埔軍校和廣東省銀行），也是中國國民黨改組後創辦的第一張黨報。初始，該報以中國國民黨個人名義出版，接受廣州市黨部和政府津貼，社長兼總編輯爲孫仲瑛，社址設在廣州市第七甫門牌100號，日出四開八版（後擴大爲對開十六版）。1923年8月30日，該報因「遇事敢言」、「不服某部委員之檢查」、「登載軍事之行動」、「泄漏秘密」，被廣州市政府勒令停刊三日〔註36〕。復刊後，該報表示仍以「改造輿論，監督政府爲職志。」〔註37〕這說明，初創時的廣州《民國日報》同仁們同中國國民黨當局是保持了一定距離的。用他們的話說，就是「敦尚報德」，力圖追求一種「金石足喻其艱貞，雞鳴不已於風雨，譬之泰山衡嶽，不能辭霜雪之不來，但未嘗稍改其峻撥嵩嶽之態」〔註38〕的獨立姿態。爲了改變這種狀況，1924年7月報紙實行改組，由中國國民黨廣州市特別黨部主管。同年10月，又收歸中國國民黨中央宣傳部主辦，由孫仲瑛，客容新分任社長和總編輯。改組後的廣州《民國日報》明確標示以「闡揚主義」、「鼓勵同志」、「喚起民衆」、「介紹思潮」爲宗旨。同時又擴大版面，由四開八版擴充爲對開十六版，講求版面美化，新聞綜合排列，各種專欄、副刊琳琅滿目，很受讀者歡迎。這樣，使得該報行銷東南各省，並遠及港澳、南洋，成爲當地影響最大的報紙。

　　漢口《民國日報》創刊於1926年11月25日，日出三大張十二版，社址在漢口歆生路忠信2里4號。該報是國共合作的產物，直屬中國國民黨中央宣傳部，同時又作爲武漢國民政府的機關報。社長兼總經理是董用威（必武），主要編撰人員都是共產黨人或國民黨左派人士，如宛希先（希儼）、高語罕、沈雁冰等。在1927年初發生的「遷都之爭」中，該報旗幟鮮明地反對蔣介石集團，擁護武漢國民政府，主張提高黨權、反對軍事獨裁。1927年7月，中國國民黨汪精衛集團實行分共政策，漢口《國民日報》被迫改組，中國共產黨人全部退讓出編輯部，由中國國民黨中央宣傳部指派曾集熙爲社長兼總編

〔註36〕　《本報復版感言》，廣州《民國日報》1923年9月3日。
〔註37〕　《本報復版感言》，廣州《民國日報》1923年9月3日。
〔註38〕　《本報緊要啓事》，廣州《民國日報》1923年8月29日。

輯。改組後的漢口《民國日報》，雖然仍然聲稱反對蔣介石和擁護工農利益，但是由於它執行了反共的宣傳方針，其色彩已經變得暗淡無光了。

北京《民國日報》是適應孫中山北上、推動國民會議運動的需要而籌辦的，報紙於 1925 年 3 月 25 日出版，由邵元沖、劉成禺負責。孫中山逝世後，該報因登載《上海國民會議策進會宣言》遭遇北洋軍閥查封，3 月 17 日停刊。該報雖然僅成活 12 天，但是它是南方中國國民黨勢力在北洋軍閥的京畿之地所創辦的唯一一份黨報，因而具有重要影響力。

除上述幾家以《民國日報》命名的中國國民黨黨報以外，中國國民黨中央和各個地方組織也創辦了一系列黨報黨刊。主要的有：中國國民黨中央宣傳部主辦的《政治周報》（1925 年 12 月創刊，毛澤東任主編），中國國民黨中央農民部主辦的《中國農民》（1926 年 1 月創刊，阮嘯仙等任主編），中國國民黨湖北省黨部主辦的《楚光日報》（1925 年 4 月創刊，李維漢任主編），中國國民黨浙江省黨部主辦的《杭州民國日報》（1926 年底創刊，宣中華等任主編）。據中國國民黨中央組織部調查，到北伐戰爭前夕，中國國民黨各省市黨部共出版了 66 種報刊〔註 39〕。這些報刊，擁護國共合作，擁護工農利益，掀起了南中國轟轟烈烈的大革命運動。不過，這些報刊絕大多數是中國共產黨人創辦或主持的，不能算作純粹的中國國民黨黨報。

第三節　中國國民黨黨報傳統

中國國民黨及其前身中國同盟會，從辛亥革命以前到 1927 年 4 月南京國民政府成立期間，先後創辦了大量的黨報，造就了一批出色的新聞工作者。在長期的實踐中，中國國民黨黨報形成了一些獨具特色的傳統。

黨報傳統是一個含義寬廣的概念，它概包括黨報工作者對黨報的性質、任務和作用的認識，也包括黨報的運作方式（組織、管理、經營等）及其表現出來的戰鬥風格。由於中國國民黨內派系繁多，黨報發展多途並進，合分難辨。本文只能在已有研究成果的基礎上，對一直受孫中山領導、以宣傳三民主義為己任並對後來有直接影響的中國國民黨黨報的主要傳統作些概略分析。

〔註 39〕馬光仁：《第一次國共合作與報刊》，載復旦大學新聞學院主辦《新聞大學》第 9 期，1985 年 3 月出版。

一、中國國民黨人的黨報思想

宣傳工作是一個政黨活動的基本方式之一，而辦報又是正常宣傳工作中最主要的部分。中國國民黨人認為，報紙是一種強有力的輿論工具，是「輸入思想」、「激勵民氣」、和敵人「筆戰舌戰」的武器。〔註 40〕孫中山在《〈民報〉發刊詞》中形象地把報紙比作「輿論之母」，說它在宣傳主義、推進革命方面具有「由之不貳」的作用。他說：「惟夫一群之中，有少數最良之心理能策其群而進之，使最宜之治法，適應於世界，此先知先覺之天職，而化為常識，則其去實行也近。」〔註 41〕這種觀點代表了當時資產階級革命派的共同看法。

中國國民黨人也不隱諱自己報紙的黨性，並且直接稱自己的黨報為機關報。《民報》在所刊《代理中國日報廣告》中稱《中國日報》為「中國革命的機關報之元祖。」〔註 42〕這裏所謂「機關」，有三個方面的含義。其一，黨報是黨組織的一個有機部分，黨報必須服從黨的領導，宣傳黨的綱領。這一點，在《民報》體現得十分清楚，孫中山對《民報》的最大期許是，盡「先知先覺之天職」、「闡揚三民主義」、「輸灌於人心」，以利施行。《民報》也自覺地把自己看成是同盟會的機關報，是「革命的喉舌」，是「宣傳主義的木鐸。」〔註 43〕其二，黨報是革命信息的交流中心和革命活動的聯絡樞紐。黨報的這種特殊職能，固然由它作為新聞傳播媒介的性能所決定，也是革命政黨處於非法地位的客觀環境使然。在激烈的鬥爭中，反動統治者是絕不會讓革命政黨公開存在的。因此，信息靈通的報紙就自然而然地成了革命黨人聯絡的據點。這種情形，在《中國日報》之於惠州起義（1900）、《民立報》之於黃花崗起義及武昌起義的過程中得到了有力的證明。《民立報》的主持者于右任曾回憶說：「民立報社，成了志士薈萃之所，也成了黨人聯絡的總機構。黃花崗之役，譚人鳳、宋教仁、呂志伊、宋玉琳、陳其美等往來於上海、香港、漢口等地，均假《民立報》為東道主，或用《民立報》訪員名義以為掩護。」〔註 44〕其三，既然黨報是黨的特殊機構，那麼辦好黨報就不僅僅是黨報編撰人員的事，而是全黨的事。1912 年初，孫中山為《民立報》題詞：「戮力同心」（Unity

〔註 40〕方漢奇：《中國近代報刊史》，山西人民出版社 1981 年版，第 633 頁。
〔註 41〕《孫中山選集》，人民出版社 1981 年版，第 76 頁。
〔註 42〕《代理中國日報廣告》，《民報》第 5 期。
〔註 43〕胡漢民：《民報之六大主義》，《民報》第 3 期。
〔註 44〕劉延濤：《民國于右任先生年譜》，臺灣商務印書館 1981 年初版，第 22 頁。

is our Watch Word），就是這種觀點的形象表述。事實上，黨的領導人很少有不與黨報發生聯繫的，他們要麼是黨報的直接主持者，要麼是黨報的指導者或主要撰稿人。可以說，當時中國國民黨的主要領導人都是出色的報刊工作者。至於廣大黨員也都負有為黨報集資、供給消息和擴大發行的義務。1906 年 12 月在《民報》週年紀念會上，與會者一致達成共識：「民報，既與吾輩有理想者，當擔任其文章；有財力者，當擔任其經費。」〔註 45〕當場共有 181 人捐資，得日金 770 元。《民報》的發行表面上只有 1 人（即庶務幹事），但實際上參與其事的則是同盟會全體同志及其親友，有的甚至為此獻出了生命（如禹之謨）。因此，儘管清廷嚴密封鎖，《民報》仍能通過各種渠道發送到國內各個角落。〔註 46〕

　　中國國民黨黨報及其報人所表述並踐履的「機關報」思想，明顯地受了俄國革命黨人辦報活動，特別是列寧領導的俄國社會民主工黨辦報活動的影響。《民報》曾以崇敬的心情，向中國讀者介紹過俄國革命黨人的辦報活動：

> 俄之革命黨當言網至密之時，為秘密運動，其最大機關報日出至數十萬紙。俄革命黨舊分三大派，今則有組合為一民權立憲黨之勢，……皆以革命報鼓吹之因為多〔註47〕

> 試觀俄羅斯革命黨人，其不能容足於國內而遠適西歐者，於瑞士，於巴黎，於倫敦，從事於文字之鼓吹，以發揮光大革命之事業，影響所及，不特在國內者得其應援，全歐之思想亦為之丕變。吾黨之士力固未逮，所志則同。故有民報之著述，以體會國民之心理，表示革命之精神意思。此固視為生平責任之一，而未敢有懈者也。〔註 48〕

　　據方漢奇教授考證，這裏所提到的那些「不能容足於國內而遠適西歐」的革命報紙，係指列寧主編的先後在萊比錫、倫敦、日內瓦等地出版的《火星報》和在日內瓦、巴黎等地出版的《無產者報》〔註49〕。這說明，中國國民黨人正是以俄國社會民主工黨的機關報為榜樣，來創辦自己的黨報的。

〔註45〕陳孟堅：《民報與辛亥革命》上冊，臺灣正中書局 1986 年版，第 372～376 頁。
〔註46〕陳孟堅：《民報與辛亥革命》上冊，臺灣正中書局 1986 年版，第 372～376 頁。
〔註47〕胡漢民：《民報之六大主義》，《民報》第 3 期。
〔註48〕《續發刊詞》，《民報》第 25 期。
〔註49〕方漢奇：《中國近代報刊史》，山西人民出版社 1981 年版，第 636 頁。

二、理論宣傳是中國國民黨黨報的主要內容

從「知難行易」的認識論出發，孫中山特別強調報紙的理論宣傳作用，認爲這是報刊宣傳的主要內容，也是輿論導向工作成敗的關鍵。他說：「大凡人類對於一件事，研究當中的道理，最先發生思想；思想貫通以後，便起信仰；有了信仰，就生出力量。所以主義是先由思想再到信仰，次由信仰生出力量，然後完成成立。」〔註50〕而報紙在這個過程中負有重要使命。「報紙所以能居鼓吹之地位者，因能以一種之理想普及於人人之心中。其初有不正當之輿論淆惑是非，而報館記者卒抱定眞理，一往不渝……。久而久之，人人之心均傾向於此正確眞理，雖有其他言論，亦與之同化。」〔註51〕這種意向又恰好迎合了當時中國客觀輿論環境的需要。甲午戰爭後，由於內憂外患交逼，愛國的知識分子憑著滿腔愛國熱忱辦報。他們辦報的目的是傳播思想、領導輿論、喚醒國民，報導新聞反而退居次要地位。一般讀者訂購、閱讀報刊的目的，也不主要是閱讀新聞，而是爲了瞭解報館的意見，瞭解社會政治情勢的發展。剛剛出現的資產階級革命派報刊自然而然地會以理論宣傳爲其主要內容。「革命報之作，所以使人知革命也。蓋革命有秘密之舉動，而革命之主義剛無當秘密者，非惟不當秘密而已，直當普遍於社會，以斟灌其心理，而造成輿論，行於專制之國。」〔註52〕據臺灣學者統計，《民報》26 期共發表各類文稿 320 篇次，其中理論宣傳方面的文稿 259 篇次（論著 93，時評 76，史傳史記 7，譯叢談叢 47，文獻 16），占 90%以上。而眞正屬於新聞報導的「紀事」僅 6 篇，只占 1.88%。〔註53〕這種現象到後來《民立報》、上海《民國日報》等正規的黨報出現時，雖然有所改觀，但大塊大塊的理論文章仍然是其重頭貨。孫中山的《建國方略》，中國國民黨中央或地方的重要文告，胡漢民、戴季陶等人的長篇大論，都是首先通過報紙發表的。而且，這幾家報紙「重心都在社評方面」，或奮發蹈礪，或沉鬱委婉，「抒懷舊之蓄念，發思古之幽情」，其目的仍在「於革命運動上爲一鮮明的標幟……總理的三民主義。」〔註54〕重視理論宣傳的做法，在風雷激蕩的年代，在中國國民黨的理

〔註50〕《孫中山選集》，人民出版社 1981 年版，第 616 頁。
〔註51〕《孫中山全集》第 2 卷，中華書局 1984 年版，第 337 頁。
〔註52〕胡漢民：《民報之六大主義》，《民報》第 3 期。
〔註53〕陳孟堅：《民報與辛亥革命》，臺灣正中書局 1986 年版，第 515～517 頁。
〔註54〕于右任：《如何寫作社評》，《辦聞學季刊》第 1 卷第 2 期，1940 年 5 月 20 日出版。

論尚能代表時代潮流的年代，在廣大讀者人心思變的年代，是必要的，也是可行的。但是，一旦失去了這種背景，理論宣傳也就變成了空洞的說教，報紙也就容易失去其本性而不爲讀者所接受，甚至招致讀者怨恨。這正是後來中國國民黨黨報因連篇累牘的政治喧囂，而遭到人民群眾唾棄的原因所在。

三、愛國情深，奮發蹈礪

　　近代中國，處境至爲險惡。東西列強，環伺煎逼於其外，清廷專制荼毒於其中。革命黨人，崛起民間，基於愛國憂時之理念，手無斧柯，唯恃三寸之舌，七寸之管作爲革命工具。他們認爲，「當此人心否塞，學識淺陋，四面楚歌，危在旦夕之時，有一報紙，即繫數百萬人之生命，使我四萬萬人，咸知振袂而起，畢萬死於一生，救千鈞於一髮。」〔註 55〕這樣，他們就把革命報刊與救亡圖存緊密地結合起來，貫穿一氣。他們希冀通過革命報刊之鼓吹，喚醒同胞之迷夢，招呼國魂之復活。《俄事警聞》發刊伊始，即開宗明義，大聲疾呼：「嗚呼，國亡矣！國亡矣！我同胞猶酣睡而不覺耶？印度之亡也，分據獨立者數十年；波蘭之亡也，起義抗拒者三四次。我同胞日日悲印度、悲波蘭，而竟印度波蘭不若耶？……嗚呼，亡國以後，我四萬萬同胞身受奴隸牛馬草雉禽獼之禍，見果求因，無可挽回，其痛苦當如何耶！嗚呼，我同胞以奴隸牛馬草雉禽獼之禍爲樂則已耳，果其以此爲痛苦而欲消滅之者，則胡不及今大禍來臨之時，盡四萬萬人之力，摒除一切以圖之。」〔註 56〕字字血，聲聲淚，字裏行間洋溢著愛國救國之情。

　　要挽救國家民族的危亡，必須先推翻專制腐朽的滿清王朝，這是資產階級革命派報刊及其報人愛國思想的又一種表現。滿清封建貴族入主中原逾二百年，漢民族本具深厚之民族思想，但是，「貪官污吏，劣紳腐儒，靦顏鮮恥，甘心事仇，不曰本朝深仁厚澤，即曰吾輩踐土食毛。」爲喚醒此種迷夢，革命黨人利用報刊大量刊載滿清入關之初，「奪我土地，殺我同胞，擄我子女玉帛」的史實。在這方面，章太炎及其所主持的《蘇報》、《民報》等表現得最著聲譽，章氏因此被稱爲「以文章排滿的驍將」。早在 1900 年 8 月，他就作《拒滿蒙入會狀》及《解辮髮》兩文，在香港《中國日報》發表。其中有關

〔註 55〕賴光臨：《中國近代報人與報業》下冊，臺灣商務印書館 1987 年 10 月第 2 版，第 324～325 頁。
〔註 56〕《普告國民》，《俄事警聞》第 1 冊第 1 號，1903 年 12 月 15 日。

於「揚州之屠，江陰之屠，嘉定之屠，金華之屠，廣州之屠」等「流血沒頸，積骸成阜」的種種描寫，並斥責滿清統治者為「東胡賤種」。《中國日報》為此發表編者按，對其大加讚賞，稱：「章君炳麟餘杭人也，蘊結孤憤，發為罪言，霹靂半天，壯者失色，長槍大戟，一往無前，有清以來，士氣之壯，文字之痛，當推此次為第一。」〔註57〕到1903年《蘇報案》發生之前，種族主義思想更熾。鄒容《革命軍》出版後，《蘇報》為之推介，指出「其宗旨專在驅除滿清，光復中國。筆極銳利，文極沉痛，稍有種族思想者，讀之當無不拔劍起舞，髮衝眉豎。若能以此書普及於四萬萬人之腦海，中國當興也勃焉。」〔註58〕章太炎更著《革命軍序》、《康有為與覺羅君之關係》兩文，直呼「載湉小丑，不辨菽麥」。因此招致《蘇報》停刊和鄒容、章太炎入獄。1905年11月，《民報》創刊，列「顛覆現今之惡劣政府」為該報「六大主義」之首。這說明，革命反滿已成為革命黨人的共識，自然也是革命報刊的首要任務。

其所以如此，陸皓東烈士就義供詞中有深刻的解說：「吾姓陸，名中桂，號皓東，香山翠微鄉人，年29歲，向居外處，今始返粵。與同鄉孫文，同憤異族政府之腐敗專制，官吏之貪污庸懦，外人之陰謀窺伺。憑弔中原，荊棘滿目，每一念及，真不知涕淚之何從也。……吾方以外患之日迫，欲治其標，孫則主滿仇之未報，思治其本，連日辯駁，宗旨遂定，此為孫君與吾倡行排滿之始。蓋務求警醒黃魂，光復漢族。」〔註59〕

辛亥革命後，清帝遜位，種族壓迫業已解除，但是專制遺毒仍然存在，列強威逼有增無減。所以，中國國民黨黨報及其報人的愛國熱忱不僅未見消減，反而更加激進了。所不同的是，辛亥革命以前，這種愛國思想主要表現在民族主義方面，特別是在「排滿」方面；辛亥革命以後，這種愛國思潮更多地表現在民權主義特別是「護法」方面。故上海《民國日報》致發刊之辭曰：「吾先輩絞腦力，擲生命，以血染成之中華民國，而因神劫竊國之故，垂垂待盡。吾人大聲疾呼：發揚民國之精神，延長民國之壽算，拔除民國之惡魔。此民國日報之所由作也。」〔註60〕尤為可貴的是，中國國民黨黨報一直將愛國主義同世界

〔註57〕方漢奇：《中國近代報刊史》上冊，山西人民出版社1981年版，第162頁。

〔註58〕方漢奇：《中國近代報刊史》上冊，山西人民出版社1981年版，第238頁。

〔註59〕賴光臨著：《中國近代報人與報業》下冊，臺灣商務印務館1987年10月第2版，第326頁。

〔註60〕悱：《民國與袁政府》，上海《民國日報》1916年1月22日。

上進步思想結合起來，既求民主的中國，也求民族的中國。上海《民國日報》創刊六週年之際，在總結自己宣傳方針變動時說，「在這六年中，我們底志願是：要在殘酷的世界中，求正義的同情者。從歐戰以後，人們思想又有了一層顯然的進步。中國的民族，義不應作人類的落伍者。當這萬象變色時，我們覺得已經受了這項新革命，不可慌惕，所以一方面主張國內政治的徹底澄清，一方面更是要大聲疾呼，促成中國民族是世界的民族！」〔註61〕

　　對民族國家的愛，對人民的情，對敵人的恨，養成了中國國民黨黨報及其報人冒死赴義的鬥爭精神和奮發蹈礪的戰鬥風格。宣傳健將戴季陶曾追述昔年辦報經驗說，「看定一個時局中心問題，決定要對此中心問題，達成目的，貫徹意志，便將整個報紙的力量，從多方向一點集中。……猶如戰場上作戰一樣，不是對一個敵人的根據地，攻擊一二次便了，必定要攻克他，殲滅他。如果敵人突圍而出時，必定是一刻不停的緊追，總要到完全解決而後已。」〔註62〕檢索戴氏早年文字，確實如此。1912 年 5 月，戴氏任《民權報》主筆，曾撰《殺》一文，充分表現了其激進態度。文曰：「熊希齡賣國，殺！唐紹儀愚民，殺！袁世凱專橫，殺！章炳麟阿權，殺！此四人者，中華民國國民之公敵也。欲救中國之亡，非殺此四人不可。殺四人而救全國之人，仁也；遂革命之初志，勇也；慰鬼雄在天之靈，義也；彌無窮之後患，智也。」〔註63〕此種激進態度，非戴氏一人所特有，即恒無屬言疾色之葉楚傖亦嘗謂「做人不可露鋒芒，做文章卻不可不露鋒芒」〔註64〕。這種橫屬無前的姿態，自然會招致封建統治者的迫害，也時常引起帝國主義之干涉。但是，在重重壓迫面前，革命報人更顯示出義無反顧、威武不屈的本色。審理「蘇報」案時，章太炎「志在流血」，在法庭上侃侃而談，「不知所謂聖諱」〔註65〕。戴季陶因文字獄，同室者問其故，曰：「蒼頡造字累我，鴉片條約病我，……我住租界，我不作官，我弱，我爲中國人，有此種種原因，我遂來此矣。」〔註66〕當晚，其妻前來探監，他勉勵說：「主筆不入獄，不是好主筆。」〔註67〕大凡專制政

〔註61〕《本報六周年紀念前後努力處》，上海《民國日報》1922 年 1 月 22 日。
〔註62〕《戴天仇才高筆健》，徐詠平著《革命報人別記》，第 276 頁。
〔註63〕天仇：《殺》，《民權報》1912 年 5 月 20 日。
〔註64〕《葉楚傖》，《革命人物志》第七集，臺灣中華文物供應社出版，第 103 頁。
〔註65〕方漢奇：《中國近代報刊史》，山西人民出版社 1981 年版，第 247 頁。
〔註66〕何銘：《戴季陶的文字獄》，北京《團結報》1988 年 4 月 33 日。
〔註67〕何銘：《戴季陶的文字獄》，北京《團結報》1988 年 4 月 33 日。

府之壓制，帝國主義之干涉，以及經濟拮据之困擾，都與革命報刊及其報人長相伴。後來雖然環境發生了變化，革命黨人也不斷發生分離，但上述愛國情愫和不屈不撓的戰鬥精神，在不同時期、不同程度上繼續爲後來的中國國民黨黨報及其報人所保持。

四、注重黨報經營管理之道

報業經營管理即報業的企業化是資本主義商品經濟發展的客觀要求，也是判斷一個報紙近現代化程度高下的主要標誌。中國國民黨黨報是政論型報紙，是政治鬥爭的工具，而不是以盈利爲目的的。在這個意義上說，它不是一種近現化的報紙。但是，它既然植根於商品經濟的環境中，又一值得到資產階級特別是華僑實業家的資助，就不可能不注重經營管理之道以反映資產階級的利益，並求得自身的生存和發展。這方面的史料雖然特別隱密，但通過報面的分析和零星檔案資料的考證，我們仍然不難發現中國國民黨黨報及其報人是比較注重報業經營管理之道的。

早在辛亥革命以前，《民報》就開始注意到廣告和發行工作。在總共出版的 26 期《民報》中，共刊登 279 則廣告，合計占篇幅 218.5 頁。廣告價目從第一期起，也在每期封底與刊物售價同時登出。據專家推斷，《民報》的廣告費共約日金 1311 元，可支付該報 21850 冊的印刷費〔註 68〕。廣告受到應有的重視，爲該報開闢了財源，節省了開支。在發行方面，《民報》雖然本著「嚶鳴求友，非待價求售」的原則，但是也做出了驚人的成績。在海外，它在 12 個國家或地區的 23 個城市建立了發行網點，「幾遍及中華僑民之所」。〔註 69〕在國內，由於清廷嚴密查禁，《民報》主持者曾「盡力研究密輸方法，務期普及。」〔註 70〕於是，各種力量（甚至包括個別傳教士）被充分地動員起來參與《民報》的發行工作，從而保證《民報》能到達全國各地，能到達學生、士兵、商人手中。但是，也應該指出，《民報》的廣告和發行遠未達到以報養報的程度。其原因固然是招待和接待同志太繁，但根本的還是現代企業經營管理觀念未進入他們的頭腦。其結果是《民報》由於經費拮据無疾而終，革命黨人也因此大開筆戰，結下深怨。不過，後來這種情況有了很大改變。

〔註 68〕陳孟堅：《民報與辛亥革命》上冊，臺灣正中書局 1986 年版，第 372 頁。
〔註 69〕陳孟堅：《民報與辛亥革命》上冊，臺灣正中書局 1986 年版，第 372 頁。
〔註 70〕《民報告白》，《民報》第 25 期。

1908 年，爲了維持《中興日報》的出版，孫中山曾多次致函鄧澤如，籌劃報業股份公司之創設。次年，孫中山再函曾壬龍：「茲爲維持擴充《中興報》計，加報股本一萬二千元，每股五元。……此於南洋吾黨前途關係至大，不待贅言，望我兄提倡，與各同志鼎力。」〔註 71〕這反映了革命領袖對報刊的重視，也反映出現代報業經營管理觀念已開始進入革命黨人的頭腦。首先把這種觀念付諸實行的是「豎三民」創辦者于右任。當時作爲革命宣傳中心的上海，不僅是一個工商業發達的都市，而且是一個報業密集的競爭場所。這種環境迫使黨報的主持人不得不將報業的經營管理放在重要的地位。一方面，他們公開採用集股合資的方式組織報業股份公司並按照企業化的要求經營。《神州日報》籌建過程中，于右任就曾邀集數人組織了一個具有董事會性質的發起組。到《民呼日報》創刊前夕，于右任更是在滬上各報遍登廣告，聲明：「本會爲純全社會之事業，所有辦法是係完全股份公司，不受官股，不收外股。」〔註 72〕該報停刊後，他又按自動招盤的方式「將所有機器生財等，過盤與民籲日報社」承接。〔註 73〕至於《民立報》不但「係完全商辦有限公司」，而且在編輯部之外另設由吳禮卿（忠信）任總經理的 8 人經理部，經理、會計、交涉一應俱全〔註 74〕。這是中國黨報史上的一大創舉，已和《民報》時「只設庶務一人」的情形不可同日而語了。另一方面，他們積極招攬廣告、擴大發行。他們經常在自己的報紙上登載「廣告刊例」和「定報章程」，招攬廣告，徵求訂戶，並在新聞開張時優惠讀者，如「爲提倡商務、學業起見，特送商界學界告白十日」，「出版時，僅於本埠送閱一天」，贈送「精印世界六十名人畫冊」，還印發「福引券」1000 張，規定「如有至本報購報三份以上者，均有贈彩。」〔註 75〕。其中體現的精神已不再是「嚶鳴求友」，而是「待價而沽」了。由此，中國國民黨黨報的面貌也爲之一新。以上海《民國日報》爲例，1916 年 1 月 22 日創刊號共出 3 大張 12 版，廣告就佔了 5 版半的篇幅（第 1、第 4、第 5、第 8、第 9 版全版，第 11 版半版），共刊出廣告 92 則。如果按「長行三行起碼第行大洋四角」〔註 76〕的刊價計算，當是一筆不小的收入。

〔註71〕《孫中山全集》第 1 卷，中華書局 1984 年版，第 410 頁。
〔註72〕劉延濤：《民國于右任先生年譜》臺灣商務印書館 1981 年版，第 18 頁。
〔註73〕劉延濤：《民國于右任先生年譜》臺灣商務印書館 1981 年版，第 20 頁。
〔註74〕《民籲日報廣告》，轉引自劉延濤《民國于右任先生年譜》第 18 頁。
〔註75〕《民籲日報廣告》，轉引自劉延濤《民國于右任先生年譜》第 18 頁。
〔註76〕《本館廣告刊例》，上海《民國日報》1916 年 1 月 22 日。

也正因爲如此，中國國民黨黨報的經濟狀況也爲之改觀，再也沒有因爲經費困難而停刊的事發生。而且，這種注重經營管理的傳統一直由《民國日報》、《中央日報》等承傳下來，成爲中國國民黨黨報的一大特色。

五、「革命造謠」論

中國國民黨人在辦報活動中，高度重視報紙作爲政治鬥爭工具的作用，並且將其發揮得淋漓盡致。但是，對於眞實性這一新聞工作中最基本的原則，他們卻漫不經心，鮮有論述。不僅如此，爲了某種宣傳目的，他們還不擇手段製造假新聞，並美其名曰「革命造謠」。從根本上說，這是中國資產階級政黨軟弱性和虛僞性的表現。他們登上政治舞臺伊始，就以武裝起義或軍事冒險爲主要手段，而缺乏深入民眾、喚起民眾的紮實功夫。當革命高潮來臨的時候，面臨強大的反動統治者，他們又迫切需要借助民眾，以造成聲勢，瓦解敵人。所以，弄虛作假，在報紙上大量刊登謠言，就成爲其重要手段。用他們的話來說，就是：「英雄處事，目的貴堅，手段貴活，目的貴一，手段貴多，有一百目的，不妨有百手段，又不妨百變其手段。」〔註77〕

弄虛作假，早在資產階級革命派創辦第一張報紙《中國日報》時就開始了。當時「在報上大量刊登未經核實的各地會黨起義、民變騷亂的消息，以造成天下大亂的聲勢。」〔註78〕到後來尤其是辛亥革命武昌起義期間，「假」風更盛。《民立報》爲了造成「武昌起義天下應」的聲勢，「日事製造利於革命之電報新聞」。據初步統計，從10月14日至11月7日是，該報刊載的明顯的僞造新聞就有8條之多〔註79〕。其中，有的到了荒謬絕倫的地步：

11月7日，北平專電：北京已爲大漢光復，清帝藏匿使館。

11月21日，南京專題：有人看見張勳賊手持人心，在豆腐店買豆腐，以油煎人心，下酒甚樂。

事實上，清帝是在次年3月「遜位」的，至於一個將軍在軍情緊迫之時，還手持人心去豆腐店買豆腐吃，更是十足的惡作劇。

假新聞雖然荒唐，但確實能夠起到安撫人心、迷惑敵人的作用。11 月 26

〔註77〕《民立報》，1912 年 3 月 26 日。

〔註78〕李良榮：《從「原始失實」「到官方謠言」》，載《新聞大學》第 5 期，1982 年 12 月出版。

〔註79〕王中：《從〈民立報〉等報看資產階級革命派的辦報思想》，載《新聞大學》第 6 期，1983 年 6 月出版。

日漢陽失守，「滬上先得漢口領事電報，望平街《新聞報》、《申報》據實登載，廣大群眾頓成愁慘之色。嗣有人閱《民立》，《天鐸》兩報，所載漢陽消息完全相反，謂我軍並未敗退，觀眾稱申新兩報為造謠，蜂擁入新聞報館齊聲喊打。」〔註80〕廣州的情況更富戲劇性：「及武昌革命軍興，清吏張鳴岐、龍濟光、李準等初欲負隅自固，詎滬電謠傳『京陷帝崩』四字，港澳各報相率登載，全城人士歡聲雷動。張督知人心已去，無可挽救，始倉皇出走，龍、李遂亦卑辭乞降。使廣東省城，得以不流血而獲光復者，報紙之力為多焉。」〔註81〕

　　這種情形只能在進步勢力與反動勢力生死搏鬥的關鍵時刻才會出現。人民大眾從希望進步勢力戰勝邪惡勢力的美好願望出發，傳播和接受某種謠言是可以理解的。從某種意義上說，這種「假」正是人心向背的「真」的反映。但是，作為一家新聞機構，革命黨人的報紙利用民眾心理，為了一時的效應，報喜不報憂，轉憂而報喜，大肆製造和傳播謠言，則是十分錯誤的。他們飲鴆不自知，反而天真地認為這是「革命造謠」的功勞。有的人甚至得意地說，「把聲勢說得誇張些，既可以安軍心，又可以喪敵膽，這個謊非扯不可。」〔註82〕令人遺憾的是，這種不良傳統一直被中國國民黨黨報繼承下來，並予以惡性發展。

〔註80〕朱崎山：《辛亥武昌起義前後記》，轉引自王中《從〈民立報〉等報看資產階級革命派的辦報思想》，載《新聞大學》第6期，1983年6月出版。
〔註81〕馮自由：《革命逸史》初集，中華書局1981年6月第1版，第115頁。
〔註82〕方漢奇：《中國近代報刊史》下冊，山西人民出版社1981年版，第615頁。

第二章 中國國民黨黨報的建立

　　1927 年 4 月 18 日，南京國民政府宣佈成立。中國國民黨依靠其執政黨的優越政治地位和雄厚經濟實力，立即著手建立和擴充自己的黨報。到 1932 年前後，一個以《中央日報》為核心、以各中央直屬黨報為骨幹、以各級地方黨報和軍隊黨報為羽翼，包括各傳統黨報在內的龐大的黨報體系建立起來。這個黨報體系受中國國民黨中央宣傳部直接指揮，為中國國民黨中央和國民政府的執政方針和政策服務。

第一節　中國國民黨黨報建立的社會歷史條件

一、中國國民黨全國政權的建立及國內外形勢

　　作為全國執政黨的中國國民黨的黨報，產生於 20 世紀 20 年代末 30 年代初。要分析中國國民黨黨報的產生，就必須分析它賴以產生的社會歷史條件。因為從根本上說，任何新聞事業特別是黨營新聞事業都是由一定的社會經濟基礎、政治結構和文化輿論環境所決定的。

　　1927 年春天，正當北伐戰爭在長江流域迅速推進的時候，上海發生了「四・一二」政變。國共兩黨首先在這裏反目，昔日並肩作戰的戰友成了刀劍相向的敵手。4 月 18 日，以蔣介石為首的中國國民黨集團在南京建立了國民政府。緊接著，以汪精衛為首的武漢中國國民黨中央實行「分共」政策。至此，以國共兩黨合作為基礎的中國民族民主革命統一戰線陷於分裂，中國歷史進入了一個新的歷史時期。

　　以蔣介石為首的南京國民政府先是聯合馮玉祥、李宗仁等軍事實力派，和以林森、張繼等為首的西山會議派，迫使武漢國民政府於 1927 年 8 月同意遷都南京，實現了「寧漢合流」。接著，南京國民政府又發動寧漢戰爭和寧粵戰爭，打垮了湘系唐生智軍事集團和粵系張發奎軍事集團，實現了「寧粵合流」。至此，南京國民政府在珠江流域和長江流域以及西南各省建立了比較穩固的統治。

　　在此基礎上，1928 年 2 月在南京召開的中國國民黨二屆四中全會改組了國民黨中央和國民政府及國民政府軍事委員會。會議推舉蔣介石為中國國民黨中央政治會議主席和中國國民黨中央軍事委員會主席，從而確立了他對中國國民黨黨政軍大權的控制。初步統一的中國國民黨內各派勢力，在蔣介石的統率下，於 1928 年 4 月再度誓師北伐。北伐軍先後消滅了直系軍閥孫傳芳殘部和張宗昌的直魯聯軍。同年 6 月，北伐軍攻佔天津和北京，推翻了北洋軍閥的封建專制統治。之後，南京國民政府又通過和平的方式爭取了奉系軍閥張學良的歸服。1928 年 12 月 29 日，張學良通電宣佈「遵守三民主義，服從國民政府，改旗易幟」。至此，中國國民黨全國政權初步建立起來，中國實現了表面上的暫時的統一。

　　作為中國的新的統治者，中國國民黨領導下的南京國民政府的統治和北洋軍閥政府的統治是有很大不同的。它宣佈遵循孫中山手創的三民主義，按照「軍政」、「訓政」、「憲政」的建國方略來建設和治理國家；它通過的《訓政時期約法》明確規定，「中華民國國民，無男女、種族、宗教、階級之區別，在法律上一律平等」；人民群眾享有言論自由。這樣就在表面上基本體現了中國國民黨人在辛亥革命後所宣傳的「主權在民」的思想。它採取過一些有利於中國民族資本主義工商業發展的措施；它所發動的「改訂新約」運動，對爭取民族獨立，鞏固國家經濟基礎，也有積極的作用。由於南京國民政府是利用中國國民黨的旗號和組織系統來推進自己的政策的，而中國國民黨又是一個具有光榮歷史和廣泛影響的政黨，這就使得南京國民政府在形式上具有資產階級民主政府的色彩，也使得一般人對它抱有幻想，希望它能夠引導中國脫離動亂和落後的困境，走上真正獨立、統一、民主和富強的坦途。

　　但是，這種希望並沒有成為現實，中國社會仍然處於長期動亂的黑暗境地。這種情況的出現，執政的中國國民黨及其領導的南京國民政府由於實行一黨專制統治而當然難辭其咎，但主要應該從當時中國所處的內外環境尋找

原因。

　　從國內環境而言，南京國民政府的建立雖說爲中國重新染上了民主政治的色彩（辛亥革命勝利後曾經有過），但並沒有能夠改變中國的階級結構和政治秩序。在國家經濟生活中，居於主導地位的仍然是城市買辦資產階級和鄉村豪紳地主階級。他們依靠帝國主義列強在華雄厚的經濟實力和政治特權，依靠千百年來形成的封建特權，殘酷剝削廣大工農民眾，以致國困民窮。南京國民政府以這樣的階級爲其統治基礎，是和廣大人民的利益根本對立的。同時，南京國民政府在建立過程中採取的一些極端的「反共」、「鏟共」政策，遭到了國民黨內左派人士的堅決反對。宋慶齡、鄧演達等人曾發表宣言，公開指責「武漢和南京所謂黨部、政府皆已成爲新軍閥之工具，曲解三民主義，毀棄三大政策，爲總理之罪人，國民之罪人。」〔註1〕至於遭致嚴厲鎮壓的中國共產黨人，則「從地上爬起來，揩乾淨身上的血迹」，舉行了一次又一次大規模的武裝反抗起義。從 1927 年 8 月「南昌暴動」開始，中國共產黨人先後舉行了「秋收暴動」、「廣州暴動」等 100 多次武裝反抗起義，建立了 10 多個農村革命根據地。中國共產黨武裝割據勢力的存在，雖然暫時無法動搖南京國民政府的統治，但對它無疑是個「心腹大患」。

　　尤其使得南京國民政府寢食不安的，是各地方軍事實力集團的完整存在。北伐戰爭的目的之一，是要摧毀直系（吳佩孚、孫傳芳等部）和奉系軍閥勢力。從單純的軍事觀點看，這個目標已經達到，因爲直吳奉張已先後瓦解。但是在北伐過程中，由於直系軍閥中的一些小股力量紛紛脫離舊部，投歸新屬。這樣雖然直奉軍閥瓦解了，但是軍閥的勢力卻作爲一個個完好無損的肌體得以保存。另外，即使北伐軍也不是清一色的「國民革命軍」，而是存在著許多不同的軍事集團。如桂系軍事集團（李宗仁、白崇禧所部），西北軍事集團（馮玉祥所部），西南軍事集團（楊森、劉湘所部），華北軍事集團（閻錫山所部），湘系軍事集團（唐生智所部）等，都足以和南京國民政府所轄的國民革命軍抗衡於一時。這些殘餘軍閥的地方軍事集團，雖然在「反共清黨」這一點上同南京國民政府達成了共識，但是在利益分配中，他們又各懷異志，割地據守。有時，爲了反對中央政府的「統一削藩」政策，他們聯合起來，同南京國民政府大動干戈。1927 年 8 月至 1931 年 11 月，在各地方軍事實力

〔註 1〕《八一起義中央委員會宣言》，1927 年 8 月 1 日。

派的逼迫下，蔣介石三次下野，暫避鋒芒。在此期間，曾經暴發過寧漢戰爭、粵桂戰爭、蔣（介石）馮（玉祥）戰爭、中原大戰等 10 多次大規模的軍閥混戰。在這些戰爭中，南京國民政府所屬軍隊雖然先後打敗了各個對手，但國家的元氣卻因此大傷，人民的生命財產慘遭損失。連綿不斷的軍閥混戰不但遲滯了南京國民政府各項建設事業的展開，而且極大地動搖著南京國民政府統治的根基。對此，蔣介石曾非常痛惜地指出：「在清黨之前，各忠實同志⋯⋯還能夠在統一的意志下做統一的行動。⋯⋯自從清黨以後，本黨內部共同的敵人已經肅清，於是同志之間，遂發生許多複雜的思想和矛盾的行動，致使整個的黨，無形中陷於分裂的狀態，這實在是我們最痛心的一件事。」〔註2〕

在外交方面，南京國民政府的處境也非常險惡。一方面，由於它追隨帝國主義國家的反蘇反共政策，中蘇關係全面破裂。1929 年「中東路事件」前後很長一段時間，中蘇兩國一直處於戰爭狀態。另一方面，由於依賴帝國主義國家的扶植，它對英、美、日等國不得不採取妥協退讓的方針。這在中美就「南京事件」的談判和中日就「濟南慘案」的談判中，表現得十分清楚。但是，帝國主義國家的支持並不是要中國走向獨立、統一和富強，而是要維護和擴大他們在華的利益。所以，當南京國民政府採取一些維護民族利益的政策時，帝國主義國家特別是日本就處處梗阻，甚至以兵戎相脅迫。比如，1928 年 6 月開始的「改訂新約」運動，由於日本的堅決反對，無法真正實現，到 1931 年「九·一八」事變發生後便不了了之。這一切外交舉措，無疑會激起人民的反抗，從而加深了南京國民政府統治的危機。

處於內外交困之中的南京國民政府，不得不借助中國國民黨一黨專制的形式來推行其獨裁專制統治，而這種獨裁專制統治又是在「訓政」的名義下進行的。1928 年 10 月公佈的《訓政綱領》規定，「中華民國於訓政時期開始，由中國國民黨全國代表大會領導國民行使政權。」「重大國務之實施，由中國國民黨中央執行委員會政治會議行之」。這樣，中國國民黨就以根本大法的形式確立了自己對全國的統治。由於中國國民黨內缺乏民主傳統和健全的民主制度，更由於蔣介石集黨政軍權於一身，所謂中國國民黨一黨專制實際上是蔣介石一人專政。蔣介石一直以國民的「導師」和「保姆」自詡，他說：「訓政時期的工作，就是培養社會的元氣，訓練人民政治的能力。在這過渡的時期內，本黨一面以

〔註 2〕張其昀主編：《先總統蔣公全集》第 1 冊，臺灣中國文化大學出版部、中華學術部 1984 年版，第 581 頁。

保姆的資格，培養社會的元氣；一面以導師的資格，訓練人民的政治能力。中央受全黨的重託，執行保姆和導師的職權；所以我們要以全力盡保姆和導師的責任，以全力行保姆和導師的職權。」〔註3〕其實，「盡保姆和導師的責任」是假，「行保姆和導師的職權」是真。蔣介石公開聲稱，「凡有消耗社會元氣的行為，中央必以保姆的資格，加以抑制，有不受訓練的舉動，中央必以導師的資格，加以約束。」〔註4〕在這種邏輯下，南京國民政府一方面在《訓政時期約法》中規定，人民群眾享有言論、出版、集會、結社等自由，另一方面又頒佈各種法律法規，將人民群眾的各種民主政治權利肆意剝奪。僅以《危害民國緊急治罪法》為例，其中規定處死刑、無期徒刑及 10 年以上有期徒刑者，即達 6 條 13 款之多。舉凡「擾亂治安」、「以文字圖畫或演說為叛國之宣傳」，均被視為「叛國罪」，被判處死刑或無期徒刑。此類法規，大而無當，無所不包，人民群眾不能言，不敢行，動輒得咎，手足無所措。由此可見，蔣介石所推行的「訓政」和「黨治」，是要造成一種「全國黨化」、「全黨軍隊化」的軍事獨裁統治。對此，陳獨秀指出：「國民黨政府，以黨部代替議會，以訓政代理民權，以特別法（如危害民國緊急治罪法及出版法等）代替刑法，以軍法逮捕審判，槍殺普通人民，以刺刀削去了人民的自由權利，高居人民之上，視自己為諸葛亮與伊尹，斥人民為阿斗與太甲。」〔註5〕

為了維護這種軍事專制獨裁統治，蔣介石逐漸建立了一支以黃埔軍校學生為骨幹的具有現代化武器裝備的龐大軍隊和一支以「中統」、「軍統」為骨幹的特務組織。據 1929 年 3 月，何應欽在中國國民黨第三次全國代表大會上所作的軍事報告稱，「全國軍隊達三百餘萬，年須軍費三萬萬餘元」。當時全國年收入僅 4 萬萬元，軍費開支占全國總收入的 3/4 以上。為了控制黨和軍隊，蔣介石又分別於 1929 年 11 月和 1932 年下半年，正式成立了中央組織部黨務調查統計局（簡稱「中統」）和中國國民黨軍事委員會調查統計局（簡稱「軍統」）兩個特務組織。這樣，蔣介石集團就以中國國民黨及其軍隊統治全國人民，又以特務組織監視中國國民黨黨政軍人員，在全國上下形成了一種人人

〔註3〕張其昀主編：《先總統蔣公全集》第 1 冊，臺灣中國文化大學出版部、中華學術部 1984 年版，第 588 頁。

〔註4〕張其昀主編：《先總統蔣公全集》第 1 冊，臺灣中國文化大學出版部、中華學術部 1984 年版，第 588 頁。

〔註5〕《陳獨秀文章選編》下冊，生活・讀書・新知三聯書店 1984 年版，第 514 頁。

自危的局面。

中國社會全面動蕩不安，客觀上要求掌握全國政權的中國國民黨儘快建立自己的新聞傳播體系，以傳達和貫徹國民黨中央和國民政府的各項施政綱領和方略，並引導輿論，齊一心志，使中國逐步走向和平、統一、富強的道路。同時，飽受封建專制主義流毒浸染的中國國民黨軍事領袖也迫切希望建立起一個高度統一的、且能絕對服從自己的新聞傳播體系。不過，他們主要不是把這種新聞傳播體系作為謀求國家和平、統一、富強的工具，而是主要把它當作維護個人專制獨裁的手段。這樣，就決定了中國國民黨黨報在客觀使命和其所有者的主觀意願之間存在著不可調和的深刻的矛盾。這種矛盾發展的結果，不是「報」亡於「黨」，就是「報」促「黨」亡。

二、南京國民政府的經濟建設和文化設施

如果說南京國民政府的建立和當時的國內外形勢，必然要求建立一個為它服務的中國國民黨黨報體系，那麼國家官僚壟斷資本主義的形成，以及南京國民政府所推行的各項經濟建設和文化設施，則為中國國民黨黨報體系的建立提供了雄厚的物質基礎和必要的文化條件。

南京國民政府成立之初，因應付連年不斷的國內戰爭，軍費開支浩繁。1928 年的軍費開支為 2.1 億元，1929 年為 2.45 億元，1930 年為 3.12 億元，1934 年為 4.4 億元，7 年之間增加了 1 倍以上〔註6〕。為了籌集軍費開支，南京國民政府主要採取了增加賦稅、舉借外債和發行公債的辦法。在稅收方面，從 1928 年開始，南京國民政府大力推行「關稅自主」和「統一稅制」的措施。這些措施對於改變自鴉片戰爭以來帝國主義列強強加給中國海關的「值佰抽五」的慣例，對於打破各地關卡林立、商品阻隔的狀況，特別是對於改善南京國民政府的財政金融狀況，有著積極的意義。其關稅收入及其在財政總收入中的比重有了較大幅度的增加。國家關稅收入由 1913 年的 1697 萬元占財政總收入的 21％上升到 1929 年的 27555 萬元占財政總收入的 51％；統稅收入由 1931 年 5330 餘萬元占財政總收入的 7.8％上升到 1933 年的 8670 萬元占財政總收入的 13.95％。〔註7〕

金融事業是南京國民政府著力經營的行業之一，也是它控制和壟斷全國

〔註 6〕史全生：《中華民國經濟史》，江蘇人民出版社 1989 年版，第 232 頁。
〔註 7〕史全生：《中華民國經濟史》，江蘇人民出版社 1989 年版，第 232～236 頁。

經濟命脈的主要手段。1928 年 10 月，南京國民政府公佈《修正中央銀行條例》，正式組建中央銀行，規定「中央銀行爲國家銀行，由國家政府經營之。」中央銀行一成立，立即被授予廣泛的特權，如發行兌換券、鑄造及發行國幣、經理國庫、買賣生金及各國貨幣等，從而開始壟斷全國的金融業務。稍後，南京國民政府又建立了中國農民銀行和中央信託局、郵政儲金彙業局，並以增資入股的方式強行改組了中國銀行和交通銀行，使官股分別占兩行資本總額的 50％ 和 55％，取得了對兩行的絕對支配權。中、中、交、農四大銀行迅速壟斷了全國的金融事業。據統計，1936 年在全國 164 家銀行中，四大銀行實收資本占 42％，資產總額占 59％，純收益占 44％。〔註8〕

在此基礎上，1935 年 11 月南京國民政府實施幣制改革，規定以中央、中國、交通三銀行（後又增加中國農民銀行）發行的鈔票爲法幣，完糧、納稅及一切公私款項之收付，概以法幣爲限，不得使用現金。這是中國近代經濟史上的一件大事，它改變了清末以來貨幣混亂的局面，對於緩和當時的金融危機、穩定經濟、促進民族工業的復蘇起了一定的積極作用。但是從根本上來說，幣制改革最直接的作用是進一步加強了國家官僚壟斷資本主義對全國經濟的壟斷地位。由於所有白銀儲備和貨幣發行完全集中於中、中、交、農四行，它們可以利用這種特權廣收金銀，濫發紙幣，經營公債，直接掠奪全體人民。因此，幣制改革的實施，標誌著國家官僚資本主義的最後形成。因此，到 1935 年，南京國民政府的經濟基礎已穩固地建立起來，社會經濟出現了一些良性發展的勢頭。

在半殖民地半封建的中國產生的國家官僚壟斷資本主義，屬現代壟斷資本主義的範疇，並受現代資本主義基本經濟規律的影響，但它本身也具有一些突出的特點。首先，它不是中國資本主義自由發展的產物，也不是像西方壟斷資本主義那樣，通過激烈競爭形成，而是依靠國家政權通過對社會絕大多數人的掠奪積纍起來的。並且通過這種方式積纍起來的財富又沒有轉化爲產業資本，而是通過銀行資本，直接從事證券買賣和商業投機。因此，它有著強烈的掠奪和腐朽性。其次，它是在帝國主義列強特別是在英國和美國的扶植下形成的，同其他帝國主義國家特別是日本有一定的矛盾。因此，它又具有一定的買辦性和民族性。再次，它所採取的組織形式類似於康採恩，即

〔註 8〕史全生：《中華民國經濟史》，江蘇人民出版社 1989 年版，第 243 頁。

以某一壟斷企業為基礎，囊括許多經濟部門或企業，組成一個龐大的壟斷聯合企業。這種情形在中央銀行體系中表現得最為明顯，中央銀行之下轄交通銀行、中央信託局、中國農業銀行、四明銀行等 7 家子銀行和華興保險公司、永寧保險公司、中央儲蓄會、四明保險公司等 7 家孫子公司〔註9〕。因此，它又具有嚴重的封閉性和專制性。

　　國家官僚壟斷資本主義是中國國民黨政權的經濟基礎，也是中國國民黨新聞事業賴以產生的基礎。一方面，它為中國國民黨新聞事業提供充足的資金以取得控制全國新聞界的地位；另一方面，它的上述特徵又從根本上規定了中國國民黨新聞事業的性質和面貌。從表面上看，中國國民黨新聞事業處於一個多元化競爭的新聞輿論環境中，並且按照資本主義企業方式來組織和經營。但是，實際上它卻是一個封閉的體系，從上至下、從形式到內容都受到國民黨中央宣傳部乃至最高統治者的嚴密而直接的控制，同時又壓制和打擊其他非國民黨報刊，同全國新聞界處於尖銳對立的狀況。因此，它又具有強烈的封閉性、排他性和獨佔性。

　　在建立自己的經濟基礎的同時，南京國民政府也採取了一些有效的發展國民經濟的措施，如改訂關稅、統一稅收、撤釐裁卡等。這些措施在一定程度上促進了社會經濟的穩定和發展。僅就和新聞事業密切相關的教育、交通和通訊事業而言，在 30 年代初期和中期都有較大幅度的增長。在教育方面，全國專科以上學校由 70 所增加到 108 所，普通學校由 954 所增加到 1956 所，民眾學校由 6000 多所增加到 37000 所。在交通建設方面，鐵路由 8000 公里增加到 13000 公里，公路 1000 多公里增加到 402000 多公里。航空事業在起步，京、滬、平、津、穗、漢等大城市陸續建立起航空線路，水陸交通幾乎覆蓋了全國所有的重要城鎮。郵政代辦所達到 12700 餘所，和重要都市都設有無線電臺，辦理國際通訊。〔註10〕

　　社會經濟、文化事業的發展，在國民黨政權有效控制的江浙地區的成效尤為突出。在 20 年代末和 30 年代初，雖然全國從南到北內憂外患，政局動盪，但江浙地區基本上處於相對安定的環境中。以浙江為例，由於較長時期的社會穩定，使浙江經濟有了一定程度的發展，生產力也有了提高。新建的杭州發電廠的規模為全國第二，杭州、寧波等城市商品經濟繁榮，出現資金

〔註 9〕史全生：《中華民國經濟史》，江蘇人民出版社 1989 年版，第 257 頁。
〔註10〕賴光臨：《七十年中國報業史》，中央日報社 1981 年版，第 90～93 頁。

過剩的現象，1928 年 10 月，浙江建立了全國第一座省級地方國營電臺——杭州電臺，其發射功率由 250 瓦逐漸擴大到 1000 瓦。全省 75 個縣均設有無線電收音機，成爲當時全國之最。〔註 11〕

三、中國國民黨黨營通訊事業和廣播事業的建立

上述社會經濟、文化事業的發展，爲全國新聞事業的發展提供了必要的物質條件，也爲中國國民黨新聞事業的產生和發展提供了客觀條件和動力。與國民黨黨報發展密切相聯繫並與之鼎力相助的其它兩項國民黨黨營新聞事業——中央通訊社和中央廣播電臺，也在這一時期建立和發展起來。

中央通訊社，1924 年 4 月創立於廣州，由中國國民黨中央宣傳部直接領導。當時，中國國民黨中央執行委員會專門發出第 29 號通告，指出：「爲力求新聞確實、宣傳普及起見，特由宣傳部組織中央通訊社。凡關於中央及各地黨務消息，與社會、經濟、政治、外交、教育、軍事，以及東西各國最新之要聞，足供我國建設之參考者，無不爲精確之調查，系統之記述，以介紹國人。」通告規定：「各地黨部及黨員，均有供給新聞之義務。」〔註 12〕但是，因其規模狹小，每天發稿僅數條，不爲新聞界所重視。南京國民政府成立後，國民黨中央爲了宣傳「黨國要政」，配合「反共清黨」政策，在原有基礎上重新改組、成立了中央通訊社，由國民黨中央宣傳部出版科科長尹述賢任社長。1927 年 7 月 12 日，南京國民政府正式通令全國，准許中央宣傳部籌設中央通訊社。通令說：「該社既爲中央通訊機關，對於黨國要政，以及各方面消息，不但具有迅速宣傳之能，而且負有精密審查之責。對於一切新聞，哪一則應立即公開，如何措詞，均可自行負責，審愼辦理，希望軍政各機關，以後所有消息，應優先供應中央通訊社。」〔註 13〕這樣，就確立中央通訊社的法人地位和對全國發布新聞的壟斷地位。但是，這種強加的地位遭到了全國新聞界的反對，當時平津滬各報駐京記者曾公派代表向國民政府控告中央社包辦新聞。

中央通訊社眞正作爲一家正規的新聞機關建立起來，是在 1932 年 4 月蕭同茲任中央通訊社社長之後。蕭氏作爲一名出色的新聞事業管理者和黨政官

〔註 11〕姚福申：《浙江新聞事業概要》，1992 年 5 月打印稿。
〔註 12〕《中央社六十年》，中央通訊社 1984 年編印，第 7 頁。
〔註 13〕《中央社六十年》，中央通訊社 1984 年編印，第 4 頁。

員，立即採取了三項重要措施：第一，請求蔣介石批准中央通訊社在名義上脫離中央宣傳部，改為社長負責制的社會事業單位。從此，中央社對外發稿不再使用「中國國民黨中央執行委員會宣傳部」的名義，從而實現了機構獨立。第二，收回外國通訊社在華發稿權。由於中國是一個半殖民地國家，不僅政治、經濟、軍事受到列強支配，新聞通訊事業也長期處於帝國主義國家的控制之下。從1872年（清同治十一年）英國路透社在上海設立分社、發布新聞稿以來，法國哈瓦斯、美國合眾社、日本東方社、日聯社等紛紛在華設立分社。這樣，就形成了以路透社為首的外國通訊社控制中國國內新聞發稿權和壟斷國外新聞發稿權的可悲局面。蕭同茲認為，「全國報紙不獨國際消息，須依賴外國通訊社傳達，即國內消息亦多由外國通訊社供給，至發生許多不合理之現象。」〔註14〕顯然，這種狀況不僅侵害中國的主權，也嚴重地威脅到中國國民黨黨營新聞事業的發展。因此，執政的中國國民黨無論從維護民族新聞事業生存，還是從發展本黨黨營新聞事業的角度考慮，都必須改變這種狀況。1931年11月，中央通訊社分別與路透社、合眾社、哈瓦斯社訂立交換新聞的合約，收回了它們各自在華的發稿權。但是，這些合約並未發生效力。蕭同茲接任中央通訊社後，立即派高仲芹等同外國通訊社斷續談判，逐漸收回了它們在中國的發稿權。這一過程持續了8年之久，直到1939年才最後完成。第三，大力擴充全國各地的新聞採集和傳播網絡。在此之前，中央通訊社僅在中國國民黨軍隊各軍中派遣隨軍記者，「電訊僅賴交通部的有線電報，消息的傳遞不太靈活。」〔註15〕蕭同茲認為，這種狀況不符合現代化新聞事業的要求，於是他「決心以專業化的精神，來辦理一個現代化的通訊社。」〔註16〕根據這種設想，他制定了《全國七大都市電訊網絡計劃》，並在1932年到1933年的一年時間內，先後在南京、上海、武漢、天津、香港、西安等地建立了中央通訊社總社、分社和分社電臺。稍後，又在南昌、成都、重慶、長沙、福州、開封、西寧等全國各省會及重要東南亞國家聯盟建立了採訪據點，並在瑞士、印度、東京等地成立了國外分社。從1933年7月開始，中央社又利用接收的英國路透社南京和上海的兩座電臺，「向各分社播發新聞，由分社在當天轉發各報社，要使新聞當天傳送各地的理想，至此已經初

〔註14〕馮志翔：《蕭同茲傳》，臺北市新聞記者公會1975年版，第141頁。

〔註15〕《中央社六十年》，中央通訊社1984年編印，第12頁。

〔註16〕《中央社六十年》，中央通訊社1984年編印，第16頁。

步實現。」〔註17〕

　　中央廣播電臺創建於 1928 年 8 月，從一開始就編排新聞節目。但是由於功率太小（僅 500 瓦），其覆蓋面僅及江浙一帶，「不能達邊遠各省」。爲了改變這種狀況，1932 年 5 月中央廣播電臺在南京江東門外建成新臺，發射功率由 500 瓦擴大到 75 千瓦。「音波可達全國及東亞各地」，成爲當時亞洲最大的廣播電臺。〔註18〕1931 年 7 月，中國國民黨中央廣播電臺管理處成立後，先後舉辦了 4 期廣播收音員培訓班，約培訓廣播發音人員 440 名。這些人返回各地後，對於改變當地新聞通訊事業落後的狀況起了重要作用。他們不僅天天抄收中央廣播電臺和中央通訊社的新聞廣播，供給當地報社，還直接創辦專載廣播新聞的報紙。據資料記載，30 年代中期，在江蘇泗陽，河南孟縣、四平等地都出版發行過「收音日報」或「電波日報」〔註19〕之類的報紙。

　　中央通訊社業務的發展和中央廣播電臺事業的進步，爲全國報業的改進創造了有利的客觀條件。受益最大的自然是各級各類國民黨黨報。據邵力子說，在此之前，「大都市各報的本埠消息大抵全賴各通訊社以及訪員之供給，間或有自行採訪者，亦爲數不多；至於國內要聞，雖然也有特派記者拍發的電訊，但因特派記者有限，所以消息難以普及全國，甚至有時尚多仰給於外國通訊社——如路透社等。」〔註20〕中央通訊社和中央廣播電臺建立和發展後，上述情形有了極大改觀：「中央社在全國電訊網的完成，各重要都市分社的普遍設立，每日發稿數量逐漸增加。因此，各報的電訊亦驟然增加了。過去內地各報，其國內外要聞，大多剪自津滬平（南）京各大報；現在即使窮鄉僻壤，交通梗塞的地方，也可以聽取中央廣播電臺的新聞廣播，作爲重要的新聞資料。」〔註21〕這在很大程度上推動了地方新聞事業的發展，自然也推動了國民黨地方黨報的建立和發展。完全可以這樣說，中央通訊社和中央廣播電臺的建立和發展，爲各地各級各類國民黨地方黨報的建立和發展，提供了堅實的基礎和有力的保障。

〔註17〕《中央社六十年》，中央通訊社 1984 年編印，第 16 頁。
〔註18〕《十年來的中國》，商務印書館 1937 年版，第 693 頁，第 489 頁。
〔註19〕許晚成編：《全國報館刊社調查錄》，上海龍文書店 1936 年版。
〔註20〕《十年來的中國》，商務印書館 1937 年版，第 639 頁。
〔註21〕《十年來的中國》，商務印書館 1937 年版，第 489 頁。

第二節　中國國民黨中央直屬黨報的建立

一、《中央日報》的創辦

　　在成爲全國執政黨以前，中國國民黨已創辦過許多黨報，而且上海《民國日報》和廣州《民國日報》等傳統黨報仍在出版發行。不過，這些報紙大多屬於中國國民黨內不同的派系，如西山會議派、汪精衛集團等，或爲中國共產黨人所掌握。因此，南京國民成立後，中國國民黨中央雖然在政治上和軍事上佔據優勢，但是輿論宣傳方面卻處於相對劣勢。他們認爲，「究其原因，實本黨同志不知宣傳之重要，缺乏健全之宣傳，爲之指導民眾和同志之故。」〔註22〕要改變這種狀況，就必須建立自己的言論機關，而創辦《中央日報》則成了刻不容緩的工作。

　　《中央日報》1927 年 3 月 22 日創刊於武漢，和南京國民黨中央並無直接關係。臺灣方面的新聞史多以上海《中央日報》爲開端，而對武漢《中央日報》不予顧及。其理由是，「當時武漢政治局勢，甚爲混亂，報紙無保存可查。」〔註23〕實際上並非如此，而是報紙從一開始表現出強烈的反蔣傾向，臺灣新聞史家有意迴避而已。筆者認爲，要完整地反映《中央日報》的歷史，應把武漢《中央日報》也包括進去。

　　武漢《中央日報》是武漢國民黨中央的機關報，社長由中央宣傳部部長顧孟餘兼任，陳啓修任總編輯，社址在漢口交通路生成里，日出中文版和英文版各一大張。在國民黨左派人士主持下，報紙堅持「指示國民革命之理論與實踐，以領導全國民眾實現國民革命」〔註24〕的宗旨，忠實地傳達了武漢國民黨中央的聲音，並發表過大量的反對蔣介石和南京國民政府的文章。1927年 7 月 15 日武漢「分共」之後，該報立即轉變初衷，發表過不少反共文章，成爲擁汪擁蔣的工具。「寧漢合流」實現後，中國國民黨中央決定停刊武漢《中央日報》，另在上海出版《中央日報》。

　　武漢《中央日報》1927 年 9 月 15 日停刊，上海《中央日報》1928 年 2 月 1 日出版。在這四個多月的時間內，國民黨中央方面做了大量的籌備工作。1927 年蔣介石就通過邵力子邀請上海名報人陳布雷和潘公展到南昌會晤，「對

〔註22〕何應欽：《本報的責任》，《中央日報》1928 年 2 月 10 日。
〔註23〕《我國現代報業的先驅》，臺灣《中央日報》1978 年 2 月 18 日。
〔註24〕《武漢市志‧新聞志》，武漢大學出版社 1991 年版，第 58 頁。

北伐局勢及人心趨向與收攬黨外人心及現階段革命方略均有所指陳。」〔註25〕
1927 年 8 月，蔣介石因國民黨內派系鬥爭下野出國，次年 1 月回國復職。在
上海逗留期間，他和吳稚暉等國民黨要人商談過建立《中央日報》的事宜。
而恰在這時，與陳布雷關係密切的《商報》因經營不善而倒閉，中國國民黨
中央立撥出鉅款近 5 萬元，將其全部機器生財買下，由彙商公司盤給《中央
日報》。於是，上海《中央日報》得以於 2 月 1 日順利誕生。報紙日出 3 大張
12 版，社址設在望平街福州路 95 號，社長由國民革命軍東路軍前敵總指揮政
治部主任潘宜之兼任，總編輯爲彭學沛，總經理爲陳君樸，報頭係集孫中山
墨寶而成。

　　對此不惜工本、苦心經營之《中央日報》，中國國民黨最高當局當然寄予
厚望。在創刊號上有國民黨元老蔡元培、吳敬恒（稚暉）等人的祝詞。蔡元
培期勉《中央日報》「努力宣傳，嚴戒訐攻，多籌建設」。吳稚暉則大談所謂
人類文明自古至今的演變，指責共產主義者「欲造烏托邦，至不恤殺人放火
以求之。」繼而又說：「中山先生之產生於中國，洞達中外，究治古今，整理
中國之革命而確立其主義，可謂於今日之中國最爲相當。」又說，「世界上最
優良之主義，爲孫文主義。願貴報主張而實行之，爲總理吐氣」。這一篇大談
主義的話，實際是一篇反共宣言，「乃根據先總統蔣公當時謀國的苦心而發
的。」〔註26〕

　　2 月 10 日該報發表由何應欽撰寫的發刊詞《本報的責任》，公開表示：「本
報爲代表本黨之言論機關，一切言論，自以本黨之主義政策爲依歸。」他號召，
「同志之愛黨者，固應愛護本報，國人之愛護中國國民黨者，亦應愛護本報也。」
發刊詞詳細列舉了該報近期應努力完成的五個要點：（一）「與民更始」；（二）
「摒棄共產黨理論」；（三）「進一步宣傳三民主義」；（四）「準備宣傳方案」；（五）
「打倒一切惡勢力」。但是，強調的重點卻只是在第二、第三兩條。

　　按照上述要求，《中央日報》發表了大量的反對共產黨及其理論的文章，
並且不厭其煩地圖解由國民黨中央所框定的三民主義及其政策。可以說，在
創刊後的一段時期內，它確實忠實地充當中國國民黨中央及其國民政府的喉
舌。但是，隨著中國國民黨內派系鬥爭紛起，《中央日報》的編者們也表現出
了和國民黨中央特別是蔣介石個人日益明顯的分歧。蔣介石主張「以黨治

〔註25〕《陳布雷回憶錄》，臺灣傳記文學出版社 1967 年版，第 71 頁。
〔註26〕《六十年來的中央日報》，臺灣裕臺公司中華印刷廠 1988 年印刷，第 19 頁。

國」，《中央日報》則強調先「把黨的條理弄清楚」，就是「必須黨內有民主的精神」。蔣強調民族主義爲根本，《中央日報》則強調要把國家治理好，「只有民權主義去做機器，去製造民族民生主義的產物。」〔註27〕蔣堅決主張言論管制，《中央日報》則針鋒相對地指出，「平民政治就是輿論政治，……要安定政局，必須趕緊把黨組織完備，讓一般人民有相當程度的言論自由權，讓黨員能夠在黨紀內抒發意見。」〔註28〕這種分歧雖然不是原則上的對立，但《中央日報》的編輯們所表現出來的離異傾向，使蔣介石大爲不滿。於是，上海《中央日報》的命運也就可想而知了。

為了克服這種日益嚴重的離心傾向，1928 年 6 月和 9 月，中國國民黨中央常務委員會議專門討論了設置黨報和指導黨報的問題，並通過了由中央宣傳部起草的《設置黨報條例草案》、《指導黨報條例》和《設置黨報辦法》等三個重要文件〔註29〕。其中規定：「凡中央及各級宣傳部直轄之日報雜誌，其主管人員及總編輯由中央或所屬之黨部委派之」，「中央及各級黨部對各黨部除將所定各項宣傳綱要及方略先發給以資遵守外，並應隨時指導宣傳以為立言取材標準。」這樣，中國國民黨中央及其宣傳部就將各級黨報的人事權和言論權嚴格地掌握在自己手中，從而為中國國民黨黨報框定了基本模式，也為上海《中央日報》的遷寧出版和改組定下了基調。

在此基礎上，1928 年 10 月中國國民黨中央常委兼中央宣傳部部長葉楚傖提議，將上海《中央日報》遷南京出版。1928 年 10 月 31 日，上海《中央日報》在出版最後一張後終止發行。以彭學沛為首的全體編校、經理人員 26 人發表聲明，稱自即日起全部「脫離中央日報職務」，「一切契約及往來帳目由繼任者負責清理。」〔註30〕

二、《中央日報》遷寧出版和改組

南京《中央日報》於 1929 年 2 月 21 日發行，序號接上海《中央日報》。該報日出 3 大張 12 版，售洋 3 分 5 釐，版面安排依上海舊例。中國國民黨中央宣傳部部長葉楚傖兼任社長，嚴慎予任總編輯，曾集熙任總經理（後由周邦式、賀壯予接任），王平陵任副刊編輯。社址設在珍珠橋 46 號的一幢二層

〔註27〕《中央日報》，1928 年 9 月 18 日、10 月 3 日諸篇言論。
〔註28〕《中央日報》，1928 年 9 月 18 日、10 月 3 日諸篇言論。
〔註29〕上述三個文件藏於南京中國第二歷史檔案館，全宗號 722，卷號 400。
〔註30〕《本社同仁啓事》，《中央日報》1928 年 10 月 31 日。

樓房內。當時的情景十分難堪：行人往來，樓板格格作響。經理部及印刷排字房在樓下，編輯部在樓上，所有編輯校對人員，均集中在一大間屋內。南京夏天酷暑，屋小人多，悶熱不堪。屋後臨秦淮河支流，鄉民每以小船自城內載糞以歸，好風過處，臭氣陣陣。可見，此時的《中央日報》雖然已經被確立爲中國國民黨最高黨報，但設備尙屬簡陋，人員變化不居，領導體制極不完備，內容單調空洞，顯然名不副實。

1932 年 3 月，蔣介石委任上海《時事新聞》總編輯程滄波出任《中央日報》社長，力圖有所革新。程滄波（1903 年～1990），原名中行，字曉湖，江蘇武進人，1925 年畢業於復旦大學，1930 年赴英國倫敦政治經濟學院留學，次年回國，任《時事新報》總編輯。他執掌《中央日報民》後，立即從以下四個方面實行改革：

第一，在領導體制上，改總編輯負責制爲社長負責制。以前，《中央日報》雖然有名義上的社長，但其人爲中央宣傳部部長葉楚傖，他同時兼任江蘇省政府主席，根本不能管事，實際上只有總編輯和總經理負責。而經理部和編輯部儼然獨立，各不相謀。對此，程滄波主張將《中央日報》和中央宣傳部在名義上脫離關係，並仿照美國《紐約時報》成例實行社長負責制，由社長直接向國民黨中央黨部負責。這個建議得到了國民黨中央和蔣介石的批准，從而在中國確立了黨報社長負責制的管理體制。這樣，《中央日報》雖然仍然是國民黨中央的喉舌，但在形式上卻成了獨立的法人。從而對外改變了一般人們的觀感，對內統一了人事權，提高了行政效力。臺灣新聞史學家認爲，「中央日報改採社長制，並與中央通訊社同時成爲獨立經營的黨的新聞事業單位，爲中央黨報奠定一完善之制度。嗣後各地中央黨報能有自力更生的精神而且趨發展者，實由於此一制度之確定也。」〔註 31〕這種評價，實事求是，不失偏頗。

第二，在編輯方針上，加強採訪力量，充實新聞內容。在此之前，整個報社只有一名專職採訪記者，各地通訊員每月供稿也不過三四篇，報紙時有稿荒之虞，內容「實在過於貧乏」〔註 32〕。有鑒於此，程滄波提出了「人人做

〔註 31〕徐詠平：《中國國民黨中央直屬黨報發展史略》，載李瞻主編《中國新聞史》，
　　　　臺灣學生書局 1979 年 9 月版，第 324 頁。
〔註 32〕程滄波：《廿四年中的一段——爲中央日報二十四周年作》，臺灣《中央日報》
　　　　1952 年 2 月 1 日。

外勤，個個要採訪」的口號，並且以身作則，堅持每天親自跑幾條新聞。同時，他又著手印刷新報紙版面，增闢《讀者之聲》專欄和《中央副刊》，並請滬上著名書法家譚澤闓先生重新題寫報名（文匯報名同為譚澤闓先生手迹）。經過此番改革，《中央日報》以其清新的版面和充實的內容呈現在讀者面前。

第三，在言論方針上，既強調「黨派性」，又標榜「人民性」。在此之前，《中央日報》一再公開宣稱「本報為代表本黨之言論機關，一切言論，自以為本黨之主義政策為依舊」，表現出要「橫掃一切異己力量」的蠻橫風格，因而遭到絕大多數人民的厭棄。改革以後，該報雖然仍然表示要繼續發揚這種「黨性」，但也表示要發揚「人民性」，聲明要充當「人民的喉舌」。1932 年 5 月 8 日，該報刊發程滄波社長親自撰寫的《敬告讀者》的改組社論，社論指出：「依吾人之見，黨之利益與人民之利益，若合符節。換言之，人民利益即黨之利益，為人民利益而言，即為黨之利益而言。故本報為黨之喉舌，即為人民之喉舌。」固然，在中國國民黨黨報那裏，所謂「黨性」與「人民性」是無法統一起來的。但是，《中央日報》以「人民之喉舌」自詡，確實能新人耳目，也能夠在揭露那些貪官污吏方面發揮一定的作用，因而具有一定的積極意義。

第四，在經營管理上，積極更新設備，完善會計制度，擴大發行網絡。當時，報社每月由國民黨中央撥付 8000 元經費，數量不可謂少。但是，由於管理混亂，經營不善，「職工欠薪，煤炭費用等欠歇，為數頗巨」〔註 33〕。為了擺脫困境，程滄波決定立即「確定館內各種會計制度，特別是加強廣告發行單據的管理，使其完全制度化。」〔註 34〕制度確定之後，他又用 2 萬元購置天津《庸報》印報機一臺，同時爭取國民黨中央財政撥款 17 萬元，並在南京新街口建築現代化大樓一座。在此基礎上，報社又重新修訂了各地分銷處簡章和廣告刊例，並積極催收各地拖欠的廣告費和訂報款。這些措施的實施，改善了報社的經濟狀況，增強了報社的經濟實力，擴大了報紙的發行量。據記載，該報的發行量由改組前的 9000 份左右增加到 30000 份以上〔註 35〕。

〔註 33〕程滄波：《廿四年中的一段——為中央日報二十四周年作》，臺灣《中央日報》
　　　　1952 年 2 月 1 日。

〔註 34〕程滄波：《廿四年中的一段——為中央日報二十四周年作》，臺灣《中央日報》
　　　　1952 年 2 月 1 日。

〔註 35〕許晚成：《全國報館刊社調查錄》，上海龍文書店 1936 年版，第 37 頁。

與此同時，在程滄波社長以身作則的示範下，報社上下形成了一種密切合作、平和親切的人際關係。據當時的一位編輯回憶：「他（程）是當時國民黨中委和立法委員，個人擁有一輛小汽車，每天傍晚駛過陋巷，步下危樓，走進木板隔成的內室。經常聽到他在內室打電話，時而用外語，時而用南方的『官話』，為新發生的問題向各方面聯繫。」「那時報社一到午夜時分，供應一頓稀粥。當時放下筆剪，同桌就食者，有老報人金誠夫、復旦舊人劉光炎等。帶著近視眼鏡、身材矮小的程社長，邊吃邊說，談笑風生。」〔註36〕到這時，《中央日報》才成為一家比較正規的新聞輿論機關，也只有到這時，它作為中國國民黨中央發言的最高黨報的地位才名副其實地穩固地建立起來。正如國民黨宣傳主管權威人士陶希聖所言：「在抗戰以前，能夠代表中央發言，是程滄波先生的時代。」〔註37〕

三、《華北日報》等中央直屬黨報的建立

南京《中央日報》誕生之際，正是中國社會處於全面而激烈的動盪之時。共產黨人在舉行大規模武裝起義的同時，又聯合全國知識界發起了爭民主、爭自由的運動。在共產黨人的鼓動下，資產階級自由派人士如胡適之等也公開和國民黨唱反調，挑起了「人權與約法」之爭。在國民黨內部，各反蔣派別聯合起來，由暗鬥明爭到稱兵競雄。粵桂戰爭、蔣桂戰爭和蔣馮戰爭相繼爆發，從兩廣到華北，戰爭煙雲到處升騰，國民黨中央片面認為，這種局面的出現，原因在於「過去的宣傳工作散漫而不統一」，致引起「黨內之野心分子，尚翻死灰復燃。」〔註38〕因此，在進行武力征伐的同時，他們又在各地建立大規模的中央直屬黨報，以加強和統一各地的宣傳工作。

1928年9月，中國國民黨中央常務委員會第165次會議專門討論了在各地設置中央直屬黨報的問題。會議決定，在北平、漢口、廣州各設置一黨報，由中央特別管理。會議指出，「北平地方重要，黨報之設，刻不容緩。」〔註39〕在此之前，國民黨中宣部就已派遣沈君陶前往北平籌辦出報事宜。所謂籌

〔註36〕星德：《寄懷老報人程滄波先生》，北京《團結報》1984年4月28日。
〔註37〕陶希聖：《邀遊於公聊之間的張季鸞先生》，臺灣《傳記文學》第30卷第6期。
〔註38〕《全國宣傳工作會議中央宣傳部之工作報告》，上海《民國日報》1929年6月4日。
〔註39〕《華北日報發刊詞》，《華北日報》1929年1月5日。

辦，主要是組織編撰班子，網羅社會名流以爲筆陣。至於機器、紙張和社址等則由國民黨中央函請國民政府直接劃撥。

《華北日報》創刊於 1929 年元旦，社址在北平王府井大街，報名由國民政府主席譚延闓書寫。李石曾、段錫朋、沈君默、蕭瑜等組成報務委員會，實際由安馥音、沈君默負責。報紙日出 3 大張 12 版，以刊登政治、經濟和黨務要聞爲主，附出《華北畫刊》、《現代國際》、《邊疆周刊》等專刊。創刊號上刊有蔣介石、胡漢民、蔡元培、閻錫山等人的祝詞或文章。蔣介石的祝詞是：「幽燕在昔，民氣鬱湮；廓清氛霧，正誼延伸；作我新民，以黨建國；言論樞機，爲世準則；春雷始震，萬物昭蘇；披波持正，闢此康途」。蔣介石的話具有多方面的含義，既是對這份新生黨報的希望，也是對幽燕「氛霧」的一種警告。

該報的發刊詞是由中國國民黨中央宣傳部撰寫並郵寄的，由於交通不暢，4 日之後才在該報刊出。從表面看，文章強調的是反共，但根本目的卻在爭取華北民心，以遏止「封建殘餘」的「亂謀」。這和蔣介石的期望是一致的。文章指出，「黃河流域，以我國文化發祥之地，……於我國及世界文化史上貢獻實大。惟默守師承，不求進取，故在科學文化進步迅速之今日，遂處處呈現相形見絀之態。」〔註40〕特別是「北方久沾專制之遺毒，得染封建之餘毒」，所以，「剷除舊污，恢復美德」、「使黨部、政府與人民三方面一致合作，使建設事業徹底完成」〔註41〕，就成了該報所標示的宗旨。此種微妙的情形，既反映了中國國民黨中央對北方宣傳的高度重視和嚴密控制，也顯示出南京國民政府在北方根基不穩，鞭長莫及。由是以觀，孤懸幽燕的《華北日報》的命運決不會一帆風順。

事實上，厄運接踵而至。1929 年冬，當南方國民黨黨報按照國民黨中央宣傳部的「宣傳大綱」全力「聲討馮系軍閥禍國殃民之罪」〔註42〕的時候，蟄伏在閻錫山嚴厲的新聞管制之下的《華北日報》卻噤若寒蟬。1930 年 3 月初，國民黨中央在南京召開三屆三中全會，會議指責聯合反蔣各派「不惜甘心反動，爲最後之掙扎，以爲背黨背國」，決定「對於不受領導蓄意破壞之反動分子……以武力爲制裁。」〔註43〕中原大戰近在眉睫，此時，《華北日報》

〔註40〕《中國周報》第 15 期，1928 年 9 月 17 日。
〔註41〕《華北日報發刊詞》，《華北日報》19929 年 1 月 5 日。
〔註42〕上海《民國日報》，1929 年 10 月 14 日。
〔註43〕上海《民國日報》，1930 年 3 月 2 日。

那些「忠於所事」的報人再也無法忍受，以各種方式表現出擁蔣反閻的傾向。3 月 1 日至 9 日，《華北日報》積極宣傳南京方面的意旨而被閻錫山系軍閥檢扣，報紙上共出現 15 處「天窗」。特別是 3 月 7 日，「要聞版」（第二版）上半版全部被檢扣，出現了半張的大空白。與此同時該報又通過新聞報導巧妙地透露南京方面的聲音。3 月 2 日，該報以「本報一日下午徐州專電」為題，報導了寧方「討賊前敵總指揮」劉峙在徐州民眾歡迎大會上的講話。報導說，「（劉峙）來徐的目的，一為保障和平，二為愛護徐州。會畢拍發通電」。通電的內容是什麼，隻字未提，顯然已被扣壓。但是，「保障和平」和「愛護徐州」已經明晰地傳達了劉峙的「討伐」使命。

　　但是，筆桿子畢竟硬不過槍桿子。中原大戰爆發後，地方實力派閻錫山立即下令封閉國民黨中央在平津的所有黨報。《華北日報》首當其衝，自然成了國民黨中央和新軍閥派系鬥爭的犧牲品。該報自稱，3 月 18 日「正當馮閻叛變惡潮方湧之時，自本報以及總司令行營，電報局、電話局等中央在北平之機關，悉被閻派佔領。」〔註 44〕直到 10 月 10 日，中原大戰結束後，《華北日報》才得以復刊。

　　復刊後的《華北日報》又重新彈起了「反共」、「訓政」的老調，不過經此打擊，它的態度已有所緩和。它表示，要繼續「本乎中國國民黨之立場，在中央領導下，奉行三民主義的理論，以擁護統一，擁護國民革命為生命。」對社會風氣和國民精神「整飭之，振作之，革正之，以遂維新之業。」〔註 45〕「七・七」事變後，故都蒙塵，該報被日偽劫收。

　　《武漢日報》也是在南京國民政府和地方實力派（桂系軍閥）的尖銳對立中創辦起來。1927 年底寧漢戰爭後，李宗仁、白崇禧等乘機控制了兩湖地區，並以此為基地開始與南京對立。為了強化對武漢地區的統治，南京國民政府在對桂系軍閥實行武力打擊和政治分化的同時，也加強了輿論的控制。1928 年初，中國國民黨中央漢口特別市黨部接收和改組《中央日報》，並撥款增添設備和人員。經過前武漢《中央日報》負責人曾集熙等積極籌備，《武漢日報》於 1929 年 6 月 10 日出版，社址在漢口歆生路忠信里，後遷江漢路 468 號。報紙日出 3 大張 12 版，其中新聞和副刊 8 版，廣告 4 版，主要副刊有《鸚鵡洲》、《星期畫刊》等。由於報紙設備先進，印刷精良，又注意充實新聞報

〔註 44〕《華北日報》，1931 年 3 月 18 日。
〔註 45〕《華北日報》，1930 年 10 月 10 日。

導，銷路看好。抗戰前最高發行量曾達到 26000 餘份，是華中地區發行量最大的一家報紙。《武漢日報》在創刊以後很長一段時間一直沒有社長，由國民黨中央宣傳部直接控制，由總編輯胡伯玄、宋漱石負責。直到 1935 年大局已經穩定，中央宣傳部才正式任命中央通訊社武漢分社社長王亞明任該報社長。

除《華北日報》和《武漢日報》外，國民黨中央宣傳部在各地創辦的直屬黨報還有以下幾種：

（一）《天津民國日報》。該報原名《河北民國日報》，1928 年 6 月創刊於北平，社址在彰儀門外大街 71 號，由黃伯輝、黃霄九負責。1928 年底改名後遷天津出版，社址設在特三區三經路 76 號，由魯蕩平負責。1930 年 3 月，中原大戰期間遭閻錫山封閉。1933 年 5 月《塘沽協定》簽定後，報紙受日本壓迫而停刊，部分設備遷至西安，另創《西京日報》。

（二）《西京日報》。該報 1933 年 3 月 10 日創刊，社址在西安市五味街，社長郭英夫，主筆趙建新。報紙日出 2 大張半，共 10 版，並附出副刊 10 種，最高發行數達 12500 多份。當時，正值日本在華北步步緊逼，日本亡華野心暴露無疑，全國建設西北大後方的呼聲甚高。在全國要求抗戰的呼聲中，該報為配合西北開發，作過一些鼓吹。但是，其基本的方針仍然是蔣介石所倡導的「攘外必先安內」。因此，在「西安事變」中被張學良、楊虎城派兵接收，改名為《解放日報》繼續出版。「西安事變」和平解放後，南京國民政府中央軍進駐西安，1937 年 3 月 1 日《西京日報》恢復出版。

（三）英文《北平導報》（The Peking Leader）。這是中國國民黨中央直屬的唯一的一份外文報紙，1930 年 1 月 10 日出版，社址在北平梁家園，主持人為刁作謙、張明煒等。1932 年 2 月，該報因同情朝鮮人民的抗日鬥爭刊登了《高麗獨立黨宣言》，並發表社論作正義聲援。日本大使館認為報紙煽動革命、侮辱天皇，向當時國民黨北平綏靖公署主任提出抗議，要求「報紙永久停刊」。〔註46〕迫於日本的壓力，張學良遂將報紙查封。同年 6 月，根據國民黨中宣部的指示，該報更名為《北平時事日報》恢復出版。1935 年底，冀察政務委員會成立，華北的形勢岌岌可危，中宣部委託在華辦報 30 多年的英國老報人李治（W.SheldonRidge）代為經營，其「言論主針，仍遵照中央指示。」〔註47〕抗日抗爭爆發後，北平淪陷，該報仍堅持出版 3 個月，卒為日本軍隊

〔註46〕張明煒：《近卅年來北平報業》，臺灣《中央日報》1957 年 3 月 20 日。
〔註47〕賴光臨：《七十年中國報業史》，臺灣中央日報社 1981 年版，第 127 頁。

強行接收。

（四）山東《民國日報》。該報是國民黨中央宣傳部在華北地區創設較早的一家直屬黨報，1928 年 6 月出版，社址在濟南城內東華街 9 號，由李江秋、黃星炎負責。報紙日出 3 大張 12 版，每天銷售 8000 份左右。

（五）《福建日報》。該報創刊於 1928 年 11 月，初由國民黨福建省黨部主持，社址在福州市虎節路 22 號。經過數易報名後，1934 年 3 月改為直屬中央黨部，由中央通訊社總幹事和中央宣傳委員特約編輯劉正華任社長。報紙日出 2 大張，並附出 11 種副刊。最高發行量為 6000 份。抗戰期間，改名為福建《中央日報》，遷永安出版。

上述《中央日報》和各地中央直屬黨報，組成了國民黨黨報的主力陣營。在 20 世紀 20 年代末、30 年代初中國波譎雲詭的政治風潮中，它們直接聽命於國民黨中央宣傳部，為反對共產黨、排斥異己，而揮戈上陣，而大打出手；為維護和鞏固南京國民政府的統治而效力。同時也積極反抗日本的侵略，在一定程度上反映了全國人民的抗日要求。

第三節　中國國民黨傳統黨報的演進和改造

和《中央日報》及其它中國國民黨中央直屬黨報相比，上海《民國日報》和廣州《民國日報》雖然沒有被南京國民黨中央正式確定為中央直屬黨報，但它們的歷史要久得多，影響也要大得多。由於歷史的原因，它們和南京國民黨中央並無直接的關係。因此，在歸附南京國民黨中央的過程中，它們表現出了複雜的色彩。一方面，作為《中央日報》出世之前的兩家主要的國民黨黨報，它們從 1925 年「五卅」運動後就表現出了不同程度的反共色彩，後來又充當了蔣介石集團和汪精衛集團「清黨」、「反共」的主要喉舌。另一方面，它們又標榜信仰孫中山的三民主義，以中國國民黨的正統黨報自居，對蔣介石領導的南京國民黨中央公開表示不滿，對於反帝國主義的運動也持支持的態度。

一、上海《民國日報》的演進

上海《民國日報》創刊於 1916 年 1 月 22 日，當時正值袁世凱稱帝復辟之際。作為中華革命黨的機關報，它緊隨領導者孫中山，高舉反袁的旗幟，堅決反對北洋軍閥的封建統治。五四運動時期，該報為了廣泛宣傳社會主義，

特創《覺悟》副刊，曾刊登邵力子、沈玄廬、戴季陶等人宣傳新思潮的文章。沿著這種進步趨勢，該報很快將宣傳基調轉移到「聯俄、聯共」上來，爲推動和維護國共合作起過重要作用。

1925 年下半年，該報從原有立場上後退。當時，孫中山逝世不久，中國國民黨內重心頓失。加之，「五卅」運動中工人階級及其政黨中國共產黨顯示出強大的政治力量，國民革命統一戰線內部圍繞著領導權的問題，展開了激烈的鬥爭。戴季陶主義和西山會議派的出現，就是這種政治鬥爭的產物。《民國日報》在這場鬥爭中，始終站在戴季陶主義和西山會議派一邊。

1925 年 5 月 19 日，戴季陶從廣州東山寄來《孫文主義民生哲學系統表》一稿，《民國日報》立即將其在 5 月 27 日以社論的形式全文發表。7 月底至 8 月初，它又不惜篇幅地分七次，全文刊登廣告，推銷戴氏著作。在這些文章中，戴季陶用中國傳統的儒家思想來「純化」孫中山的三民主義，以激化國民黨內的反共情緒，將共產黨人從國民黨內排擠出去。

1925 年底，國民黨內一部分有反共情緒的元老（謝持、張繼等）在北京召開西山會議，戴季陶主義被付諸實施。作爲西山會議派的喉舌，上海《民國日報》大量地持續地發表了有關西山會議的通電、文告、消息和社論，反對共產黨、指責廣州國民黨中央、分裂國共合作、自我辯解的文章，連篇累牘，蜂擁而出。

戴季陶主義和西山會議派的反共分裂活動，理所當然地遭至了共產黨人的堅決反擊，也受到了廣州國民黨中央的嚴厲制裁。1926 年 1 月，中國國民黨第二次全國代表大會專門通過決議處分了西山會議派及其言論機關上海《民國日報》。會議指出，「葉楚傖主持僞中央執行委員會外，復主持《民國日報》作反動之言論，應令停止職務，並將該報交出改組。與此同時，中國國民黨中央執行委員會通告各級黨部：「上海《民國日報》近爲反動分子所盤踞，言論荒謬，大悖黨義，已派員查辦。」〔註48〕

經此番打擊，國民黨右派敗下陣來。《民國日報》不得不略斂鋒芒，表示「依舊願以全力來主張反抗帝國主義，打倒軍閥」，「對於整個的共產主義，依舊承認其爲革命路上的一個隊伍。」〔註49〕但是，這種變化只是形式上的

〔註48〕轉引自袁義勤：《上海民國日報簡介》，《新聞研究資料》第 45 輯，中國社會科學出版社 1989 年 3 月版。
〔註49〕《本報重要申明》，上海《民國日報》1926 年元旦特刊。

改變，其反共分裂的本性未移。因此，時局一有變化，它就以更堅決的反共的態度表現自己。1926 年廣州「三・二○」事件發生後，該報雖然本著「關於內部變化者，不惜暫居人後」的基調未作大肆宣揚，但仍通過「代論」的形式發表了葉楚傖的來信《致本報同人書》，指責共產黨，奉承蔣介石。

反共是《民國日報》蛻化的起點，也是它投靠蔣介石集團的本錢。因此，當 1927 年「四・一二」政變發生之時，《民國日報》自然成了國民黨蔣介石集團的主要喉舌。在「四・一二」政變期間，該報一方面以整版整版的篇幅刊登關於「工人糾察隊被繳械」的消息，顛倒黑白，混淆是非，為蔣介石鎮壓工人群眾開脫罪責，另一方面又大量刊載各地「反共清黨」的電訊和宣傳標語，虛張聲勢，搖旗吶喊，為蔣介石的反共舉動助威，殺氣騰騰，竟日如是。《民國日報》簡直變成了國民革命軍東路軍前敵總指揮部的布告牌。不僅如此，該報主筆胡樸安公然揭下「為全民擁護主義，絕不受任何一階級的支配」的偽裝，表示願意為蔣介石集團充當「清道的老馬」。他說：「鄙人自認為是匹清道老馬，略識道途，微解水性，尚堪供國人的驅策，用特勉竭駑劣，從事清道，雖不敢說令輿論界惟本報的馬首是瞻，也要引導人類向清道光明的道路上去。這是鄙人最大的盼望，也是本社同人共負的責任。」〔註50〕

該報雖然投靠了蔣介石集團，但西山會議派的班底並未被拆散，葉楚傖、陳德徵等仍牢固地控制著編輯和發行大權。所以，蔣介石對它極不放心，時時加以控制和監視。東路軍前敵總指揮部一進駐上海就立即發佈蔣介石的「手諭」，命令「上海各報登載各項公文標語須有本部政治部蓋印發出方為有效」，「所有武漢發來之電報函件及武漢各報淆惑聽聞妨礙革命之記載並總政治部等各種反動宣傳廣告，一概不許刊登及轉載。」〔註51〕從而，將各報的消息來源和發佈權強行控制起來。這樣，《民國日報》不但不能「令輿論界惟本報的馬首是瞻」，反而要看東路軍前敵總指揮部政治部的眼色行事。尤其使它難堪的是，東路軍前敵總指揮部政治部不但強制它天天在要聞版刊登各種反共、反工農運動的標語口號，如「反三民主義即反革命」、「打倒後方搗亂分子」、「打倒賣國賊！」等，而且依附它發行《前敵之前敵》的宣傳品，企圖控制該報的編發大權。這樣，不僅進一步貶損了《民國日報》作為新聞傳播媒介應有的功能，而且造成了《民國日報》和東路軍前敵總指揮部政治部的尖銳對立。該報總編輯陳德徵

〔註50〕上海《民國日報》，1927 年 5 月 7 日。
〔註51〕上海《民國日報》，1927 年 4 月 6 日、7 日。

陳德徵後來牢騷滿腹地說，「它（指《民國日報》）不善投機，又不會營業，更不會鑽營，它只會惹起一般投機的腐化的乃至惡化的惡感。」〔註52〕

隨著國民黨內派系鬥爭的不斷升級，《民國日報》對以蔣介石為首的南京國民黨中央的不滿也越來越頻繁地坦露無遺。1927年12月19日，該報在要聞版以《孫夫人竟反對絕俄》為題，全文發表了宋慶齡痛斥蔣介石集團反俄反共罪行的通電，使蔣介石十分尷尬。1931年5月4日，該報再次以顯要的版位刊登了《鄧林蕭古之卅電》，鄧澤如、林森、蕭佛成、古應芬等人在通電中指責蔣介石「猜忌為心，險狠成性」，「違法叛黨，劣迹昭著」，並列舉其六大罪狀，號召全黨共棄之。

這一切招致了蔣介石的忌恨，打擊報復隨之而來。當時，上海盛傳「陳德徵是首鼠兩端的惡化分子」、「陳德徵素為蔣介石所惡，已逃至河南開封」〔註53〕的流言。陳氏是否逃匿無須考證，但他「素為蔣介石所惡」則是實情。雖然他一再發表聲明為自己表功辯污，但還是被迫辭去了國民黨上海特別市黨部的一切職務（市黨部常務委員兼宣傳部長），並且一度被蔣介石「藉故關押南京。」〔註54〕因此，《民國日報》主持易人，陳德徵永不見重於蔣介石。

在反抗日本帝國主義侵略的問題上，上海《民國日報》和國民黨中央以及《中央日報》也有所軒輊。應當看到，日本帝國主義日益兇暴的侵華活動和南京國民政府統一國家和「收回權利」的政策是根本衝突的。因此，無論是在「濟南慘案」或「九‧一八」事變和「一‧二八」事變中，所有的中國國民黨黨報及其報人出於愛國熱忱，都譴責過日本侵略者的暴行，反映過人民的心聲。但是，由於受蔣介石「攘外必先安內」政策的影響，它們反日的態度又是有所不同的。

「九‧一八」事變期間，《中央日報》和《民國日報》都在要聞版以強化處理的方式報導了日軍佔領瀋陽等地的消息，並配發了社論。但是，兩報所強調的重點是不同的。《中央日報》強調的是「鎮靜」地「訴諸公理」，「在中央的統一指揮下共赴國難。」〔註55〕說穿了，就是「不抵抗」，並將剛剛興起的群眾抗日愛國運動壓下去。《民國日報》則不同，它雖然也刊登過蔣介石《暫

〔註52〕德徵：《代「怪物」作供狀》，上海《民國日報》1928年元旦特刊。
〔註53〕上海《民國日報》，1927年12月13日、31日和1928年3月2日。
〔註54〕徐鑄成：《報海舊聞》，人海人民出版社1981年版，第27頁。
〔註55〕《中央日報》，1931年9月20日、29日社論。

時忍讓決非屈服》、《擁護公理抵禦強權》的講話，也發表過勸導工人、學生、商人「不罷工、不罷課、不罷市」的社論，但是它的主旨卻在「武力禦暴」、「求人不如求己」、「不抵抗乃自殺。」〔註56〕它指責國民政府官員「文不守土，武不干城，恒舞酣歌，醉生夢死，敵未來不能防，敵已至不能禦，喪師失地不能復，此爲乾坤何等景象，國家何等干紀耶！」；它諷刺《中央日報》所鼓吹的「鎮靜」論調是「見死不救的 C 博士」；它呼籲國民和政府「再不抵抗，國亡無日。」〔註57〕它還通過上海 80 萬工人之口，對國民黨中央施加壓力，要求「全國立即總動員，驅逐日兵出境，恢復失地」〔註58〕。尤其可貴的是，它把這種抗日救亡的熱忱一直保持下來，到 1932 年元旦仍在《覺悟》副刊上大聲疾呼：「國人！爾忘日人殺我同胞、奪我土地之仇乎！（不敢忘，請努力！）」在《閒話》副刊上也寫著：「第一句話，今天不是元旦，今天是瀋陽被倭奴佔領後第 106 天。」

這種激烈的抗日言論引起了日本侵略者的不滿，他們指責該報「筆鋒時走於排日」。1932 年 1 月，日本方面又以該報發表的消息《韓國人刺日皇未中》內有「日皇閱兵畢，返京突遭狙擊，不幸僅炸副車一語，「觸犯天皇」，迫使公共租界工部局封閉該報。1 月 20 日，上海發生日本浪人焚毀翔港三友實業社工廠事件。次日，《民國日報》對此作了詳細報導，其中有「日浪人藉陸戰隊掩護」字樣，引起日本海軍陸戰隊的橫暴干涉。22 日下午，日本海軍陸戰隊本部派土山廣端中尉持函至報館，提出四項強硬條件：「一，主筆來隊提出公文陳謝；二，揭載半張大的謝罪文；三，保證將來不再發生此種事情；四，罷免直接責任記者。二十三日午前爲限要求答覆，若不承認，莫怪也。」〔註59〕如此蠻橫的要求，《民國日報》當然無法接受。23 日，該報將日本海軍陸戰隊來函全文公佈，僅在第二版左下角刊登啓事一則：「本報二十日引翔港三友廠被日本浪人縱火焚毀事件，次日本報紀載中有海軍陸戰隊掩護云云，係根據各方報告登載，昨據日本海軍陸戰隊本部派員來館聲明上項紀載與事實不符合，據以更正，以表歉忱。」〔註60〕表示了自己嚴正不屈的立場。26 日，

〔註56〕上海《民國日報》，1931 年 9 月 20 日社論。
〔註57〕上海《民國日報》，1931 年 9 月 24 日、29 日社論及《覺悟》副刊。
〔註58〕上海《民國日報》，1931 年 10 月 31 日。
〔註59〕上海《民國日報》，1931 年 1 月 23 日。
〔註60〕上海《民國日報》，1931 年 1 月 23 日。

該報在出版第 5662 號後，接受上海公共租界工部局的通告，自行停刊。

「落紅不是無情物，化作春泥更護花」。《民國日報》雖然停刊了，但淞滬抗戰的炮聲隨之轟響。它那可貴的抗日愛國精神，在中華民族抗日救亡的高潮中得以發揚光大。

二、廣州《民國日報》的改造

如果說上海《民國日報》以「反蔣」和「抗日」為自己的演進過程留下了特色的話，那麼廣州《民國日報》的變化則毫無特色可言。有之，則只是一個「亂」字。20 年代末、30 年代初的廣州，是中國政治舞臺上最紛亂的一隅──由一個革命的中心一變為粵系軍閥李濟深反共的基地，再變而為汪精衛集團縱橫捭闔的場所，又變而為桂系軍閥的後院。1929 年 5 月，蔣桂戰爭結束後，廣州才比較穩定地處於南京國民政府的控制之下。但是，這種「統一」的局面只是曇花一現。廣東地方實力派陳濟棠 1931 年 4 月又利用「胡案」〔註 61〕揭出了「反蔣」的旗幟，從此寧粵雙方長期處於對立狀態。這種局面直到 1936 年「兩廣事變」和平解決後，才告結束。

「亂鬨鬨，你方唱罷我登場」。在光怪陸離的政局變幻中，廣州《民國日報》充當各派的輿論工具，以各派的槍口為俯仰，妻妾事人，朝秦暮楚，毫無定向。這是中國新聞界的悲劇，也是中國國民黨黨報的恥辱。正因為如此，南京國民黨中央對它的改造要困難得多、複雜得多，所花費的功夫也精細得多。

廣州《民國日報》創刊於 1923 年 6 月，初為國民黨廣州市黨部機關部，1924 年 10 月歸國民黨中央宣傳部管轄。在第一次國共合作中，該報積極貫徹孫中山「聯俄、聯共、扶助工農」的三大政策，和共產黨在廣州的報刊關係融洽。1926 年 7 月下旬，廣州各報因印刷工人罷工而停刊時，廣州《民國日報》和《國民新聞》因得到共產黨人的幫助而能正常出版，甚至還出現過國民黨黨報因登載共產黨的文件而被國民黨中央軍事委員會派員檢扣的事〔註 62〕。

「四‧一二」政變發生後，由於受反共分子控制，廣州《民國日報》立即表現出強烈的反共色彩。1927 年 4 月 15 日，李濟深等人按照蔣介石的布置，

〔註 61〕1931 年 2 月 28 日，蔣介石因「約法之爭」，將立法院院長胡漢民扣留，史稱「胡案」。

〔註 62〕木：《報紙停業與復工條件》，《人民週刊》（1926）第 9 期、第 17 期。

開始在廣州捕殺共產黨人。4月16日，該報以3個整版的篇幅刊登了李濟深、古應芬等人關於《肅清共產黨叛徒之重要宣言》和中國國民黨廣東特別委員會宣傳部擬定的反共擁蔣的宣傳標語。此後一連數天，該報編者頻頻發表社論，闡述反共清黨的意義，附和當局者的舉動。一時間，該報的版面上彌漫著白色恐怖的氣氛。

但是，廣東民眾畢竟受革命的感化多年，他們紛紛投書報社對蔣介石、李濟深等人「肆口雌黃，滿腹懷疑。」〔註63〕據廣州《民國日報》總編輯曾獻聲透露，5月15日、16日他「連續收到了許多給我的信」，5月24日「仍舊接了百餘封讀者的信。」〔註64〕群眾的情緒不可避免地要影響到編輯者的思想，曾獻聲、徐天深等人在極為險惡的環境下，通過社論的方式把民眾的意見引述出來，並乘機在報紙上開展了一場關於「防止右傾」的大討論。從5月13日至6月6日，該報發表了大量的來稿和十多篇社論或來信，呼籲「嚴防右傾分子！」該報編者徐天深在所撰社論中指出：「惟恐中國國民黨的生命，從左手奪回來，竟從右手斷送了去。1、我們站在中國國民黨的立場，為保全本黨的生命起見，不得不極力防止右傾。2、我們站在革命的觀點，為始終維持其革命性起見，不得不極力防止右傾。3、我們站在民眾的利益上面，為謀一切被壓迫民眾解放起見，不得不極力防止右傾。」〔註65〕討論中的一些文字還著重揭發了當時一些所謂「最革命者」「乘肅清共產黨的機會來報私仇」〔註66〕的醜惡面目。當然，這場對國民黨右派的聲討論很快被制止。中國國民黨廣州特別委員會宣傳委員會專門就此發出了「重要通告」，決行下列三事：「（一）各報一律不得再刊載分化作用，攻擊同志之文字，違者嚴懲；（二）各報一律不得再登載任何團體或個人分化作用之宣言、傳單等，違者嚴懲；（三）各團體更不得再發表分化作用之宣言、傳單等，否則一經查覺，即行檢舉。」〔註67〕結果，曾獻聲等被迫離開報社，由陳孚木接任社長。這一場關於「防止右傾」的大討論雖然被壓制下去了，但是它的影響是深刻的。它在嚴峻的白色恐怖之下，從一個特殊的角度暴露了中國國民黨反共政策的殘酷性和虛偽性。

〔註63〕廣州《民國日報》，1927年5月16日。
〔註64〕廣州《民國日報》，1927年5月25日、5月27日。
〔註65〕廣州《民國日報》，1927年5月25日、5月27日。
〔註66〕廣州《民國日報》，1927年5月16日、6月7日。
〔註67〕廣州《民國日報》，1927年6月7日。

　　「防止右傾」的大討論尚未來得及清理，廣州《民國日報》很快又隨著政潮的跌宕陷入了國民黨內各派系互相攻訐的混亂之中。先是 1927 年 10 月，由於把持廣州的李濟深、黃紹竑等人不滿於西山會議派所控制的南京國民黨中央特別委員會，報紙即開始猛烈攻擊西山會議派，說西山會議派「和新軍閥一致，就是想篡竊黨權，來排斥瞭解民生主義的分子，來壓迫農工階級，並利用清黨機會，而舉行獸性的對忠實分子及農工階級的大殘殺。」它指責「南京非法特委會是一個反革命派的最後之大雜燴」，公開號召「打倒屠殺民眾的南京特委會！」〔註 68〕接著，1927 年 11 月下旬擁護汪精衛的張發奎、黃琪翔等發動兵變，推翻李濟深的統治，該報又立即「憤怒」聲討「李深濟過去在粵之罪」，並以大字通欄標題「打倒新桂系之醞釀與發動」〔註 69〕報導兵變過程。一時間，「打倒南京非法特委會」、「打倒新軍閥李濟深、黃紹竑」、「擁護汪主席的護黨主張」的口號充斥著報紙版面。但是，一月之後，隨著中國共產黨人領導的「廣州起義」失敗，桂系軍閥以「剿共」的功臣重主粵政，於是，《民國日報》旗幟一轉，又唱起了「擁護李（濟深）主席回粵主持粵政」、「通緝勾結共黨的禍首汪精衛」的高調。1928 年 1 月 3 日，該報第一張第三版上刊出李濟深、黃紹竑的大幅照片，並標以「殲共勘亂之本黨忠實同志」。昨日的罪魁變成了今日的功臣。這種反覆無常的現象只有在混亂的現代中國，在派系紛爭的中國國民黨黨報上才會出現，而且屢見不鮮。

　　為了改變這種混亂的狀況，南京國民黨中央派戴季陶出任廣州中山大學校長，指導廣東的宣傳。戴季陶（1891～1949），原名良弼，字選堂，又名傳賢，字季陶，號天仇，浙江吳興人。早年留學日本，1909 年回國後任《中外日報》、《天鐸報》、南洋《光華報》、上海《民權報》主編。五四運動時期，他曾主編《星期評論》，宣傳進步思潮。1924 年 1 月，他在中國國民黨第一次全國代表大會上被選為中央執行委員會委員。1925 年 6、7 月間，他發表《孫文主義之哲學的基礎》和《國民革命與中國國民黨》兩本小冊子。戴季陶所以放著中央宣傳部部長的位置不就，偏偏南下廣州，實有一番良苦用心。他在寫給廣州《民國日報》社社長黃季陸的信中有坦率的說明，信中指出：「昔日弟所以宣傳部長、常務委員而不就者，蓋明知今日之言論，以亂

〔註 68〕廣州《民國日報》，1927 年 11 月 21 日、11 月 26 日。
〔註 69〕廣州《民國日報》，1927 年 11 月 29 日。

至無可救藥，以一人之能力，欲挽此頹風，決非易事。……況夫挽回全國之言論趨向，以正人心而厚風俗，明主義而立國是者哉！」〔註70〕可見，他是從維護中國國民黨統治的長遠利益出發，從端正風俗人心這些社會心理深層次上考慮問題的。顯然，這種考慮要比那些急功近利、朝三暮四的宣傳家要高明得多。

在戴氏主持下，1928年5月廣州《民國日報》實行改組，黃季陸出任社長。作爲一名資深的理論家和經驗豐富的報人及南京國民黨中央的黨政要員，戴季陶在改組期間殫精竭慮，爲報紙提出了一些切實可行的方針和措施。由他親筆撰寫的改版社論《本報今後的方針——告讀者》指出：「現在國民黨的勢力已經統治了五分之四的中國，……快進到實施訓政的時期。今後的本報，必須徹底做一番改良的功夫，以求切切實實的造成健全的輿論來輔助建設的工作。」什麼是「健全的輿論」呢？怎麼才能造成「健全的輿論」？戴氏認爲，應該做到以下幾點：第一，「日報的任務，是在傳達正確的事實，……發展社會文化，指導國民的言行」。這是根本的原則，「任何一個國家，任何地方的報紙都應該奉爲信條。」〔註71〕第二，報紙對國民的指導決不能僅僅靠空洞的政治言論和口號，而必須「供給社會一切產業、職業、各種生活部門的人們需要的智識，高尚的慰藉，使人們的生活內容，平和優養地充實起來。」〔註72〕他認爲，在落後的國家，「政治社會的言論佔了報紙的主要位置，包含著強烈的鬥爭性的記載充滿了新聞的篇幅，……（這）決不是應該希望值得獎勵的。」〔註73〕第三，現時的中國是一個落後的社會，到處充斥著醜惡的事實。但是這一切「沒有不可以用人力變更的」，報紙對新聞必須加以選擇，「要注意新聞本身是於社會國家有重大關係」。「越是在離亂腐敗的當中，我們新聞的傳達越是要注意，不可使它醜惡。……隱惡揚善這一個原則是我們必須牢牢保持的。」〔註74〕

按照上述方針，1928年5月7日廣州《民國日報》實行改版。改版後的報紙，設備更新，增張擴版，內容充實，編排考究，使人耳目一新。由原先

〔註70〕戴季陶：《致黃季陸》，載上海《民國日報》1929年元旦特刊。

〔註71〕《本報今後的方針——告讀者》，廣州《民國日報》1928年5月7日。

〔註72〕《本報今後的方針——告讀者》，廣州《民國日報》1928年5月7日。

〔註73〕《本報今後的方針——告讀者》，廣州《民國日報》1928年5月7日。

〔註74〕《本報今後的方針——告讀者》，廣州《民國日報》1928年5月7日

的日出 3 大張 12 版增至日出 4 大張 16 版，其中新聞由原來的 3 版半增加到
8 版，各種專門性的副刊由 3 版半增加到 5 版，廣告由原來的 3 版半增加到
5 版，充分體現了戴氏關於報紙「所記載的材料，第一重要的就是新聞，第
二是慰藉人民勞苦的文藝，第三就要算是告白」〔註75〕的構想。改版中最令
人矚目的舉動，是《小廣州》的停刊和《社會常識》的問世。《小廣州》是
一個以社會新聞為主的傳統專欄，很受讀者青睞，但該報編者認為，「拿滑
稽諷刺的文字，描寫人生的暗黑面，使讀者……對於現在的人生感覺不滿而
頹廢悲傷。」〔註76〕因此，他們不惜減少銷數將其停置而代以「改造社會心
理，移風易俗」的《社會常識》。《社會常識》的主要內容包括科學常識、體
育、衛生、藝術、法律常識、農工常識等。

　　戴季陶的辦報思想和廣州《民國日報》的改組，適應時局的需要，涉及
到新聞工作中一系列根本性的問題，對廣州《民國日報》乃至當時整個國民
黨黨報的發展都有著決定性的意義。但是，其根本的政治目的也是顯而易見
的。這就是反映輿情，齊一國論，淳化風俗，使天下和平昌盛。所謂「不發
或少發言論」正是為發揚「正論」，而「決不容不良之言論存在」〔註77〕；所
謂「確實慎謹」正是為了讓新聞工作者「確實瞭解自己是一個政府官員」，必
須和政府的施政方針保持一致，「決不可有一字之任情任性」〔註78〕；所謂「隱
惡揚善」，正是為了糾正日報「暴露社會醜惡的事實」之弊，而決「不投社會
不良的嗜好」〔註79〕；所謂「向人民傳輸文化科學知識」，正是為了將「道德
法律政治經濟的規模……化成音樂，來給人們以自然的反省、平和的慰藉。」
〔註80〕總之，是為了鞏固和維護中國國民黨和國民政府的統治。正如戴氏所
云：「其所以必須辦報者，目的乃在『端趨向而正人心』；蓋必須人民之趨向
端，心理正，然後主義綱領，方有推行之望。……愚者不察，僅為一時期一
局部，且非獨立發生；惟有思想言論之勢力，乃不可思議。」〔註81〕

　　確實，正是由於戴氏如此煞費苦心的努力，廣州《民國日報》作為國民

〔註75〕《本報今後的方針——告讀者》，廣州《民國日報》1928 年 5 月 7 日
〔註76〕《社會常識卷頭語》，廣州《民國日報》1928 年 5 月 23 日。
〔註77〕戴季陶：《致黃季陸》，載上海《民國日報》1928 年 5 月 23 日。
〔註78〕戴季陶：《致黃季陸》，載上海《民國日報》1928 年 5 月 23 日。
〔註79〕《本報今後的方針——告讀者》，廣州《民國日報》1928 年 5 月 7 日。
〔註80〕戴季陶：《晨鐘的開卷語》，廣州《民國日報》1928 年 5 月 9 日。
〔註81〕戴季陶：《晨鐘的開卷語》，廣州《民國日報》1928 年 5 月 9 日。

黨在華南地區的最大黨報的地位才奠定基礎。但即使如此，廣州《民國日報》並沒有立即成為南京國民黨中央的馴服工具。隨著政局的動盪，它聽命於粵系地方實力派特別是陳濟棠集團，一次又一次掀起「反蔣」風浪。1929 年 3 至 4 月「蔣桂戰爭」期間，廣州《民國日報》充分表現了其乖戾的本色。3 月 26 日，該報要聞版在《戰雲籠罩下之長江局勢》的通欄標題下，揭露了蔣介石「以裁兵公債面額一千零廿萬向滬金融界抵借現銀七百五十萬……提作軍費」的舉動。同時，又刊登各方通電，質問「劫持（三全）大會、擅捕代表之蔣介石」，號召「全國同志奮起救此危局。」〔註 82〕戰爭初起之時，它的標題是「漢黨軍已超過皖邊，蔣軍增援英山」（3 月 28 日），其抑蔣揚桂之意明顯。但是，隨著蔣軍的步步進逼和桂軍的節節敗退，該報立即改變腔調，更換了中性的標題：「它方擬由湘衝斷漢粵聯絡，漢方擬攻下安慶扡寧之背（3 月 31 日）。到 4 月初雙方勝負已定，該報卻一反前態，唱起了「雪片飛來之捷報，各方紛電擁護中央」的頌歌（4 月 4 日）。之後，便是發表社論譴責桂系的反蔣戰爭是「上海租界所保障的一般失意政客和一切反革命派所發動陰謀的實現。」〔註 83〕並歌頌蔣介石「以武定亂，以勞安邦，以勞動懋績，功在邦國」〔註 84〕。從這一簡短的過程中，我們看到了廣州《民國日報》投機取巧、飄忽不定、朝三暮四的性格。而且這種性格在後來的寧粵對立中一再表現出來。這種狀況直到 1936 年 7 月「兩廣事變」結束後，才徹底改變。不過，該報已改名為《中山日報》，並改屬於中國國民黨中央宣傳部直接領導。

第四節　中國國民黨地方黨報和軍隊黨報的建立和發展

中國國民黨的大型黨報，無論是新建立的中央直屬黨報，還是被改造進來的傳統黨報，都設置在沿江沿海通商大邑。一般說來，這些地方資本主義商品經濟相當發達，外國人在華報章和本國大型的民營報業多薈於此，且牢牢地佔據著優越地位。在這樣一個競爭激烈的報業環境中，國民黨黨報難望有所作為，其輻射能力必會受到限制。然而，在廣大的內陸地區特別是在農

〔註 82〕廣州《民國日報》，1927 年 3 月 26 日。
〔註 83〕廣州《民國日報》，1929 年 4 月 16 日。
〔註 84〕廣州《民國日報》，1929 年 4 月 16 日。

村和邊疆地區，新聞事業剛剛起步或尚屬空白。客觀環境向中國國民黨黨報昭示，那裏有一個廣闊的發展天地。中國國民黨地方黨報和軍隊黨報，正是利用這個生存空間逐步建立和發展起來的。

一、中國國民黨地方黨報建立和發展概況

　　和中央直屬黨報和傳統黨報相比，中國國民黨地方黨報建立和發展的情形更爲複雜。大致說來，到 1935 年底，一個遍佈東西南北的國民黨地方黨報網絡已經基本建立起來。這個地方黨報系統數量非常龐大，結構極爲複雜，分佈十分廣闊。據 1936 年上海龍文書店出版的許晚成編著的《全國報館刊社調查錄》一書統計，中國國民黨黨報總數在 600 家以上，占全國報刊總數的 40％，而地方黨報 590 多家，占國民黨黨報總數的 98％。〔註85〕從這個意義上說，地方黨報是國民黨黨報的主要組成部分。但是，由於 20 世紀 20 年代末、30 年代初中期中國社會的動蕩不安和國民黨各級黨部宣傳管理體制的不健全，國民黨地方黨報的建立和發展極不平衡，呈現出十分複雜的狀況。

　　從時間上看，中國國民黨地方黨報大致經歷了三個發展階段。早在第一次國內革命戰爭時期，中國國民黨人曾在南方諸省建立過一批地方黨報。國共合作破裂後，這些黨報絕大部分被查封，只有少數（不到 20 家）經過改造後被保留下來。其中，比較重要的有廣東的《國民日報》、《嶺東民國日報》等 7 家，湖南的常德《沅湘日報》、《沅江日報》等 4 家和江西的《民國日報》1 家。這是中國國民黨第一批地方黨報，這一時期是中國國民黨地方黨報發展的第一階段。

　　南京國民政府成立後，中國國民黨地方黨報進入第二個發展階段。1928年 6 月，國民黨中央通過了《設置黨報條例草案》、《指導黨報條例》和《補助黨報條例》三個重要文件。其中規定，「爲發揚尊崇本黨主義，使民眾瞭解政府政策及領導輿論起見，中央及各級宣傳部得設置日報雜誌或酌量津貼本黨黨員所主辦之日報雜誌。」〔註86〕按照這三個文件的要求，中國國民黨各級黨部迅速行動起來，在華南、華東各省交通便利之處，建立了一大批省、市、縣級黨報。以湖南爲例，全省 62 家國民黨黨報中，有 37 家是在 1930年以前建立的。其中，既有岳陽、長沙、湘潭、衡陽等交通孔道的大中地市

〔註85〕參閱：本書第三章第二節之「中國國民黨全國黨報統計表」。
〔註86〕《設置黨報條例草案》，南京中國第二歷史檔案館檔案，全宗號 722，卷號 400。

的黨報，也有漢壽、道縣、漵浦等較偏區域的縣級黨報。江蘇、浙江、湖北、廣東等省的情況也大致相似。這些黨報是中國國民黨地方黨報的基幹，這一時期是國民黨地方黨報發展的第二個階段。

第三階段，從 1930 年到 1935 年前後，是中國國民黨在中西部和東南部偏遠縣城發展黨報的時期。中原大戰結束後，出現了比較穩定的社會環境，中央通訊社和中央廣播電臺業務的拓展，爲這些地方黨報的產生提供了比較固定的消息來源。國民黨中央宣傳部利用這種有利的時機，或命令地方黨部新辦報紙，或派人改造原先由地方實力派控制的報紙。大凡河南的 21 家、河北的 36 家、山東的 57 家、甘肅的 15 家以及晉陝綏察等省的地方黨報，都是在這一時期創辦起來的。對東南偏遠地區來說，這一時期則是縣級黨報的普及階段。比如，湘西地區、贛南閩西地區、浙西南地區以及蘇北地區，都在這一時期建立了地方黨報。

從地域分佈上看，中國國民黨地方黨報的發展也是極不平衡的，呈現著東重西輕的現象。東部省份是南京國民政府統治的重心所在，也是國民黨地方黨報的密集地區。東部黨報大省依次是江蘇（103 家）、湖南（62 家）、山東（57 家）、浙江（54 家）、江西（39 家）、廣東（33 家），若再加上湖北、福建、安徽等省和南京、上海兩市，國民黨在東部地區的地區黨報總數達 447 家，幾乎佔了中國國民黨全國黨報的 75%。而在地域廣闊的西南、中原、西北地區，中國國民黨地方黨報總數不及 100 家，僅占全國國民黨黨報總數的 20% 左右。〔註87〕即使是在這些地區，國民黨黨報的配置也是極不平衡的，可以說越往西數量越少（甘肅 15 家是個例外）。從河南往南，河南、山西、陝西、青海、寧夏，國民黨黨報數量依次如下：河南 21 家、山西 2 家、陝西 3 家、青海 5 家、寧夏 3 家。特別值得指出的是，在國民黨地方黨報中，眞正能夠左右輿論，且獨佔一方的是那些既受到資本主義商品經濟衝擊又相對閉塞的內陸省份，如湘、贛、豫、浙西南等地的黨報。在湖南全省 89 家報刊中，國民黨黨報 62 家，占 63.7%，並且絕大多數民營報紙也接受國民黨地方黨報的津貼；〔註88〕在江西全省 49 家報刊中，國民黨黨報 39 家，高達 79.6%；在河南全省 39 家報刊中，國民黨黨報 21 家，占 53.8%。〔註89〕

〔註87〕參閱：本書第三章第二節之「中國國民黨全國黨報統計表」。
〔註88〕參閱：本書第三章第二節之「國民黨湖南省黨部省政府補助各報津貼一覽表」。
〔註89〕參閱：本書第三章第二節之「中國國民黨全國黨報統計表」。

這種情況揭示出了國民黨地方黨報的性質類屬：它是一種新舊交替時期即傳統社會向現代社會轉變過程中的特殊傳播工具。其功能不是或不主要是傳播新聞，而是灌輸主義，宣達政令，教化黎民。

中國國民黨地方黨報的這種屬性，是由近代中國社會特殊的歷史條件決定的。縱觀新聞媒介傳播功能演進的歷史，大致經歷了宗教宣傳、政治宣傳和新聞報導三個時期。宗教傳播是西歐中世紀新聞媒介的主要內容，它滿足了人們對信仰信息的需求。政治宣傳是資產階級革命時期新聞媒介的主要內容，它滿足了人們對理性追求的需要。資產階級革命勝利後，新的社會制度確立起來，新聞媒介的政治宣傳功能蛻化，代之而起的是全方位的新聞報導。中國自鴉片戰爭特別是辛亥革命以後，資本主義工商業在東南沿海一帶有了長足的發展，隨之出現了一個嶄新的讀者群。他們所需要的已不再是政治宣傳，而是經濟的、政治的、社會的全方位的信息。這正是民營企業化大報和中國國民黨中央直屬黨報得以生存和發展的土壤。但是，中國經濟的發展是極不平衡的，當東南沿海資本主義商品經濟蓬勃發展的時候，廣袤的邊遠地區則處於封閉或半封閉的狀況。人們聚族而居，不相往來，信息需求十分有限。中國國民黨黨報在這些地方雖有所點綴，但畢竟寥若晨星，無足輕重。只有在那些交通已經發達，既受到資本主義商品經濟的影響但仍停留在自然經濟之上的內陸地區，中國國民黨黨報才找到了真正的基礎。在這裏，封閉狀態已被打破，人們交往頻繁，但超經濟的剝削普遍存在，人際關係緊張，政治衝突不斷。人們所需求的是能夠維持自身生存的政令宣達和政治宣傳，而這恰恰是國民黨地方黨報所傳播的主要內容。國民黨地方黨報的重心和數量分佈，正是適應了這種特殊的社會環境。

從黨報結構上看，情形複雜，難於管理。一是名稱上不統一，往往因地而易。「民國日報」應是各省市級黨報的統一稱謂，但湖南、湖北、安徽等省卻別樹一幟，以「中山日報」等命名。至於區、縣黨報，更是名目繁多，以「民國日報」命名者有之，以「民報」命名者有之，以「××黨聲」、「××周報」命名者亦有之。二是層次上不一致，往往殘缺不全。按照國民黨中央宣傳部的規定，各級黨部都要建立自己的黨報，即省、區、縣三級都要有黨報，但真正實行的只有蘇、浙、粵三省。其它省份要麼只有省黨報和縣黨報，要麼只有省黨報，均無區黨報之設置。即使地方黨報齊全的江蘇省，也有許多不足。全省劃分爲六個黨報區——蘇報區、吳報區、通報區、淮報區、

海報區和徐報區，每區設一省轄黨報，由省黨部宣傳部直接派人主辦。「但迄今仍繼續發行者，僅蘇報——乃領導輿論之省報，與徐報准報而已。」〔註90〕三是種類複雜，往往難於指揮。國民黨中央宣傳部規定，各地國民黨黨報分為「黨報」、「本黨報」、「準黨報」三種。此中情形非常複雜，尤以「本黨報」和「準黨報」難以控制。事實上，一些「準黨報」後來脫離了中國國民黨黨報體系，成了真正的民間報紙，如陳銘德主持的南京《新民報》。

二、中國國民黨主要地方黨報一覽表

　　中國國民黨地方黨報，數量非常龐大，種類繁多，結構極為複雜，分佈極不合理。下面所列舉的 82 家中國國民黨地方黨報的概況（包括報名、創刊日期、社址、主持人、規模、發行量等六項指標），是作者在收集大量的第一手資料的基礎上編製的。由於國民黨地方黨報數量非常龐大，只能擇其要者而錄入。大致黨報大省以 6 家為限，小省以 3 家為限。每省所錄入的黨報，一般考慮其影響、種類，特別是地域分佈上具有代表性。表中所列入的黨報，均有所據（個別可能略有出入），但限於篇幅，不一一考訂。

中國國民黨主要地方黨報一覽表（1936 年 6 月止）

	報　名	創刊日期	社　址	規　模	發行數	主持人	備　注
上海	民報 中華日報 晨報	1932.5. 1932.4. 1932.4.	山東路 290 號 河南路 303 號 四馬路望平街	3 大張 2—5 大張 2 大張半	40000 50000 20000	胡樸安 林柏生 潘公展	前身為民國日報 改組派機關報 黨員主持
南京	救國日報 黨軍日報 新民報	1932.8. 1928.4. 1929.2.	磨盤路 4 號 中央軍校內 佔衣廊 63 號	3 大張 1 張半 2 大張	15000 8000 12000	龔德柏 顧德均 陳銘德	黨員主持 軍報 黨員主持
江蘇	蘇報 江蘇省報 吳江日報 徐報 高郵民國日報	1930 1929.8. 1931.8. 1931.1. 1930.8.	鎮江東塢街 鎮江寶蓋路 吳江縣黨部內 徐州新東門內 高郵縣境內	2 大張 2 大張 1 大張 2 大張 1 大張	4000 12000 1000 4000 400	陳康和 陳瘦柏 金維銓 段木貞 張廷傑	省黨報 省政報 區黨報，共 6 家 區黨報，共 6 家 縣黨報，80 多家
浙江	東南日報 嘉區民國日報	1934.6. 1929.5.	杭州開元路 31 號 嘉興	4 大張 1 大張	40000 2400	胡健中 鍾成源	省黨報 區黨報，共 6 家

〔註90〕趙占元：《國防新聞事業之統制》，上海血汗書店 1937 年版，第 64 頁。

	寧波民國日報	1927.2.	寧波北岸	2 張半	2500	楊傑壽	區黨報，共 6 家
	溫區民國日報	1930	揚善路	3 張半	3500	楊耀秋	區黨報，共 6 家
	諸暨民國日報	1926	永嘉縣黨部內 諸暨縣城內	1 大張	1200	傅文象	縣黨報，約 40 家
安徽	安慶民國日報		安慶				省黨報
	皖西日報	1933.12.	六安	1 大張	500	李覺人	省轄黨報
	泗縣日報	1935.9.	泗縣黨部內	1 張	300	董銓	縣黨報，共 20 家
福建	福建日報	1927.11.	福州虎節路 22 號	2 大張半	6000	劉正華	省黨報
	廈門星光日報	1935.9.	廈門中山路 226 號	3 大張	3500	黃絲萍	區黨報，共 3 家
	民國日報	1933.5	泉州中山路	2 大張	3500	王滄	
	寧德民報	1933.6	寧德縣黨部內	1 張	300	林開琮	縣黨報，約 10 家
廣東	東方日報	1931.5.	香港利源西街	3 大張	10000	許國荃	香港支部籌備員
	香港中興報	1932.5.	香港結志街 6 號	3 大張	22000	何家為	宣揚三民主義
	國民新聞	1925.8.	廣州市光復中路	4 大張	9000	李立	市黨報
	嶺東民國日報	1926.1.	汕頭市永平里	3 大張	6000	吳梓芳	區黨報，共 9 家
	中山大公日報	1931.2.	中山縣石岐	2 張半	3000	黃學崇	區黨報，共 9 家
	東莞周刊	1935.4.	東莞縣黨部	周刊	1000	劉劍堂	縣黨報，約 10 家
廣西	南寧民國日報	1924.10.	南寧共和路 76 號	3 大張	8500	潘宜之	省黨報
	梧州民國日報		梧州市				區黨報，共 2 家
江西	江西民國日報	1926.11.	南昌毛家園 26 號	2 大張	5000	邱繼祖	省黨報
	市光報	1934.9.	南昌市政府內	周刊	3000	丘淮	區黨報
	大光報	1933.3.1	南昌市中山路	2 大張		范爭波	黨員主持
	宜春曙光報	1933.8	宜春縣黨部內	1 張	300	劉廷璋	縣黨報，約 30 家
湖北	掃蕩報	1931.1.	漢口民生路江河街 下段 102 號	2 大張	6000	袁守謙	軍報，1935 年 5 月由 南昌遷來
	大同日報	1931.10	漢口民生路中市 200 號	3 張	4000	艾毓英	市黨報
	宜昌民國報	1927.2.	宜昌和平里 11 號	1 大張	2800	穆子斌	區黨報，凡 4 家
	蘄春日報	1928.9.	蘄春縣黨部內	1 大張	1000	陳殿	縣黨報，約 20 家
	廣濟中山報	1934.3.	廣濟縣黨部內	1 大張	200	王榮煥	縣黨報，約 20 家
湖南	湖南中山報	1929.12.	長沙高升巷 16 號	3 大張	6300	豐悌	省黨報
	湖南民國報	1928.3.	長沙皇巷街 42 號	2 大張半	8000	李發全	省政報
	衡陽民國報	1928.9.	衡陽學前街	1 大張	450	羅明德	市黨報
	湘潭日報	1927.7	湘潭育嬰街	1 大張	2000	劉火廣	縣黨報，共約 50 家
	東安民報	1933.2.	東安城內	1 張	200	張溉	縣黨報

山東	山東日報	1932.8.	濟南西門大街8號	2大張	6000	趙文濤	省黨報
	青島新聞	1929.	青島新泰路	2大張	2000	姚公凱	市黨報
	膠濟日報	1931.7..	青島廣西路	2大張	2800	黃培桂	區黨報
	泰安黨聲	1930.1	泰安城內升平街縣黨部內	1張	600	王維幹	縣黨報，約50家，
	曲阜黨聲	1933.2.	曲阜城內鼓樓門街	1張	200	王子秋	均以「××黨聲」名
四川	新新新聞報	1929.9.	成都春熙路東段31號	4張	6000	馬秀峰	市黨報
	大江日報	1932.12.	重慶公園路19號	2大張	2500	李星樞	市黨報
	華西日報	1934.3.	成都新街後巷子	2大張	5000	鄧鳴階	黨員主持
	瀘縣日報	1926.1.	瀘縣平治路	1張	1200	黃亞伯	縣黨報
	涪陵日報	1930.10	涪陵文廟內	1張	450	李中庸	縣黨報，約20家
貴陽	民眾日報	1929.6	貴陽福德街蘇家巷40號	1張	1000	賀子僑	省黨報
雲南	新滇報	1935.2	昆明市府東街	1張	1200	何必明	省黨報
	復旦日報	1914	昆明市南正街	1張	3000	徐遐齡	黨員主持
	個舊曙光報	1931.11	個舊縣黨部內	1張	700	蘇繼尹	縣黨報，約5家
河南	河南民國日報	1930.3.	開封黨部街	2張	8000	詹潔梧	省黨報
	河南民報	1927.7.	開封省政府街	2大張	3000	劉伯倫	省政報
	鄭州日報	1930.10.	鄭州漢川街15號	1張半	3000	劉澄清	市黨報
	豫南民報	1935.5	信陽	1張	1200	重育民	縣黨報，共約20家
	宛南民報	1931.6.	南陽縣東門內	1張	600	陳秉鈞	縣黨報
北平	北平民國日報	1928.6.	宜外椿樹街三條8號	2大張	7000	黃伯耀	市黨報
河北	河北民聲日報	1931.6.	保定	1張	5000	煙光亞	省黨報
	井陘黨聲	1931.10.	井陘縣城內西街	周刊	9300	高世昌	縣黨報，約20家
山西	山西黨訊	1932.11	太原東	1張	3000	關芷萍	省黨報
	太原晚報	1931.11	緝虎營1號 太原新民頭條1號	1張	3800	牛春奄	黨員主持
陝西	長安晚報		長安南院門省黨部	1張		省黨部	省黨報
	民意日報	1930.11.	西安木頭市11號	1張	1700	薛瀾生	黨員主持
察哈爾	國民新報	1932.10.	張家品玉帶橋西	1大張	5700	張文穆	省黨報
	商業日報	1931.10	張家口南武城街	1大張	4000	賀天民	黨員主持
	懷來民報	1932.3.	懷來城內北街	1大張	700	艾萌林	縣黨報，共4家

綏遠	綏遠民國日報	1928.3.	歸綏舊城文廟街	1大張	1500	陳國英	省黨報
	綏遠西北日報	1935.11	歸綏省黨部				
	綏遠朝報	1933.10	歸綏西五十家街	1大張	900	郝秉讓	黨員主持
	豐鎮醒民報	1932.3	豐鎮縣黨部內	1大張	400	張德	縣黨報，共6家
甘肅	甘肅民國日報	1928.3.	蘭州省黨部後樓	1張半	1500	凌子惟	省黨報
	西北日報	1933.9.	蘭州中山西園	1張	1200	黃正山	黨員主持
	省政府公報	1932.6.	蘭州省政府內	周刊	350		政報
	隴南民生日報	1931.4	天水大城	1張	2000	王徽東	縣黨報，共10家
黑龍江	國民公報	1931.7.1	哈爾濱			周天放	市黨報

（資料來源：許晚成編《全國報館刊社調查錄》及各省報業志）

三、中國國民黨軍隊黨報的建立和發展

　　軍報，即軍隊黨報，是中國國民黨黨報中的一種特殊形態。它不像一般的國民黨黨報那樣以報導一般新聞為主、以全體民眾為讀者對象，而是以政治動員為主、以報導軍事新聞為主、以部隊官兵為讀者對象。一位國民黨軍隊黨報報人曾經這樣形容軍隊黨報：「軍辦報紙不僅是全國軍人的喉舌，部隊日常生活中不可缺少的精神食糧，而且亦是克敵制勝的攻心武器。」〔註91〕這種說法確實比較準確地概括了國民黨軍隊黨報的性質。

　　中國國民黨軍隊黨報的創辦，可以追溯到1925年初。當時，廣州國民政府共轄六個軍，各軍都設有中國國民黨黨代表和政治部，軍隊政治部的一項重要工作就是創辦軍報。據統計，到北伐戰爭前夕，國民黨軍隊報刊共計約30家〔註92〕。其中，影響較大的是《中國軍人》和《軍人日報》。《中國軍人》於1925年2月在廣州創刊，最初為旬刊，後改為月刊，是中國青年軍人聯合會的會刊。主編王一飛，主要撰稿人都是共產黨人。它以「鼓吹革命精神，團結革命軍人，喚醒全國軍人，促起全國軍人的覺悟」〔註93〕為宗旨。它以淺顯的文字，結合實際問題向讀者宣傳過馬克思主義，在全軍範圍有一定的

〔註91〕蕭育贊等編：《掃蕩二十年》，臺灣中華文化基金會1978年9月版，第68頁。
〔註92〕丁淦林主編：《中國新聞事業史》，武漢大學出版社1990年版，第221～222頁。
〔註93〕丁淦林主編：《中國新聞事業史》，武漢大學出版社1990年版，第221～222頁。

影響。《軍人日報》前身爲《政治日報》，是廣州國民政府軍事委員會政治部的機關部，創刊於 1926 年 4 月。其宗旨是「提高軍人之政治觀念，提倡軍民合作，促進國民革命。」〔註94〕1926 年 7 月北伐戰爭開始後，《政治日報》改爲《軍人日報》，以後又改爲《革命軍日報》，並遷武漢出版。這些報刊，在軍隊建設和北伐戰爭中發揮了積極的作用，成爲受官兵歡迎的傳播新聞與政治鼓動的讀物。後來這些報刊受國民黨右派人士的控制，成爲蔣介石集團的輿論工具，在「反共清黨」的過程中發揮了重要作用。

「四・一二」事變後，蔣介石著手在上海建立自己的軍報。於是，1927 年 4 月，有了《前敵日報》和《前敵之前敵》的出版。這兩家報紙實際是一家，都是由國民革命軍東路軍前敵指揮部政治部主辦，所不同的是，前者單獨發行，後者則依附於上海《民國日報》免費發行。它們的唯一宗旨就是像「拿了一枝槍，在前線上打擊敵人」一樣，「拿了一枝筆以革命理論指導民眾。」〔註95〕它的整個版上不是大字刊出的口號，就是整版的「宣傳革命」的理論文章。因此，不受讀者歡迎，到 1927 年 8 月便無聲無息地消失了。

1930 年 10 月，中原大戰結束後，蔣介石調集 10 萬大軍回過頭來傾全力於反共軍事圍剿，在南昌設立湘鄂贛三省「剿匪」總司令部。爲了配合「剿共」軍事行動，南昌行營政訓處處長賀衷寒秉承蔣介石的旨意，於 1931 年 3 月在南昌創辦了《掃蕩三日刊》。「掃蕩」二字即出自賀的手筆。按照他的解釋，「掃就是掃蕩匪賊，蕩就是蕩平匪巢。」〔註96〕自然，該報的基調是極力反共的，同時也配合做軍隊的思想政治工作，以安定軍心，鼓舞士氣。

「九・一八」事變後，蔣介石一面提倡「攘外必先安內」的政策，一面總結三次被反對派逼迫下野的教訓，積極鼓吹法西斯主義，以便加強對中國國民黨及其軍隊的控制。他認爲，在訓政時期，共產主義的政治理論，「不適於中國產業落後情形及中國故有道德」，「斷無需乎此」；自由民主主義的政治理論，沒有英美「長期演進之歷史」，「行之勢必發生紛亂」；只有「意大利法本斯蒂黨……可以借鑒」〔註97〕。根據這種意向，蔣介石在 1932 年 3

〔註94〕丁淦林主編：《中國新聞事業史》，武漢大學出版社 1990 年版，第 221～222 頁。

〔註95〕《發刊的話》，《前敵之前敵》（上海〈民國日報〉），1927 年 4 月 15 日。

〔註96〕蕭育贊等編：《掃蕩二十年》，臺灣中華文化基金會 1978 年 9 月版，第 68 頁。

〔註97〕轉引自：張憲文主編《中華民國史綱》，河南人民出版社 1985 年版，第 374 頁。

月復出後，立即指示他的親信賀衷寒、劉泳堯等在南京成立了具有法西斯性質的小組織——「三民主義力行社」。該組織在其《簡要信條》中明確提出「主張中央集權，擁護蔣委員長，復興中國革命。」〔註98〕3 月 14 日，蔣介石又在南京中山陵官邸召見了《掃蕩三日刊》的主持者劉泳堯，並親書手諭以示鼓勵：「倭寇深入，赤匪猖獗，吾人攘外必須安內。我中國之大患，乃在人心複雜散漫，精神萎頓不振，而又不能忍苦耐勞，乃至寇除匪犯。望我政治工作各同志，刻苦耐勞，堅定工作，忍辱負重，打破目前之難關，完成剿匪之使命，有厚望焉。」〔註99〕可見，蔣介石以於「剿共」軍事宣傳是何等重視，對於「三民主義力行社」的成員及其所創辦的《掃蕩三日刊》又是何等關切。

南京「謁蔣」之後，劉泳堯立即返回南昌行營，著手籌備《掃蕩日報》的創辦出版事宜。在南昌召開的幾次改組會議上，與會者們「僉認以往政工人員習用的標語、口號、演講等方式，已不足適應當前需要。經正式決定籌辦掃蕩日報一種，以強化宣傳功能，擴大宣傳效果，並對共匪地下刊物及其同路人亦即所謂左派文藝發動進攻，以闢斥邪說，提高士氣，收攬民心。」〔註100〕與此同時，蔣介石又從軍費中給該報社劃撥了不下 5 萬元資金，用以添置設備。所有機器、鉛字、油墨、紙張等均繫新購，一切優良，遠在江西各報之上。經過緊張籌備，1932 年 6 月 23 日《掃蕩日報》正式在南昌出版。社長由「湘鄂贛三省剿匪總司令部」政訓處負責人劉泳堯兼任，編輯有劉任秋、彭可健等，社址在南昌市磨子巷 18 號。報紙日出對開一大張，附出《掃蕩畫報》，發行不足 1000 份。其發刊詞中，公開標榜以「攘外必先安內，抗日必先剿共」為宗旨，並且高唱「一個領袖」、「一個主義」、「一個政府」的口號。因此，該報成為宣傳中國國民黨蔣介石集團「攘外必先安內」、「抗日必先剿共」政策的最得力的工具。

由於依託軍隊的背景，又得到蔣介石的直接支持，《掃蕩日報》形成了兩個突出的特色：一是嚴格的新聞選擇，一切新聞、言論、以及其他宣傳材料皆以蔣介石的主張為取捨標準。國內新聞主要採用中央通訊社的新聞稿，和各戰區防區的戰報、軍情。國外新聞主要通過中央通訊社譯述，採用世界「各

〔註98〕蕭育贊等編：《掃蕩二十年》，臺灣中華文化基金會 1978 年 9 月版，第 53 頁。
〔註99〕蕭育贊等編：《掃蕩二十年》，臺灣中華文化基金會 1978 年 9 月版，第 49 頁。
〔註100〕蕭育贊等編：《掃蕩二十年》，臺灣中華文化基金會 1978 年 9 月版，第 54 頁。

大通訊社有利於我國的電訊。」〔註101〕在言論方面，經常請一些具有激進的反共情緒的「社會名流」執筆，撰寫反共文章，但是「這些文稿須經總編輯或主筆字斟句酌——過濾。」〔註102〕這樣，就勢必造成歪曲事實和篡改原稿的弊端。二是「筆鋒凌厲，不顧人情」的霸道作風。該報編輯彭可健後來得意地回憶說：「編輯室同仁，都是一些暴虎馮河之士，也不大佩服修養，因此筆鋒凌厲，一掃千軍，不顧人情，說個痛快。」〔註103〕憑藉這種霸道作風，該報既極端反共，又排斥一切不滿意於蔣介石統治的人和政治派別，甚至連江西省政府主席熊式輝也受到他們肆意批評。該報編輯彭可健說，江西《勖民報》，「我們把它罵倒了」，「什麼新月派、村治派，我們都予以無情的打擊。」〔註104〕這種頤指氣使、專橫跋扈的作風，必然招致各方面的怨恨。當時，國內民主人士都目該報為「法西斯蒂」，就是江西省政府主席熊式輝也多次上告蔣介石，不遺餘力地攻擊該報，「並屢次請蔣介石下令停刊以消憤懣。」在各方面的壓力下，1933年1月13日，該報出版至第236號，曾經短期「奉令停刊，整頓業務。」〔註105〕

　　對江西中國工農紅軍的「圍剿」結束後，蔣介石立即移師北進，「圍剿」鄂豫皖的中國工農紅軍，並在武漢成立了「鄂豫皖三省剿匪總司令部」。《掃蕩日報》也隨之於1935年5月1日遷移至武漢出版，並改名為《掃蕩報》。該報在武漢的社址設在漢口民生路江河街下段102號，社務受鄂豫皖三省「剿匪」總司令部政治訓練處處長賀衷寒指揮。袁守謙出任社長，主要編撰人員有劉鳳軒、丁文安、陳友生等。面臨武漢報館集中、競爭激烈的環境，《掃蕩報》採取了一些改進的措施。其中，主要的有以下三點：第一，擴充版面，拓寬報導範圍。報紙由原來日出對開4版擴大到日出對開兩大張8版，稍後又擴大到日出對開3大張12版，並附出《戰鬥畫刊》。在報導的內容上，該報也由過去單純的政治、軍事新聞擴展到經濟、社會、體育、教育、文化教育一體報導，尤其重視青年問題的討論。因而引起社會各界人士特別是廣大青年的關注。第二，更新技術設備，改善廣告經營。在南昌時期，該報的設

〔註101〕蕭育贊等編：《掃蕩二十年》，臺灣中華文化基金會1978年9月版，第55頁。
〔註102〕蕭育贊等編：《掃蕩二十年》，臺灣中華文化基金會1978年9月版，第54頁。
〔註103〕蕭育贊等編：《掃蕩二十年》，臺灣中華文化基金會1978年9月版，第60頁。
〔註104〕蕭育贊等編：《掃蕩二十年》，臺灣中華文化基金會1978年9月版，第77頁。
〔註105〕戴豐：《掃蕩報小史》，載李瞻主編《中國新聞史》，臺灣學生書局1979年9月版，第422頁。

備在當地乃至在全國堪稱首屈一指，但是由於它單純依靠政治背景，不思經營進取，所以自身發展實力並不雄厚。遷到武漢後，面對幾家設備精良且善於經營管理的大報，該報則自慚形穢，不得不思考改進。爲此，該報副社長劉鳳軒提出，「凡事不進則退，我們要首先趕上武漢（日報）、大光報，並超過之。」〔註106〕於是，該報請求軍方增款，鼓動員工集資，購進了由於經營不善而停刊的《大光報》全套設備。印刷機由對開印機和賀盤印機改爲上海明晶機器廠製造的捲筒印刷機和日本生產的捲筒印刷機。其它如電氣鑄字爐、製版壓版機、無線電臺、柴油發電機等，一應俱全。同時，報社一改過去只登軍事、政治公告和文化廣告的成例，廣泛招攬商業和人事廣告。由此，該報發行看好，由遷漢時的日發行不足 1000 份增加到日發行 6000 多份，以後又增加到日發行 20000 份以上〔註107〕。另外，「廣告收入亦非常可觀，合印刷營業所得，盡可自給自足。」〔註108〕第三，增添抗日愛國色彩，修飾報紙形象。《掃蕩報》是極端反共的報紙，在人民中素無良好印象，但是面對日本侵略者的步步進逼，它也曾表現出一片抗日愛國熱忱，對日本侵略者時有言論討伐。1936 年 2 月，日本少壯派軍人發動殘殺內閣大臣的「六・二六」事變後 3 小時，該報首先在武漢發行號外，加以顯著報導，引起巨大反響，由此招致日本水兵到報社「問罪」。稍後，該報又披露日本水兵爭嫖妓女、自相殘殺的事實，招致日本軍方的強大壓力，日本駐漢軍艦曾卸下炮衣，揚言要炮擊掃蕩報社，一時間氣氛緊張。這在一定程度上擴大了該報的影響，改變了人們對它的觀感。

〔註106〕蕭育贊等編：《掃蕩二十年》，臺灣中華文化基金會 1978 年 9 月版，第 79 頁。
〔註107〕據許晚成編《中國報館刊社調查錄》記載，另據蕭育贊等編：《掃蕩二十年》
　　　　一書稱達 7 萬份。
〔註108〕蕭育贊等編：《掃蕩二十年》，臺灣中華文化基金會 1978 年 9 月版，第 79 頁。

第三章 中國國民黨黨報經營管理體制及其時代特色

　　分門別類地研究中國國民黨黨報產生和發展的歷史，是必要的，但又是不夠的。因爲中國國民黨黨報不僅僅是一個個具體的獨立的新聞傳播機構，更是一個完整的，內容龐大、結構複雜、聯繫緊密的報業宣傳體系。這個報業宣傳體系與各級各類中國國民黨黨報、特別是中央直屬黨報同步產生，並且按照自身的規則運行於 20 世紀 20 年代末至 40 年代末中國這個特定的輿論環境中。在此過程中，中國國民黨黨報逐漸形成了自己的經營管理體制和鮮明的時代特色。

第一節　中國國民黨黨報經營管理體制的初步確立

一、傳統黨報型經營管理體制及其弊端

　　報業經營管理體制，主要是指在一定的社會經濟、政治制度下，報社內部所採行的行政管理體系和業務操作方式。中外報業經營管理體制，大致可以分爲由獨資或集資經營的企業制（最典型的是報業有限公司）和由政黨或政府出資包辦的總編輯或社長負責制兩種形式。前者以盈利爲目的，以報社老闆或董事會爲最高權力機構，報社社長秉承老闆或董事會的意旨，決定言論編輯方針和業務經營策略。在這裏，營利是第一位的，言論和新聞是爲營利服務的。後者以政治宣傳爲目的，以上級黨部乃至黨的中央爲最高權力機構，社長或總編輯根據黨的路線、方針和政策，制定相應的言論編輯方針和業務經營策略。在這裏，言論和新聞是爲政治宣傳服務的，營業是無足輕重

的。中國國民黨黨報經營管理體制屬於後一種形式。

至抗日戰爭勝利前夕，中國國民黨黨報經營管理體制經歷了傳統型黨報和社長負責制兩個階段。所謂傳統黨報型經營管理體制，是指黨報作為黨的言論機關和聯絡機構，其人員配置、經費來源、業務展開，主要依靠黨的領袖直接指派或由黨員個人自覺承擔。這是辛亥革命期間至南京國民政府成立初期，中國國民黨黨報所採取的主要經營管理體制。所謂社長負責制經營管理體制，是指報社仍然作為黨的言論機關，但形式上已取得了獨立的法人資格，在社長領導之下，報社擁有人事自主權和財務獨立核算權。這是 1932 年春至 1945 年 8 月抗日戰爭勝利期間，中國國民黨黨報所採取的主要經營管理機制。抗日戰爭勝利後，中國國民黨黨報經營管理體制發生重大的變化，普遍實施股份制企業化經營管理。對此，本書將在第六章中專門論述。

南京國民政府成立初期，中國社會全面動蕩不安。由部分執政地位一變而為全國執政黨的中國國民黨，面臨著許多新情況。中國國民黨黨報經營管理體制，未顧得上及時調整，仍然沿襲了傳統黨報型的經營管理體制。這主要體現在 1928 年 6 月國民黨中央常務委員會所通過的《設置黨報條例草案》、《指導黨報條例》、《補助黨報條例》三個重要文件〔註1〕中。其主要內容如下：

第一，關於設置黨報的目的和黨報的任務。文件指出：「為發揚、尊崇主義，使民眾瞭解政府政策及領導輿論起見，中央及各級宣傳部得設置日報、雜誌或酌量津貼本黨黨員所主辦之日報雜誌；」〔註2〕「各黨報所有主張、評論除依據中央宣言決議及隨時頒佈之宣傳要旨外，更須以本黨主義及政府為最高原則；」〔註3〕「各黨報須盡量根據本黨主義及其政策。」〔註4〕可見，中國國民黨黨報的根本目的或任務在於「發揚黨義黨綱」，排除或糾正一切「反動的謬誤」。這種目標的確立是由動蕩不安的客觀形勢所決定的，也是由國民黨所推行的獨裁專制統治所決定的。

第二，關於黨報的管理或指導。文件指出：「凡中央及各級宣傳部直轄之日報雜誌，其主管人同員或總編輯，由中央或所屬黨部委派之」〔註5〕；「由

〔註 1〕這三個文件藏於南京中國第二歷史檔案館，全宗號 722，卷號 400。
〔註 2〕《設置黨報條例草案》，國民黨中央常委委員會 1928 年 6 月 9 日通過。
〔註 3〕《指導黨報條件》，國民黨中央常務委員會 1928 年 6 月 9 日通過。
〔註 4〕《指導黨報條件》，國民黨中央常務委員會 1928 年 6 月 9 日通過。
〔註 5〕《指導黨報條件》，國民黨中央常務委員會 1928 年 6 月 9 日通過。

中央宣傳部特設指導黨報委員會，專司黨報之設計、管理、審核、考查及其他一切組織事宜」，「直屬於中央之各黨報由中央宣傳部直接指導之，但須按月向中央報告」，「各黨報須按期寄送刊物全份於中央及所屬黨部審查。」〔註6〕因此可見，黨報的一切管理權限（人事任免、設計審核、考查監督）都直接或間接歸屬於中央宣傳部，乃至中央黨部的最高統治者。

第三，關於黨報的經費來源。文件指出：「中央及各級宣傳部得設置日報、雜誌（即經費由中央及各級黨部劃撥）或酌量津貼本黨員所主辦日報雜誌」〔註7〕；「凡黨員所主辦之日或期刊（均可）請求本黨中央或各級黨部補助經費。」〔註8〕可見，在當時，絕大部分黨報的經費是由國民黨中央及各級黨報負責包辦或津貼的。但是，接受輔助或津貼是有嚴格的限制的，這就是，「言論記載隨時受黨之指導」、「不利於黨之一切圖書文件等件概不爲之登載」、「黨之宣傳文字等件能盡量並迅速刊發」〔註9〕等等。

第四，關於黨報的紀律。文件指出：「各黨報須絕對立在本黨的立場上，不得有違背本黨廣義、政策、章程、宣言及決議之處」；「各黨報對於各級黨部及政府送往登發之文件須盡先發表，不得遲延或拒絕」；「各黨報對於本黨應守秘密事件絕對不得發表。」〔註10〕如違反上述紀律，得按情節輕重，分別給予「警告、拆換負責人員或改組」、「取消津貼」、「停刊若干日、查禁、懲辦負責人員」，甚至停刊的處罰。〔註11〕這樣，就從各個方面將中國國民黨黨報束縛起來。

上述黨報管理體制，基本上承襲了傳統黨報型的經營管理體制。在當時複雜混亂的形勢中，這對於建立和鞏固中國國民黨黨報體系，對於宣揚和確立中國國民黨中央所奉行的主導思想——三民主義，對於宣傳、貫徹和反饋南京國民政府的政令政綱，都起到了明顯的作用。但是，和傳統黨報相比，此時國民黨黨報所處的環境已經生了極大變化。中國國民黨已經取得了全國政權，已由一個部分執政黨變成了一個全國執政黨。「軍政」時期已經結束，「訓政」時期業已來臨。在這種形勢下，中國國民黨黨報的功能也應該隨之

〔註6〕　《設置黨報條例草案》，國民黨中央常委委員會1928年6月9日通過。
〔註7〕　《設置黨報條例草案》，國民黨中央常委委員會1928年6月9日通過。
〔註8〕　《補助黨報條件》，國民黨中央常務委員會1928年6月9日通過。
〔註9〕　《指導黨報條件》，國民黨中央常務委員會1928年6月9日通過。
〔註10〕　《指導黨報條件》，國民黨中央常務委員會1928年6月9日通過。
〔註11〕　《指導黨報條件》，國民黨中央常務委員會1928年6月9日通過。

由黨的「言論機關」變化爲「新聞媒介」。不實行這種轉變，而仍然沿襲傳統型黨報的經營管理體制，勢必產生下列弊端：

第一，黨報本身所應有的新聞傳播功能萎縮，各項業務無法拓展。中國國民黨黨報雖然也刊登新聞，但這些新聞大多是政治新聞。而且刊登這些新聞無非是「利用各項事實發揚本黨主義及政策。」〔註 12〕其結果必然是大量的言論、公文、講話，甚至標語、口號佔據著大量的版面。這樣做，由於無法吸引讀者，所謂「宣揚黨義」就變成了空洞的政治宣傳。正如國民黨理論權威戴季陶所尖銳批評的那樣，「政治社會的議論佔了報紙的主要位置，包含著激烈的鬥爭性的紀載充滿了新聞的篇幅，這兩件特殊的事實，一方面說明國家社會的亂離，一方面說明日報的幼稚。」〔註 13〕因於不爲普通讀者所歡迎，勢必大大影響黨報的發行和營業收入。

第二，報社的手腳被束縛，發展生機被阻遏。《設置黨報條例草案》等文件對黨報的宣傳宗旨、立論取材標準、人事管理、經費來源、組織紀律等各個方面都作了具體詳細的規定。僅以黨報所刊題材而言，不僅規定要「以本黨主義及政策爲最高原則」，而且規定「中央及各級黨部對各黨報除將所定各項宣傳綱要及方略儘先發給以資遵守外，並應隨時指導宣傳，以爲立論取材標準。」〔註 14〕這樣就嚴重地妨礙了中國國民黨黨報積極主動性的發揮，且易於造成千報一面的局面。

第三，黨報管理權限被分割，影響了報社內部各部門之間的分工協作。名義上，中國國民黨黨報由中央宣傳部直接控制，實際上無法做到。從而造成報社內部無人負責的局面，削弱了黨報應有的戰鬥力。這種情形在 1932 年春天《中央日報》改組以前，表現尤爲突出。當時，該報社長由中央宣傳部部長葉楚傖兼任，有名無實，實際負責的是總編輯和總經理。「經理部和編輯部儼然獨立，各不相謀，各自獨立。對於服務改進，實爲害甚大。」〔註 15〕

二、黨報社長負責制經營管理體制的確立

形勢表明，傳統黨報型經營管理體制已不適應國民黨黨報進一步發展的

〔註 12〕《指導黨報條件》，國民黨中央常務委員會 1928 年 6 月 9 日通過。
〔註 13〕戴季陶：《本報今後的方針——告讀者》，廣州《民國日報》1928 年 5 月 7 日。
〔註 14〕《指導黨報條件》，國民黨中央常務委員會 1928 年 6 月 9 日通過。
〔註 15〕程滄波：《廿四年中的一段——爲中央日報二十四周年作》，臺灣《中央日報》1952 年 2 月 1 日。

需要。1930 年 10 月中原大戰結束後，南京國民政府同各地方軍事集團的戰爭業已停止，國民黨內大規模的派系鬥爭趨於緩和。1931 年「九‧一八」事變後，國人一致對外，希望中國國民黨中央和蔣介石集團領導抗日之心甚切。在這種形勢下，1932 年春天，程滄波奉蔣介石之命出任《中央日報》社長。程氏上任伊始，依照美國《紐約時報》成例，在《中央日報》發行社長負責制。社長制的採行，使《中央日報》很快脫離困境，以其清新的版面和充實的內容展現在讀者面前。報社內部，事權劃一，各項業務井然有序，漸露生機。《中央日報》改行社長負責制，不僅爲國內各大報群起仿傚，而且爲國民黨黨報經營管理體制的改革開闢了一條新路。與此相適應，1932 年 6 月國民黨中央常務委員會制定了《中央宣傳委員會直轄報社組織通則》、《中央宣傳委員會直轄報社管理規則》、《中央宣傳委員會指導與黨有關各報辦法》、《中央執行委員會津貼新聞機關辦法》四個重要文件〔註16〕，對國民黨黨報的組織形式、人事制度、經費來源、財務管理重新作了具體規定。其主要內容如下：

第一，關於黨報的組織形式。文件規定：（一）凡「直轄報社均歸中央執行委員會宣傳委員會管理監督」；（二）「直轄報社設社長一人，綜理全社事務，由中央宣傳委員會任用，呈報中央常務委員會備案」；（三）「社長之下分設經理、編輯兩部，各設主任一人分理各該部事務，由社長呈請中央宣傳委員會任用，社長得兼作一部主任」；（四）「經理部視事務繁簡設置職員若干人，黨握營業、廣告、印刷、發行、文書、庶務等事宜；編輯部視事務繁簡事宜。」〔註17〕黨報雖處於中央宣傳委員會「管理監督」之下，但不再受宣傳（部）直接控制。這樣，中國國民黨黨報就初步具備了獨立的法人資格，使事權歸於統一。

第二，關於黨報的人事制度。文件規定：（一）「直轄報社職員除通訊員外，非經本社許可不得兼任社外職務」；（二）「直轄報社於每年度開始，須造具職員名冊、工友名冊各二份呈送本會備查，職員有培養調動時須隨時呈報」。〔註18〕中國國民黨中央雖然仍直接控制黨報的人事管理，但黨報獲得了

〔註16〕這四個文件藏於南京中國第二歷史檔案館，全宗號 711（5），卷號 66。

〔註17〕《中央宣傳委員會直轄報社組織通則》，國民黨中央常務委員會 1932 年 6 月 7 日通過。

〔註18〕《中央宣傳委員會直轄報社組織通則》，國民黨中央常務委員會 1932 年 6 月 7 日通過。

一定的人事自主權。職工分工明確、獎罰分明，有利於調動職工的工作積極性。

　　第三，關於黨報的經費來源。文件規定；（一）「本黨黨員主辦之日報或期刊，均可請示本黨中央或各級黨部補助經費」；（二）「新聞機關須具左列條件者方有津貼之資格：1、平日言論正確，記載翔實，確曾努力發揚本黨主義政綱政策者；2、出版一年以上，有相當信譽者；3、有相當設備及營業收入者或相當基金者；4、主辦人以新聞爲職業者；」〔註19〕（三）「凡直轄報社，以各該報之營業收入充之，不足時由中央執行委員會或中央決定令當地政府給予津貼；」〔註20〕（四）「凡請求津貼之新聞機關，須造具每月收支計劃書連同最近一年內營業狀況報告總表、財產目錄及組織章則、職員名冊等各二份呈送中央宣傳委員會審核。」〔註21〕黨報經費雖然仍依賴於黨和政府，但由於強調營業，減少了「輸血」份量，增加了「造血」的功能。

　　第四，關於黨報的財務管理。文件規定：（一）「直轄報社採用報社會計獨立制，會計員由中央宣傳委員會委派，受社長之指導，辦理會計事宜」；（二）「直轄報社於每年度開始，須造具營業計劃書、收支預算書，並附預算決算對照表各二份於上年度最後月份 15 日以前呈請本會核定」；（三）「直轄報社於每年度終了，須造具營業狀況報告表（甲乙兩種）、資產負債表、營業損益總表、財產目錄各二份於次年度第 1 月份內呈報本會備查。」〔註22〕會計獨立制的確立，既可增強報社內部的經營意識，又便於上級主管部門隨時考查報社的經營狀況，從而促使報社走向市場，參與競爭。

　　上述分析表明，社長負責制和傳統黨報型經營管理體制有明顯的區別。從管理權限上看，它已在形式上擺脫了由黨中央直接控制的模式，轉變爲黨中央間接控制由社長負責指揮的模式。從經營形式上看，它已由傳統黨報忽略經營，轉換爲開始關心並注重經營。從政治色彩上看，它已由公開標榜「黨

〔註19〕《中央宣傳委員會直轄報社組織館理通則》，國民黨中央常務委員會 1932 年 6 月 23 日備案。

〔註20〕《中央宣傳委員會直轄報社組織通則》，國民黨中央常務委員會 1932 年 6 月 7 日通過。

〔註21〕《中央宣傳委員會直轄報社組織通則》，國民黨中央常務委員會 1932 年 6 月 7 日通過。

〔註22〕《中央宣傳委員會津貼新聞機關辦法》，國民黨中央常務委員會 1932 年 6 月 23 日備案。

的喉舌」，轉變爲淡化黨報色彩並標榜既當「黨的喉舌」又當「民眾喉舌」。顯然，這種經營管理體制之下的報紙仍屬黨報的範疇，但在傳統黨報的基礎上它已向企業化報紙邁進了一步。這種變化雖然是微小的、非本質的，但畢竟比舊的模式前進了一步。

附：中央日報社長負責制組織系統圖（1932 年 5 月）

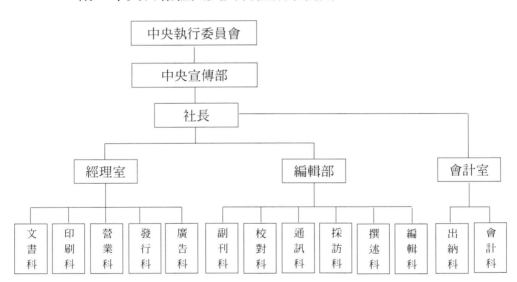

第二節　中國國民黨黨報的時代特色

　　產生於 20 世紀 20 年代末、30 年代初的中國國民黨黨報，具有獨特的時代特色。就其顯著者而言，主要有以下四個方面：第一，黨政重視，財力雄厚；第二，數量龐大，分佈失衡；第三，控制嚴密，矛盾重重；第四，淡化「黨性」，講求經營。對此進行深入研究，有助於我們更全面、更準確地把握整個中國國民黨黨報體系。

一、黨政重視，財才雄厚

　　從同盟會時代起，中國國民黨的主要領導人，如孫中山、汪精衛、宋教仁等，就十分重視黨報的作用，並親自領導或參與創辦過大量的黨報。蔣介石本人雖長於軍旅之事，但也懂得輿論的重要性。在他看來，「報紙是國民的

導師，報紙的言論記載，影響於國民的心理甚大。報紙所發表的言論消息，若是正大而確實，國民自能納於正軌；反之，若引導不得法，國民便入歧途，於國家前途甚為危險。所以輿論界的責任，比任何（事業）都大。」〔註23〕

中國國民黨最高當局既然如此重視黨報的作用，就勢必利用執政黨的優勢地位，從政治、經濟等各方面大力扶助國民黨黨報。1928 年 6 月國民黨中央通過的《補助黨報條例》規定，「本黨黨員所主辦之日刊或期刊，均可請求本黨中央或各級黨部補助經費。」1932 年 6 月通過的《中央執行委員會津貼新聞機關辦法》，把「補助」的對象擴大到「各地新聞機關」。這說明中國國民黨中央是捨得、也有大筆錢財來經營黨報的。

1928 年 2 月，上海《中央日報》創辦時，中國國民黨中央曾一次撥出鉅款近 5 萬元，以後又按月撥給 9000 元。所以，該報的開支十分闊 ：職員、工人和雜役等尚未上班就開銷了工資 3500 多元；職員、工人和雜役上班時均能享受免費「役食」、「茶水」，其開支每月在 100 元以上；報社用於交際的「旋（旅）費」，每月在 300 元以上〔註24〕；作者所得稿費也十分優厚。因此，該報剛一開張就十分自信地表示：「本報匆匆出版，各地電報通訊沒有聯絡完備，以至消息方面缺陷極多，極為抱歉。至今正在火速進行，務期在兩星期內辦到『應有盡有』的地步。」〔註25〕

這種情況，在各地方國民黨黨報中也比比皆是。1933 年初，《杭州民國日報》社長胡健中為了更新該報印刷設備，以國民黨浙江省黨部執行委員身份，由省黨部呈請中央黨部，在省黨部催收欠繳的黨員所得捐中撥出 67000 元，供報社購買辦置印報機及壓紙型機。〔註26〕據 1929 年 12 月編印的國民黨湖南省黨部《宣傳部部務彙刊》記載，當年該省發行的 40 家正規報紙中有 38 家受各級黨部及政府津貼，接受津貼的報紙占報紙總數的 95% 以上。其中：全部受黨部和政府津貼的 25 家，占全部報紙的 62%，占受津貼報紙的 68%。省黨報《湖南中山日報》和省政報《湖南民國日報》受津貼最多，每月分別高達 4000 元以上。其具體情況，詳見下表：

〔註23〕《蔣主席對記者之演詞》，《中央日報》1929 年 7 月 11 日。
〔註24〕《本社自開辦到現在的經濟報告》，《中央日報》1928 年 10 月 30 日。
〔註25〕《中央日報》，1928 年 2 月 6 日。
〔註26〕徐運嘉、楊萍萍：《杭州報刊史概述》，浙江大學出版社 1989 年版，第 74 頁。

中國國民黨湖南省黨部省政府補助各報津貼一覽表（1929 年）

報　名	性　質	主持人	每月收入	每月支出	每月津貼	津貼占收入%	備　注
湖南中山日報	省黨報	豐悌	1078.3	5479.5	4080	378.48	洋元，下同
湖南民國日報	省政報	凌璋	5000	5000	4080	81.6	日出 3 大張
全民日報	民營	李先教	？	？	1600		日出 2 張半
大公報	民營	李抱一	？	？	1600		原有基金近 10 萬元
湖南通俗日報	公辦	李景範	無	3049	3049	100	純係公款
長沙晚報	民營	殷德洋	160	500	340	21.25	報販銷售
衡陽民國日報	黨報	羅明德	542	652	450	83.02	義務報多，收入小
常德民報	黨報	宋國	200	800	600	300	
陵民報	黨報	劉壽	30	？	143	476.6	

（資料來源：湖南省檔案館檔案，全宗號 1，卷宗號 78）

　　不僅各級黨部的機關報是由國民黨中央和各級黨報一手包辦起來的，就是許多以黨員個人名義創辦的報紙也都受到了大筆津貼。據陳銘德回憶，南京《新民報》就是「向國民黨伸手而辦起來的。」〔註 27〕當他把辦報的計劃告訴中宣部秘書兼中央通訊社主任余唯一之後，立即得到了支持。由中宣部出面從「七項運動」（作者按：指新生活運動、「剿共」運動、清鄉運動等）費用中，月給津貼 800 元，從孫科主持的中山文化教育館經費中一次性撥給 2000 元及按月撥給的 500 元，使《新民報》得以在 1929 年 9 月出版。

　　中國國民黨黨報不僅擁有充裕的經費，而且享有各種特權。如黨報記者外出採訪，中國國民黨最高當局發出通令要求「中央及各級黨部政府對各級黨報除充分供給各項宣傳材料外，並應予以搜方消息之特別便利。」〔註 28〕黨報難於發行，國民黨各黨政軍機關便公費訂閱，一概包攬，免費贈送。黨報廣告來源不足，國民黨當局就將所有的公文、布告送其刊載。尤嫌不足，又強迫民眾將所有關於民、刑訴　案件廣告交黨報刊登，「方以有效」。否則

〔註27〕陳銘德等編：《〈新民報〉春秋》中國重慶出版社 1987 年版，第 3 頁。
〔註28〕《指導黨報條例》，國民黨中央常務委員會 1928 年 6 月 9 日通過。

「必至在法律上失所依據，處於失敗之地位。」〔註29〕這是國民黨報所有特權中最主要的一項。更有甚者，國民黨當局還直接利用手中的權力，從國庫中劃撥物資、器材給有關黨報。關於這一點，本書第二章在論述《華北日報》和《掃蕩報》時已作了介紹。

中國國民黨黨政軍當局對國民黨黨報的大量的資金投入和高度重視，對國民黨黨報產生了兩方面的影響：一方面，由於財大氣粗，嚴重　長了它的　縱心理，使之在同外界的交往中，特別是在同廣大的讀者和全國新聞界的交往中，表現出專橫霸道的作風；另一方面，由於經費充裕，使之養成只重政治宣傳，不計經濟盈虧，鋪張浪費的作風。這兩方面共同作用的結果，既造成了它內外之間的尖銳矛盾，又敗壞了它的聲譽，　息了它的發展生機。

二、數量龐大，分佈失衡

中國國民黨領袖及各級黨政軍當局對黨報的高度重視和大量的資金投入，使國民黨黨報擴展為一個龐大的報業體系。這個報業體系，在全國報界中處於舉足輕重的地位。為了便於分析，特將全國各省市國民黨黨報的有關統計數據列表於後（見中國國民黨全國黨報統計表）。值得說明的是，由於有些報紙複雜難辨，特別是此項統計資料浩繁艱辛，表中所列數據只能是相對的、近似的，不可能精確無誤。儘管如此，它們基本上能夠反映出國民黨黨報的基本結構、分佈狀況及其在全國報業中所處的地位。表中所指的報刊，主要是以報導新聞為主的日刊、間日刊、三日刊和周刊，其他刊期較長或不定刊的雜誌和宣傳品，概未收入。

中國國民黨全國黨報統計表（1936 年 6 月止）

類別／省市	報刊總數	黨報數 黨報	黨報數 本黨報	黨報數 準黨報	黨報數 總數	黨報占%	期發數（萬）總數	期發數（萬）黨報數	期發數（萬）黨報占%	備注
上 海	69	3	1	2	6	8.7	120.7	11.5	9.5	
南 京	75	14	2	7	23	30.7	35	14	40	
江 蘇	272	75	15	3	103	37.9	37.9	13.2	34.8	
浙 江	101	49	4	1	54	53.5	18	9.5	52.7	
安 徽	61	28	2	0	30	49.2	7	3	43	

〔註29〕《指導黨報條例》，國民黨中央常務委員會 1928 年 6 月 9 日通過。

福　建	35	9	1	0	10	28.6	8.2	1.8	22	
廣　東	121	31	2	0	33	27.3	64.4	10.3	16	含香港、澳門
廣　西	13	6	0	0	6	46.2	3	1.3	43	
江　西	49	38	1	0	39	79.6	6.3	4	63.5	
湖　北	69	25	3	2	30	43.5	21	0.7	50.4	
湖　南	89	57	2	3	62	63.7	14.3	7.5	52.3	
山　東	123	52	1	4	57	46.3	15	6	40	含青島、威海
四　川	83	35	2	1	38	45.8	21	4.8	22.9	
貴　州	1	1	0	0	1	100	0.1	0.1	100	
雲　南	20	3	4	0	7	35	4.2	1.27	30.2	
河　南	39	19	1	1	21	53.8	9.3	3.6	38.7	
北　平	62	2	1	1	4	6.5	57	3.4	6	
河　北	105	34	1	1	36	34.3	65	4.6	7	含天津
山　西	24	2	0	0	2	8.3	8.5	0.6	7	
陝　西	9	3	0	0	3	33	3	1.5	50	
察哈爾	7	6	0	0	6	5.7	2.4	1.3	54.2	
綏　遠	10	5	0	0	5	50	0.5	0.34	68	
寧　夏	3	3	0	0	3	100	0.24	0.24	100	
甘　肅	17	15	0	0	15	8.2	1.3	1.2	92.3	
青　海	5	5	0	0	5	100	0.5	0.5	100	
全　國	1462	520	43	26	599	41	551.1	116.3	21.1	東三省、新疆無統計

（資料來源：許晚成編《全國報館刊社調查錄》，上海龍文書店 1936 年版）

　　以上統計表明，中國國民黨黨報的數量相當龐大，總數達到 600 家以上，占全國報刊總數的 1462 家的 41%。其中，國民黨地方黨報 590 家以上，占全國報刊總數的 40%，占國民黨黨黨報（刊）總數的 98%。如此龐大的國民黨黨報陣營，在國民黨中央宣傳部的統一指揮下，為「發揚黨義」、「排斥謬誤」、「宣達政令」、「齊一興論」而工作、而鬥爭。這方面的力量及影響，是不可忽視的。

　　但是，由於在地域上分佈的不合理，中國國民黨黨報的這種力量和影響並沒有發揮出來。我們知道，中國國民黨黨報的重鎮是以《中央日報》為首

的近 10 家中央直屬黨報，而這些黨報又集中在南京、武漢、北平、天津、上海、廣州等沿江沿海大都市。一般來說，這些地方資本主義商品經濟發達，報業競爭激烈，民營大型企業化報紙和外國人在華所辦報紙佔有絕對優勢。在這樣一個競爭激烈的報業環境中，國民黨黨報難以有所作為，其輻射能力受到了限制。從表面上看，國民黨中央直屬黨報設備先進、版面正規，以《中央日報》和《華北日報》為例，它們均日出 3 至 4 大張，基本上可以和上海《申報》和天津《大公報》相美。但是，在發行數量方面，它們的差距卻很大。1936 年，《中央日報》的發行量為 3 萬份，《華北日報》為 1 萬份，而《申報》和《大公報》的發行量卻高達 15 萬份和 7 萬份。〔註30〕

從全國範圍來看，中國國民黨黨報的分佈也是極不平衡，呈現著東重西輕的現象。東部省份是南京國民政府統治的重心所在，也是國民黨黨報的密集地區。東部黨報大省依次是江蘇（103 家）、湖南（62 家）、山東（57 家）、浙江（54 家）、江西（39 家）、廣東（33 家），若再加上湖北、福建、安徽和京滬兩市，國民黨黨報總數達 447 家，幾乎佔了全國黨報的 75%。而在地域廣闊的西南、中原、西北地區，國民黨黨報總數不及 100 家，僅占 20% 左右。而在這些地區，黨報的設置也是極不平衡的，可以說越往西數量越少（甘肅 15 家是個例外）。從河南往西，河南、山西、陝西、青海、寧夏，黨報數量依次加下：21 家、2 家、3 家、5 家、3 家。這種東重西輕的現象，不僅僅表現在數量上，更表現在質量上。一般說來，東部黨報規模較大，有專門的社址和編輯、經理班底。其發行量，省區一級黨報一般在 10000 至 1000 份之間，縣級黨報一般在 1000 至 500 份之間。以江蘇為例，省黨報《蘇報》和《江蘇省報》的發行量分別為 4000 份和 12000 份；區黨報如海門的《大公日報》和徐州的《徐報》的發行量分別為 2500 份和 4000 份；縣級黨報的發行量雖然也有 500 份以下者（如高郵《民國日報》），但大多在 1000 份以上。〔註31〕返觀西部黨報，大多組織不完備，社址一般設在各級黨部內，豫、晉、甘等省黨報也不例外。除少數幾家黨報外，絕大部分規模較小，只有一小張，且為非賣品，因而其發行量少得可憐。省級黨報一般在 3000 份以下，如《山西黨訊》3000 份，甘肅《民國日報》1500 份。至於縣級黨報，則很少有超過 500 份的，有的甚至在 300 份以下。因此，西北、東北甚至華北某些地區雖然點

〔註30〕許晚成編《全國報館刊社調查錄》，上海龍文書店 1936 年版。

〔註31〕許晚成編《全國報館刊社調查錄》，上海龍文書店 1936 年版。

綴著一些國民黨黨報，但其影響是十分有限的。1929 年 6 月，國民黨中央宣傳部曾指出，各黨報「散漫而不統一」，「宣傳內容不知隨時間與空間而變革，未能著重於建設方面，以引起國人之注意同情，而與本黨政府實施建設之種種援助。」〔註 32〕

三、控制嚴密，矛盾重重

　　中國國民黨黨報既然是一個數量龐大、結構複雜、分佈廣闊的報業體系，就必須實施嚴格的控制和監督，才能發揮其反映輿情、批評政府、導引民眾之作用。事實上，中國國民黨中央及其領導人正是這樣做的。蔣介石曾經指示《中央日報》，「應盡量反映輿情，文字要　利有力，且不必避諱對政府施政的善意的批評。」〔註 33〕所謂「反映輿情」，並不是要反映民眾的意願，而是要體察和宣揚國民黨中央和國民政府及領袖的意圖。所謂「文字要　利有力」，就是要求國民黨黨報充分發揮其戰鬥性，並配合各黨政軍部門對共產黨及一切異己力量發起攻擊，不留情面。所謂「對政府施政的善意的批評」，就是要揭露黨和政府施政方略和具體工作中的缺點和錯誤，以配合各項方針政策的順利實施，說穿了就是國民黨統治者以黨報為打擊對手、平衡關係、進行黨內鬥爭的工具。這是蔣介石對《中央日報》的要求，也是他對所有國民黨黨報的要求。既然黨報要聽命於黨的領導者，就難以保證能遵循新聞工作規律，勢必把政治宣傳的功能發揮到極端乃至荒唐的地步。

　　按照蔣介石的旨意，中國國民黨中央執委會常務委員會和中央宣傳部為了控制和指導各級各類黨報，制訂了一系列黨報管理條例或規則。其中主要的有 1928 年 6 月制訂的《設置黨報條例草案》、《指導黨報條例》、《補助黨報條例》等三個文件和 1932 年 6 月制訂的《中央宣傳委員會直轄報社組織通則》、《中央宣傳委員會直轄報社管理規則》、《中央宣傳委員會指導與黨有關各報辦法》、《中央執行委員會津貼新聞機關辦法》等四個文件。〔註 34〕除國民黨中央制訂的這些文件之外，國民黨各級地方黨部及其宣傳部也在有關文件中對所轄黨報規定了嚴格的管理措施。這些文件內容全面、具體，從宣傳方針、管理體

〔註 32〕《中央宣傳部之工作報告》，上海《民國日報》1929 年 6 月 5 日。
〔註 33〕《六十年來的中央日報》，臺灣裕臺公司中華印刷廠 1988 年印製，第 6 頁。
〔註 34〕這七個文件均收藏於南京中國第二歷史檔案館，編號分別為：全宗號 722，卷宗號 400；全宗號 711（5），卷宗號 66。

系、經費來源、組織紀律等各個方面將國民黨黨報嚴密控制起來。

關於黨報的宣傳方針，上述文件規定：黨報及與黨有關各報「言論記載除遵守出版法外須遵守左列各款：（一）以本黨主義政綱政策及中央決議案法令等爲立言取材之標準；（二）對於違反本黨主義之謬誤論應予以糾正與駁斥；（三）不得有違反本黨主義政綱政策或不利於本黨之記載；（四）本黨秘密事件絕對不得發表。」〔註35〕可見，國民黨設置黨報的根本目的是爲了「發揚尊崇主義，使民眾瞭解政府政策及領導輿論，」〔註36〕是爲了消除一切異己力量，民黨主義、政綱和政策，批判一切異己的思想、主張和言論，就成了國民黨黨報的唯一的不變的宣傳方針。

關於黨報的組織紀律，上述文件規定：（一）「各黨報須絕對站在本黨的立場上，不得有違背本黨主義、政策、章程、宣言及決議之處。」（二）各黨報如有違反以上紀律者，得依情節輕重給予「警告撤換負責人員或改組」、「警告撤換負責人員或取消」、「警告、停刊若干日、查禁、懲辦負責人員」，甚至停刊的懲罰。〔註37〕這些紀律，苛刻繁雜，多偏重於政治方面，而對於那些起碼的新聞職業道德如堅持新聞的眞實性、聯繫群眾等則隻字不提。可見，其主要目的是在束縛新聞工作者的手腳，使之自覺地爲國民黨中央及國民政府服務。

嚴密的控制，必然使得國民黨報人極其謹小愼微，難以主動地創造性地工作。由此，造成了國民黨報人的「埋怨」心理，導致了國民黨黨報體系內部上下之間、左右之間的種種複雜的矛盾。這些矛盾的存在和發展，嚴重地削弱了國民黨黨報作爲新聞媒介應有的作用。在這個意義上說，國民黨黨報的「所得」與「所費」是不相稱的，有時甚至是相反的。

這種矛盾首先表現爲中國國民黨黨報與客觀事物之間的矛盾。本來，新聞媒介是反映客觀世界的，新聞報導必須以客觀事實爲依據，以新聞價值爲取捨標準，報導新聞。但是，國民黨黨報卻不能這樣，他們必須以國民黨當局的政策和指令爲依據，以國民黨領袖個人的好惡爲取捨標準，報導新聞。這樣，在變化無常的客觀世界和國民黨黨報之間出現了極大的反差；它的新

〔註35〕《中央宣傳委員會指導與黨有關各報辦法》，國民黨中央常務委員會 1932 年 6 月 32 日通過。
〔註36〕《設置黨報條例草案》，國民黨中央常務委員會 1928 年 6 月 9 日通過。
〔註37〕《指導黨報條例》，國民黨中央常務委員會 1928 年 6 月 9 日通過。

聞報導往往是遲緩的，有時成了「舊聞」，有時甚至是被歪曲的「舊聞」；有的新聞應該發表而沒有發表，有的不應該發表卻發表了。特別是在重大歷史事實面前，它往往前後矛盾，自相牴　。1932 年底《中央日報》關於「福建事變」的報導就是這樣。11 月 19 日，該報在要聞版以大字標題報導：「十九路軍努力剿匪，機宜悉聽中央調遣。」但是僅隔 1 天即 11 月 21 日，該報的頭條新聞卻是：「陳銘樞等在閩叛亂，中央決議予以嚴厲處置。」同時，該報又發表社論，對陳銘樞、蔣光　等大加「討伐」。雖然氣勢洶洶，但它在全國人民面前大出了一次「洋相」。到 1938 年底，當汪精衛叛國投敵時，《中央日報》的報導仍然前後矛盾，被動不堪。12 月 27 日，該報的頭條新聞是：「蔣委員長痛斥敵人造謠，汪副總裁轉赴河內療疾。」但是 3 天後，該報卻突然以第 1 版大半版的篇幅報導了「汪兆銘危害黨國，開除黨籍並撤職」的消息。這兩個例子性質完全不同，但卻從同一角度暴露了《中央日報》同客觀世界的矛盾。在嚴酷的客觀世界面前，國民黨黨報一次又一次威信掃地，這不能歸咎於國民黨報人的無能和品質低下，完全是由國民黨領袖們的嚴密控制和隨心所欲造成的。

　　這種矛盾也表現在中國國民黨黨報及其報人同中國國民黨領袖們的分歧上。蔣介石認為，黨報是宣傳黨義、貫徹國策的重要工具，所以控制嚴密。一方面，他對國民黨黨報是非常重視的，「確確實實是每天必看中央日報，而且鉅細靡遺。」〔註 38〕另一方面，他又通過「中統」特務機關監視國民黨黨報及其報人。其他國民黨領導人也大致如此，無一例外。據《中央日報》社長程滄波回憶，30 年代初中期，「許多老前輩同志，常常寫信來對某一問題、某一篇文章發表意見。……有的是讚美，有的是糾正。……果夫先生對中央日報每一條新聞每一篇短文的注意，常常半夜會打一個電話來，說哪篇文章的口氣，失去了中央日報的莊嚴。」〔註 39〕對黨報的如此嚴厲的訓斥和直接干涉，使國民黨黨報及其報人有所遵循，不至偏離黨的主義、政綱和政策。但是，另一方面又使國民黨報人感到受限制過嚴，從而產生不滿情緒。特別是國民黨中央領導人之間在一些具體的政綱政策上，意見時常相左，更使國民黨報人感到無所適從。他們既感歎「不得人諒，亦不敢求人諒」，又負疚於讀者，「對

〔註38〕《六十年來的中央日報》，臺灣裕臺公司中華印刷廠 1988 年印刷，第 20 頁。
〔註39〕程滄波：《我在本報的一個階段——時代環境及本黨宣傳政策》，臺灣《中央日報》1957 年 3 月 20 日。

於讀者興趣亦容有未合，……以滿足讀者之新聞欲。」〔註40〕有時，他們甚至還泄憤於國民黨最高當局，指責他們的所作所爲獨斷專行，責問他們「有幾件是符合我們的黨意民意的？……盡讓人家失望下去，那就叫任何人發言，有點難於發言。」〔註41〕不僅如此，他們還在報面上明顯地表示出對國民黨領袖的不滿和反抗。這種情況在上海《中央日報》創刊時出現過，在1935年底關於「抗日剿共」和新聞檢查的問題上出現過，在1940年4月反對物價上漲的問題上也出現過。這種情況在《中央日報》上接連不斷，在其他國民黨黨報如上海《民國日報》、廣州《民國日報》上更是屢見不鮮。當然，反抗的結果，受壓制的永遠是國民黨黨報及其報人。

　　這種矛盾還表現在中國國民黨黨報體系內各種不同的黨報之間。按國民黨中央的規定，國民黨黨報分爲「黨報」、「本黨報」、「準黨報」三種。這三種黨報由於和國民黨中央及各級黨部關係疏密不同，在一些重大問題的報導上是有分歧的。「九‧一八」事變發生後，南京《新民報》在報導學生運動方面和《中央日報》的口徑就大有出入。學生運動剛起之時，該報即用頭版頭條連續加以報導，支持學生的抗日要求。12月16日「珍珠橋慘案」發生後，中央通訊社和《中央日報》的報導與事實不符，說學生是「自行失足落水」。《新民報》揭露了這一眞實情況，副刊《葫蘆》發表的一首詩說：「中央日報門前，不知有多少冤鬼。」〔註42〕於是，《中央日報》向南京地方法院控告該報。中國國民黨中央宣傳部秘書方治也打電話威脅說：「關於學生的消息，你們要愼重刊登；如果仍然不聽話，只好把你們的報館封掉，把你們關起來。」〔註43〕潘公展所主持的上海《晨報》遭到的打擊更大。1935年11月，國民政府宣佈實施法幣政策，上海證券交易所裏掀起軒然大波。虞洽卿、王曉籟、杜月笙等人都做了空頭，認爲得利極有把握，但是，受孔祥熙操縱的「三菱公司」來頭太大，只「吃」不「拋」，引起上海金融界的恐慌。虞、杜等人請求潘公展，「希望晨報替他出一口氣。」〔註44〕於是，12月26日該報發表了由王新命執筆、潘公展定稿的「勸告三菱公司不爲已甚」的文章。結果引起

〔註40〕魯蕩平：《與讀者話別》，《中央日報》1930年12月1日。
〔註41〕《最後之期待——五屆一中全會獻詞》，《中央日報》1935年12月1日。
〔註42〕陳銘德等：《〈新民報〉春秋》，重慶出版社1987年版，第7頁。
〔註43〕陳銘德等：《〈新民報〉春秋》，重慶出版社1987年版，第7頁。
〔註44〕王健民等：《潘公展傳》，臺北新聞記者公會1976年版，第22頁。

蔣介石和孔祥熙的嚴重不滿，《晨報》因此被勒令立即自動停刊。

四、淡化「黨性」，講求經營

　　中國國民黨黨報是在 20 世紀 30 年代半殖民地半封建的中國社會那個特殊的報業多元化的輿論環境中建立和發展起來的。因此，除了黨派性以外，它還必然要迎合時代的需要，必然要具備那個時代的報業特色。事實正是這樣：一方面，受全國新聞界的影響，國民黨黨報不得不採取多層面的結構形式並以「民眾喉舌」自詡，以淡化黨報色彩；另一方面，國民黨黨報也比較注意經營管理和內部改革，以影響整個新聞界，取得輿論的領導權。

　　黨報堅持宣傳黨義，即表現自身的「黨性」，本是應有之義。但是，除「黨性」之外，黨報尤其是執政黨的黨報還必須反映民眾的聲音，關懷民眾的疾苦，才能贏得民眾的同情，從而使黨與民融為一體。一般說來，國民黨黨報是注重此點的。1932 年 5 月，《中央日報》在改版社論中就曾公開表示，「中央日報在系統上為黨的報紙，應為本黨之主義立言」。但是「黨之利益，與人民之利益，若合符節。換言之，人民利益即黨之利益，為人民利益而言，即為黨之利益而言。故本報為黨之喉舌，即為人民之喉舌。」〔註 45〕1934年 7 月，杭州《民國日報》改組為《東南日報》之初，更為明確地宣佈：「東南日報是幾個對文化事業有興趣和忠於新聞事業的國民黨員集資創辦的報紙，是民間報而不是官辦報。」〔註 46〕國民黨黨報如此青睞「人民性」，並不表明它完全屬於「民間報」，而只是說要寓「黨性」於「人民性」之中，藉「人民性」來發揚「黨性」。用《東南日報》社長胡健中的話來說，就是「黨的立場，自由色彩。」〔註 47〕應該看到，國民黨黨報標榜「人民性」，並把「黨性」和「人民性」統一起來，收到了較好的宣傳效果。而依靠所謂「人民性」，國民黨黨報也確實能夠在一定時期內、一定事件上和一定程度上反映民族和人民利益。

　　中國國民黨黨報所處的報業環境，是一個競爭激烈的場所。要競爭，就必須講求經營之道。在保障政治宣傳的前提下，注意報業經營管理，是國民

〔註 45〕滄波：《敬告讀者》，《中央日報》1932 年 5 月 8 日。
〔註 46〕轉引自：徐運嘉、楊萍萍著《杭州報刊史概述》，浙江大學出版社 1989 年版，第 75 頁。
〔註 47〕轉引自：徐運嘉、楊萍萍著《杭州報刊史概述》，浙江大學出版社 1989 年版，第 75 頁。

黨黨報迎合時代需要的又一表現。本來國民黨黨報就具有注重經營管理的傳統，國民黨執掌全國政權後，這種傳統又得到了進一步發揚。就報業經營管理而言，國民黨黨報雖不如民營大報，但為其他黨報所不及。1932 年 6 月，中國國民黨中央通過的《中央宣傳委員會直轄報社組織通則》明文規定，各級黨報都要設立經理部，派專人掌管營業、廣告、印刷、發行等事宜。「凡直轄報社經費，以各報社之營業收入棄之，不足時由中央執行委員會或中央決定令當地政府給予津貼。」自此以後，各地國民黨黨報開始普遍整頓報紙的發行和廣告業務。

《中央日報》從 1932 年 7 月開始取消報頭下的「總理遺囑」，而代之以「郵局特許掛號立券照總包標準優惠遞送之報紙」、「定報價目」、「廣告刊例」等字樣，以表明對經營管理的重視。同時，該報又以大塊的篇幅刊出達 12 條之多的《本報外埠分銷處簡章》〔註 48〕。其中規定：（一）凡外埠欲設立本報分銷處之書店、商號、學校、團體或個人，均所歡迎，但須正式來函將負責人之姓名、地址及每日負責銷數開出，經本報特許。（二）各分銷處須繳納保證金，每份大洋 1 元，如報數增加，保證金亦隨時增加。（三）本報暫出兩大張，每份售大洋 4 分，定閱全月 1 元 2 角，特價每日大洋 2 分（國內郵費在內、國外另加，不折不扣）。（四）代銷停寄報紙，將保證金抵銷，並向分銷人追償。至分銷人賬款，被人拖欠，概與本社無關。（五）往來賬款，概以南京通用銀元為標準，彙水貼水由分銷人自理。報紙按數突破性後，概不退還。（六）分銷人每月須將本報及京滬各報在當地推銷情形及閱戶姓名、分類等向本社經理部報告一次。（七）分銷處以每日認銷數五份以上者為合格，如每月總銷數達 1500 份，發給獎金 5 元，3000 份 10 元，3000 份以上者，即可認為分社，得到特別獎金。若成績特別優良，本社得予以在該地獨銷之權。

這些措施周全具體，精打細算，體現嚴格的經營態度和強烈的競爭意識。推銷者既享受優厚的待遇，又承擔嚴格的責任。這種情形與那些縣市黨報全部「免費贈閱」的情況不可同日而語。與此同時，《中央日報》也開始改變廣告的招攬方式和品種結構。在此之前，該報以每日 3 大張 12 版篇幅中的 5~7 個版面來刊登廣告，其中各大黨政軍各機關、各群眾團體、政客官僚和各種文化廣告佔了相當大的比例，而商業、企業廣告的數量有限。這正是一般政

〔註 48〕《中央日報》，1932 年 7 月 20 日。

黨報紙的特色所在，也正是《中央日報》所享受的特權的一種表現。不過，這種特權並沒有給報紙帶來鉅額的經濟收入，反而使它負債累累，「感受極大之困難」。因為「各機關團體惠登本報廣告，往往僅以書面通知，並不預付刊費，……匆告取消，無法索取者有之，內部職員拒付舊債者有之。」〔註50〕為了改變這種狀況，該報一方面重訂廣告刊例，擴大廣告來源，另一方面又要求各機關團體「除訂有長期契約者外，概請照章先付刊費。」〔註51〕

　　由於採取了這些措施，《中央日報》的經營狀況有所好轉，形象有所改觀。發行量由改組前的9000多份增加到30000份以上，發行網點由20多處增加到40多處，報社的經濟實力和物資設備大為增強，具備了進一步發展的條件和競爭的實力。在此基礎上，它與全國新聞界的關係也大為改善。以1935年12月《中央日報》帶頭聲援「一·二九」學生運動為標誌，中國新聞界初步出現了團結抗日的局面。

第三節　三十年代初期的輿論環境及其對中國國民黨黨報的影響

　　中國國民黨黨報是在20世紀30年代初期半殖民地半封建中國社會那個特殊的輿論環境中產生和發展起來的。這種輿論環境包括兩個主要方面：一是執政的中國國民黨所推行的文化統制政策，一是多元化的報業結構。這種輿論環境既鑄就了中國國民黨黨報的經營管理體制，也薰染了中國國民黨黨報的色彩。

一、中國國民黨的文化統制政策及其對國民黨黨報的影響

　　南京國民政府成立後，中國國民黨雖然取得了軍事上和政治上的勝利，但在文化領域卻未取得支配地位。共產主義及其他一切異己思想仍廣泛存在，在同「三民主義」爭奪思想文化陣地。國民黨內部也因派系紛爭，而政見龐雜，思想混亂。對此，蔣介石有一番坦誠說明：「不幸許多同志，把總理所手創的三民主義置之腦後，他們不根據三民主義去發揮本黨的革命理論，而離開三民主義，自己任意發揮個人主觀的見解，致使黨內理論紛歧，思想

〔註50〕《惠登本報廣告者注意》，《中央日報》1932年7月27日。

〔註51〕《惠登本報廣告者注意》，《中央日報》1932年7月27日。

複雜。一般同志陷於複雜的思想之中，而不知何去何從。」〔註52〕在這種情況下，中國國民黨領袖們認為，有必要實行文化統制政策。

1928 年 2 月，中國國民黨中央執行委員會在南京召開了二屆四中全會。這是一次從思想理論上全面「清共」的會議。會議宣言指出：「自今以後，不特從組織上與理論上絕對肅清共產黨與共產主義，尤必須從組織上與理論上建立真正的三民主義的中國國民黨。」〔註53〕這就明確提出了中國國民黨在理論上「破」與「立」的任務。

怎樣「立」呢？就是要建立「純正的三民主義」，並以此統一全國人民的思想。在國民黨領袖看來，澄清被共產黨人搞亂的三民主義，統一思想，比什麼都重要。蔣介石說：「我們中國要在二十世紀的世界謀生存，沒有第二個適合的主義，只有依照總理的遺教，拿三民主義來做一個中心思想，才能統一中國。」〔註54〕他們認為，孫中山的三民主義，「完全是中國的正統思想，就是繼承堯舜以至孔孟而中絕的仁義道德思想。」〔註55〕「在這一點上，我們可以承認中山先生是兩千年以來中絕的中國文化的復活。」〔註56〕因此出發，蔣介石反覆要求人們按照中國傳統倫理道德加強個人修養，做到「智」、「仁」、「勇」三全，「擇善固執，貫徹始終」。也就是說，要「堅決力行，坦白勇敢一往無前，充其行至極致，就是殺身成仁，捨生取義。」〔註57〕

所謂「破」，就是要壓制和排斥一切異己思想，特別是共產主義思想。對於肅清共產黨在思想文化方面的影響，蔣介石表現得最為堅決。他說：「我們不僅要反對他的主義，而且要反對他的理論與方法。」「共產黨的理論與方法要剷除淨盡，不許留在本黨。」〔註58〕

〔註52〕張其昀主編：《先總統蔣公全集》第 1 冊，中華文化大學出版部、中華學術院
    1984 年版，第 581 頁。
〔註53〕榮孟源主編：《中國國民黨歷次全國代表大會及中央全會資料》上冊，光明日
    報出版社 1985 年版，第 508 頁。
〔註54〕張其昀主編：《先總統蔣公全集》第 1 冊，中華文化大學出版部、中華學術院
    1984 年版，第 577 頁。
〔註55〕戴季陶：《孫文主義民生哲學系統表》，載上海《民國日報》1925 年 5 月 27 日。
〔註56〕張其昀主編：《先總統蔣公全集》第 1 冊，中華文化大學出版部、中華學術院
    1984 年版，第 616～617 頁。
〔註57〕《中國法西斯主義資料選編》（一），中國人民大學中共黨史系 1987 年編印，
    第 137 頁。
〔註58〕榮孟源主編：《中國國民黨歷次全國代表大會及中央全會資料》上冊，光明日
    報出版社 1985 年版，第 507 頁。

　　對於排斥異己思想，中國國民黨人不僅坐而言，而且起而行。在當時各派政治勢力尖銳對立和各種政治思想旁流雜出的情況下，南京國民政府頒佈了一系列專門法律法規，如《暫行反革命治罪法》、《出版法》及其實施細則、《危害民國緊急治罪法》等。這些法律法規大多嚴厲空泛，曾引起全國人民的強烈反對，其中，尤以新聞檢查制度遭人厚非痛斥。早在南京國民黨政府建立之初，國民黨當局就在上海、南京等地實施新聞檢查。蔣介石曾發佈手諭，命令「此後上海各報登各項公文標語須有本部政治部（即東路軍前敵指揮部政治部）蓋印發出方為有效」〔註59〕。並指示對武漢方面所有的消息實行封鎖。「手諭」說：「從本日起（4月6日）所有武漢發來之電報函件及武漢各報淆惑聽聞妨礙革命之記載並總政治部等各種反動宣傳廣告，一概不許刊登及轉載。」如有故意違抗者，則以在「戒嚴期間」、「討逆期間」為由在各地屬行新聞檢查。到1934年，中國國民黨當局公開在上海、南京、北平、天津、漢口等地設立新聞檢查機構，使新聞檢查公開化、制度化。

　　與新聞檢查制度並行的是嚴厲的圖書雜誌審查制度。1929年1月，中國國民黨中央公佈《審查宣傳品條例》，正式對宣傳品（包括報紙、雜誌、圖書、教材、標語口號、廣告）實施嚴厲的審查和取締。他們認為，不這樣，「錯誤思想」就會「猶江河之橫決，莫可防止，……禍害將何堪設想。」〔註60〕國民黨《各級黨部宣傳工作實施方案》明確規定，各級黨部宣傳部門對於民眾團體、出版機關（報紙、雜誌、書局）、文化機關（學校、圖書館及娛樂場所），「應取積極指導及監督之態度」。各地新聞通訊機構「均須向所在地之黨部備案」，「所出之報紙或稿件，須按期檢送全份至所在地黨部」，如有錯誤應立即查處。〔註61〕1934年公佈的《國民黨中央宣傳部圖書雜誌審查辦法》更為嚴厲，其中規定：「凡在中華民國境內之書局、社會團體或著作人所出版之圖書雜誌，應於付印前將稿本呈送中央宣傳部圖書雜誌審查委員會申請審查。」「其內容如有不妥，得令飭依照審查意見刪除」，如有嚴重錯誤，則「將原作扣呈中央宣傳委員會核辦」。〔註62〕因於新聞檢查和圖書檢查的實施，國民黨各級檢查機關和郵政部門一時成了最忙碌的部門。據國民黨中央宣傳委

〔註59〕上海《民國日報》，1927年4月7日。
〔註60〕上海《民國日報》，1927年4月7日。
〔註61〕《黨務報告》，《中央周報》第31～32合期，1929年1月24日。
〔註62〕《申報年鑒》（1935年）TZ$_1$。

員會報告，1929 年 2 月 4 日至 9 日一周內，該部審閱中西報紙 1200 餘份，各種期刊 70 餘冊，各種傳單 121 種。越一周（9 月 16 日至 23 日），其工作量增加到審查中西報紙 1500 餘種，小冊子 60 餘種，傳單 23 種。〔註63〕經過審查，許多報刊被查封，僅 1930 年 7、8、9 三個月，中國國民黨中央宣傳部查禁的報刊就達 89 件。許多文稿被刪改、塗抹，有的甚至文理不通。

文化統制政策的實施，給中國國民黨黨報帶來了兩方面的影響。一方面，中國共產黨報刊及一切宣揚非三民主義思想報刊的被排斥、被壓制，爲國民黨黨報排除了競爭的障礙，使之能夠大量地、迅速地發達起來，並且順暢地宣傳國民黨中央和國民政府的政綱政策。另一方面，由於新聞檢查制度的實施，難免引起民營報刊的反感，從而使國民黨黨報樹敵過多，處境艱難。在同全國新聞界的交往中，在國內政治鬥爭趨於激烈，新聞界出現分歧的時候，國民黨黨報的這種處境就益發嚴重。1931 年底，全國各地出現大規模的學生抗日愛國運動。《申報》等民間報紙不顧當局的勸告，大量報導了南京城市軍警和學生衝突的情形。爲此，《中央日報》奉命加以反擊。在一篇題爲《輿論上的痛志》的社論中，它指責全國新聞界犯了兩個錯誤：其中，「跟著民眾運動鼓譟」，「民眾在那裏熱血沸騰，輿論界也跟著沸騰，可是只是沸騰而止！民眾在那裏無辦法的鼓譟，輿論界也跟著無辦法的鼓譟，可是只是鼓譟而止！」〔註64〕其二，「藉此機會發泄平時的怨毒，增加政府困難。」〔註65〕這種批評不僅不爲新聞界所接納，不僅不能爲國民黨及其政府排憂解難，反而使自己也成了全國新聞界「怨毒」的對象，也爲國民黨中央招來無盡的怨恨。結果，12 月 17 日下午，《中央日報》被「北大示威團」2000 多人徹底搗毀。全國新聞界對此竟未置一詞予以聲援或慰問。回顧這段「四面環攻」的日子，程滄波感歎良深。他說：「當時國內有一部分輿論，借了國難的題目，誤用了保衛自由的理論，對本黨的攻擊污蔑，幾乎不允許我們有生存自衛。」〔註66〕這說明國民黨黨報在當時同全國輿論界的關係極爲緊張。上海《大晚報》社社長曾虛白後來回憶說：「上海爲全國輿論中心，成爲醞釀不滿政府對日妥協

〔註63〕《中央周報》，1929 年第 37 期、39 期。
〔註64〕《輿論上的痛志》，《中央日報》1931 年 10 月 13 日。
〔註65〕《輿論上的痛志》，《中央日報》1931 年 10 月 13 日。
〔註66〕程滄波：《我在本報的一個階段——時代環境及本黨宣傳政策》，臺灣《中央日報》1957 年 3 月 20 日。

政策的溫床。當時上海對政府不諒的報紙，我主持的大晚報不獨是一份，並且是相當突出的一份，我想我那時的態度實際上是上海新聞界共同的心態。」〔註 67〕

　　當然，文化統制政策特別是新聞檢查制度也使國民黨黨報身受羈絆。因此，它也能在一定程度上對文化統制政策表示異議，並提出各種改進的意見。這又使得它能同全國新聞界達成共識，相互親合。1931 年底當上海開始全面實施新聞檢查的時候，包括國民黨黨報上海《民國日報》、《晨報》等在內的上海各報共同發表宣言，一致決定，「絕對不受任何檢查，絕對不受任何干涉。」〔註 68〕1934 年 10 月 30 日，天津《大公報》因發表《於主席之從何來》的社評反對新聞檢查制度而遭到華北地方當局的檢扣。爲此，《中央日報》多次予以報導，並自願協助《大公報》在南京發行。到 1935 年底，在華北局勢日益惡化，且報紙受到控制，不能如實反映事態的情況下，《中央日報》越來越感到新聞檢查制度的不合理，開始參加全國新聞界反對新聞檢查的行列。在一篇題爲《一個初步的根本的辦法》的社論中，《中央日報》指出，「大局已到土崩瓦解，而人民尚未感覺」，這不是人民之罪，「而是不合理的新聞政策，及不合理的新聞檢查制度造成的」。這些年來，報紙上連篇累牘是「樂觀」、「圓滿」、「平安鎮靜」、「天下太平」，「沒有把一件嚴重的關係國家安危的事件，原原本本詳細告訴過國民。」「這個政策與制度，把我們國家和民族的一切生機都斬完了。」因此，它呼籲「趕快改變新聞政策」〔註 69〕。國民黨黨報反對國民黨中央和國民政府的新聞政策，這件具有諷刺意味的事本身，不但沒有破損「黨報」的威信，反而將新聞界的注意力逐漸統一起來。由此，國民黨黨報與全國新聞的關係逐漸融洽。舉國上下共同抗日救亡的局面首先在新聞界出現。在這方面，《中央日報》發揮了某些積極的作用。

二、多元化報業結構

　　按國民黨中央和國民政府的意願，是要摒除一切傳播異己思想的報刊，特別是中國共產黨的報刊，以齊一國論。但是這種願望畢竟沒有實現出來，

〔註 67〕　《蕭同茲和中央通訊社》，湖南省黨寧縣文史資料委員會 1988 年編印，第 9 頁。

〔註 68〕　《上海日報公會宣言》，《申報》1931 年 12 月 12 日。

〔註 69〕　《一個初步的根本的辦法》，《中央日報》1935 年 11 月 23 日。

因為當時的客觀條件決定了中國只能是一個多元化的報業結構。概言之，當時除了國民黨黨報之外，還有共產黨和其他政黨的黨報、民營企業化報紙，以及外國人在華所辦報紙。這些報刊相互鬥爭、相互聯繫、相互影響，錯綜複雜地結合在一起。這種多元化的報業結構狀況，既影響了國民黨黨報的結構，也薰染了國民黨黨報的時代特色。

首先，中國共產黨的黨報黨刊在白色恐怖的環境中生存下來並獲得了較大發展。《向導》周報停刊後，1927 年 10 月，中共中央新的政治理論機關刊物《布爾塞維克》在上海出版。緊接著，另一份中共中央政治機關報《紅旗》和中共上海區委的機關報《上海報》也相繼創刊。1930 年 8 月，《紅旗》和《上海報》合併，更名為《紅旗日報》繼續出版，與此同時，《中國青年》、《中國工人》等也更名恢復出版。中共各地方黨團組織也紛紛出版了自己的機關刊物，如江蘇省委的《明報》、《進報》，河北省委的《北方紅旗》，廣東省委的《南方紅旗》，湖北省委的《湖北紅旗》和滿洲省委的《滿洲紅旗》等。這些報刊對於宣傳共產黨的主張、揭露國民黨的獨裁專制統治，起了重大作用。在國民黨的嚴重壓迫下，共產黨報刊積累了豐富的鬥爭經驗，如偽裝封面，仿照消閒小報出版發行，等等。如中共中央理論機關報《布爾什維克》就曾先後採用過《少女懷春》、《中央半月刊》、《新時代國語教科書》、《中國文化史》、《金貴銀賤之研究》、《經濟月刊》、《中國古史考》、《平民》、《虹》等 9 個化名。此外，共產黨報刊創造了依靠群眾建立印刷、通訊和發行網點等方式。通過這些方式，中國共產黨的報刊得以逐漸生存下來，成為和國民黨報刊尖銳對立的報刊體系。

其次，以民族資產階級企業化大報為主體的民營報紙廣泛存在並獲得了較大發展。據南京國民政府內政部統計，1927 年全國報刊總數為 628 家，到 1936 年增加到 1031 家，增加了 70%以上。〔註70〕在這些報刊中，有些是新創辦的各級各類中國國民黨的黨報、政報和軍報，但大部分是民辦報紙。民營報紙不僅歷史悠久，數量眾多，而且大多集中在上海、天津、北平、漢口等沿海沿江大城市，且有較大的影響力。這就決定了中國國民黨黨報一出世就遇到了強有力的競爭對手。對這種情況，國民黨報人看得很清楚。他們說：「夠得上給全國人觀覽的（報紙），實在寥落如晨星。而這些比較有力量的報

〔註70〕《十年來的中國》，商務印書館 1937 年版，第 486～487 頁。

紙，多數是偏重於純營業性的。他們現在似乎很同情於我們，但是無法保證他們永遠同情於我們。」〔註71〕對此，中國國民黨所採取的態度和對付共產黨報刊是有所不同的。一方面，在《訓政時期約法》、《出版法》中，他們允許這些報刊的合法存在，並利用這些報刊為推行自己的政策服務。另一方面，如果這些報刊不予合作或態度越軌，就會受到制裁。不過，國民黨對民營企業化大報的基本政策是讓其合法存在，並予以鼓勵和引導。1929 年 12 月 27日，蔣介石專門發表通電，囑天津《大公報》轉全國各報館，從 1930 年元旦起「對於國事，宜具灼見，應抒讜尤殷。大之欲躋中國於自由平等之域，小之使民眾咸得安居得業。格於環境，變故疊起，訓政既已開始，軍事尤難結束，雖為革命進程中必經之階段，而深受黨國付託之重，不能為人民早日解除痛苦，內疚神明，外慚清議，更何敢閉塞聰明。歲月易逝，民國 18 年將終，欲收除舊布新之效，宜宏集思廣益之規。各報館為正黨言論機關，即真實民意之表現，於國事宜具灼見，應抒讜論，凡黨務、政治、軍事、財政、外交、司法諸弊，均望於民國 19 年 1 月 1 日起，以真確之見聞，作翔實之貢獻。其弊病所在，能確見事實癥結，非攻訐敵人者，亦請盡情批評。並將關於上述各項之言論紀事，務須同時交郵寄下。凡屬嘉言，咸當拜納，非僅中正賴以寡尤，黨國前途亦與有幸焉。」〔註72〕這種俯就輿論、禮賢下士的姿態確實迷惑了一些人，許多民營企業化大報乘機求其發展。

第三，外國人在華報刊的存在，並佔據著優越的地位。外國人在中國辦報，可以追溯到鴉片戰爭以前。1815 年英國傳教士馬禮遜（Robert Morrison）創辦《察世俗每月統計傳》，標誌著中國近代新聞事業的起步。此後，隨著西方列強對中國的步步入侵，外國人在中國出版的報紙越來越多，影響也越來越大。從 1815 年到 19 世紀末期，外國人在中國一共創辦了近 200 種中外文報刊，占我國報刊總數的 80％以上〔註73〕，幾乎全部控制了我國的新聞出版事業。到 20 世紀 20～30 年代，這種狀況並未發生根本性的改變。為了便於分析，特將 30 年代初期各埠主要外報分佈情況列表如下：

〔註71〕慎予：《黨應確定新聞政策》，《中央日報》1929 年 3 月 20 日。

〔註72〕天津《大公報》，1929 年 12 月 28 日。

〔註73〕方漢奇：《中國近代報刊史》上冊，山西人民出版社 1981 年版，第 10 頁。另據史和、姚福中等編著《中國近代報刊名錄》（福建人民出版社 1991 年版）統計，至 19 世紀末期外國人在華所辦報刊，總數在 400 家以上。

20 世紀 30 年代初期各埠主要外報分佈概況（1932 年止）

分類 ＼ 商埠	上 海	北 平	天 津	廣 州	香 港	哈爾濱	其 他	總 計
日 報	10	3	7	2	4	8	9	43
周 刊	22	1		2		2		27
雙季刊	3					2		5
月 刊	21					2		23
季 刊	6							6
年 刊	1							1

（資料來源：《中國報界交通錄》北平燕京大學新聞學系 1933 年編印）

可見，當時外國報紙主要集中在上海、天津、北平等地，特別是集中在上海。在當時全部 43 家在華外文日報中，上海有 10 家，占 1/4 弱，像著名的《密勒氏評論周報》、《字林西報》、《上海泰晤士報》等，銷數都在 5000 至 10000份之間，影響極廣。在各外報中，以日本人辦的報紙數量最多，達 30 家以上，如在北平的《新支那報》、《順天時報》等都是能左右一方的大報。並且，各日本報紙還聯合起來共組「聯合通訊社」，設總社於北平，在南京、天津、上海、漢口、瀋陽等處設立分社，專門搜集有關中國的消息和情報。

一些外國通訊社如路透社、合眾社、哈瓦斯社、共同社、時事社等，都在中國設有分支機搆，並向中國報紙普遍發稿。特別是英國路透社由於享有在遠東地區發稿的獨佔權，基本上控制了中國報紙國際新聞的來源。同時，還有一些外國新聞勢力把觸角伸到了內地，在山西太原和四川巴縣都有外國報紙出版〔註 74〕。

外國報紙在華大量存在對中國的執政者的態度如何呢？

據中國國民黨中央宣傳部 1929 年 2 月調查，當時外國人在華辦的報紙，約分成三派：「（1）死心塌地維護資本家派，如上海字林、泰晤士、京津泰晤士等屬之；（2）騎牆派，對我國政治、社會時而說好時而說壞，無論何時隨風轉舵毫無宗旨，如大陸報等屬之；（3）同情派，對我國建設事業極關心、不利於我者之消息均不登載，如北京導報、華北明星報及密勒氏評論周報均屬之。」〔註 75〕可見，就其基本方面來說，外國報紙的廣泛存在對國民黨中

〔註74〕《中國報界交通錄》，燕京大學新聞學系 1933 年編印，第 178 頁。
〔註75〕《中央宣傳部之工作報告書》，載《中央日報》1929 年 2 月 22 日。

央和南京國民政府的統治是不利的。因此，國民黨黨報和國民黨新聞主管部門經常同外國報紙發生正面衝突。僅 1929 年 3 至 4 月，國民黨中央宣傳部就接連處分了《華北明星報》（停郵數日）和上海《字林西報》（檢扣停郵並將該報記者索克斯基驅逐出境）。1932 年 8 月，上海《中國論壇報》因「讚助所謂『中國蘇維埃共和國臨時政府』」〔註 76〕，而被勒令停刊數日。國民黨第三次全國代表大會通過的《確立新聞政策案》中，也專門規定了「取締外國報紙及通訊社之反動宣傳」的條款。在國民黨要人的口中和國民黨黨報上經常出現駁斥外國報紙的言論，說外國帝國主義報紙「一直站在中國國民革命相反的地位」，「是極大的謠言製造所」〔註 77〕，要求對外國報紙嚴加制裁。無疑，這些措施和言論在一定程度上反映了中國人民反抗帝國主義的情緒，但其根本出發點是在維護國民黨一黨專制的統治。

三、多元化報業結構對國民黨黨報的影響

　　在多元化報業結構之下，中國國民黨黨報不僅不能獨佔天下，反而被迫採取多層次的結構，以迎合環境。為了改變在新聞輿論方面的孤立狀況，國民黨中央規定，黨報應包括下列三種：「（一）黨報，由中央及國內外各級黨部所主持者；（二）本黨報，由本黨黨員所主辦而受黨津貼者；（三）準黨報，完全由本黨黨員所主辦者。」〔註 78〕這三種黨報雖然都受國民黨中央及各級黨部控制和指導，但其中情形複雜難辨，關係疏密不同。從數量上說，三種黨報中以「黨報」為最多（519 家，占 89%），「本黨報」次之（40 家，占 9%），「準黨報」又次之（28 家，占 5%）。〔註 79〕從管理上說，國民黨中央對「黨報」的控制明顯亞於「本黨報」和「準黨報」。「黨報」除了「宣揚本黨主義、政策、政綱」外，還必須將職員名冊、營業狀況以及出版之報紙全份逐月向中央或各黨部呈報，而且報社的負責人員要由中央或各級黨部任命，報社員工「非經本社許可不得兼任社外職務」，而「本黨報」或「準黨報」，則除「宣傳本黨主義、政策、政綱」外，只須「按月呈報式作報告及預決算案於所屬黨部集中轉呈中央宣傳部」〔註 80〕。從經費上說，「黨報」基本上由國民黨中央及各級黨部一概包攬，

〔註 76〕《如何抵制國內之外文報紙》，《中央日報》1932 年 8 月 2 日。
〔註 77〕胡漢民：《四種造謠的人》，載廣州《民國日報》1929 年 3 月 9 日。
〔註 78〕《指導黨報條例》，國民黨中央常務委員會 1928 年 6 月 9 日通過。
〔註 79〕《如何抵制國內之外文報紙》，《中央日報》1932 年 8 月 2 日。
〔註 80〕《指導黨報條例》，國民黨中央常務委員會 1928 年 6 月 9 日通過。

只問收支，不計盈虧。而「本黨報」和「準黨報」，則只是在營業虧損的情況下才能受到部分津貼。從所受紀律約束看，「本黨報」和「準黨報」所受約束比「黨報」要嚴厲得多。《指導黨報條例》明確規定，如果違反黨報紀律，「按情節輕重依下列辦法分別懲罰：（一）黨報——警告、撤換負責人或改組；（二）本黨報——警告、撤換負責人員或取消津貼；（三）準黨報——警告、停刊若干日、查禁、懲辦負責人員。」〔註81〕

由此可見，國民黨黨報經營重點在「黨報」，「本黨報」和「準黨報」只不過是裝飾、陪襯而已。雖然如此，這種多層次的黨報結構形式，對於適應30年代複雜的輿論環境，對於補救「黨報」的「黨調官腔」之偏差，起到了一定的作用。因為「本黨報」和「準黨報」都以私人集資的形式創辦、以「民營報紙」面目出現的，又在一定程度上對黨政當局取批評的態度，所以容易為一般讀者所接受。這樣，就在客觀上淡化了黨報色彩，披上了「民從喉舌」的光環。

既然是多元化的報業結構，中國國民黨黨報與其他報紙之間就必然存在著廣泛的聯繫。其中既有相互對立、強行壓制，也有相互借鑒、取長補短。這樣的例子很多，既表現在編輯業務方面，也表現在經營管理方面，還表現在辦報方針和編輯思想方面。「一·二八」事變後，剛剛執掌《中央日報》的程滄波鑒於該報百廢待舉，曾特別修書寄天津（《大公報》主筆張季鸞）有所請益。張回信說：「『辦報還是新聞第一，報紙版面應登載一些新聞』。」〔註82〕這個建議很快為程氏所採納，從1932年5月起，《中央日報》就以其充實的新聞和清新的版面呈現在讀者面前。

副刊歷來是各報經營的重點，一報創新，往往引起群報仿傚。1932年11月，《申報》老闆史量才聘請文壇新秀黎烈文開始《自由談》的改版。由魯迅等人創造的雜文在報界引起巨大反響，風靡一時。不但《新聞報》、《時報》等大量登載雜文，國民黨黨報如《晨報》、《中華日報》也競相仿傚，就連《中央日報》的副刊《青白》上，也常常出現王平陵的風涼話式的作品。

中國國民黨黨報借鑒其他報紙的經驗，同時也自創經驗為其他報紙所借鑒。1932年3月，《中央日報》改組，程滄波根據《紐約時報》的成例實行社長制。「那時京滬平津各報新聞，登載中央日報改制的報導。國內各報館採用

<hr>

〔註81〕《指導黨報條例》，國民黨中央常務委員會1928年6月9日通過。
〔註82〕程滄波：《我所認識的張季鸞先生》，臺灣《傳記文學》第30卷第6期。

社長制，本報是創造者。」〔註83〕因上海《晨報》所倡導的新聞「混合編輯法」打破了當時國內各報紙普通採用的「單一編輯法」的成例，也爲上海各報所接受。

　　中國共產黨報刊的存在，從兩個方面深刻地影響著國民黨黨報。一方面，由於共產黨報刊的廣泛宣傳，共產主義思想和民主革命的觀念深入人心，造成國民黨宣傳系統的混亂，有時甚至難以運轉。他們公開承認，「所謂本黨言論機關，竟有時反替共產黨、準共產派以及最近什麼第三黨和種種小組織做宣傳工具」〔註84〕。因此，在很長一段時期中，國民黨黨報一直以「摒棄共產黨理論」、「進一步宣傳三民主義」爲根本職責。另一方面，在壁壘森嚴的對峙中，國民黨黨報不自覺地模仿共產黨黨報的風格，如強調報紙的黨性原則、強調報紙的「人民性」、突出政治新聞、重視社論寫作、組織大規模的宣傳戰役等，這些都是國共兩黨黨報的相同之處。這種情況在國民黨《中央日報》的文藝副刊中表現得最爲明顯。王平陵認爲，共產黨是非常重視報刊的文藝宣傳的，「他們曾拿出極嚴重的態度，召集幾次中央執行委員會來討論他們的文藝政策。……專門利用詩歌、小說、劇本……一類富於感情的文字，做他們的宣傳赤色鬥爭的工具。」〔註85〕於是，他提出：「共產黨已經實行它的文藝政策，國民黨也不能落在它後面，三民主義和共產主義正對立著，國民黨在文學方面也應有相當防禦之必要；無產階級以普羅文學爲鬥爭武器，我們也要提倡適合中國國情的民族主義文學。」〔註86〕這種情況也是符合蔣介石的認識的，我們知道他是堅決反蘇反共的，但是他對蘇俄的軍隊和社會組織形式則十分欣賞。他說：「無論古今中外，要組織成一個健全的國家和社會，都是要全國軍隊化的。就現在的蘇維埃俄羅斯講，他們雖然是共產主義，但他們的組織，沒有不是按照軍事組織的。」〔註87〕相互對立的事物既相互鬥爭又相互依存和滲透，這就是歷史的辯證法。

〔註83〕程滄波：《廿四年中的一段——爲中央日報二十四周年作》，臺灣《中央日報》1952年2月1日。
〔註84〕何民魂：《談談中國的新聞事業》，上海《民國日報》1928年10月6日。
〔註85〕王平陵：《年終總結》，《中央日報》1930年12月21日。
〔註86〕王平陵：《三民主義文藝建設》，《魯迅研究資料》第13輯。
〔註87〕張其昀主編：《先總統蔣公全集》第1冊，中華文化大學出版部、中華學術院1984年版，第559頁。

第四章　十年內戰時期的《中央日報》

　　從北伐戰爭結束到抗日戰爭爆發，史稱十年內戰時期。這是中國現代史上最混亂的時期，也是中華民族災難深重的時期。國共兩黨長期內戰，南京國民政府和各地方實力派也一次又一次兵戎相見。國內一片混亂，予日本帝國主義的侵華以可乘之隙。在內外交困的形勢下，中國國民黨中央和南京國民政府提出了「攘外必先安內」的基本政策。

　　從根本上來說，這個政策是逆歷史潮流而動的。但是，這一政策本身又是複雜的、多變的。大致來說，這個基本政策經歷了一個「對日妥協、全力剿共」（「九・一八」事變到「一・二八」事變）——「邊剿共，邊抗日」（「一・二八」事變到「西安事變」）——「聯共抗日」（整個抗日戰爭時期）的發展過程。這是一頁劍與火、血與淚的歷史，中華民族為此付出了慘痛的代價。與歷史的脈動相契合，作為中國國民黨最高黨報的《中央日報》必須為宣傳和貫徹這個基本政策服務。在此過程中，它也走過了一段艱難曲折的道路。期間，既有「反共剿赤」的宣傳，也有抗日愛國的呼號，還有進退維谷的怨言。隨著中國國民黨基本政策的轉變，《中央日報》也逐漸改變了自己的宣傳方針，走上了抗日救亡的道路。

第一節 「攘外必先安內」政策與《中央日報》的宣傳方針

一、「攘外必先安內」政策的提出與《中央日報》宣傳方針的確立

　　日本帝國主義為了推行其既定的「大陸政策」，擺脫自身的經濟危機，

乘中國國內政局動蕩、洪水肆虐之際，於 1931 年 9 月 18 日晚突出重兵，攻佔瀋陽、營口、安東等地。由於蔣介石嚴令東北軍「力避衝突」、「不許抵抗」，日軍很快攻佔了遼寧全省。消息傳來，全國震驚，人民紛紛起來抗議日軍的暴行，譴責南京國民政府的不抵抗行爲，要求國民政府火速出兵，收復失地。9 月 20 日，北平各大學學生緊急集會，發表宣言，呼籲「停止內戰，一致對外。」〔註1〕9 月 24 日，上海 10 餘萬學生和工人舉行罷課、罷工，抗議日軍的暴行。9 月 26 日，上海 80 餘萬工人通電要求國民黨中央和國民政府「立即（全國）總動員驅逐日兵出境，收復失地。」〔註2〕接著，滬、京、平、津以及全國各地學生紛紛赴南京請願，在國民黨統治的心臟掀起了抗日反蔣愛國運動。這個運動也直接指向國民黨中央和國民政府，特別是蔣介石本人。

中國國民黨中央和國民政府及其領導人，爲了集中力量「剿共」和壓制抗日民主力量，竟置巨大的民族災難和全國人民強烈的抗日要求於不顧，對日本的侵略採取了拖延退讓的方針，並進而正式提出了「攘外必先安內」的政策。9 月 22 日，蔣介石在南京市國民黨黨部黨員大會上發表了講話，要求全體國民對日本的侵略，「先以公理對強權，以和平對野蠻，忍痛含憤，暫取逆來順受態度，以待國際公理之判斷……（民眾要）嚴守秩序，服從政府，尊重紀律，勿作軌外之妄動，而爲有步驟有秩序之奮鬥。」〔註3〕11 月底，蔣介石在顧維鈞外交部長就職典禮上正式提出了「攘外必先安內」的口號。他說：「攘外必先安內，統一方能禦侮，未有國不統一而能取勝於外者。」〔註4〕就一般情理而言，「攘外必先安內，統一方能禦侮」未嘗無一定道理。但是，蔣介石的目的並不是通過團結和妥協達到統一和「安內」，從而共同抗日，而是繼續堅持對外妥協，對內「剿共」的方針，從根本上消滅中國共產黨和工農紅軍。這一點，劉峙在中國國民黨第四次全國代表大會的發言中講得最爲明白，他說：「在這外侮日亟的時候，國人大都側重抗日禦侮。抗日禦侮，雖是關係我們國家的存亡，但是要攘外必先安內。假使國內赤匪沒有肅清，對日便感困難的。所以我們對於剿匪問題，是要集中各省黨部、政府、軍隊的

〔註 1〕蕭效欽：《中國國民黨黨史》，安徽人民出版社 1989 年版，第 225 頁。
〔註 2〕上海《民國日報》，1931 年 10 月 3 日。
〔註 3〕上海《國民日報》，1931 年 9 月 23 日。
〔註 4〕《中央日報》，1931 年 12 月 1 日。

力量，一步一步去幹。」〔註5〕這就是「攘外必先安內」政策的真正意義所在。從某種意義上說，「攘外必先安內」政策不是「九・一八」事變之後才開始的，而是從1928年5月「濟南慘案」之後就已經開始醞釀了。當時，蔣介石雖然認為「濟南慘案是奇恥大辱」，但又不允許部隊抵抗。他說：「不學日本就是我們的勝處。……日本以和平親善的方法來同我們交涉，我們固然以和平親善的方法應之。日本就是以兇殘暴烈的方式來同我們交涉，我們也要以和平親善的方法應之。」〔註6〕此後，1931年6、7月間，當「萬寶山」事件和韓人慘殺華僑事件發生時，蔣介石又重申「反共抗日並重」的論調。他指出，「當此赤匪軍閥叛亂，與帝國主義聯合進攻生死存亡之間不容髮之秋，自應以臥薪嘗膽之精神，作安內攘外之奮鬥，以忍辱負重之毅力，雪黨國百年之奇恥。惟攘外應先安內，去腐乃能防蠹。」並且表示：「赤匪一日未滅，則中正之責任一日未盡，叛亂一日未平，則中正之職務一日未了。故云一息尚存，此志不渝。」〔註7〕蔣介石之所以頑固地置外患於不顧而傾全力於「剿共」，是因為他認為「中國亡於帝國主義，我們還能當亡國奴，尚可苟延殘喘；若亡於共產黨，則縱肯為奴亦不可得。」〔註8〕因此可見，「攘外必先安內」絕不是蔣介石個人的一時感言，而是中國國民黨中央及其國民政府在整個十年內戰期間一貫到底的基本政策。

《中央日報》是中國國民黨的最高機關報，毫無疑問它必須以「攘外必先安內」的政策作為自己一切宣傳活動的根本指導，並廣泛而深入地宣傳貫徹執行這一方針。事實上，從當時《中央日報》上所刊載的「攘外必先安內」的大塊大塊的文章和本文即將要展開的分析來看，它正是這樣做的，而且做得相當賣力。但是，《中央日報》畢竟不是國民黨中央及其國民政府，「攘外必先安內」政策也不能視為《中央日報》宣傳方針本身，正像三民主義不能簡單地作為《民報》的宣傳方針一樣。大致來說，政策是一個政黨指導某一時期一切工作的根本原則或主張，而所謂宣傳方針則是黨的宣傳部門或某一特定的新聞機構在這一政策的指導之下為自己所規定的宣傳任務或目標。同

〔註5〕《中央日報》，1931年11月16日。
〔註6〕《中央日報》，1928年5月8日。
〔註7〕上海《民國日報》，1931年7月26日。
〔註8〕轉引自：蕭效欽主編《中國國民黨史》，安徽人民出版社1989年版，第222頁。

樣，中國國民黨黨報也不能完全等同於國民黨的軍隊或警察，它的任務主要是同全國輿論界鬥爭，爭取言論的領導權。那麼在這十年中，《中央日報》的宣傳方針是什麼呢？筆者認為，這就是1932年5月由程滄波明確概括出來的「為政府辯護」的方針。當然說到底，這個宣傳方針和「攘外必先安內」的政策根本目標是一致的。

1932年5月8日，《中央日報》發表由社長程滄波撰寫的改版社論——《敬告讀者》。社論強調指出：「中央日報在系統上為黨的報紙，是其職守，應為黨之主義言，為黨的創造者之遺教言，……本報不諱為本黨主義之辯護人」；「本報一本其批評政府之勇氣以為政府辯護。報紙之生命在聲名，吾人未敢遂云忘懷清名，吾愛清名，吾尤愛真理。惟愛真理者有大勇，亦惟有大勇者能為政府辯護，此吾人所沾沾自喜以為不同流俗者，端在於是。」

怎樣「為政府辯護」呢？對此，《中央日報》社長程滄波後來有一段坦誠的說明。他說：「在四面環攻中的本黨，其宣傳中心可以歸納為下列幾個要點：第一，根據本黨革命之歷史，使全國繩然以黨國利害休戚相關，使民意與黨意，接近距離而成混合體。第二，根據本黨民族主義之理論與事實，誘示人民，本黨領導之政府，在最後關頭，必然起而全面抗日。但在最後關頭來臨之前，必須忍辱負重，安內而後攘外。第三，在訓政時期，用訓政時期約法為國家根本大法，使本黨的黨治，在法律上得著依據而不容隨意受人攻擊。第四，用中國傳統的紀綱闡發本黨的領導權，對於國內的叛亂加以嚴正的宣揚。第五，根據事實、真理為政府辯護，對政府批評。根據黨義替政府罪己認錯。」〔註9〕

綜括程氏的意思，所謂「為政府辯護」，無非是為中國國民黨中央及其政府歌功頌德，排憂解難，市恩替罪。但是，中國國民黨中央及其南京國民政府從一開始就是依靠屠殺同盟者中國共產黨起家的，本來就缺乏民心的認同，加之「攘外必先安內」的政策從根本上違背了全國人民「停止內戰，一致對外」的要求，更加不得人心。「黨國」既無功德可頌，剩下的就只有排憂解難了。因此，《中央日報》的「辯護」也就顯得蒼白無力，它所能發揮的作用也就只有「替政府認錯了」。

〔註 9〕程滄波：《我在本報的一個階段——時代環境及本黨宣傳政策》，臺灣《中央日報》1957年3月20日。

二、爭奪言論的領導權

在外敵大規模入侵的情況下，執政的中國國民黨所推行的「攘外必先安內」的基本政策，不但無法使全體國民接納，而且遭到了國內輿論界的普遍反對。以「爲政府辯護」爲己任的《中央日報》，勢必要利用一切機會爲國民黨政權的「生存」而辯護。這種辯護，主要是通過以下兩個方面來展開的：一方面與全國思想輿論界相周旋，以遏制日益高漲的爭取民主自由的運動，「爭言論的領導權。」〔註 10〕另一方面，捕捉一切有利時機，宣傳中國國民黨的主義，維護中國國民黨政權的法理基礎。

在中國，由於封建專制制度根深蒂固和國民整體素質低下，民主自由的觀念本難普及而實行。但是，近代自戊戌變法特別是五四新文化運動以來，一些受過歐風美雨洗滌的知識分子卻以鼓吹民主自由爲職志，孜孜以求。處於非法地位的中國共產黨，也曾舉起民主自由的旗幟，向執政的中國國民黨展開猛烈進攻。這兩股思潮客觀上匯合在一起，於 30 年代初期向國民黨中央和國民政府要求民主自由權利，掀起一次又一次風潮。胡適之、羅隆基等「新月派」人士以「人權與約法」問題領其先，魯迅、郁達夫等「普羅文學派」（Proleterian Arts）發起「中國自由運動大同盟」繼其後。風潮所及，也影響到國民黨內部一些心存異志的人士，1932 年 6 月發生的漢口「韓玉宸事件」〔註 11〕，就是一個表徵。形勢至爲嚴峻，處境備極艱難。據《中央日報》社長程滄波的體會，「當時國內有一部分輿論，假借了國難的題目，誤用了保衛自由理論，對本黨的攻擊污蔑，幾乎不允許我們有生存自衛。」〔註 12〕

30 年代初期，國人要求民主自由風潮的出現，固然是對國民黨政權獨裁專制統治的反動，也是巧妙地利用了國民黨中央和國民政府所頒佈的「保護人權」法令的虛僞表示。南京國民政府，無論就其本質或實際表現而言，完全是民主政治的異類。在它那裏，民主自由的觀念被視爲洪水猛獸，不管這種觀念由誰倡導，它必欲徹底撲滅而後快。在它的統治之下，「查禁書報，思想不能自由；

〔註 10〕程滄波：《我在本報的一個階段——時代環境及本黨宣傳政策》，臺灣《中央日報》1957 年 3 月 20 日。

〔註 11〕韓玉宸是湖北省設計委員會委員。1932 年 6 月，他在湖北省政府設計委員會成立大會上，指責國民黨中央「歪曲三民主義」和「執政後的種種劣迹」。事發後，他被國民黨中央撤職查辦。

〔註 12〕程滄波：《我在本報的一個階段——時代環境及本黨宣傳政策》，臺灣《中央日報》1957 年 3 月 20 日。

檢查新聞，言語不能自由；封閉學校，教育讀書不能自由；甚至秘密捕殺。生命也不能自由。不自由之痛苦，眞達於極點。」〔註13〕但是，南京國民政府爲了掩其摧殘人權的記錄，偏偏於1929年4月公佈了「保護人權」的法令。其中規定，「凡在中華民國法權管轄之內，無論個人或團體均不得以非法行爲侵害他人身體、自由、財產，違者即依法嚴懲不貸。」〔註14〕事有異哉，本是「保護人權」的法令，卻不爲一班民主自由人士所歡迎，反而招來了一片責難。

時在上海中國公學校長任內的胡適之在《新月》雜誌和天津《大公報》上發表文章，對此予以抨擊。他指出，這條法令承認「人權」爲身體、自由和財產三項，「但這三項都沒有明確的規定」。「命令所禁止的只是個人或團體，而並不提及政府機關」。事實上，摧殘人權的正是各級黨部和政府機關。這道命令「只言『違者即依法嚴懲不貸』，但不知依的是什麼法？」因此，他大聲呼籲「快快制定約法以確定法治基礎！快快制定約法以保障人權！」〔註15〕考究胡適之的本意，完全是爲了勸說國民黨中央和國民政府及其領袖們，完善對人權的保障，從而收攬人心，建立鞏固的基礎。或者借用魯迅的話說，「其實是焦大的罵，並非要打到賈府，倒是要賈府的好。」〔註16〕但是胡適之的主張確實易於爲各反對派引爲同調。所以，處於「四面環攻」之中又一直保持高度警覺的國民黨中央領袖們是難以容納這種觀點的。於是，從1929年8月開始，《中央日報》、上海《國民日報》等大量刊發或轉載了灼華、張振之等人的長篇文章，反駁胡適之等人的觀點。這些文章，先以「赤化」的大帽子壓人，指責胡適之等人「自陷於反革命而不自知」。接著，又批評胡適之等人「即犯有不懂法學，不明事實的雙重謬見，遂發生許多不合邏輯的論斷。」〔註17〕他們認爲，英國無成文憲法，法國憲法「始終未見有涉及人民自由權利之條文」。關於此點，美奧瑞等國「亦不過十數條之大綱而已」。而這些，在本黨政綱之內，在「總理之一切遺教（中）……彰彰明深。」因此，「在此訓政時期中，本黨雖沒有頒佈有名無實之約法，然已有實用效力大於約法之總理遺教。」〔註18〕他們認爲，「今雖本（黨）全國統一，軍事結

〔註13〕張靜廬編：《中國現代出版史料》乙編，中華書局1955年版，第98頁。
〔註14〕轉引自：胡適著《人權與約法》，刊於天津《大公報》1929年6月4日。
〔註15〕胡適著：《人權與約法》，刊於天津《大公報》1929年6月4日。
〔註16〕《魯迅全集》第5卷，人民文學出版社1981年版，第115頁。
〔註17〕灼華：《胡適所著<人權與約法>之荒謬》，《中央日報》1929年8月9日。
〔註18〕灼華：《胡適所著<人權與約法>之荒謬》，《中央日報》1929年8月9日。

束，然處境之險要，與前曾無小異，則政府對於人民之自由，稍加限制，寧能謂非必要！若際此政局未定，人心惶惶之秋，徒眩於保護人權之虛譽，致予少數以蠱惑謀叛之瑕隙，此豈全國安分守己之良民之所願，亦豈負有治國重任之本黨之所認為！」〔註19〕他們的目的，當然不在維護「總理遺教」，而是要確立國民黨當局所頒佈的一切法令的權威，以黨代政，以權代法。其中最主要的，是所謂《中華民國刑法》、《暫行反革命治罪法》和《危害民國緊急治罪法》等。這哪裏是保障人權，完全是要將人民的民主自由權利從事實上和法律上剝奪盡淨。

1930 年 2 月在上海成立的「中國自由運動大同盟」，是中國共產黨領導下的一個知識界的群眾組織，其發起人是魯迅、郁達夫等。它以「爭取言論、出版、結社、集會等自由」為宗旨，號召一切「感受不自由的痛苦的人團結起來，團結到自由運動大同盟旗幟之下共同奮鬥。」〔註20〕對於這樣一個有組織、有綱領，且受中國共產黨領導的運動，中國國民黨黨報所投入的力量更大，所下的攻擊也更嚴厲。國民黨在上海方面的黨政要人潘公展、陳德徵等，也以極大的精力紛紛發表文章攻擊魯迅。中國國民黨浙江省黨部許紹棣等人甚至呈請南京國民政府下達通緝「墮落文人魯迅」的密令。

為了壓制日益高漲的自由民主浪潮，潘公展、陳德徵等人挖空心思發明了一套反自由民主的「理論」。其要點可以大致歸納如下：

第一，將「自由」的概念絕對化、庸俗化。他們認為，爭自由的人們所要求的只是個人的自由，是一種極端放任的個人主義的自由。「要曉得，自己的自由，固然要保持，人家的自由也應當顧到。……個人極端自由了以後，同時會侵害到人家的自由。」「前幾天報上有一段奇怪的事情，有一位男人和女人，熱情起來的時候，忽然闖進一家不相識的人家床上，這家人家恰巧主僕都外出，於是這兩位先生就在他們床上大談愛情，……這總算自由了，自由到了透頂。」〔註21〕這樣庸俗地理解自由，表面上看起來十分可笑，實際上態度極端專橫，完全是以「莫須有」的罪名強加於人。自由是一個複雜的概念，但任何一個爭自由的人都不會荒唐到不要社會倫理的地步。他們所反對的只是專制獨裁的統治者隨意剝奪人民的民主權利乃至生存權利的無法無天的胡作非為。

〔註19〕灼華：《胡適所著<人權與約法>之荒謬》，《中央日報》1929 年 8 月 9 日。
〔註20〕張靜廬編：《中國現代出版史料》乙編，中華書局 1955 年版，第 98 頁。
〔註21〕陳德徵：《自由的真義》，上海《民國日報》1930 年 2 月 25 日。

第二，將個人自由同國家自由對立起來，只強調空洞的「國家自由」，而要求國民犧牲個人自由。他們認定，個人有了自由就會妨害民族國家的自由。「現在這般自由運動者的目的，他們要以自由爲手段，而使安寧的社會變爲紛擾的社會，使已在些微動搖的社會，結果打爲粉碎。」〔註22〕因此，「在整個國家尚未獲得自由的時候，如中國目前的地位，國民應當先爭國家的自由。」〔註23〕因爲：「國家承認個人自由原來的目的……（是）發展個性以促進社會之進化。如果享有自由的個人違反了這個目的，行使個人的自由，那就等於濫用自由，應該加以禁止。」〔註24〕國家的獨立和國民的自由是一個對立統一的矛盾，孰先孰後，誰重誰輕，學理上當然值得探討。但是，國民黨報人在闡述這些問題時犯了三個致命的錯誤。首先，他們顛倒權利與義務的關係，認爲個人自由「既非天賦，而由國家所給予，由法律所規定」。自由作爲個人權利的一部分是一種客觀事實，國家憲法確認的個人自由，只不過是對這一客觀事實的法律承認，而不是相反。其次，他們抹殺國家的階級性，以超階級的「國家至上，民族至上」扼殺個人的民主權利。國家是社會階級分化到一定階級的產物，是統治階級壓迫統治者並按照自己的意志組織社會生產、維護社會秩序的工具。國民黨報人則相反，他們認爲，「個人行使自由的時候，就不得違反國家承認個人自由原來的目的，行使個人的自由，那就等於濫用自由，應該加以禁止。」〔註25〕這樣，他們爲剝奪個人自由和維護中國國民黨一黨專政的獨裁統治找到了藉口，由此得出了「言論自由之下，國家可以檢查新聞，取締出版」的荒謬結論。再次，他們把國家貧窮落後的責任追咎到個人「言論自由太泛」上，爲歷代專制獨裁的統治者開脫罪責。他們說：「中國今日之大病，在於官員不知有法律，不知重組織，而好借自由之名詞，以掩其壞法亂紀之行爲，以遂其破壞國家組織之陰謀。國難發生以後，言論界所造之罪孽，方之往古，惟明代末葉之言官足與並論。明末邊事之不可收拾，坐於言官之群唇龐雜。而今日國事之壞，則天下言者，萬流竟進而各自不顧其責任，最爲厲階。」〔註26〕這種議論，既不符合歷史事實，也不符合 30 年

〔註22〕陳德徵：《自由的眞義》，上海《民國日報》1930 年 2 月 25 日。
〔註23〕潘公展：《對於爭自由的認識》，上海《民國日報》1930 年 7 月 12 日、14 日。
〔註24〕潘公展：《對於爭自由的認識》，上海《民國日報》1930 年 7 月 12 日、14 日。
〔註25〕潘公展：《對於爭自由的認識》，上海《民國日報》1930 年 7 月 12 日、14 日。
〔註26〕《漢口之韓玉宸事件》，《中央日報》1932 年 7 月 3 日。

代初期的中國實際。毋庸置疑，近代中國貧窮落後，外患頻仍，民族極不自由。但是，造成這種局面的原因根本不是什麼「個人自由的過分」，而恰恰是封建專制的腐朽統治壓抑了中國人民的聰明才智和愛國熱情的結果。即以 30 年代初期的情形而言，嚴重的國難正是由於中國國民黨中央及其國民政府「攘外必先安內」的錯誤政策造成的，而不是全國人民要「民主自由」，「團結禦侮」所致。因此，民族要獨立，國家要富強，社會要安寧，主要的不是犧牲個人的自由，而是要進行徹底的反帝反封建的民主革命，徹底拋棄封建專制統治並肅清其影響。這一點恰恰是國民黨統治者所厭惡、所反對的，而國民黨黨報所要極力維護的正是國民黨的專制統治。

　　第三，在言論的主體、對象、範圍上，予以種種限制。在國民黨報人中也有一些比較「開明」的人士（如程滄波等人），他們也承認人民應享有一定的言論自由。但是，他們口中的自由是加了許多限制的。在言論的主體上，「由一般公民之資格而言，所發之言論不能絕對自由；立在公務員，則在其身份上實含有兩重資格，不唯應服從一般法律，且須服從一般官規。」〔註 27〕這樣，就將廣大國民黨黨員和一般公務人員排斥在言論自由的範圍之外。在言論對象上，「凡在法治國家，必有若干事物，有絕對不許用爲言論上之對象者。……在本黨政府統治之下，在本黨代攝國家政權之下，本黨總理及本黨主義之不容詆毀，猶如各國之君主及立憲，絕對不容爲言論上之對象。」〔註 28〕這表面上是在維持孫中山和三民主義的權威，實際上是要將國民黨領導人和三民主義排除在言論自由的對象之外。在言論的範圍上，「其自由之範圍，又必有限制，……對於言論自由有絕對之束縛力者，如各種關於言論出版物之特別法律。」〔註 29〕這些所謂特別法律，當然是指《危害民國緊急治罪法》、《出辦法》、《宣傳品審查標準》和各種新聞檢查條例。可見這樣的言論自由只能是國民黨一黨專政的言論自由，只能是國民黨領袖一人獨裁的言論自由，廣大人民毫無發言的權利。

　　第四，公開聲稱要在國民黨「一黨專政」的形式下剝奪全國人民的一切民主自由權利。他們表示，「本黨是絕對主張一黨專政的，所以自出師北伐取得政權以來，總是本著向來的政策，是許（以）以黨救國，以黨治國，以黨建國，絕對不容其他政黨的存在，絕對不許其他主義的混行。國內一切人民、

〔註 27〕《漢口之韓玉宸事件》，《中央日報》1932 年 7 月 3 日。
〔註 28〕《漢口之韓玉宸事件》，《中央日報》1932 年 7 月 3 日。
〔註 29〕《漢口之韓玉宸事件》，《中央日報》1932 年 7 月 3 日。

官吏的思想，必須集中（於）三民主義獨裁決定。」〔註 30〕因此推知，一切與國民黨一黨專政相牴觸的個人或團體，尤其是所謂「反革命者」是沒有自由的。「一切反革命者如果用他們的口或筆來宣傳破壞全體國民的自由時，我們為民族和國家計，就應當斬釘截鐵的不許他們有個人的自由。一切反革命者不許有集會以擾亂社會的自由，也不許有發表言論以動搖民族基礎的自由。」〔註 31〕限制個人的自由猶嫌不足，他們還要實施嚴格的新聞檢查，鉗制人民的口舌。潘公展就曾經公開鼓吹，「為防止反動分子……的造謠生事挑撥離間計，檢查報紙的新聞，在相當的範圍以內，雖則言論不無受了一些限制，在理論上是很說得通的。」〔註 32〕

在這種荒謬橫暴的「理論」下，文化史上一幕幕慘劇出現了：書報被禁止，書店被封閉；大批文化特務猖獗，造謠、偵探、綁架層出不窮；大批爭自由的青年被秘密捕殺……。總之，他們是要從精神上、肉體上徹底消滅鼓吹自由的載體。對此，魯迅痛斥他們是「壓迫者的喉舌」，是「黑暗中的動物」，是「最末的手段」。他們依仗官方的權勢，「從指揮刀下罵出去，從裁判席上罵下去，從官營的報上罵開去。」〔註 33〕表面上似乎「偉哉一世之雄」，實際上卻是無比的「怯懦」和「殘忍」。

三、為國民政府「爭生存權」

《中央日報》的「為政府辯護」，另一方面的表現是捕捉一切有利時機，主動出擊，宣傳國民黨黨義，維護國民政府賴以生存的法理基礎。

1931 年底，《中央日報》因造謠惑眾，壓制學生運動，被憤怒的愛國學生和市民搗毀。這一事件導致了該報的「全面改組」。新任的社長程滄波畢竟是經驗豐富的報人和享有盛譽的文壇高手。在他的主持下，《中央日報》「為政府辯護」的方式有所變更。程氏的「高明」之處在於，「不是盛氣凌人，或假借政治勢力對其他方面壓迫，而是以極禮貌親和的方式與全國思想界周旋，用盛情與友誼對全國輿論界聯繫。」〔註 34〕換句話說，此前的《中央日報》

〔註30〕趙心白：《一黨專政論》，上海《國民日報》1930 年 8 月 22 日。
〔註31〕陳德徵：《自由的真義》，上海《民國日報》1930 年 2 月 25 日。
〔註32〕潘公展：《對於爭自由的認識》，上海《民國日報》1930 年 7 月 12 日、14 日。
〔註33〕《魯迅全集》第 4 卷，人民文學出版社 1981 年版，第 282 頁。
〔註34〕程滄波：《我在本報的一個階段——時代環境及本黨宣傳政策》，臺灣《中央日報》1957 年 3 月 20 日。

以「嚴厲」著稱，此後的《中央日報》以「善辯」見長。

程滄波的善辯，通過以下兩例的分析，我們可以略見其底蘊。

第一例：關於「追悼淞滬抗日陣亡將士大會」的宣傳。

1932 年 1 月，日本帝國主義在上海發動「一・二八」事變，十九路軍愛國將士和上海各階層人民奮起抵抗，在中華民族抗日戰爭史上寫下了可歌可泣的一頁。不可否認，《中央日報》對淞滬抗戰作了積極的大量的宣傳報導。不過，它的著眼點卻在利用抗戰軍民的英勇奮鬥和流血犧牲來歌頌國民黨中央和國民政府。

5 月 28 日，蘇州舉行「追悼陣亡將士大會」。第二天，《中央日報》在要聞版予以詳細報導，並配發了由程滄波親筆撰寫的長篇社論《昨日之蘇州——追悼陣亡將士告全國國民》。越一日，該報再發表程氏撰寫的社論《再悼淞滬陣亡將士》。憑心而論，文章立意高遠，感情充沛，文風古樸通暢，辭藻瑰麗多姿，頗能打動人心。文章開篇即緊扣愛國主義的精神，直訴讀者心靈：「昨日之日，全國上下徹底驚心覺悟之一日。昨日之日，中華民族意識極度普及表現之一日也。……左列數義，是為我民族生死而肉白骨之要言，將永遠為荒山墓谷中言之。午夜夢回時言之。」接著，文章熱情歌頌了抗日軍民蓬勃高漲的愛國熱情。「今日我國人民。有至今不知三民主義、至今不知我國國體者。然莫不知日本人。又莫不知在淞滬抗日之將士。……故因淞滬苦戰而興捐，而輸將；因退軍而歎息、而頓足；聞追悼陣亡將士而悲歌、而慷慨。凡此種種，皆極簡單之民族意識，潛入全國國民之心腑，流露暴發於不知不覺之中者。舉此實物之表現，足以深切認識民族思想為人類固有之本能。」「天上英靈，泉下白骨，皆將含笑於九泉，瞑目而無憾者也。」

但是，文章筆鋒一轉，卻開始大談起所謂「黨的主義」來：「中國受禍外敵垂及百年，此次淞滬死戰之將士，所（以）能引起全國人民之悲悼者，雖曰人類有愛護同類之本性，而本黨數十年宣傳奮鬥之辛苦，實無形中在此得著初步之成功。」由此可見，文章的主旨並不是頌揚抗日軍民的愛國精神，而在讚揚「黨國」的培育之功。尤為使人汗顏者，該報竟把參加淞滬抗日的十九路軍，完全視為「黨國之軍隊」。說什麼「舉國追念死戰淞滬之戰士，曰，此忠勇之志士；曰，此衛國之干城；曰，此四萬萬同胞所願為之頂禮膜拜者。雖然，此將士，果為何種政府下之將士？又果為何黨之將士？此將士，所以能殺敵致果，視死如歸者，果為熏沐何種主義？又果為經過何種精神之培養？

日，此中國國民黨政府下之軍隊；此軍隊之將領士兵，皆爲（受）三民主義之熏沐，又皆經過中國國民黨革命精神之培養者也。」〔註35〕按照這種邏輯，文章最後得出結論：「爲國死難之革命將士，忠魂義魄，終古長留。本黨之精神、主義，亦且浩然日星。」〔註36〕

確實，這種捕捉時機，由事入裏，理中生情，以情感人的宣傳方式，比那種機械說教，空談主義的宣傳方式要高出許多倍，其間不可以道里計。

第二例，關於「陳獨秀審理案」的宣傳。

1933 年 4 月，在「陳獨秀案」審理的過程之中，《中央日報》再次被迫起而「爲政府辯護」。陳獨秀是中國共產黨的創始人，1929 年被中共中央開除出黨後，仍堅持反對中國國民黨蔣介石集團的統治。1932 年 10 月，他在上海被逮捕，並被公開起訴。1933 年 4 月 14 日、15 日和 20 日，國民黨當局假江寧地方法院三次公開審理陳案。陳獨秀自撰《辯訴狀》，並請著名律師章士釗出庭辯護。在《辯訴狀》中，陳斷然否認國民黨檢查官所強加的「危害民國」和「叛國」罪名，在當時引起巨大反響。據採訪此次「審訊」的中央通訊社記者馮志翔記述，「章士釗的一紙辯狀，洋洋灑灑，長萬餘言，從西洋法理到中國法理，並且引證中外古今許多事例爲陳獨秀開脫；陳的供詞也類似學術演講，庭上每提一個問題，就給他一次滔滔雄辯的機會。」〔註37〕程滄波認爲，這簡直「等於在思想上言論界中直接向本黨的首都進攻。」〔註38〕於是，《中央日報》被迫奉命應戰，於 4 月 26 日和 5 月 7 日發表了由程滄波親筆撰寫的兩篇社論：《今日中國之國家與政府——答陳獨秀及章士釗》和《再論中國之國家與政府——答章士釗》。

陳獨秀的抗辯，主要圍繞所謂的「危害民國」和「叛國」的指控而展開。他指出：「國者何？土地、人民、主權之總和也」，而非一黨一人之私產。因此，「本國某一黨派推翻某一黨派的政府而代之，不得謂之『亡國』。……若認爲政府與國家無分，掌握政權者即國家，則法王路易十四『朕即國家』之說，

〔註35〕《昨日之蘇州——爲追悼陣亡將士告全國國民》，《中央日報》1933 年 5 月 29 日。
〔註36〕《昨日之蘇州——爲追悼陣亡將士告全國國民》，《中央日報》1933 年 5 月 29 日。
〔註37〕周培敬：《中央社的故事》上冊，臺灣三民書局 1991 年初版，第 45 頁。
〔註38〕程滄波：《我在本報的一個階段——時代環境及本黨宣傳政策》，臺灣《中央日報》1957 年 3 月 20 日。

即不必爲近代法國學者所摒棄。若認爲在野黨反抗不忠於國家過侵害民權之政府黨，而主張推翻其政權，即屬『叛國』，則古今中外的革命黨，無不曾經『叛國』，即國民黨亦曾『叛國』矣。袁世凱曾稱孫黃爲『國賊』，豈篤論乎？」在此基礎上，他指責國民黨當局對外妥協，對內獨裁。「以黨部代替議會，以訓政代替民權，以特別法代替刑法，以軍法逮捕審判，槍殺普通人民，以刺刀削去了人民的自由權利，高居人民之上。」〔註39〕因此，反對或推翻這個不忠於國家或侵害民權之政府，當「不得謂之叛國」。

這裏涉及所謂「國體」和「政體」問題。按毛澤東的觀點，所謂國體是指社會各階級在國家中的地位，所謂政體是指政權構成的形式，即一定的社會階級取何種形式去組織那反對私人保護自己的政權機關。陳獨秀當然沒有從這樣的高度去揭示國民黨政權的本質，但是他以近代西方資產階級正統法學理論爲武器，批判國民黨統治者以黨代政，以權代法的獨裁統治，是相當深刻的。相比之下，《中央日報》的反駁，則顯得十分荒唐、虛僞和無力。

針對陳獨秀和章士釗的觀點，《中央日報》主要從以下兩個方面進行反擊。首先，它避開他們對國民黨中央和國民政府的指責，認爲那是「縱橫泛濫，……（爲）論壇之所尙，講院之所貴，而法家之所大忌也。」〔註40〕然後論鋒一轉，直指法理問題，特別是現行法律問題。它指出，「吾人與陳、章兩君今日辯難中所最應共同恪守之一點，即一切論據，當依法律，當依中國現行之法律。」〔註41〕這裏所說的現行法律，主要是指《中華民國訓政時期約法》。《中央日報》認爲，「約法之效力超過一切。」〔註42〕約法規定，「訓政時由中國國民黨代表大會代表國民大會行使中國統治權」（第三十條）；「選舉、罷免、創制、複決，四種政權之行使由國民政府訓導之」（第三十一條）。這實際上確立了國民黨和國民政府立法者和行政者的雙重地位。故此，《中央日報》認爲，「國民黨至少在現行法律上，在現存制度下，即爲國家。國民黨此種資格，由法律上所賦予，由事實所造成。訓政時期約法未經合法廢止以前，反對並圖謀顛覆國民黨者，則爲反對並顛覆國家，即爲危害民國，變即

〔註39〕《陳獨秀文章選編》下冊，生活・讀書・新知三聯書店 1984 年版，第 512～514 頁。
〔註40〕《今日中國之國家與政府》，《中央日報》1933 年 4 月 26 日。
〔註41〕《今日中國之國家與政府》，《中央日報》1933 年 4 月 26 日。
〔註42〕《今日中國之國家與政府》，《中央日報》1933 年 4 月 26 日。

爲叛國。」〔註 53〕按照法學理論，所謂反對政府即爲叛國，這種法律正是封建專制體制之下法律的根本特徵。在這種體制之下，法律毫無正義可言，因爲政府或君主把自己放在立法者的地位，並且把君主（或黨的領袖）、政府和國家完全等同起來；同理，人民與政府之間毫無權利義務可言，有的只是奴隸般的被強制和服從。

其次，《中央日報》也籠統地承認西方法理中主權在民的原則，並且表示「推翻或顚覆政府，必以合法之方法，方爲合軌，此在各國，皆成通則。」〔註 54〕但是，所謂「合法之方法」，不是通過普選贏得議會的多數，而是由國民黨中央執行委員會選任或罷免行政院正副院長。「今日之行政院，未嘗不許人推翻，惟推翻之方法，必用合理之方法。所謂合理之方法者，則院長副院長之產生，由中國國民黨中央執行委員會選任之，……除此方法之外，希圖推翻政府者即爲違法，猶之英美在野黨之謀組閣或當遷選總統必在巴力門或總選舉中努力，捨此即爲違法。」〔註 55〕一方面虛僞地承認西方的民主政治制度，另一方面又強行剝奪人民參政議政的權利，這正是國民黨中央及其政府假民主之名，行專制之實的眞實寫照，也是《中央日報》在這場辯難中不能自圓其說、前後矛盾的癥結所在。儘管如此，在這場涉及到中國國民黨及其政府統治中國的法理基礎問題的尖銳而複雜的論戰中，《中央日報》主持者還是賣力費心、殫精竭慮的，也收到了一定效果。上述兩篇社論發表後，蔣介石的幕僚長楊永泰和浙江省教育廳長陳布雷分別從南昌和杭州函電程滄波，表示「欣慰」，並爲此「拍案叫絕」。〔註 56〕

第二節　《中央日報》的「剿共」、「抗日」宣傳

一、《中央日報》的「剿共」宣傳

「安內攘外」的核心問題，是「剿共」、「抗日」，孰先孰後，誰重誰輕，以及怎樣「安內」和「攘外」的問題。「抗日」宣傳，事至顯，明至理，舉國認同，

〔註 53〕《今日中國之國家與政府》，《中央日報》1933 年 4 月 26 日。
〔註 54〕《今日中國之國家與政府》，《中央日報》1933 年 4 月 26 日。
〔註 55〕《今日中國之國家與政府》，《中央日報》1933 年 4 月 26 日。
〔註 56〕程滄波：《我在本報的一個階段——時代環境及本黨宣傳政策》，《中央日報》
　　　　1957 年 3 月 20 日。

有口皆碑。「剿共」宣傳，上違天理，下逆民情，理屈詞窮，遭人唾棄。「剿共」
是「安內」，但「安內」並不等同「剿共」；軍事進剿是「剿共」，政治攻心也是
「剿共」。「抗日」「剿共」東西易轍，冰炭不容。「抗日」不能「剿共」，「剿共」
難以「抗日」。既要「剿共」又要「抗日」，勢必進退兩難、舉步維艱。事實上，
「一・二八」事變後的《中央日報》，正是一直處於這樣的困境中。

　　《中央日報》的「剿共」宣傳極為突出，但也異常艱辛。反共宣傳，雖
然不是從《中央日報》開始的，但它一直是反共宣傳陣營中的主導者和最堅
決的執行者。早在「九・一八」事變發生以前，《中央日報》就大量刊發過有
關「反共清黨」，「圍剿共匪」的報導、社論和國民黨中央及國民政府領袖們
關於反共的講話或文告。這一階段雖無「剿共」「抗日」孰重孰輕的問題，但
反共宣傳，一直是其宣傳重點所在。據筆者不完全統計，從 1930 年 12 月中
原大戰結束後，國民黨中央政府軍開始大規模圍剿工農紅軍，到 1932 年 1 月
「一・二八」事變發生的 14 個月中，《中央日報》要聞版用整版或大半版的
篇幅刊登的各類反共「剿赤」文稿共計 53 篇。其他諸如消息、簡訊等則無日
不有（「九・一八」事變期間及其前後曾一度中斷）。如果加上其他有關「安
內」的方面的大型消息報導、文告、社評等 41 篇，則「安內」的文稿共 94
篇。而同一時期，該報所發表的有關「抗日」方面的報導、社評等僅 20 篇。
由此可見。在這一時期，《中央日報》宣傳的重點是在「安內」方面，特別是
在「剿共」方面。

　　《中央日報》的「剿共」宣傳，在 1931 年春夏之交達到高潮。是年 5 月
2 日，中國國民黨第三屆中央執行委員會第一次臨時全體會議通過的《全國一
致消弭共禍案》，第一次將中國共產黨及其所領導的中國工農紅軍由「共匪」
改稱為「赤匪」。決議案指出，「蓋赤匪之為禍，誠如國民政府剿匪報告所言，
不特足以傾覆吾國之政制，而且足以破壞吾國之社會，斷絕吾國之生計，消
滅吾國之人口，危害吾民族之生存。此一全國共同之大患，必須全國上下通
力合作以破除之。」〔註57〕決議案認為，要消滅赤禍，「第一，必須深明赤匪
之毒害與罪惡，須知赤匪者，乃為赤色帝國主義與土匪之混合體。」「第二，
必須斷絕赤匪思想言論及其出版物之流傳。……今後全國國民必須以三民主
義為自救救國之中心思想，凡關吾國民個人生命，社會生活，民族生存不相

〔註57〕榮孟源主編：《中國國民黨歷次代表大會及中央全會資料》上冊，光明日報出
　　　　版社 1985 年版，第 954 頁。

容之赤匪思想言論，乃至所傳播之文藝學說，悉當群策群力，自動禁絕之。庶足以齊一國民之心態，安定社會之秩序，以從事於三民主義的新中國之建設。」〔註58〕這樣，就提出了從軍事上、政治上、思想上全面「剿赤」的任務。與此同時，中國國民黨最高軍政領袖蔣介石親率30萬大軍向以贛南閩西為中心的「中央革命根據地」發動了三次大圍剿。7月22日和23日，蔣介石兩次發出通電，正式提出了「攘外必先安內」的政策。他表示：「嘗讀人必自侮而後人侮之，國必自伐而後人伐之之語，不禁為我國家與民族抱無窮之憂戚也。舉天下至痛至危之事，孰有甚於此者哉？我全國同胞當此赤匪軍閥叛亂與帝國主義者聯合進攻，生死存亡間不容髮之秋，自應以臥薪嘗膽之精神，作安內攘外之奮鬥，以忍辱負重之毅力，雪黨國百年之奇恥。惟攘外應先安內，去腐乃能防蟲。……故不先消滅赤匪，回覆民族之元氣，則不能禦侮。不先削平叛逆，完成國家之統一，則不能攘外。……故赤匪一日未滅，則中正之責任一日未盡；叛亂一日未了，即中正之職務一日未了。故云一息尚存，此志不渝。」〔註59〕

秉承中國國民黨最高當局的意旨，《中央日報》以全力投入了「剿赤」宣傳。報紙版面上一時充斥著「剿赤」的消息和評論。其中，有些達到了荒謬絕倫、喪心病狂的地步。蔣介石的講話和文告用特大字號刊載，佔了整版整版的篇幅，有些消息也不例外。不僅如此，它還公開造謠，誇大紅軍的失利，以渲染「剿匪勝利」的氣氛。這樣的例子，舉不勝舉。僅舉其中兩例，以見一斑。

其一，《贛省匪首被殲滅》（1931年8月23日）：「朱毛兩匪前逃寧都以北黃陂小布一帶，因被左翼軍迎頭痛擊，打得落花流水，乃東向竹坑逃命，則此次被炸斃之匪首為朱（德）毛（澤東）必可無疑也。」

其二，《彭匪德懷被斃，贛赤匪士兵多逃亡》（1932年4月13日）：「江西萬安第二十八軍代師長王德昨電稱：彭匪德懷被斃，處（7日）死均村，於死前並告誡所部，回湘歸農，……赤匪士兵多逃亡。」

《中央日報》上這樣無中生有的謠言，一再為嚴酷的事實所粉碎，也為它自己前後矛盾的報導所戳穿。但是，該報的主編人員卻樂此不疲，一而再

〔註58〕榮孟源主編：《中國國民黨歷次代表大會及中央全會資料》上冊，光明日報出版社1985年版，第995頁。
〔註59〕蔣介石：《誓於最短時期滅赤平亂之通電》，《中央日報》1931年7月24日。

再而三地將這種消息製造出來。連起碼的新聞眞實性原則都敢公開踐踏，這只能說明他們是一種政治雇用工具，而不是什麼新聞工作者。

　　《中央日報》的主編人員之所以墮落到如此卑劣的地步，故然是爲了迎合蔣介石等國民黨領袖好大喜功的虛榮心理，也是他們主觀唯心主義唯意志論宣傳心理使然。在大規模的「剿赤」宣傳中，《中央日報》的主編們逐漸總結出了一套「剿匪」宣傳策略。他們認爲，「欲迅速蕩平（赤匪），似於軍事計劃以外，尤須注重宣傳方略。」〔註60〕所謂宣傳方略者，不外乎「正名」與「攻心」兩端。名不正，言不順，事不成。「近聞蔣主席有改稱共匪爲赤匪之通令，正社會之視聽，利剿匪之宣傳，固宜於斯也。」〔註61〕在此之前，稱共產黨爲「共匪」，「不惟隱沒中央剿匪救民之誠意，且以頑民以棄順效逆之遁詞。若名爲赤匪，對於肅清匪氣之前途，裨益恐多。據心理學之昭示，赤色之表象，最感興奮，時或伴之以恐怖。證以史實，其說甚確。若更稽古，自宋代柴望著丙丁 XX 以後，紅羊劫三字，即深印入吾華民族心頭眼底。一聞此不祥之名，即悚然於大難之將至。……苟有人焉，破觀此點，日以共匪爲赤匪之名，反覆刺激與吾民之心，則歷史的恐怖，自易勾起，必將視赤匪爲惡魔，不敢親附。」〔註62〕是謂「正名」。所謂「攻心」者，則爲「先入爲主」和「平旦夢矢」兩法。「兵法，攻心爲上。從心理學者言，攻心之法，最宜本先入爲主之心習，以操先聲奪人之勝算。果傳赤匪殘酷毒辣之手段，爲盡人所稔者，則無論赤匪如何煽惑，以心所主必能嚴拒。而言之宣傳，必有言從名順，迎刃而解之利。」〔註63〕「攻心」除「先入爲主」之外，就是「平旦夢矢」法。「平旦夢矢者無他，即於民眾一枕夢醒，外緣咸絕，斜目窺窗，萬籟俱靜之平旦，用富有刺激力之口號，飭明之主張，使宣傳者乘機喚出，如泣如訴，如棒如喝，一聲聲送入民眾枕畔，刺上民眾心頭，使聽者毛骨悚然，陡覺生死關頭，已在目前。」〔註64〕除此之外，《中央日報》主編們也反對空洞的政治宣傳（如發文告、通電、口號等），而主張「事實表現之具體」。「蓋由於事實表現之具體宣傳，其力大於宣言十百倍。最具有事實宣傳之力者，其人有三：一爲才行俱美之本籍縣長，二爲夙具

〔註60〕九如：《論剿匪宣傳工作》，《中央日報》1931 年 4 月 5 日。

〔註61〕九如：《論剿匪宣傳工作》，《中央日報》1931 年 4 月 5 日。

〔註62〕九如：《論剿匪宣傳工作》，《中央日報》1931 年 4 月 5 日。

〔註63〕九如：《論剿匪宣傳工作》，《中央日報》1931 年 4 月 5 日。

〔註64〕九如：《論剿匪宣傳工作》，《中央日報》1931 年 4 月 5 日。

地方中心勢力之正紳碩士（土豪劣紳自在例外），三爲愛民之軍人。」〔註65〕

　　按照國民黨最高當局之旨意和上述宣傳策略，《中央日報》的「剿共」宣傳在一段時間內，幾乎達到了無處不在、無時不有、無以復加的地步。但是，在日寇不斷大舉進攻華東和華北的情況下，《中央日報》的「剿共」宣傳基調也經常發生一些微妙的變化。一方面，每當日本發生大規模進攻的時候，其「剿匪」聲浪就逐漸變弱，甚至消聲斂迹。1931年「九‧一八」期間，1932年「一‧二八」事變期間和1933年長城各坑口抗戰期間，《中央日報》均以主要篇幅宣傳抗日，不復有「剿共」宣傳。另一方面，《中央日報》的主編們逐漸體會到，「今日吾國之大患，強寇而外，莫如赤匪。強寇之禍，足以覆國；赤匪之患，足以滅種。然則救亡之道，禦侮綏靖孰先？安內攘外悉重？曰，此相輔而益彰，無輕重緩急之可言也。」〔註66〕他們還表示，「慷慨赴義效命疆場易，忍辱負重焦思苦慮難。一時毀譽，百年定論，見仁見智，所謂人各有志，未可盡同者也。」〔註67〕基於這種認識，《中央日報》一再呼籲「我們的領袖……（對日）必定要去戰爭」，以便對歷史「要有一個交待〔註68〕」。在「一致殺上去」的大原則下，「無論是我們的同志，或是我們的政敵，……什麼人都可以合作的。」〔註69〕因此，向以「剿共」宣傳積極主動而著稱的《中央日報》，當1934年10月中國國民黨政府軍攻佔江西瑞金（「中華蘇維埃臨時中央政府」所在地）的時候，竟沒有發表社論慶祝，也沒有發行「剿匪勝利」專號（此前曾多次出版此類專號）。這種現象，令人作深長之思。這說明國民黨報人的愛國理性正在覺醒，也說明的《中央日報》的「剿共」宣傳已經破產，它已逐漸將宣傳基點轉移到「抗日」方面來，也預示著中國國民黨最高當局的「攘外必先安內」的基本政策即將發生重大轉折。

二、《中央日報》的「抗日」宣傳

　　「九‧一八」事變，「一‧二八」事變，華北事變，日本一次比一次瘋狂地進攻中國。掀天揭地的歷史事件在眼前疊現，巨大的民族災難已經降臨。作爲一家新聞機構，作爲一家由中國人主持的執政黨中國國民黨的最高高黨

〔註65〕九如：《再論剿匪宣傳工作》，《中央日報》1931年4月6日。
〔註66〕《全國弗忘剿匪》，《中央日報》1932年8月14日。
〔註67〕《全國弗忘剿匪》，《中央日報》1932年8月14日。
〔註68〕《沒有第二句話可說》等篇社論，《中央日報》1933年3月3日，3月10日。
〔註69〕《沒有第二句話可說》等篇社論，《中央日報》1933年3月3日，3月10日。

報,《中央日報》不可能對此視而不見、避而不談。據實而論,在抗日宣傳方面,該報的消息是迅捷的,態度是堅決的,言論也是悲壯的。正因為如此,它遭到了國民黨當局以汪精衛為首的親日派的壓制,卻得到了全國人民特別是新聞界的諒解和歡迎。

「九‧一八」事變發生後的第二天,即 9 月 20 日,《中央日報》以要聞版整版的篇幅對事變的消息作了如下強化處理:通欄行書大字標題《甘心破壞遠東和平,日軍佔領瀋陽長春營口》;大字新聞提要——「藉故實行其預定之侵略陰謀,在瀋肆行焚燒擄掠備極慘酷,我軍奉令未加絲毫抵抗行為」。這一報導既揭露了「日本帝國主義者之崢嶸面目與野蠻獸性」,也在客觀上起到了激發全國人民對國民黨當局所採行的「不抵抗主義」的不滿。同時,該報又發表社論《以必死之決心作最後之奮鬥》,指出:「大禍當前,亡國無日,殺身救國,今茲其時,不共戴天之國仇,已與我短兵相接矣。願我國同胞以必死之決心,作最後之奮鬥。」此外,社論呼籲「主持正義之友邦,請對日本暴行下一公平之制裁。」〔註70〕為了適應全國迅猛掀起的抗日救國熱潮,從 9 月 28 日起它又將第三張第二版闢為《抗日救國》專欄,發表社會各界有關抗日救國的言論。這些作者大多為國民黨黨政要員及其追隨者,其中也不乏無黨派人士,他們的言論明顯地和當道者不同。比如,「不抵抗等於自殺」、「對內只有和平,不談條件;對外只有抵抗,不能屈服(陳茹玄)」;「誓死以抗強暴,再來肅清國策,確立建國方策(徐悲鴻)。」〔註71〕雖然學生愛國運動起來後,該報的宣傳重點很快轉到應付學生運動方面來。但是這種抗日的聲音也是客觀存在的。

這種抗日熱情,在此後的淞滬抗戰和長城各口抗戰中也一再表現出來。在這一時期,《中央日報》一方面通過大量的新聞報導及時反映了抗日軍民的英勇抵抗和愛國熱情;另一方面又發表大批社論,揭露和駁斥日本侵略者的野蠻行徑和無恥讕言。「一‧二八」事變期間,它曾以整版整版的篇幅發表有關淞滬抗戰的報導,刊登過十九路軍關於「捍患守土是其天職,尺地寸草不能放棄」的通電;並且在社論中讚揚十九路軍「為民族生存之自衛,為國家爭人格之自衛,吾全國國民對此自衛而奮鬥之將士,深致敬意。」〔註72〕

〔註70〕《以必死之決心作最後之奮鬥》,《中央日報》1931 年 9 月 20 日。
〔註71〕參見於《中央日報》1931 年 9 月 30 日,10 月 16 日之《抗日救國》專欄各篇。
〔註72〕《嗚呼上海日軍之暴動》,《中央日報》1932 年 1 月 30 日。

　　特別值得指出的是，在這一時期的《中央日報》上，我們可以看到該報編者自身愛國情懷的袒露和對「不抵抗政策」的反思。他們指出，「聽到榆關軍民死難後的成佛成仙，一陣悲涼後，只有歡呼狂躍。因爲成佛成仙，我們人人有這個機會，人人有此命運，榆關死義軍民之忠魂不散，必能看見多數同胞的攜手偕來，……又必能看見祖國的雄風，由此種種階段而光耀大地。我們隨意慰勉死義軍民忠魂者，原是兩句話：抗敵而死最快樂，爲國而死最光榮。」〔註 73〕他們籲請國民黨最高當局一定要站在歷史的高度裏，對歷史「要有一個交待」，「我們今天所處的時勢，在未來的歷史上將爲一個空前的重要時期，我們並世的各色人等在未來將爲一個空前的評論的對象。三省的土地，在我們手中失掉，沒來由，沒說法，這是太沒交待。今天的熱河，實在不能再有尺寸的退卻，我們不能讓敵人輕易進來一步，……前方後方，在此種信念下流血抵抗，必完全得到最後最大的成功。」〔註 74〕因此，我們應該「拿著這個態度來希望我們的領袖，我們不希望我們的領袖一定去戰勝，然而我卻切望他們必定要去戰爭。」〔註 75〕這樣才能「對自己有交待，對旁人有交待，……對我們的子孫有交待。」〔註 76〕他們倡導全國各種力量一致團結起來，共同奔赴抗日戰場。「『一致殺上去』是我們的國策，『一致殺上去』是我們公私惟一的出路。在這個大原則下，無論是一個小卒，或是一個元帥；無論是我們的同志，或是我們的政敵，只要他眞誠向前殺去，便是英雄，便值得我們稱賞。因爲我們今天只有一個目標，在此目標下，什麼人都可以合作的。」〔註 77〕

　　《中央日報》主編者的抗日愛國情緒和中國國民黨黨政當局中親日分子的對日態度相抵牾，因而受到了當時擔任國民黨中央常委和行政院長的汪精衛等親日分子的嘲弄和批評。《中央日報》呈請「領袖們……必定要去戰爭」，汪精衛說，「中國今日誠然是窮，誠然是弱」，不「具備與日本宣戰的條件」，只能「抵抗與交涉並行」；《中央日報》主張「化我們的血去做戰溝，把我能的肉做堡壘，而不能讓敵人輕易進來一步；」〔註 78〕汪精衛則主張「毒蛇螫

〔註 73〕《悼榆關死難軍民》，《中央日報》1933 年 1 月 6 日。
〔註 74〕《要有一個交待》，《中央日報》1933 年 3 月 3 日。
〔註 75〕《沒有第二句話可說》，《中央日報》1933 年 3 月 10 日。
〔註 76〕《要有一個交待》，《中央日報》1933 年 3 月 3 日。
〔註 77〕《沒有第二句話可說》，《中央日報》1933 年 3 月 10 日。
〔註 78〕《要有一個交待》，《中央日報》1933 年 3 月 3 日。

手，壯士斷腕」，就是說在「忍辱圖存」的幌子下，「將土地一塊一塊地失去；」〔註79〕《中央日報》高倡「抗敵而死最快樂，為國而死最光榮」，汪精衛則指斥這種論調是「幼稚的愛國思想，愛國唯恐人不知」，「一個窮而弱的國家，口口聲聲說愛國，便有亡國的危險。」〔註80〕更有甚者，在日本侵略華北日亟，人民愛國熱情重新高漲的時候，1935 年 6 月，汪精衛竟公然簽發所謂「敦睦邦交令」，強調全國各報館和各人民團體「不得有排斥及挑撥惡感之言論及行為」。這樣，在抗日問題上，《中央日報》主編者和中國國民黨最高當局中的親日分子的態度產生了尖銳的對立。

由此，《中央日報》產生了滿腔的幽怨，並發出了嚴正抗議。它指責國民黨中央的親日分子無視「黨員與人民平常大聲疾呼的請求」，「盡讓人家失望下去，而不給人家絲毫的滿足」。如此「那就叫任何發言人，有點難於發言。」〔註81〕它批評國民政府實施的新聞政策和新聞檢查制度，說這是造成民心冷淡、國事敗壞的「禍根」，「這個政策與制度，把我們國家民則的一切生機者斬完了。」〔註82〕因此，要想一個「初步根本補救方法，……趕快改變新聞政策。」〔註83〕

中國國民黨黨報如此公開地反對中國國民黨中央和國民政府所實施的新聞政策，固然是一部分國民黨新聞工作者抗日救國思想的反映，但也是國民黨當局最高領導層中在抗日問題上的分歧有關。在國民黨內反對蔣介石獨裁的各派系中，汪精衛所領導的「改組同志會」（簡稱改組派）可以說是影響最大的一派。他們在反共的問題上，雙方是一致的，但在抗日問題上，卻有著深刻的分歧。蔣介石之所以主張「攘外必先安內」，目的終在「攘外」，即先綏靖國內，準備實力，然後抗擊日寇，將其驅逐出中國。汪精衛等人則不同，他堅持對日妥協的目的，只是依靠日本的勢力，保住自己的權位。1935 年「華北事變」後。汪蔣雙方圍繞對日外交問題分歧公開化。1935 年 6 月至 7 月間，汪精衛在主持簽發「敦睦邦交令」和訂立《何梅協定》、《秦土協定》之後，不僅遭到了人民的唾罵，也受到了國民黨黨政要人吳稚暉、張繼等斥責。吳

〔註79〕汪精衛：《老話》，《中央日報》1933 年 4 月 28 日。
〔註80〕汪精衛：《老話》，《中央日報》1933 年 4 月 28 日。
〔註81〕《最後之期待》，《中央日報》1933 年 4 月 28 日。
〔註82〕《一個初步的根本方法》，《中央日報》1935 年 11 月 28 日。
〔註83〕《一個初步的根本方法》，《中央日報》1935 年 11 月 28 日。

稚暉就曾指責汪對日「忍辱求全」，把汪批得「體無完膚」〔註84〕；張繼等人則公開聲明，「我們不信任外交當局，我們只有擁護蔣先生，打倒外交當局。」〔註85〕

《中央日報》對國民黨中央內部親日分子的不滿言論，就是在這種背景下發出的。因此，1935年12月汪精衛再度辭職出國後，該報立即以《中樞的新氣象》爲題發表社論，發出了一片「勝利的歡呼」：「五全大會及一中全會的結果，把黨內過去許多分歧的痕迹都掃空，將多年來希望的精誠團結都做到，我們黨的幹部已網絡黨內各位重要分子，我們的政府更充滿強固的生力。」應該指出，《中央日報》的這種堅決反對對日妥協，主張全國一致團結共同抗日的精神，是順應時代潮流的。這對於促進國民黨中央適時轉變自己的基本政策，對於促進全國人民在抗日救亡的目標下迅速團結起來，起到了巨大的作用。

三、「西安事變」中的《中央日報》

1936年對於中國國民黨來說，是希望和痛苦並存的一年。隨著日本侵略的步步進逼和中國共產黨「八一宣言」的發表，中國國民黨本來可以沿著「五全大會」所確立的對日強硬的外交政策，領導全國人民走上團結抗日的道路。但是，由於國民黨中央及其國民政府仍然頑固地推行業已破產的「攘外必先安內」的政策，對內更加殘酷地鎮壓抗日民主的呼聲，更加急迫地「圍剿」中國工農紅軍，國民黨統治者未能抓住機遇，這一轉變一度遭受挫折。這就使得《中央日報》仍然在「抗日——剿共」的迷途中徘徊。

1936年12月7日，蔣介石親赴西安「督師剿匪」之際，《中央日報》再次彈起了「剿共」的老調。它埋怨國人只重視綏遠抗日，而對西北「剿匪」「漠然視之」。它荒謬地認爲，「西北之殘餘赤匪之應剋日消滅，正與綏遠方面之蒙偽匪軍相同。兩者同爲外人所驅使利用，同爲出賣民族利益危害國家生存之漢奸。」〔註86〕它還頑固地爲蔣介石的內戰政策辯護，反對國民黨內開明人士的「聯共」主張。它指出，「有認爲剿匪爲『內戰』者，則非別有用心，

〔註84〕參閱：郭緒印主編《國民黨派系鬥爭史》，上海人民出版社1992年版，第102頁。

〔註85〕參閱：郭緒印主編《國民黨派系鬥爭史》，上海人民出版社1992年版，第103頁。

〔註86〕《莫忘西北殘匪》，《中央日報》1936年12月7日。

冀爲赤匪張目，即愚昧無知，不瞭解中國革命現階段之需要，兩者均非所取。
至於枉尋直尺，不顧整個民族之利益與國家之艱危，竟明目張膽，妄倡容共
謬說，是即有意庇護漢奸，以自毀其民族內部之意志，此種人惟與天下人共
棄之。」〔註87〕

但是，歷史的潮流是不可阻擋的，就在《中央日報》的「剿共」聲中，
扭轉乾坤的西安事變爆發了！1936 年 12 月 12 日，張學良、楊虎城將軍接受
中國共產黨的影響，在西安發動「兵諫」，將前往「督師剿匪」的蔣介石及其
隨行軍政大員強行扣留。此乃震驚中外的「西安事變」或「雙十二事變」。事
變發生後，張、楊立即通電全國，提出「改組南京政府」、「停止一切內戰」、
「立即召開救國會議」等八項主張〔註88〕，引起巨大反響。

面對這場大事變，國民黨中央在陳布雷等人策劃下，以《中央日報》爲主
要陣地，對西安方面發起了一場大規模的宣傳戰役。據陳布雷記述，「其間經過，
略可記述者：（一）爲張季鸞先生兩次來商運用某方外交力量，余力勸其在報上
擁護中央立場，季鸞諱余言。（二）爲與立夫，養甫聯名勸誡張學良。（三）爲
代黃埔諸同志擬發警告電。（四）爲協同宣傳部策動全國輿論。」〔註89〕

在這場宣傳戰役中，《中央日報》充當了主力軍的角色。從 12 月 13 日至
12 月 28 日的 16 天時間內，它以密集的社論、文告、通電、消息等每天排滿
了三大張 12 個版面，並在 12 月 25 日發行 1 大張 4 版號外一張。除此之外，
該報「每天加印 1 萬份，由空軍載運前方及西安城中散發。」〔註90〕這在該
報的歷史上是絕無僅有的。檢索《中央日報》在這場宣傳戰役中的表現，大
致有以下四個方面：

第一，歪曲事實，挑撥離間。西安事變發生的第二天，即 12 月 13 日，《中
央日報》立即以《張學良率部叛變！國府下令褫職嚴辦》爲題，對事件的經
過及南京方面的舉措，作了較爲詳細的報導。報導說：「西安昨日（12 日）上
午起電報不通，肆據報，張學良率部叛變，在臨潼附近實行脅迫。同時發出
通電，主張推翻政府，電中並明言對蔣委員長最後諫諍，暫留西安等語。中

〔註87〕《莫忘西北殘匪》，《中央日報》1936 年 12 月 7 日。
〔註88〕西安《解放日報》，1936 年 12 月 13 日。
〔註89〕《陳布雷回憶錄》，臺灣傳記文學出版社 1976 年版，第 117 頁。
〔註90〕程滄波：《我在本報的一個階段──時代環境及本黨宣傳政策》，臺灣《中央
日報》1957 年 3 月 20 日。

央得報後，當晚 11 時半舉行中央常務委員會，中央政治委員會臨時聯席會議」，「決增加軍委會常委，關於軍隊調遣歸何部長負責。」顯然，消息中隱去了張楊通電八項主張的全部內容而且將「改組南京政府，容納各黨各派，共同負責救國」一項，歪曲成「推翻政府」。其目的在為張楊「叛變」定性，為「討伐」張目。不僅如此，它還在消息中使用挑撥的手段，企圖分裂張楊的關係。12 月 14 日刊發的消息說：「西安城上發現紅旗，並在城外趕築工事」，「隴海西上車昨止於潼關，歐亞航線照常飛行。關中消息完全隔絕。」不僅如此，該報還詳細分析了張楊之通電，指出：「張學良之日（12 日）通電，不獨內容悖謬極顛倒污蔑之能事，及其通電之列名，除張學良外共 18 人，如楊虎城，最近尚與中央要人時通消息。」事實證明，這完全是無中生有的捏造。其目的是要向國人暗示，西安方面的主事者僅張學良一人而已，其他人均繫被脅迫。這對於西安方面，無疑會起到一定的分化作用。

第二，發表社論，大張「聲討」。社論是《中央日報》的重頭貨，在此次宣傳戰役中更得到了充分的運用。整個事變其間的 12 天內，該報共發社論 11 篇，如果再加上中央宣傳部所發之《為討伐張逆告全國同志同胞書》等文告和黨政要人、名流學者所發之講話、專論等 5 篇，共 17 篇，達到了每天一篇有時甚至兩篇的比重。即使是在西安事變已經和平解決，蔣介石已由張學良陪同安抵南京後的 12 月 27 日，該報還氣勢洶洶地發表了《張學良應就地正法》的社論。這些社論的要旨，均在「討伐」一端。社論集中指責張學良「分裂國家」，「犯上作亂」、「罪不容誅」。〔註91〕其中說，「今日全國人民心理上一致之主張，即合全國之力，以求民族之復興自存。通國上下，有能助長國力，以達此目的者，在民為良好之國民，在官吏為勳臣。反之則為奸民，為罪人。」〔註92〕張學良「對國家無尺寸之功，乃復假借名號，犯上作亂，此其罪大惡極，不容於誅戮。」〔註93〕因此，它主張對張氏應「嚴伸國法，急起剿除」〔註94〕。其於國民，則望「擁護中央」，「協力平亂」，以「奪其魂魄，使其望風奔潰。」〔註95〕不僅如此，社論還痛斥張學良說，「西安的賊首張學

〔註91〕《中央日報》，1936 年 12 月 14 日。
〔註92〕《昨日西安之叛變》，《中央日報》1936 年 12 月 13 日。
〔註93〕《昨日西安之叛變》，《中央日報》1936 年 12 月 13 日。
〔註94〕《昨日西安之叛變》，《中央日報》1936 年 12 月 13 日。
〔註95〕《昨日西安之叛變》，《中央日報》1936 年 12 月 13 日。

良，他是綁匪，他是草寇，祖宗是馬賊，子孫還是馬賊。今天西安一套把戲，是綁匪馬賊的合串。什麼行動，什麼主意，完全是賊心賊眼，匪寇的行徑。」〔註96〕這完全是一種潑婦罵街的態度。社論同時鼓勵國民都去做「忠臣孝子」，都去做「愚人」，悉聽中央調遣，以凝成頑固的「精神陣線」。社論說，「在我們討逆的進展中，逆賊必想種種辦法來搖動我們的精神陣線，誘惑我們的既定意志。在這個短時期內，全國的同志，只宜注意軍事消息，……不必徒勞以致拙克服至巧。希望今日愛領袖愛國家的人，都做愚人，不要去做聰明人，做巧人。古往今來忠臣孝子，都是愚人，仁人義士也都是愚人。」〔註97〕這些言論，對於貫徹國民黨當局的意旨，具有一定的影響力，但險象陡起之間，這些話過於偏頗，強詞奪理，因爲不僅使一般人民難於接受，即令國民黨黨政當局親英美派人士亦爲尷尬。國民黨軍統當局負責人戴笠就曾當面向程滄波抱怨說，「今日中央日報的社論是誰寫的，這個亂子鬧大了，怎麼得了。」〔註98〕

　　第三，借助「民意」，虛張聲勢。蔣介石被扣西安後，在全國各階層人士中引起強烈反響。「殺蔣以謝天下」者有之，痛斥「張楊犯上作亂」者有之，「放蔣聯共抗日」者亦有之。《中央日報》對絕大多數人民的主張，置若罔聞，連篇累牘地刊登各黨政軍機關、各民眾國體的「討張」通電。從13日刊登《全國青年將擁護中央決議》的通電開始至19日發表《全國五十萬童軍一致討叛逆》的檄文結束，該報刊發了數以千百計的通電、檄文、聲明等，以製造一種全民擁蔣的氣氛，給人造成一種「凡屬血氣之倫無不義憤填膺」的觀感。該報還在社論中透露，「這三天裏，我們坐在報館編輯室，整天接到民眾電話，來詢問委員長安全的消息，平均在一百個以上，小學生也不吃飯流眼淚，洋車夫會說『有機會槌死張學良』。」〔註99〕其實，這些「民意」「黨心」有些是中央日報製造出來的，有些則是被國民黨中央宣傳部「逼出來的」，有些則直接出自陳布雷的手筆。

　　第四，策動輿論，推波助瀾。西安事變前，全國新聞界已在要求抗日的

〔註96〕《討逆——我們的十字軍》，《中央日報》1936年12月17日。

〔註97〕《討逆進展中的幾句話》，《中央日報》1936年12月18日。

〔註98〕程滄波：《我在本報的一個階段——時代環境及本黨宣傳政策》，臺灣《中央日報》1957年3月20日。

〔註99〕《討逆——我們的十字軍》，《中央日報》1936年12月17日。

基礎上有了初步的聯合，曾經共同發表過對日外交聲明和就北平「一二・九」學生運動告全國民眾書。在此次宣傳戰役中，國民黨中央宣傳部和《中央日報》充分利用這種便利角色，來壯大自己的宣傳聲勢。其中，天津《大公報》扮演了重要角色。張季鸞從愛國愛鄉的思想和對蔣介石知遇之恩的感激之情出發，在西安事變發生後，曾一度主張「運用某方的外交力量」以救蔣。這一主張被陳布雷以「請求他國過問一國的內政是引狼入室，損害國家主權與獨立的事」〔註100〕為由予以拒絕了。其後，他按照陳布雷的意見，在《大公報》連發4篇社評，以「擁護中央討叛立場。」〔註101〕其中，以12月18日刊出的《給西安軍政界的公開信》影響最大。社評說，「陝變不是個人的事，張學良也是主動，也是被動。」「你們完全錯誤了。錯誤的要亡國家，亡自己。」「你們趕快去見蔣先生謝罪吧！你們快把蔣先生抱住，大家同哭一場！這一哭，是中華民族的辛酸淚，是哭祖國的積弱，哭東北，哭冀東，哭綏遠，哭多少年來在這內憂外患中犧牲生命的同胞！你們要發誓，從此更精誠團結，一致的擁護中央。」〔註102〕文章確實寫得樸實無華，情真意切，並贊成全國一致團結抗日和和平解決西安事變，具有極大的感染力。國民黨中央宣傳部立即將文稿在中央廣播電臺全文廣播，並加印10萬份，派飛機在西安上空散發，給西安軍政領袖「造成心理上極大壓力」。〔註103〕在陳布雷聯絡張季鸞的同時，程滄波也借用全國21家大報和通訊社的名義，起草發表了一篇《全國新聞界對時局的共同宣言》。列名其上的有《申報》、《新聞報》、《時事新報》、《世界日報》、《大公報》、《民報》、《立報》、《大美晚報》、中央通訊社、申時通訊社、新申通訊社等。據程氏云，「這是中國新聞史上的一個創舉，這篇文章是我執筆，這個運動也是中央日報所發動。」〔註104〕這個宣言，一日頌政府：「中國今日之處境，內憂外患，相逼相乘。生死存亡，千鈞一髮。此處境地，欲謀國家之獨立與生存，惟有確保對內對外一切獨立自主之運動。……數年來國民政府之國策及施政方針，吾人認為恰和此一標準。……根據數年來之事實，吾人堅信，欲謀保持國家之生命，完全民族之復興，惟有絕對擁

〔註100〕徐詠平：《陳布雷先生傳》，臺北市新聞記者工會1973版，第143頁。
〔註101〕徐詠平：《陳布雷先生傳》，臺北市新聞記者工會1973版，第143頁。
〔註102〕《給西安軍政界的公開信》，天津《大公報》1936年12月18日。
〔註103〕賴光臨：《中國新聞傳播史》，臺灣三民書局1983年版，第172頁。
〔註104〕程滄波：《我在本報的一個階段》，臺灣《中央日報》1957年3月20日。

護國民政府，擁護政府一切對內對外之方針與政策。」二曰頌領袖：「重重國難，山河易色，大地膻腥。在此困苦艱難，飄搖風雨之會，艱苦忠貞，為國家立重心，為中樞充實力量者，誰歟？整頓國防，建設民生者，誰歟？移風易俗，振飭綱紀者，又誰歟？易辭言之，使我國四萬萬同胞，自無組織而有組織，由無國而有國，出同胞於水火，登斯民於衽席，伊誰之力？曰惟蔣公！為民族之棟梁，為國家之領袖，四萬萬人所託命，五千年歷史之所主宰。宇宙六合，孰謀危此領袖，孰為四萬萬人之公敵。」宣言吹捧蔣介石，簡直到了肉麻的程度。三曰申綱紀：「天地有正氣，國家有綱紀。時勢愈難，世變益亟，解決應付之方，宜之簡單明瞭，天地正氣，國家綱紀，為我民族歷史上撥亂反正唯一之綱領，亦即今日平亂定難唯一方針。……順逆不並存，邪正不兩立。吾人堅信，全國之民意，必能發揮精神力量，為政府之後盾，以討賊平亂。」〔註105〕這篇宣言在中央廣播電臺及全國各大報發表後，表面似乎形成強大的輿論氣勢，但除了舞文弄墨、嘩眾取寵之外，完全顛倒是非，一無可取。

總之，在這場宣傳戰役中，《中央日報》動員了一切可以動員的輿論力量，運用了一切可以運用的宣傳策略，表面上氣勢浩大，聲光奪人，但由於違背歷史發展的潮流，終以春殘花盡，不了了之。隨著西安事變的和平解決，這一宣傳戰役很快結束，《中央日報》的宣傳基調也很快轉變到全國團結，共同抗日上來。

第三節 《中央日報》的宣傳策略及其效果—— 以 30 年代初、中期兩次學潮報導為例

十年內戰時期。《中央日報》的基本宣傳方針及其主要宣傳活動已於前述，基本上是錯誤的。那麼，它的宣傳策略和宣傳效果又如何呢？這是一個十分複雜的問題，這一節試圖以《中央日報》的兩次學潮報導為例，在這方面作些初步探討。

20 世紀 30 年代初期和中期，我國曾發生過兩次大規模的學潮。一次是1931 年底以南京為中心的學生運動，一次是以 1935 年底以北平為中心的學生

〔註105〕《全國新聞界對時局的共同宣言》，《中央日報》1936 年 12 月 16 日。

運動。兩次學潮發生的時間地點不同，政治背景也不同，《中央日報》所採取的報導策略不同，所收到的宣傳效果也不同。

一、歪曲事實，造謠惑眾
——《中央日報》1931年底學潮報導的宣傳策略及其效果

「九‧一八」事變發生後。爲了反抗日本帝國主義出兵侵佔東北三省，以上海學生爲先導，以北平學生爲中堅，全國各地學生紛紛到南京，向中國國民黨中央和國民政府請願，要求迅速出兵北上抗日。整個學生運動從 9 月 25 日至 12 月 18 日，歷時近三個月，大致經歷了三個發展階段。與此相適應，《中央日報》對學潮的報導也採取了三種不同的策略，由勸阻、壓制到顛倒是非，完全充當了劊子手的角色。

第一階段是發動時期，從 9 月 25 日至 9 月 28 日。學生運動所提的口號是團結抗日，採取的鬥爭方式是向國民黨中央和國民政府請願。在國難當頭，全民激憤之時，這種口號和方式是國民黨最高當局所能夠接受，也願意接受的。因此，《中央日報》對學潮採取的是迴避和勸導的策略。9 月 24 日，該報第二張第三版、第四版以較大篇幅報導了《全國同胞誓死反日同禦外侮》，《首都民眾一致團結，誓爲政府後盾以抗日》的消息。其中特別報導，首都民眾「遊行示威秩序井然，並請國府對日宣戰」。但是對大批湧入南京的學生卻隻字不提。直到 9 月 27 日，各地學生 5000 多人冒雨向蔣介石請願，途中並毆傷外交部長王正廷，它才意識到問題的嚴重性，因而在次日第二張第四版加以報導。這是《中央日報》首次報導學生遊行示威運動，內容客觀確實，態度和平中懇。同日，該報還在《抗敵禦侮之正當途徑》的社論中肯定了學生的愛國熱情。社論指出，「國人痛倭禍之橫臨，國亡之無日，無不悲憤填膺，奮起作抗日救國之運動。奔走呼號，同仇敵愾，一致抗日，期以必死。有如此鬱勃之民氣，有如此煥發之愛國心，當萬難之今日，吾人精神猶可稍可慰藉者，全賴有此耳。」同時，該報表示，「我們決不讓暴日侵佔我國一分一寸的土地！」並且勸導學生「精誠團結」、「組織嚴密」、「步伐整齊」、「在中央統一指揮下共赴國難。」〔註106〕因於國民黨中央和國民政府表示接納民意，抗擊日本，也由於《中央日報》勸導得法，各地學生很快回歸，南京街頭恢復平靜。

〔註106〕《中央日報》，1931 年 9 月 28 日。

　　第二階段是「送蔣北上」時期，從 11 月 12 日至 11 月底。學生運動所提到的口號是「擁護蔣介石北上抗日」，所採取的行動方式仍然是向國民黨中央和國民政府請願，以子之矛攻子之盾，促蔣北上。這種局面的出現，是國民黨蔣介石不願意看到，但又無可奈何的，因爲其中隱伏著寧粵之間深刻的矛盾。蔣介石不抵抗政策，不僅遭到了全國人民的反對，也引起了國民黨內反蔣派別如廣東地方實力派的攻擊。國難的突然降臨，使本來尖銳對立的寧粵雙方，開始謀求團結，但粵方堅持「蔣介石下野，改組南京政府。」〔註 107〕在這種情況下，蔣介石在 11 月 12 日召開的國民黨第四次全國代表大會上強調指出，「此次大會兩個最重大的使命就是：一、團結內部；二、抵禦外侮。」〔註 108〕他並且表示，「本人將率師北上抗日」，「竭盡職責，效命黨國。」〔註 109〕蔣介石「北上抗日」的表示，使學生運動有了可乘之機，他們在遊行中高呼「擁護蔣主席北上抗日」、「擁護四全大會」〔註 110〕的口號。影隨日斜，《中央日報》一方面以「團結禦侮」的空談欺騙學生，拖延時日，另一方面又歪曲學生運動的趨向，製造廣大學生「擁護政府」、「熱愛蔣主席」的假象。認爲這「足以表示民眾之渴望」、「益堅信前途之必有辦法。」〔註 111〕但是，當學生乘機發動「歡送蔣主席北上」活動的時候，它卻勸阻說，「儀式爲中華民族素有之繁文縟節，在此暴日壓境、內憂外患之際，安有安閒講此酬對之儀式？」〔註 112〕又云，北上，爲蔣主席個人之事，「蔣主席身負國政之重，又統帥全國之軍隊，在此矢志北上之際，外侮內憂重疊之中，反對分子及賣國之分子不絕，潛伏伺機竊發之情狀下，……蔣主席之何時出發，惟其能決定其時間。」〔註 113〕這就再清楚不過地表示出它爲蔣介石排憂解難，頑固堅持「攘外必先安內」政策的用心。

　　第三階段是高潮時期，從 12 月 1 日至 12 月 18 日。學生運動的主體已由

〔註 107〕蕭效欽主編：《中國國民黨史》，安徽人民出版社 1989 年版，第 228 頁。

〔註 108〕榮孟源主編：《中國國民黨歷次代表大會及中央全會資料》下冊，光明日報出版社 1985 年版，第 29 頁。

〔註 109〕榮孟源主編：《中國國民黨歷次代表大會及中央全會資料》下冊，光明日報出版社 1985 年版，第 29 頁。

〔註 110〕《中央日報》，1931 年 11 月 14 日。

〔註 111〕《捍衛國權，保護疆土》，《中央日報》，1931 年 11 月 21 日。

〔註 112〕《蔣主席之北上問題》，《中央日報》，1931 年 11 月 26 日。

〔註 113〕《蔣主席之北上問題》，《中央日報》，1931 年 11 月 26 日。

滬寧學生轉變為北平學生，鬥爭的方式由和平請願轉變為遊行示威。11月底，當日軍大舉進攻錦州時，國民政府竟接受設置錦州「中立區」的建議。這就進一步激怒了全國人民，地處日軍炮火直接威脅之下的平津學生更是熱血沸騰。12月1日起，大批北平學生在此南下示威。他們公開表示，如果政府與日本妥協，「就是投降日本帝國主義，就是不代表人民的利益，我們非但不信任它，而且要打倒它！」〔註114〕形勢表明，學生和國民政府已處於勢不兩立的態勢。在這種情況下，國民黨中央和國民政府立即撕去虛與委蛇的偽裝，露出了鎮壓學生的真面目。由此決定了《中央日報》在這一階段只能充當國民黨中央及其國民政府的喉舌和打手。

在這一階段，《中央日報》學潮的報導策略主要表現在以下三個方面：第一，大量刊登國民黨黨政當局的各類布告、禁令或要人談話，強行規定「凡集隊來京請願之舉，應一律禁止」，動員學生家長將學生「暫時召回，改換環境」，政府「決不姑息養奸，貽誤國家。」〔註115〕顯然，這種「堵」的方法不但無法疏導學潮，反而使其加劇。12月5日、9日和15日，各地學生舉行總體大遊行，並和軍警發生衝突。第二，利用新聞報導，顛倒是非，污損學生的形象。在這方面，12月6日的報導《北大示威團昨肇事》是一個絕壞的典型。報導說，學生「遇官警拳腳相加。警察方面，警官受傷者有中隊長朱熠，分隊長劉槐南，均胸背被拳傷，警士受傷者七人」。「並有分隊長及警士數人，被學生拘去。」手無寸鐵的學生成了暴徒，全副武裝的軍警倒成了受害者，豈非咄咄怪事。如此渲染，無疑會引火燒身。第三，造謠惑眾，分裂學生運動。《中央日報》的顛倒是非，絲毫不能貶損學生的形象，反而使自己成了眾矢之的。12月16日，因當天該報刊載《北平學生示威團昨日衝打中央黨部》的消息，數以萬計的學生前往珍珠橋中央日報社質問，結果造成學生與軍警衝突，致有一人落水身亡。這預示著《中央日報》與學生運動形同水火，即將災禍臨頭。但它仍不思悔改，未能及時轉變策略，而是在12月7日以顯要版刊登《中大學生告全國同胞書》，指責學生「借外交問題乘機搗亂」。這一聲明，是《中央日報》記者盜用「中大純潔愛國同學670人」的名義杜撰的，它的發表，成了《中央日報》直接招禍之因。當日下午4時，2000多名學生和市民衝入中央日報社內，將其一切設備盡行搗毀。第二天，《中央日報》以

〔註114〕《北京大學全體同學南下示威告全國民眾書》，1931年12月1日。
〔註115〕《中央日報》1931年12月6～13日所刊各種文告。

《暴徒昨天搗毀本報》〔註116〕為題，對此作了詳細報導。

經此災變，《中央日報》已無法照常出版，不得不依賴中央印刷據印刷，每日從 4 大張 16 版減為 1 大張 4 版。更為要緊的是，在全國人民面前，它作為中國國民黨最高黨報已信譽掃地。這是《中央日報》歷史上最恥辱的一頁。

二、客觀報導，正面引導——《中央日報》1935 年底學潮報導的宣傳策略及其效果

1931 年底學潮平息之後，民族危機有增無減。日本帝國主義以東北為基地，一步一步地控制了華北。一片亡國景象籠罩著華北大地，地處國防最前線的北平學生，再一次行動起來，為挽救祖國的危亡而鬥爭。1935 年 12 月 8 日，北平學生數千人衝破軍警的壓制，高喊著「停止內戰，一致抗日」的口號，舉行了聲勢浩大的遊行示威，是謂「一二•九」運動。

北平學生呼出了全國人民積壓已久的心聲，打破了四年以來萬馬齊喑的局面。對此，全國新聞界衝破國民黨華北當局的新聞檢查，迅速做出了報導。第二天，即 12 月 10 日，天津《大公報》、上海《申報》和南京《新民報》均在要聞版作了報導，受到了嚴厲管制的北平各報也通過各種方式，把被扣檢的重大消息透露給讀者。只有既不受新聞檢查，又消息迅捷的南京《中央日報》對此未予及時報導。直到 12 月 15 日，它才在題為《何應欽返京謁蔣》的消息中間接而簡單地提到 12 月 9 日北平學生遊行示威的情況，版位也不顯著。由此可見，它對學生運動的反映是遲鈍的，輕描淡寫的。

但是，細心的讀者也能體察到，《中央日報》的報導和此前相比已經有所不同。雖然它隱瞞了學生和軍警發生流血衝突的情節，但沒有無中生有，捏造事實，更沒有對學生橫加指責。相反，它稱讚學生運動為「愛國運動」。這種態度，到 12 月 16 日北平學生再次大遊行時有了進一步發展。首先，它對學生運動報導的速度加快了。12 月 16 日大遊行第二天，《中央日報》就在要聞版以《北平學生大遊行，與警察發生衝突》為題作了詳細報導。與此同時，它還迅速地報到了「滬各大學生誓作平市學生後盾」、「京各高校響應平市學生遊行」的消息。這樣，它就擺脫了學生運動初起時的被動狀態。第二天，對學生運動的報導量逐漸增加，由 12 月 15 日的 1 條消息增加到 17 日的 5 條，再增加到 19 日的 7

〔註116〕《暴徒昨日搗毀本報》，《中央日報》1931 年 12 月 18 日。

條、20 日的 11 條，後來幾乎整個要聞版都是關於學生運動的消息。第三，報導的態度趨於客觀。如 12 月 17 日的報導說，北平學生在遊行中「與警察發生衝突雙方互以石塊擲擊。……警察向天開槍，實行武裝驅逐，……學生受傷及被捕者頗多」。揆諸史料，報導是符合當時的實際情形的。

《中央日報》不僅通過消息報導表達對學生運動的同情，而且發表評論直接支持學生運動，12 月 20 日，該報以社評形式發表了南京各報共同簽署的《為愛國學生運動我們共同的意見》〔註117〕。社評指出，「最近十日來，北平學生因為反對所謂自治運動，發生五年來未有的愛國示威運動。……我們站在言論界的立場，對於全國青年這種表示，只有佩服，只有敬畏。」「中國的青年，對民族國家，真有極大的功勳，過去一切經驗，青年沒有過不是，不是都在青年以外各種人身上。」讚美之情溢於言表，社評還表示要「代表民意」，「我們對於青年的意見，當然有替他們傳輸到各方面的天職。」

不可否認，《中央日報》讚揚和支持學生運動是有其目的的。這就是試圖把學生運動引導到「政府所能控制」的範圍。它一再告誡學生：「我們今天的對象，只是破壞我們國家完整的一切人物與勢力。全國的青年，應該與政府站在一條戰線，應該絕對信任現在的措施，而萬不可阻礙政府的措施。」〔註118〕儘管如此，筆者認為上述態度仍然是值得肯定的。

為了達到這種目的，《中央日報》一改過去對學生運動壓制和指責的態度，採用了正面引導的宣傳策略。這種策略可以歸納為以下三點：

一是在新聞報導中盡量使用具有「正面傾向性」的標題，渲染一種「政府愛護學生，學生擁護政府」的氣氛。在南京方面，它的報導是「京市大中學生同情平學生愛國表示」，「遊行秩序極為整齊，氣象莊肅」（12 月 20 日）；在上海方面是，它的報導是學生「列隊赴市政府請願，沿途高呼擁護國民政府」（12 月 21 日）。其實，實際情形並非如此，以上海方面為例，上海大中各校學生即曾組織「赴京請願討逆團」，準備「直衝南京，向政府請願」，〔註119〕使國民當局頓感困難。《中央日報》對此雖予以客觀報導，但未大事張揚。這

〔註117〕列名於《為愛國學生運動我們共同的意見》之上的南京各報為，新京日報、朝報、新民報、中國日報、大華晚報、南京日報、救國日報、華報、青白報、中央日報。

〔註118〕《為學生愛國運動我們共同的意見》，《中央日報》1935 年 12 月 20 日。

〔註119〕王健民等：《潘公展傳》，臺北市新聞記者工會 1973 年版，第 53 頁。

種處理，確實比那種簡單地稱學生為「暴徒」，為淵驅魚、為叢驅雀的方法要技高一籌。

二是大量刊登國民黨黨政要員及社會名流的談話，勸導學生「維持紀律」、「勿作越軌」。其中，既有代表國民黨中央發言的王世杰、吳鐵城等人勸導學生「維持紀律，以愛國與讀書並重」的談話，也有地方實力派宋哲元、秦德純關於「制止學生遊行」的意見，還有各大學校長、教授的告同學書。這些談話或意見，腔調各異，目的則一，即「把學生運動限制在政府可能控制的範圍內，絕不能有罷課即其他妨害秩序的行動。」〔註120〕不過這些談話，大都能曉之以理，動之以情，較少威脅利誘，因而能起到一定的疏導作用。南京中央大學學生原定 12 月 24 日舉行罷課遊行，但經中大全體教授（包括一些民主人士如錢端升、徐悲鴻、吳作人等）發表告同學勸阻後，自動取消了。

三是，支持召集全國專科以上學校校長與學生代表座談會，轉移學生運動的發展方向。為了應付上海、武漢等地學生日益高漲的「進京請願」風潮，避免類似於 1931 年底那樣的被動局面再次出現，國民黨最高當局採取了軟硬兼施的兩手。一方面派遣大批軍警在各路局車站堵截學生進京，並以「有奸徒乘機紛起，圖謀煽惑。以致人心浮動，治安可虞」〔註121〕為藉口，在滬寧漢三地宣佈戒嚴。另一方面，又通過中央通訊社、《中央日報》等官方媒介發表蔣介石關於次年 1 月 15 日會見各省專科以上學校校長和學生代表的消息。蔣氏聲稱，此次談話會「意期政府與青年之意見，藉正當途徑以貫通，以達一心一意，共同救國之目的。」〔註122〕《中央日報》深知它的功能不是宣佈戒嚴，而是聯絡上下，活血化瘀，即「把各地的土產——民意——帶到南京來，把南京的土產——政府的精神及政策——帶到各地去。」〔註123〕因此，它對於各地戒嚴之事只是刊登布告，例行公事而已，對於各校談話則極為熱心，大事張揚。蔣介石談話發表以後，它立即以《蔣定期召見校長與學生代表，學生運動急轉直下》為題報導各地學界的反映和教育部的準備工作，這樣就給人造成一種印象，似乎蔣的談話起到了轉移人心的作用。乘著這種氣

〔註120〕《為學生愛國運動我們共同的意見》，《中央日報》1935 年 12 月 20 日。
〔註121〕《中央日報》，1935 年 12 月 26 日。
〔註122〕《中央時事周報》第 5 卷第 2 期，1936 年 1 月 25 日。
〔註123〕《歡迎各地學校代表到京》，《中央日報》1936 年 1 月 14 日。

氛，《中央日報》開始轉移報導重點。在 12 月 29 日報導了「京滬各大學生秩序完全恢復」的消息後，有關學生運動的消息由要聞版轉移到了第二張第三版「教育欄」中，而且其分量不斷減少。代之而起的，是關於各地學界代表先後到京的報導。1936 年 1 月 14 日，在談話會舉行的前夕，該報專門發表了由社長程滄波撰寫的社評《歡迎各地學生代表到京》。其中當然不乏自我粉飾之辭和利用學生之意，但它所強調的「集中國力是今日挽救危亡的唯一道路」的觀點是值得肯定的。它指出：「今日中國的問題，其實簡單的是一個集中人力的問題。人力如何集中，方法十分簡單明瞭，只是上下相見以誠，辦到誠信相孚的地步。」在國難深重的關頭，《中央日報》代表國民黨中央和蔣介石的意見，公開號召集中各方面的力量，而且要做到「上下誠信相孚」的地步，不能不說是一個進步。

由於國民黨政府採取了同情和疏導的方針，以「一二・九」運動為起點的全國學生運動到 1936 年 1 月中旬逐漸平息。《中央日報》以其客觀平和的態度報導這次學潮，對於穩定局勢，推動全國一致、共同抗日是有積極意義的。

三、政治環境和「訴求」方式──《中央日報》宣傳效果產生的原因

在相同的宣傳方針指引之下，採取不同的宣傳策略，可以收到不同的宣傳效果。這一點在《中央日報》30 年代初、中期的兩次學潮報導中已得到證明。1931 年底，《中央日報》在學潮報導中採取歪曲事實、強行壓制的宣傳策略，遭到廣大讀者的堅決抵制，弄得聲名狼藉。1935 年底，該報在學潮報導中吸取教訓，採取客觀報導、正面引導的策略，從而順應了時代潮流，挽回了聲譽。正反兩種不同的宣傳效果，從根本上說，是由當時不同的政治形勢所決定的。但是，從傳播學的角度看，當時傳播者所採取的不同的「訴求」方式，也有重要影響。

從政治形勢上看，1931 年底和 1935 年底國內的局勢是迥然相異的。「九・一八」事變發生時，國民黨黨政當局剛從與地方實力派的混戰中抽出身來，正傾全力圍剿共產黨及其工農紅軍。日本的突然入侵，雖然使這一部署中途受阻，但並未使之發生徹底改變。其所以如此，是因為：第一，日本的入侵乃至整個東三省的淪陷尚未構成對國民政府的直接威脅。蔣介石說過，「東三省、熱河失掉了，自然在號稱統一的政府之下失掉，我們應該要負責任，不過我們站在革命的立場上說，卻沒有多大關係，無論在政治方面、

軍事方面，在東三省與熱河過去都沒有在革命的勢力之下統治著，革命的主義不能在東北宣傳。」〔註124〕這說明國民政府在東北地區缺乏穩固的基礎，難以有效地控制。第二，「九‧一八」事變發生時，正值國際聯盟在日內瓦召開第二十屆大會。國民政府將「九‧一八」事變「訴諸國聯」後，國聯立即舉行專門會議並通過了多項決議，譴責日本，聲援中國。這在很大的程度使國內輿論產生了「依靠國聯，以待公理之解決」的幻想。不僅國民黨黨報對此大事宣揚，民營報紙如《申報》、《大公報》等亦隨聲附和。嚴格地說，這種普遍的輿論導向和當時一般民眾的激憤心理，相去甚遠。第三，國民黨內連年政爭武鬥，為共產黨及其工農紅軍的發展提供了有利條件。1931 年底，中國共產黨在贛南閩西地區形成了一個包括 21 縣 250 萬人口的「中央革命根據地」，並成立了中華蘇維埃共和國。而恰在此時，中共黨內又出現了王明「左傾冒險主義」的統治。他們提出，「目前中國政治形勢的中心是反革命與革命的決死鬥爭」〔註125〕，要「打倒帝國主義國民黨在全中國的統治，在全國建立蘇維埃共和國的統治。」〔註126〕這種冒險的心理也間接導致了學潮中的過激行為。據顧卓新等回憶，中共北平地下黨組織負責人薛迅、林楓、陳沂等直接參與和指揮了北平學生「衝打中央黨部」和「搗毀中央日報社」的事件。〔註127〕國共兩黨之間尖銳對峙的狀況從根本上決定了國民黨中央和國民政府的基本政策，也決定了《中央日報》1931 年底學潮報導的基本宣傳策略及其嚴重後果。

　　1935 年底，國內政治形勢發生了根本性的變化。一方面，隨著日本帝國主義的步步進逼，1935 年國民黨中央軍被迫撤出河北。這不但嚴重破壞了中國的領土主權，而且直接威脅到國民黨對全國的統治，同時，日本加緊策劃華北「自治運動」，國民政府同華北地方勢力之間出現了錯綜複雜的矛盾。另一方面，1934 年 10 月國民黨中央軍攻佔江西瑞金後，國共兩黨大規模的軍事衝突基本結束，特別是 1935 年 8 月中共「八一宣言」發表後，國共關係出現了和緩的迹象。在這種形勢下，國民黨中央和國民政府有可能對日本和華北地方分裂勢力採取強

〔註124〕轉引自：中國人民解放軍政治學院黨史教研室編《中共黨史參考資料》第六冊，第 349 頁。

〔註125〕《中國共產黨史稿》第二分冊，人民出版社 1983 年版，第 143 頁。

〔註126〕《中國共產黨史稿》第二分冊，人民出版社 1983 年版，第 143 頁。

〔註127〕顧卓新等：《女中英傑（薛迅）》，《人民日報》1992 年 3 月 8 日。

硬的態度。1935 年 9 月，蔣介石發表《如何改善中日關係》一文，表示「中國對於日本的妥協讓步，畢竟有一定的限度」，並警告宋哲元、韓復榘等，如「自由行動，降敵求全，則中央決無遷就之可能，當下最後之決心。」〔註 128〕正如中共領袖毛澤東所指出的那樣，以國民黨第五次全國代表大會爲契機，「蔣氏政策之開始若干的轉變，南京國民黨之左派開始形成，實爲近可喜之現象。」〔註 129〕這說明，在抗日和反對華北「自治」問題上，國共兩黨已經達成某種共識。正如《中央日報》所指出的，「最近華北的所謂自治運動。我們自始即認爲破壞國家主權及領土完整的陰謀。這種陰謀，無論由哪一方面主動，哪一方面便是我們共同的敵人。國家過個人都應儘其力之所及去剷除。」〔註 130〕這是《中央日報》第二次學潮報導策略轉變的根本原因。

在兩次學潮報導中，《中央日報》爲了貫徹宣傳主旨（事實和意見），收到預定效果，所運用的「訴求」方式也是不同的。所謂「訴求」（appeals），是傳播學中的一個概念，指的是在一項「勸喻過程」（process of persuasive communication）中，激發收受者接受傳播者所推介的事實或意見的一種刺激方法。據陳孟堅教授研究所得〔註 131〕，一項宣傳主旨確定後，其宣傳效果的有無、大小甚至正反都與「訴求」方式密切相關。一般來說，「訴求」可以分爲「感情訴求」（motional appeal）和「理性訴求」（rational appeal）兩種形式。「感情訴求」是訴諸受眾的感情，即「動之以情」和「曉之以利害」。在受眾情緒亢奮而新聞媒介所傳事實與所持意見不一致的情況下，「感情訴求」方式往往被大量採用。「理性訴求」是訴諸受眾的理性，即「服之以理」和「曉之以大義」。這種訴求方式往往是在新聞媒介所傳事實眞實、所持理由正當的情況下被採用。

《中央日報》正是這樣，在 1931 年底的學潮報導中大量地採用了「感情訴求」的方法，在 1935 年底的學潮報導中則主要地採用了「理性訴求」的方法。在第一次學潮報導中，該報發表了大量的消息、社論、文告或談話，對學生大加斥責。其態度之武斷，令人生畏，其感情之泛濫，形同潑婦罵街。新聞報導本來應該是客觀的敘述，而不應直接表現報導者的好惡。但是《中

〔註 128〕《日本帝國主義侵華史料》，上海人民出版社 1982 年版，第 194 頁。
〔註 129〕《毛澤東書信選集》，人民出版社 1983 年版，第 49 頁。
〔註 130〕《爲學生愛國運動我們共同的意見》，《中央日報》1935 年 12 月 20 日。
〔註 131〕陳孟堅：《民報與辛亥革命》，臺灣正中書局 1986 年版。

央日報》卻不是這樣，它的報導中帶有大量偏激的感情色彩，它的版面上充
斥著刺人眼目的標題：

　　《北大示威團昨肇事，進行遊行擾亂社會秩序》（12 月 6 日）；

　　《平濟學生把守車站，平漢北寧平津各路交通受阻》（12 月 7 日）；

　　《滬寧黨部電請中央採納五點，蔑視吾黨主義者應視同異類》（12
　　月 13 日）；

　　《并垣學生衝搗省政府》（12 月 17 日）

至於那些名人的談話和政府的通告，則更站在學生的對立面，施以強烈的刺
激，試舉《國府通告全國學生》（12 月 9 日）為例，作進一步分析。

　　《通告》一開頭即嚴厲地職責學生「為敵人反動宣傳所中傷，變本加厲，
舉動逾常」，企圖以「先入為主」的方式把自己的結論強加於人。接著，《通
告》沒有按「兩面俱呈」的要求，將學生的理由（即為什麼及怎樣「為敵人
反動宣傳所中傷」）擺出來，而是按照「片面呈現」的方式發泄自己的氣惱：
「賣國之反動者，見吾青年竟受其欺，廢學業冒飢寒以就途，彼必匿笑暗嗤，
自賀得計。吾青年既受其欺於先矣，若輩威嚇挾制之技，必日出不窮，以青
年為其工具，甚以不惜以青年供其犧牲。……最終則國家之亡隨之，而愛國
青年亦後悔莫及矣。嗚呼！此寧非人間之奇痛耶！此寧非青年初意所不料，
而事必至此者耶！」最後，又「曉之以利害」，威脅學生說，「搗亂國內秩序，
以自示其國家的弱點，國之罪人也！違反國家法令，與賣國反動者以可乘之
隙，亦國之罪人也。……政府為革命之紀律計，與民族之存亡計。決不姑息
養奸，貽誤國家。」但是，學生愛國運動並不是「為敵人反動宣傳所中傷」
而發動起來的，而是對日本侵略和國民政府不抵抗政策的反抗。這一點恰恰
是《中央日報》所不願承認，也不願多提及的。因此，在所傳內容和廣大學
生的愛國熱情尖銳對立的情況下，這種強烈的「感情訴求」的刺激，不但無
法「感化」學生，反而刺激他們更堅決地反抗《中央日報》的宣傳。

　　1935 年，這種情形有了極大的改變。國民政府對日強硬政策的確立和聯
共抗日方針的醞釀，使《中央日報》在第二次學潮報導中有可能傳播比較真
實正確的內容，而真實正確的內容是不需要借助激烈的感情訴求的方式來刺
激受眾的。因此，它所採取的主要是「理性訴求」的方式，即用「兩面俱呈」
的方法將雙方的觀點同時提出，通過比較、分析，將自己的觀點明示或暗示
出來，讓讀者自行辨別，而不是強加於人。在這方面，《為愛國學生運動我們

共同的意見》〔註132〕是一篇比較典型的作品。社論開篇指出，「我們站在言論界的立場，對於全國青年這種表示，只有佩服，只有敬仰。」不過，這並不是虛假的奉承，而是有自己的理由的：第一，「中國的青年對民族國家，眞有極大的功勳，過去一切的經驗，青年沒有過不是，不是都在青年以外各種人身上。……這一次北平及天津上海首都的學生愛國運動，在中國青年運動的光榮歷史上，增加了更精彩的一頁。」第二，「中國的民族和國家，無論從人種、文化、地理或經濟哪一方面，都是整個的、統一的、單一的。已往我們的國運雖然經過無數的變遷，而這種整個統一單一的性質，可以說歷萬古而不磨。任何人要想破壞這個大原則，便是民族及國家的公敵，子子孫孫的怨毒對象。」第三，「最近北平所謂自治運動……（是）破壞國家主權及領土完整的陰謀」，而打破了這種陰謀，「突破忍受的發難者，還是我們敬愛的青年！」這種「理性訴求」層層推進，條理嚴密，感情眞摯，態度親切，在傳播者與受傳者之間架起了一座理解之橋。

　　當然《中央日報》是有自己的目的的，對此它毫不隱諱：「全國的青年，應該與政府站在一條戰線上，應該絕對信任現在的政府，一切愛國運動的步驟與方向，絕對應當便利政府的措施，而萬不可阻礙政府的措施。」社論並沒有像過去那樣「曉之以利害」、強加於人，而是解釋、陳述自己的理由。它指出：「現在的政府，不是十年前的政府，更不是二十年前的政府，現在的政府當局，亦不是過去學生運動歷史上的那種政府。」這就是說，以國民黨第五次全國代表大會爲契機，國民黨當局的內外政策和人事組成都發生了一些積極變化。它還指出，「我們今天的對象，只是破壞我們國家完整的一切人物與勢力」，說明了兄弟鬩於牆而外禦其侮的道理。正是由於《中央日報》能對青年學生曉以民族大義，才在一定程度上贏得了讀者同情，並爲讀者所接受。

〔註132〕《中央日報》，1935 年 12 月 20 日。

第五章 抗日戰爭時期中國國民黨黨報的發展

　　1937 年 7 月，抗日戰爭全面爆發，中國人民在國共兩黨重新合作的基礎上進入了團結抗日的新階段。在這威武雄壯的歷史進程中，中國國民黨黨報及其報人和全國愛國的新聞工作者一道，團結奮鬥，歷盡磨難，為堅持抗戰、反對投降、爭取民族獨立寫下了可歌可泣的篇章。抗戰時期是中國國民黨黨報全面發展的時期，也是中國國民黨黨報歷史中最有光輝的時期。毋庸諱言，大潮中也有波折，由於國民黨頑固派不斷掀起反共高潮，國共兩黨曾經發生一系列尖銳複雜的摩擦或鬥爭，國民黨黨報也積極參加過反共宣傳。但這畢竟是支流，國共合作的局面一直維持下來。

第一節　抗日戰爭的爆發和中國國民黨黨報的奮鬥

一、中國國民黨新聞政策的轉變

　　1927 年至 1936 年期間，中國國民黨中央及其政府所奉行的是一種對內專制、對外妥協的新聞政策。隨著西安事變的和平解決，這種新聞政策宣告結束，國民黨不得不重新制定新聞政策，以適應全民族團結抗戰的新形勢。

　　大致來說，中國國民黨新聞政策的轉變經歷了以下三個階段：

　　第一階段，從西安事變的和平解決到 1937 年 2 月，這是國民黨放棄「攘外必先安內」的方針，轉向團結合作新途徑的階段。西安事變中，蔣介石被迫接受共產黨人提出的停止內戰、共同抗日的主張。由此開始，國民黨的內

外政策發生了積極的變化，這種變化首先在《中央日報》上表現出來。1937年1月6日，該報發表的社論《今後之陝甘》雖然提到了「剿匪」，但強調的卻是「聯共」。第二天，該報又用特大字號標題醒目地報導了《西北剿匪總部撤裁》的消息，明確向國人宣告：「剿共」軍事已經結束，聯共抗日即將開始。對此種變化，中共領袖毛澤東評價說：「這是蔣介石氏轉變其十年錯誤政策的開始，蔣氏此種覺悟的表示，可以看作國民黨願意結束其十年錯誤政策的一種表示。」〔註1〕為了適應新的形勢，1937年2月3日，中國國民黨中央宣傳部和上海特別市黨部在上海召開文化界知名人士座談會，國民黨中央執委、上海特別市黨部常委潘公展和國民黨中央宣傳部代理部長方治主持會議並講話。他們反覆強調，在深重的民族危機面前，文化界應趕快團結起來，共同救國，「此種民族危急存亡的時期，要把民族內部過去的種種小我思想，在救護全民族之下，完全消滅，為民族共同奮鬥。」〔註2〕會議通過的《統一救國運動宣言》指出：「文藝作品實在逃不了時間與空間的限制，因此之故，一時代有一時代的文藝，一民族有一民族的文藝。……今日中國確實與以前大不相同了，我們必須以全民族集體的力量，克服一切民族解放的障礙。」〔註3〕這是一次重要的會議，雖然潘公展等人一再反對所謂「人民陣線」，但會議所確立的全民族團結救亡的方針無疑是正確的。這個方針的確立，對於推動國民黨新聞政策的轉變具有重要意義。

第二階段，從1937年2月15日至22日召開的國民黨五屆三中全會。這是國民黨初步確立抗日民主的新政策，但仍然為其過去的錯誤政策辯護的階段。中國國民黨第五屆三中全會通過了《恢復孫中山先生手訂聯俄聯共擁護農工三大政策》和《關於根絕赤禍決議案》。會議決議明確宣佈，「整個民族之利害終將超出一切個人一切團體利害之上，和平統一，為全國共守之信條。」〔註4〕這表明，中國國民黨的內外政策已經發生了根本性的轉變，「這即是由內戰、獨裁和對日不抵抗的政策，向著和平、民主和抗日的方向轉變，而開始接受抗日民族統一戰線政策。」〔註5〕會上，蔣介石就開放言論自由、

〔註1〕《毛澤東選集》第1卷，人民出版社1991年版，第245頁。
〔註2〕《中央日報》，1937年2月4日。
〔註3〕《中央日報》，1937年2月4日。
〔註4〕榮孟源主編：《中國國民黨全國代表大會及歷次中央全會資料》下冊，光明日報出版社1984年版，第429頁。
〔註5〕《毛澤東選集》第1卷，人民出版社1991年版，第255頁。

釋放政治犯和集中人才等問題發表了談話。關於開放言論自由，他說：「中央過去並未限制言論自由，除刑法及出版法已有規定外，只對於下列三種不能不禁止：（一）宣傳赤化、危害國家與危害地方治安之言論與紀載；（二）泄露軍事外交之機密；（三）有意顛倒是非，捏造毫無根據之謠言。除此三種之外，本屬開放，而且亦希望全國一致尊重之言論自由。……今後更當本此主旨，改善管理新聞與出版之辦法，且當進一步扶助言論出版事業之發展，使言論界在不違背國家利益下，得到充分貢獻之機會。」〔註 6〕中國國民黨五屆三中全會的召開和蔣介石關於「開放言論自由」談話的發表，在國家危急的嚴重關頭，以民族大義為重，對內採取「寬大平恕」的態度，對於推動全民族抗戰的到來和促成比較寬鬆和諧的輿論環境的出現具有積極意義。但是，這種進步也是有限的，因為在全民族抗戰高潮即將到來之際，它仍然為過去的錯誤政策辯護，仍然不肯開放民眾運動和改革政治機構，仍然不肯給人民以全面的民主自由。

　　第三階段，從 1937 年 3 月至 1938 年 3 月國民黨臨時全國臨時代表大會的召開。在這一階段中，國民黨接受共產黨和各民主黨派的建議，通過了《抗戰建國綱領》，給予了人民一定的民主自由，因而受到了人民的歡迎。正如毛澤東所說：「全國人民有種欣欣向榮的氣象，大家以為有了出路，愁眉鎖眼的姿態為之一掃。」〔註 7〕為了促成國民黨政策的全部和徹底改變，中共中央曾多次向國民黨提出建議，敦促它趕製出了一個「全國上下共同的徹底抗日的綱領」。〔註 8〕「這就是根據第一次國共合作時孫中山先生所手訂的革命的三民主義和三大政策的精神而提出的救國綱領。」這個綱領基本內容應該是全國軍事總動員和全國人民總動員。需要做到這一點，就必須保障「全國人民除漢奸外，都有抗日救國的言論、出版、集會、結社和武裝抗敵的自由。」〔註 9〕中共中央認為：「中國缺少的東西固然很多，但是主要的就是少了兩件東西：一件是獨立，一件是民主。這兩件東西少了一件，中國的事情就辦不好。」〔註 10〕抗日戰爭爆發後，國民黨順應時代的要求，於 1938 年 3 月 29 日至 4

〔註 6〕《蔣委員長談話》，《中央日報》1937 年 2 月 23 日。
〔註 7〕《毛澤東選集》第 2 卷，人民出版社 1991 年版，第 662 頁。
〔註 8〕《毛澤東選集》第 2 卷，人民出版社 1991 年版，第 354 頁。
〔註 9〕《毛澤東選集》第 2 卷，人民出版社 1991 年版，第 355 頁。
〔註 10〕《毛澤東選集》第 2 卷，人民出版社 1991 年版，第 734 頁。

月 11 日在武漢召開了臨時全國代表大會，制訂了《抗戰建國綱領》。這個綱領明確規定：「確立三民主義及總理遺教爲一般抗戰行動及建國之最高準繩。」「在抗戰時期，於不違反三民主義最高原則及法令範圍內，對於言論、出版、集會啊、結社當與以合法之充分保證。」〔註 11〕這樣，就基本上採納了共產黨提出的建議，進一步肯定了前此所確立的一些積極的新聞政策。這是中國國民黨在抗戰期間基本的新聞政策，雖然後來曾有反覆，但這些基本的原則在整個抗戰時始終沒有廢棄。

經過西安事變、國民黨五屆三中全會和臨時全國代表大會，到 1938 年 4 月，國民黨的新聞政策終於完全轉變而確立下來。首先應該看到，這是當時形勢發展的客觀必然，也是國民黨人民族主義精神的具體表現。西安事變前，蔣介石雖然一直堅持「攘外必先安內」的政策，但民族主義的旗幟沒有丟。很難設想，如果沒有民族主義的基礎，沒有當時的政治形勢和革命力量的影響，西安事變後蔣介石對內態度能很快轉變。國民黨在轉變和確立新聞政策的過程中一再說「整個民族利害將超出一切個人、一切團體利害之上」，這是它對全國各黨派的共同要求，也是它自身愛國思想的表現。正是在民族主義和愛國思想的基礎上，以國共合作爲主體的抗日民族統一戰線才得以形成，國民黨比較開明的新聞政策得以確立。

其次應該看到，抗戰爆發，國民黨的新聞政策有很大變化，和以前相比，它要開明得多，也寬鬆得多。西安事變前，國民黨當局一直實行嚴厲的新聞檢查制度，使新聞界動輒得咎，無所適從。西安事變後，這種狀態有了很大改善。一些束縛新聞界的嚴酷法規，如《危害民國緊急治罪法》、《敦睦邦交令》等已被廢止，一大批新的報刊如《新華日報》、《群眾》等紛紛創刊或恢復出版，一大批進步的新聞工作者如鄒韜奮等先後被釋放出獄。這表明新聞界在抗戰初期獲得了一定的自由，全國新聞界出現了團結合作的局面。

第三，還應看到，抗戰時期國民黨的新聞政策雖然比較進步和開明，但又是被動的、不徹底的和動搖不定的。西安事變前，國民黨的新聞政策雖然遭到了民主力量的堅決反對，但始終沒有變化。西安事變後，共產黨代表了民主的呼聲，一再要求國民黨當局「開放愛國運動，釋放政治犯，取消《危害民國緊急治罪法》和《新聞檢查條例》，……給人民以愛國的自

〔註11〕榮孟源主編：《中國國民黨代表大會及歷次中央全會資料》下冊，光明日報出版社 1985 年版，第 485 頁、第 487 頁。

由。」〔註 12〕對民主人士的呼聲，國民黨可以置之不理。但是對於有軍隊有地盤且得到人民擁護的共產黨的要求，國民黨則不能充耳不聞。正是在共產黨和各民主黨派的共同「逼迫」下，國民黨當局才在較短的時期內改變並重新確立了自己的新聞政策。轉變既然是被動的，就必然是不徹底和動搖不定的。國民黨五屆三中全會上，蔣介石曾把「宣傳赤化」同「危害國家和危害地方治安」相提並論而明令禁止。後來這種規定雖然被迫取消，但實際上一直存在。抗戰進入相持階段後，隨著國共鬥爭不斷升級。國民黨新聞政策的本性立即暴露出來。1939 年 3 月，國民黨制訂的《國民總動員綱領及實施辦法》，雖然重申了《抗戰建國綱領》的基本精神，但卻另外提出了一套「國家民主至上，軍事勝利第一，意志力集中」的原則。在這個原則下，綱領對新聞政策作了重新解釋：「（一）不違反國民革命最高原則之三民主義；（二）不鼓吹超越民族之理想與損害國家絕對性之言論；（三）不破壞軍政軍令及行政系統之統一；（四）不利用抗戰形勢以達到國家民族利益以外之任何企圖。一切思想言論，悉以此為準繩。有違此義，則一體糾繩，共同擯絕。」〔註 13〕這樣就從《抗戰建國綱領》上大大後退了一步，種下了新聞界內部矛盾和鬥爭的禍根。不僅如此，國民黨當局還於 1939 年 5 月前後頒佈或修正了一系列新聞檢查條例，建立了以軍事委員會戰時新聞監察局為最高機關的各地各級新聞檢查機構，正式開始對國民黨統治區實施嚴密的新聞檢查。由此，進一步加劇了新聞界內部的鬥爭。破壞了新聞界業已形成的團結合作的局面。

二、抗戰初期中國國民黨黨報的「抗戰」宣傳

　　1937 年 7 月，盧溝橋事變爆發，中國人民奮起抵抗。盧溝橋事變發生後，國共兩黨立即發表聲明，表明自己的嚴正立場。7 月 17 日。蔣介石在盧山發表談話指出，「從這次事變的經過，知道人家處心積慮的謀我之亟。和平已非輕易可以求得」。「如果臨到最後關頭，便只有拼民族的生命，以求國家的生存，那時即再不容我們中途妥協，須知中途妥協的條件，便是整個投降、整個滅亡的條件。」「如果戰端一開，那就地無分南北，年無分老幼，無論何人，

〔註 12〕《毛澤東選集》第 2 卷，人民出版社 1991 年版，第 346～347 頁。
〔註 13〕彭明主編：《中國現代史資料選輯》第 5 冊下，中國人民大學出版社 1989 年版，第 121 頁。

皆有守土抗戰之責任，皆應抱定犧牲一切之決心。」〔註14〕蔣介石的這個談話，確定了抗戰應敵的方針，是多年來國民黨在對日問題上第一次堅定而正確的宣言，因而受到了全國同胞的擁護。中國共產黨表示：「堅決擁護蔣介石先生的宣言，願同全國同胞一道為保衛國土流最後一滴血。」〔註15〕

　　抗日戰爭爆發後，中國國民黨黨報及其報人全體出動，為神聖的抗戰而吶喊助威，而盡心盡責，而流汗流血。7月9日，《中央日報》以要聞版整版的篇幅報導了日軍製造盧溝橋事變的消息，歌頌了「我軍正當防衛起而抵抗」的英勇戰鬥的消息。當時日方新聞媒介為掩飾其陰謀，散佈謠言說：「日軍演習時，有日兵一名失蹤，因入宛平搜查，遂至發生衝突」；又說「演習係依據辛丑和約」。對此，《中央日報》立即發表社論，予以嚴屬駁斥。社論說，「此次盧溝橋事件，顯係處於日軍之預定計劃，其責任應完全由日方負之。」所謂「依據辛丑條約」，完全是騙人的鬼話，「決不能掩蓋天下人之耳目。……揆其用心，自係欲藉故攻擊中國軍隊，侵奪中國土地，將冀省造成『九·一八』時之東省」〔註16〕。對於日軍犯下的滔天罪行，該報也給予憤怒的譴責：「平津兩地三日來的現象，轟炸、燒殺、屠戮、陰謀、各幕活劇同時表演，這是中國近百年來極大的創痛，也是黃種人毀滅文明的開始。」〔註17〕

　　為了全面地報導中國軍隊英勇抗擊日寇的情況，《中央日報》開闢了「各地通訊」欄專版。其中既有平津軍民與敵浴血奮戰的場面，也有上海前線我軍痛殲敵寇的情景。既有國民黨軍隊抗戰守土的戰訊，也有共產黨軍隊出奇制勝的捷報。10月2日，該報專門報導了中共領導的八路軍取得平型關大捷的消息。消息說：「圖犯平型關受創後，敵大舉進犯雁門關，我軍奮勇出擊，連日戰事激烈。我善於游擊之某部已開抵前線作戰，敵連日損失甚巨。聞西犯之敵軍恐其後路被截，已有退察準備。霍邱廣靈等處，我便衣隊極活躍。晝夜出擊，敵補充運輸，極感困難。」這種消息出現在國民黨黨報上，確實令人耳目一新。

　　抗戰初期，國民黨黨報的另一項任務是及時傳達和闡釋國民黨中央和中

〔註14〕《中央時事周報》第6卷第23期，1937年7月24日出版。
〔註15〕《毛澤東選集》第2卷。人民出版社1991年版，第346頁。
〔註16〕《論盧溝橋事件》，《中央日報》1937年7月12日。
〔註17〕《平津浩劫中之國民》，《中央日報》1937年8月1日。

國政府的原則立場，鼓舞軍心，激勵民氣。7 月 17 日，蔣介石就盧溝橋事變發表重要談話前夕，《中央日報》就在《和戰之最後關頭》的社論中傳達了談話的精神。社論指出，「親仁善鄰，爲中國數千年之古訓，愛好和平，尤爲中國民族一致之心理。……日方果不欲使事態擴大，自應懸崖勒馬，迅爲無條件之撤兵。否則城下之盟，爲有國者所深恥，中國亦豈能放棄獨立主權國家之應有權利，自甘屈辱哉？」「中國民族酷愛和平，而一遇國家生死關頭，輒不惜犧牲一切，以求保衛此疆土。」隔一日，該報又發表社論《鮮明的態度》，對講話作進一步的闡釋。社論指出，「『對內求自存，對外求共存』，這是我們的外交政策，也是我們對國際關係的理想目標。……果此限度超出於國家人格及民族生存，我們自不能忍受。所謂『最後關頭』，即此種限度的最低線。忍耐已達於最低線，我們只能犧牲，犧牲到底。在此種拼生命的決心中，求我們最後的勝利。……如果我們被迫而抗戰，戰事一開，我們只有兩條路，一條是完全勝利，一條是滅亡。弱國與人開戰，沒有中途媾和的機會。中途媾和，便是整個投降，也就是全國滅亡，這是很明顯的事理。」9 月 22 日，中央通訊社發表了《中共中央爲公佈國共合作宣言》。9 月 24 日，《中央日報》以《蔣委員長發表談話，集中力量挽救危亡》爲題，刊發了中共中央宣言的主要內容，並標出大字提要：「由中共宣言可見民族意識勝過一切，實現三民主義尤爲唯一努力方向」。這個宣言和蔣介石談話的發表，標誌著第二次國共合作正式成立。中央通訊社和《中央日報》在傳播這個兩個具有歷史意義的文件時，發揮了其他新聞媒介無法替代的作用。

　　「八·一三」上海抗戰發生後，全國進入抗日戰爭。《中央日報》的態度更趨於激昂。它歡呼，「從 7 月 8 日盧溝橋的炮聲到昨日上海的炮聲，抗戰的局面開展，犧牲的境界也開始了。這種局面的展開，正是中華民族解放的曙光。90 年的壓迫，尤其 60 年來的忍受，我們民族的景遇太暗淡了。長期的黑暗，現在開始透露一點光明！」它號召全國同胞去同敵人「拼個你死我活」，「犧牲是我們這一時代中國人的命運。跟著犧牲必有光明降臨。抱著犧牲決心的人，不必計較犧牲的收穫，收穫是豐富的。這一次的抗戰，意義是神聖的。爲國家的生命，爲民族的尊榮，爲人類的正義，我們不能不奮勇起而發動抗戰。」〔註18〕

〔註18〕《神聖抗戰的展開》，《中央日報》1937 年 8 月 14 日。

　　這些激動人心的言語，伴隨著隆隆的炮聲，激勵著一批又一批中華兒女到抗日的前線去，為祖國的尊嚴而拋頭顱灑熱血。

　　由於敵我力量的懸殊，日軍很快攻佔了北平、天津、上海、南京等大城市，華北、華東大片國土淪陷。在日軍侵略者的刺刀下，大批炎黃子孫正義凜然，慘遭殺戮，也有一些民族敗類貪生怕死，成為可恥漢奸。對這兩種完全不同的中國人，《中央日報》愛憎分明：褒揚前者為「民族忠魂」，「義烈可欽」；貶斥後者是「喪心病狂」，「早已自絕於人類」。1938 年夏，山西忻縣陳敬棠拒絕組織偽維持會，慷慨自裁，一家老幼十餘人全部殉節。國民政府明令褒揚，從優恤議，以慰忠魂。《中央日報》抓住這一典型大事表揚，撫慰民心，培植民族氣節。它說，「這一次抗戰中，各地民氣的表現，真是可歌可泣。窮鄉僻壤處，匹夫匹婦，都只知有國，不知有家。三尺童豎，七旬老媼，也能夠盡他們最大的努力，給頑寇以打擊。獨有一般士紳，所表現的倒反使人大大失望。淪陷區域，都有所謂地方維持會，每一個地方的維持會，主持的人，大半是士紳。他們不顧民族的體面，出賣自己的靈魂，向敵人獻媚，為敵人作鷹犬，搜羅地方財帛糧食，供敵人使用，劫取地方的幼婦少女，任敵人淫辱。其喪心病狂，早已自絕於人類。」「假使每一個地方的士紳，都像陳敬棠等的大義凜然，不為威屈，不為利誘，敵人的泥足，早已不能自拔，那裏還能掙扎，更談不上進攻。」「陳敬棠的拒絕偽命，並沒有別種企圖，更沒有任何原因，只因他知道自己是一個中國人。在這種人禽之分的重要關頭，他不能絲毫放鬆，辜負平生的學問，所以他的行為只有一個『誠』字！」由此它號召全國的人以陳敬棠為典範，將中華民族的國魂「發揚無盡的光輝」。「全國人士聽著，當今之世人人可做陳敬棠，只要到緊要關頭立定腳足，到人禽關頭，認清自己的本分，就可以做聖賢，做義士，受民族的崇拜。……否則一旦失足，罵名千古，子子孫孫，都承蒙羞辱。」〔註19〕這是一種強烈的愛國主義的表現，從中也可以看到國民黨報人抗敵愛國的一片真情。

　　由於受到國民黨內以汪精衛為首的妥協派的影響，國民黨黨報在抗戰初期也宣傳過一些錯誤的觀點。1937 年 7 月 29 日，汪精衛在廬山發表《最後關頭》的講話，大肆散佈失敗主義的情緒。他說，「若不忍耐而孟浪犧牲，則犧

〔註19〕《褒揚陳敬棠》，《中央日報》1938 年 8 月 14 日。

牲無意義。……我們是弱國之民。我們所謂抵抗無他內容，其內容只是犧牲，我們要使每一個人，每一塊地，都成爲灰燼。」〔註20〕8月3日，汪氏又在南京發表了《大家要說老實話，大家要負責任》的廣播講話。他說，「和呢，是會吃虧的，就老實承認吃虧，並且求助於吃虧之後，有所以抵償；戰呢，是會打敗的，就老實的承認打敗仗。敗了再打，打了再敗，敗個不已，終於打出一個由亡而存的局面來。」〔註21〕表面上「和」「戰」不定，實際上在鼓吹「和」，並指責蔣介石不說老實話，故作高論，引起「無謂的衝動」和「無聊的希望」。對汪精衛的這些言論，《中央日報》都作了及時的報導，並且發表社論稱讚「這是時局動搖中舵工的指示」。〔註22〕當然，《中央日報》不是簡單地附和汪精衛的「低調」，而是借汪的「低調」維護蔣介石的專制獨裁統治。它指出，「大風雨下孤舟中的奉舵手爲神聖，視舵手爲我們的主宰，發揮宗教的熱忱去信仰他，因爲這是必然，也是必要。……所以議論主張，風雨未來的以前或可容許……等至到風雨到來，一般乘客，除了聽從舵工師的指揮以外，哪有猜風猜雨的悠閒？」照它的意思，「時局下人民，豈但要說老實話，根本不應該再說話了。」〔註23〕這就清楚地暴露了《中央日報》維護蔣介石專制獨裁統治的良苦用心。

三、中國國民黨黨報的播遷

　　猛烈殘酷的戰爭給中國人民帶來巨大災難，也使國民黨黨報蒙受慘痛損失，隨著華北、華東大片國土淪陷，中國國民黨黨報除極少數投敵或被迫停刊外，絕大部分向西南地區和一切敵後抗日根據地大規模播遷。

　　中國國民黨黨報的播遷是從南京《中央日報》開始的。「八・一三」事變後，南京沉浸在戰時空氣中，《中央日報》一直堅持到11月26日才開始撤退。撤退前夕，它發表了沉痛悲壯的社論《告京市民眾》，社論希望南京市民「凝定意志，勿自驚擾，爲民族生存而奮起，爲國家獨立而抗戰」。並且堅定地表示：「國家到了這個關頭，國力的支持全靠民力作後盾，民眾能多出一份心力和物力，政府不但可以從容應敵，並且還有轉敗爲勝、轉弱爲強的把握，……

〔註20〕《中央日報》，1937年7月30日。
〔註21〕《舵工的指示》，《中央日報》1937年8月5日。
〔註22〕《舵工的指示》，《中央日報》1937年8月5日。
〔註23〕《舵工的指示》，《中央日報》1937年8月5日。

大家照著這樣凝定意志，長期奮鬥，這樣力量的總和是絕對不可侮的，我們期待著前途光明，由此種力量發揮出來。」〔註24〕

南京《中央日報》的撤退，本是民族抗戰史上的悲壯的一頁，但臺灣方面個別國民黨老報人卻出於偏見，把《中央日報》遲遲未能撤退的原因說成是當時國民黨中央宣傳部部長邵力子的「陰謀」。他們認為，「因為部長不管，社長不在，我們無權無勇，無法在當時軍政中心的武漢找得一席之地，安頓報館，所以被人家一擠便擠到長沙來。」〔註25〕顯然，這種看法既與當時的事實不符，也有損於國民黨報人抗敵報國的精神。因為第一，武漢當時固然是軍政中心，但當時國民政府明確宣佈要遷都重慶，而且一旦武漢不保即準備以衡陽或長沙為首都。所以武漢失陷後，國民黨黨政軍要員紛紛雲集南嶽，主持全國抗戰。在這個意義上說，《中央日報》不遷武漢而遷長沙，不失為明智之舉。第二，當時的中央宣傳部部長邵力子是十分關心《中央日報》的。「他每天都為中央日報作義務校對，一個字錯了，一條新聞轉行時脫了版，他都用『翻面信封』，以正楷字恭函來社改正。」〔註26〕將邵氏的關心說成陰謀，與事實不符。第三，也是最重要的，《中央日報》的撤退早在7月份就開始進行了，7月《中央日報》在廬山出版了第一個分版。當時廬山成了全國政治和輿論的中心，《中央日報》廬山分版的創設，正是適應了這種形勢，「盧溝橋事變的消息，是廬山版最早在收音機中接獲此消息，從那天晚上起，我們分社中擠滿了賓客，探聽北方消息。」〔註27〕

南京《中央日報》停刊後，人員和器材分兩路西撤，一路由總主筆張客公、總編輯周邦式、總經理賀壯予率領，抵達長沙。長沙《中央日報》於1938年元旦出版，編號緊接南京版之後，為3405號，日出1大張4版，售3分。社址設在長沙學院街三府坪，社長由張明煒擔任。另一路向四川撤退，1938年9月1日重慶《中央日報》出版，長沙版遂改為分版。此後，貴州、昆明、廣西、湖南、附件、安徽等地《中央日報》分版相繼創設。

在《中央日報》大規模西遷，創設分版的同時，國民黨其他大型黨報也

〔註24〕《中央日報》，1937年11月22日。
〔註25〕劉光炎：《抗戰期大後方新聞界追憶》，臺灣《報學》第1卷第2期，1952年1月出版。
〔註26〕劉光炎：《抗戰期大後方新聞界追憶》，臺灣《報學》第1卷第2期，1952年1月出版。
〔註27〕程滄波：《二十四年中的一段》，臺灣《中央日報》1952年2月1日。

因戰爭的影響而紛紛遷至內地出版。

　　《掃蕩報》自 1935 年 5 月從江西遷至武漢出版後，大力改進設備，刷新版面，加強反日色彩，頗受讀者歡迎，營業也呈上升趨勢。抗日戰爭爆發後，武漢成為戰時首都，《掃蕩包》劃歸軍事委員會第三廳領導，陳誠、周恩來、郭沫若等部廳領導經常過問報社事宜。此時，它「掃蕩」的目標已經全部對準了日本侵略者，因而其作用也顯得日益重要。1938 年 10 月 25 日，武漢陷於敵手，《掃蕩報》一直出版至 24 日，至 25 日清晨才開始撤退。據當時的總編輯丁文安回憶，「武漢近郊的炮聲已漸漸逼近市區，同仁的血在沸騰著，周恩來在這個時候打了一個電話給我說：『新華日報決定不編印了，掃蕩也不編印好嗎？』我答應一聲『好』。」〔註 28〕《掃蕩報》和《新華日報》一樣，是武漢各報中最後撤退的兩家，而兩報的告別社論《告別武漢的父老兄弟》（新華日報）和《武漢永遠是我們的》（掃蕩報）都是由周恩來授意由陳家康和郭沫若撰寫的。〔註 29〕兩篇社論均表示，「我們要在武漢出最後一張報，流最後一滴血！」「我們還要回來的，最後勝利一定是我們的」！這充分表現了國共兩黨新聞工作者在民族危急關頭團結合作的精神。

　　《掃蕩報》的遷移，是分兩步進行的。武漢撤退前一兩個月，該報抽調大部分人員和器材，分別沿長江和粵漢鐵路向西、向南兩個方向進發。向西的一路於 1938 年 10 月 1 日在重慶出版了重慶版。重慶版由黃卓球、劉威鳳等人負責。武漢版停刊後，重慶版被確定為總社，由黃少谷任社長，1942 年 6 月重慶總社曾一度和《中央日報》聯合出版，由於矛盾重重，於 1943 年 4 月分刊。分刊後，《掃蕩報》乘機於同年 11 月增設昆明版。向南的一路則在衡陽待命，後匯合武漢撤退人員，於 12 月 25 日在桂林出版《掃蕩報》桂林版。桂林版的社長為易幼連，總編輯為卜紹周、鍾期森。該報日出 1 大張，設《野營》副刊，並附出《現代戰爭》周刊。1944 年 9 月，桂林戰事吃緊，當局施行緊急疏散，該報於 9 月 1 日停刊，部分職工由黔桂鐵路乘車西撤，行至廣西金城江，因路線受阻，該報遂於 11 月 5 日至 12 日就地出版發行。後繼續西撤至貴州獨山，從 11 月 12 日至 29 日發行《掃蕩報》獨山版，旋被迫停刊。

　　《武漢日報》在抗戰爆發不久，即謀求發展，於 1938 年 1 月 26 日在宜

〔註28〕蕭育贊等編：《掃蕩二十年》，臺灣中華文化基金會 1978 年版，第 84 頁。
〔註29〕郭沫若：《洪波曲》，人民文學出版社 1979 年版，第 178 頁。

昌出分版。武漢淪陷時，在漢口發行的《武漢日報》於 10 月 24 日停刊，人員設備分兩路西遷，一路撤至貴陽，於 1938 年 12 月改出《中央日報》貴陽版；一路撤至戰時湖北省會恩施，於同年 11 月 1 日發行《武漢日報》恩施版。此外，1939 年《武漢日報》曾在漢口發行地下版，1944 年 7 月又在黃崗縣三里畈發行《武漢日報》敵後版，並秘密運入武漢市區銷售。〔註30〕

此外，如《廣州中山日報》、西安《西京日報》和杭州《東南日報》都經歷過長途遷徙。《廣州中山日報》自 1936 年 7 月改屬國民黨中宣部直轄後，曾先後遷往梧州、梅縣、老隆出版，擴大為 4 個分版。《西京日報》在西安事變和平解決後，於 1937 年 3 月復刊，於 1939 年春在南鄭發行漢中版。1937 年 12 月杭州淪陷後，《東南日報》先後遷至金華（11 月 19 日至 1941 年 4 月；1941 年 6 月至 1942 年 5 月）、麗水（1941 年 5 月至 8 月；1942 年 5 月至 1945 年 8 月）、江山、雲和以及福建南平等地出版。在這數千里的輾轉播遷途中，《東南日報》的職員及其家屬，四處奔波，備嘗艱辛。有 63 人在遷徙途中被敵機炸死或在途中病死，占報社全部人員的 10%。〔註31〕

總之，抗戰初期隨著中國軍隊失利，國民黨黨報開始向大後方遷移。這是國民黨黨報及其報人，熱愛民族、堅持抗日的表現，大規模長距離的艱難跋涉，使國民黨黨報歷盡磨難，遭受損失，也為國民黨黨報帶來了新的發展機遇。

第二節　抗日戰爭時期中國國民黨黨報的發展

一、抗日戰爭時期中國國民黨黨報發展概況

1938 年 10 月，武漢失陷，抗日戰爭進入相持階段。到 1939 年春夏，內遷的各國民黨黨報大致安定下來。在新的艱難的環境中，由於國民黨中央的高度重視和國民報人辛勤勞作，國民黨黨報有了一定的恢復和發展。國民黨中央宣傳部認為，這一時期是國民黨黨報的「進展時期」，「其間經歷驚濤駭浪最多，而發展亦最快。」〔註32〕

中國的報紙歷來集中在沿海沿江的大都市，如上海、天津、北平。抗日

〔註30〕《武漢市志・新聞志》，武漢大學出版社 1991 年版，第 60 頁。
〔註31〕徐運嘉、楊萍萍：《杭州報刊史概述》，浙江大學出版社 1989 年版，第 78 頁。
〔註32〕國民黨中央宣傳部檔案，藏中國第二歷史檔案館，全宗號 711（5），卷號 259。

戰爭爆發後，這些大都市相繼淪陷，有的報紙被迫停刊，有的被迫轉移，受到極大的摧殘。據中國國民黨中宣部和國民政府內政部統計，戰前全國的報紙共有 1014 家，到抗戰 1 年後，有 600 多家被摧毀。〔註33〕其中，也包括一些國民黨黨報，如《華北日報》、《英文北平導報》、香港《東方日報》、上海《民報》、山東《民國日報》等先後停刊。

內遷的各國民黨黨報，由於物質缺乏、人員大減，也元氣大傷。國民黨黨報如此，其他內遷各大報亦莫不如此。據當時的記載，各報在物質上「普遍的呈現退步的現象，印刷美觀既大遜於前，紙張的質量，亦低劣遠甚。戰前鉛字精美，現在或者粗疏簡陋；戰前字體繁多，現在或者普通減少；戰前篇幅廣大，現在一般的縮小；戰前一改採用白報紙，現在則大部分改用土產紙。」〔註34〕特別是 1939 年「五三」、「五四」大轟炸後，無法照常出版，重慶各報不得不發行各報聯合版。

國民黨中央及其領導人非常重視國民黨黨報的恢復和發展。蔣介石曾多次就新聞工作發表講話和指示，要求把國民黨黨報辦好。他說：「當今全國努力抗戰之時，我國新聞界爲國奮鬥，責任重大，實不亞於前線衝鋒陷陣之戰士。如何宣揚國策，統一國論，提振人心，一致邁進，以達驅除敵寇，復興民族之目的，而完成三民主義國家之建設，實惟新聞界之積極奮起是賴。」〔註35〕他要求所有國民黨黨報和所有新聞工作者，將國民黨黨報辦成「消息迅速確實」、「發行普及」的「三民主義的文化服務」機關。〔註36〕

爲了實現上述設想，國民黨中央及其宣傳部採取了一系列有力的措施。這些措施主要包括以下幾個方面：

第一，劃撥充裕的經費。據國民黨中央宣傳部檔案〔註37〕記載，1943 年和 1944 年國民黨中央宣傳部補助各直轄報社的經費，少則 16 多萬元或 20 餘萬元（廣州中山日報），多則 160 多萬元或 300 多萬元（重慶中央日報社）。一般說來，國民黨中央各直轄黨報都是當地首屈一指的大報。重慶《中央日報》的經費遠在一般直轄黨報的 8 至 10 倍以上，其數額之大可想而知。除國

〔註33〕曾虛白：《中國新聞史》，臺灣國立政治大學研究所 1977 年版，第 407 頁。
〔註34〕趙炳良：《抗戰以來的新聞史》，《新聞學季刊》第 1 卷第 1 期。
〔註35〕蔣介石：《今日之新聞界之責任》，《新聞學季刊》第 1 卷第 3 期。
〔註36〕蔣介石：《怎樣作一個現代新聞記者》，《新聞學季刊》第 1 卷第 3 期。
〔註37〕中國第二歷史檔案館檔案，全宗號 711（5），卷號 259。

民黨中央的撥款外，地方黨政部門和專門機關對於國民黨黨報「莫不盡量協助，量力津貼」。比如，1944 年廣東省政府就按月撥給《中山日報》2912 元，西康《民國日報》除由國民黨中央撥給 340080 元外，還每月特別撥給 10400元補助其藏文版，同時又每月以 3000 元照基幣伸發。可見，國民黨黨報的經費，相對來說，較爲充裕。

第二，統一編發新聞言論稿件。進入抗戰相持階段後，由於人力和設備的擴發，特別是報紙分散在各偏遠城鎮，各報大多新聞貧乏，言論不一。爲了克服這些缺陷，國民黨中央宣傳部制定了編發簡要新聞的辦法。由中央通訊社每天綜合國內外消息，編成千字左右的明碼，免費廣播電訊，並由國民黨中央宣傳部令飭各縣市黨部轉知所屬黨報和一般報社，設法收登。〔註 38〕1939 年 5 月，根據蔣介石的提議，中央宣傳部開始組織「黨報社論委員會，撰發聯合社論，供應各地黨報的要求。」〔註39〕「社論委員會設委員若干人，由中宣部長主持，每周開會三次，報告時局，判斷情報，決定社論題目，推定撰述委員。……由中央社播發各地黨報，同時發表，其餘三日則各報就地方事件或特殊情形撰述，以責調劑。」〔註 40〕這一措施的實行，對於充實各地國民黨黨報的內容起到了一定的作用。

第三，動員各地各級國民黨黨政軍機關爲黨報提供一切便利。除前面所說的各地方黨政部門要負擔一定數目的經費外，國民黨黨報的發行也主要是靠地方黨政部門幫助的，例如，芷江《中央日報》就是利用當地縣黨部、縣政府、甚至各保甲來推銷報紙的。據該報編者稱，「我們於創刊時，對於邊區各縣縣黨部、縣政府、商會等機關各贈報三日，籍引其注意，並運用各種方法取得聯絡，第一步是解決他們的經濟困難，利用各縣縣政府津貼所屬各鄉保之經費項下限定每保至少需訂閱本報一份。」〔註 41〕江西的情形也大致如此，「各縣報紙，多係利用保甲組織轉發。」〔註 42〕

正是由於有了上述有利條件，加上國民黨報人的努力，一個龐大的國民

〔註 38〕曾虛白：《中國新聞史》，臺灣國立政治大學新聞研究所 1977 年版，第 441 頁。
〔註 39〕黃天鵬：《抗戰時期重慶報業》，臺灣《中央日報》1957 年 3 月 20 日。
〔註 40〕黃天鵬：《抗戰時期重慶報業》，臺灣《中央日報》1957 年 3 月 20 日。
〔註 41〕陳天祐：《貴陽中央日報社芷江分社創辦經過》等篇，《新聞學季刊》第 1 卷第 3 期。
〔註 42〕陳天祐：《貴陽中央日報社芷江分社創辦經過》等篇，《新聞學季刊》第 1 卷第 3 期。

黨黨報體系很快在大後方、抗敵前線和上海、香港等地建立起來。國民黨中央直轄黨報由戰前的 9 家發展為 1944 年的 18 家。其基本情況見下表：

抗戰期間國民黨中央直轄黨報一覽表（1944 年止）

報社名稱	創刊期	社址	社長	規模	日銷數
重慶中央日報	1938.9.15	重慶化龍橋	胡鍵中	1 大張	16000
貴陽中央日報	1938.12.1	貴陽環城路	王亞民	1 大張	9000
芷江中央日報	1940.2.21	芷江	房滄波	1 大張	
成都中央日報	1939.10.10	成都五世同堂街	張明煒	1 大張	5400
昆明中央日報	1939.5.15	昆明華山南路	錢滄碩	1 大張	6000
西京日報	1933.3.21	西安五味十字街	胡天冊	1 大張	6000
南鄭西京日報	1939.1.1	南鄭建國路	何鳳池	1 小張	西京日報分社
武漢日報	1939.10.1	恩施中正街	宋漱石	1 大張	5000
中山日報	1937.1.1	韶關平治巷	廖崇聖	1 大張	4000
梅縣中山日報	1938.2.10	梅縣大康路	陳變勳	1 大張	4600
福建中央日報	1941.4.21	永安橋尾	林炳康	1 大張	4500
福州中央日報	1941.9.10	福州東街	翁禮維	1 大張	3500
湖南中央日報	1939.4.10	邵陽東門外	段夢暉	1 大張	6000
廣西中央日報	1938.11.10	梧州樂平路	徐泳平	1 大張	3500
安徽中央日報	1942.7.18	屯溪栗里	馮有眞	1 小張	6200
西康民國日報	1941.8.13	康定耳子坡	段公爽	1 大張	1500
青海民國日報	1942.8	西寧南大街	尹尚謙	1 小張	400
寧夏民國日報	1943.6.1	寧夏中正西街	張榮綏	1 小張	1200

（資料來源：國民黨中宣部檔案，中國第二歷史檔案館，全宗號 911（5），卷號 259）

除了以上 18 家直轄黨報以外，國民黨中央宣傳部還在上海創辦過《中美日報》（1938 年 11 月 1 日創辦，1941 年 12 月 8 日太平洋戰爭爆發後停刊，社長吳任滄）和《正言報》（1940 年 9 月 20 日創刊，1941 年 12 月 8 日停刊，社長葉鳳虎），在香港創辦過《國民日報》（1939 年 6 月 6 日創刊，1941 年 12

月 8 日停刊，王新命任總主筆）。這些報紙都是國民黨中央直轄黨報。

在這一時期，國民黨地方黨報也得到了鞏固和發展，據國民黨中央宣傳部 1944 年的統計，國民黨統治區有地方黨報 412 種，其分佈情況如下表：

抗戰時期中國國民黨各省黨報統計表（1944 年止）

省別	總數	刊 期 類 別				印 刷 類 別			
		日刊	雙日刊	三日刊	周刊	旬刊	鉛印	石印	油印
湖南	75	20	15	39	1		23	50	2
廣西	22	11		4	3	1	15	5	2
廣東	66	22	1	11	29	3	40		26
江西	18	9		3	6		11	5	2
河南	20	8	1	3	7	1	2	17	2
甘肅	34	3		6	25		3	19	12
雲南	23	3	1	1	18		3		20
山西	6	4			1	1	1		5
四川	56	11		11	11	23	19	29	8
安徽	42	16	2	10	10	1	9	25	8
湖北	48	8		7	27	6	4	34	10
綏遠	2	2							2
合計	412	120	20	95	141	36	130	184	98

（資料來源：國民黨中央宣傳部檔案，藏中國第二歷史檔案館，全宗號 711（5）

上述 412 家地方黨報中，有省級市級黨報 16 家，其餘均為縣級黨報或「簡報」，如果再加上 18 家中央直轄黨報和 170 家軍報〔註 43〕，則國民黨黨報到 1944 年已達到 600 家左右。如果當時全國的報紙按 1100 家計算〔註 44〕，則國民黨黨報占全國報紙總數（不包括淪陷區和解放區的報紙）的 53.9%，大大高於抗戰前 40.5% 的比例。這一事實表明，抗戰時期國民黨黨報的數量不是縮小了，而是擴大了。

〔註 43〕馬星野：《戰時新聞宣傳》，《中央日報》1943 年 5 月 8 日。
〔註 44〕胡道靜：《新聞史上的新時代》，世界書局 1946 年版，第 35 頁。

二、抗日戰爭時期中國國民黨黨報發展的特點

抗戰時期，中國國民黨黨報是在特殊的戰爭年代和內地相對落後的經濟、文化環境中求得生存和發展的。因此，它必然受那個時代和環境的影響，而具有鮮明的特點。這些特點主要表現在以下幾個方面：

（一）數量由少到多，規模從大到小。由於沿海大都市的淪陷和大批報紙的西遷，中國報業產生了兩個特殊的現象：一是內遷大報化整為零，由一報變為多報。如《大公報》曾經出過武漢版、重慶版、桂林版和香港版。這種情況以國民黨中央直轄黨報最為突出。無論是《中央日報》、《中山日報》，還是《掃蕩報》都同時在三個以上的地方出版。其中《中央日報》除重慶總社之外，曾先後發行過長沙、貴陽、昆明、成都、廣西、湖南、附件、屯溪等 12 個分版。關於這一點，我們在前面已作過介紹。二是由於物質匱乏和內地經濟、文化相對落後，各內遷大報不得不大規模縮減篇幅。為了對這個問題作進一步分析，我們從 18 家國民黨直轄黨報中選擇 10 家，將其篇幅、副刊、廣告、發行等 4 項規模列表如下：

10 家中央直轄黨報規模一覽表（1944 年止）

報　名	篇　幅	副　刊	廣　告	日發行量
重慶中央日報	1 大張，每周加 1 中張	中央，半版	2 版及中縫	1600
貴陽中央日報	1 大張，每周加 1 中張	前路，半版	1 版半	9000
昆明中央日報	1 大張	無	2 版及中縫	6000
成都中央日報	1 大張	中央，半版	1 版半	5400
廣西中央日報	1 大張	中央，半版	1 版半	5300
湖南中央日報	1 大張	平明，半版	1 版半	6000
西京日報	1 大張	旄頭，半版	2 版及中縫	6000
中山日報	1 大張	中山公園，半版	1 版半	4000
武漢日報	1 大張	鸚鵡洲，半版	1 版半	5000
寧夏民國日報	1 中張	無	1/3 版	1200

（資料來源：國民黨中央宣傳部檔案，藏中國第二歷史檔案館，全宗號 711（5），卷號 259。）

上表顯示，國民黨大型黨報的規模除廣告一項外都大大縮減了。抗日戰爭以前，無論是《中央日報》、《武漢日報》還是《掃蕩報》或《東南日報》，規模都在 3 大張以上，而且印刷清晰精美。堪稱國內第一流大報。抗戰後，情況有了很大的變化，報紙所需進口物資基本斷絕，紙張供應吃緊，內遷的黨報不得不縮張減幅，維持在日出一大張或 1 中張的水平上。以《中央日報》為例，早在 1937 年 8 月初它就刊登啟事說：「因報紙來源缺乏，迫不得已，自 8 月 6 日其暫出兩大張，所附周刊概予取消，其他各版亦稍有縮減」。同年10 月，該報再次縮減篇幅，改為日出 1 大張，此後而長沙，而重慶，在很長一段時間內，該報一直維持在這種規模上。副刊由以前的多種（《中央日報》有 5 種之多，其他大報亦在 3 種以上）各占 1 版變為 1 種僅占半版，昆明《中央日報》和寧夏《民國日報》則沒有副刊。至於各種專刊（《中央日報》戰前有 10 種之多，其他大報亦有多種）則被一律取消。在發行數量方面，由於失去了華東、華北的大批讀者和內地文化水平相對落後，國民黨大型黨報的銷數急劇下降。戰前，《中央日報》、《掃蕩報》、《武漢日報》等日發行量均在 1200份（寧夏民國日報）至 16000 份（重慶中央日報）之間。這種情況，和當時國民黨中央宣傳部的統計是相吻合的。他們估計，1944 年全國報紙，每日總銷行額未及 250 萬份，普通為數千份，能及萬份以上者的甚少。「簡報」之發行額，往往只有 300 份左右〔註45〕。

（二）由城市向農村發展，布局趨於合理。「塞翁失馬，焉知非福」，國民黨黨報的大量內遷並不意味著其影響力的削弱，相反卻有利於它向偏遠地區和內地廣大農村發展。抗戰以前，中國報業（包括國民黨黨報）中心在上海、天津、北平等沿海沿江大都市，這些地方商品經濟發達，報業競爭激烈，國民黨大型黨報的影響受到限制。抗戰爆發後，中國報業中心隨政治、軍事重心西移，形成了重慶、桂林、昆明三個重鎮，這在一定程度上改善了中國報業「東重西輕」的狀況。

報業中心西移後，中國國民黨中央十分注意在農村地區發展新聞事業。蔣介石指出，「抗戰的前途，不繫於少數的都市，而繫於全國廣大的農村。」〔註46〕因此，他要求國民黨新聞工作者要「善盡普及宣傳之責」，「使平均每五縣或三縣，有一規模完善之地方報紙，印刷不求其精美，內容必期其充實，

〔註45〕胡道靜：《新聞史上的新時代》，世界書局 1946 年版，第 35 頁。
〔註46〕《戰時報業改進芻議》，《新聞學季刊》第 1 卷第 2 期。

補社會教育不足，爲地方進步之動源。」〔註47〕爲了貫徹這種意圖，國民黨中央宣傳部曾於 1939 年發出通令，責成各中央直轄黨報「注意各省邊區地帶擇其辦報可能性較著中心點的地方籌辦分社。」〔註48〕根據這一指示，貴陽《中央日報》創辦了芷江分社，《西京日報》創辦南鄭分社，廣州《中山日報》創辦了漳州分社。與此同時，國民黨中央宣傳部還在西康（康定）、青海、寧夏分別創辦了《民國日報》，作爲直轄黨報。除在邊緣區域創辦中央直轄黨報外，地方黨報也是國民黨各級黨部宣傳部門經營的重點。在全國 412 家地方黨報中，除 16 家省市黨報設置在大中城市外（有些省黨報也深入到小城鎮發行），大部分縣市黨報或「簡報」都在小城鎮出版發行。

這些在偏遠地區發行的國民黨黨報組成了國民黨黨報的龐大陣營，這對於改變內地和偏遠地區新聞文化事業落後的狀況，起到了積極作用。以芷江《中央日報》爲例，由於報社全體人員的努力，終於在湘鄂川黔交界偏遠落後地區打開了局面。在此之前，芷江等地甚感「各地大報到達甚遲之苦，貴陽的需時三四日，桂林、邵陽、長沙的需時一星期，重慶的最快亦需一星期」，〔註49〕自此以後，「鄉村保甲人員及農村分子可以享受閱讀最快而合乎其本身需要之大報」，〔註50〕從而基本上實現了各縣區「保有報」的計劃。「報紙下鄉，文化下鄉」，提高了人民的知識，開闊了人民的視野，融洽了民族關係。以湘西百年匪患之區，抗戰初期和中期治安良好，人民多自動請纓，抗敵衛國，不能說芷江《中央日報》沒起一定作用。

（三）接近民眾，注意經營。既然是在內地相對落後的經濟、文化環境中辦報，就必須適應這種環境才能求得生存和發展，同時，要爲群眾所接受，必須爭取群眾的理解。於是，報紙「平民化」的問題被提出來了。所謂報紙的「平民化」，包括兩個方面的內容，一是關心群眾的疾苦，反映人民的呼聲，二是文字要通俗易懂。這兩個問題，國民黨黨報在戰前是不重視的，從關係群眾的疾苦來說，它一直奉行爲政府「辯護」的方針，對那些貪污腐敗的現象「缺乏批評之精神」〔註51〕。從文字通俗易懂來說，它一直以官員、知識分

〔註47〕蔣介石：《今日新聞界之責任》等篇，《新聞學季刊》第 1 卷第 2 期。
〔註48〕《貴陽中央日報芷江分社創辦經過》，《新聞學季刊》第 1 卷第 3 期。
〔註49〕《貴陽中央日報芷江分社創辦經過》，《新聞學季刊》第 1 卷第 3 期。
〔註50〕《貴陽中央日報芷江分社創辦經過》，《新聞學季刊》第 1 卷第 3 期。
〔註51〕馬星野：《國民精神總動員與新聞界》等篇，《新聞學季刊》第 1 卷第 1 期。

子和商人爲對象，「內容太高深，文字太『優美』，……（和人民）格格不相入，徒供少數文人雅士『高歌吟詠』。」〔註52〕

進入抗戰相持階段後，隨著國民黨統治的逐步腐敗和物價飛漲，大後方人心渙散，民怨沸騰。國民黨報人中的有識之士意識到，要收拾人心，挽回頹局，不能再對種種腐敗現象熟視無睹，不置一詞。他們認爲：「今日社會，尚在沉疴狀況中也，今日政治，離理想之標準，尚甚遼遠，各地負領導之責者，報紙不能指其缺點，不揭其違反抗戰需要之處，必使一誤再誤，一敗再敗，乃不至於不可救藥。……報紙不批評不監督不責備，更何貴爲報？」〔註53〕基於這種認識，國民黨黨報對通貨膨脹、黑市猖獗、貪污腐敗等曾作過尖銳的批評。1940年12月底《中央日報》對成都市長楊全宇囤積居奇案的揭露就是一個突出的例子。有些國民黨地方黨報（例如湖南《漵浦民報》）對一些黑暗的社會現象，「曾以不屈不撓、再接再厲」的精神，實行『口誅筆伐』，以與惡勢力周旋，而至於被迫停刊者再，甚而數度演出以暴力凌逼社長、脅迫記者，越出法律範圍的舉動。」〔註54〕儘管國民黨黨報的這種「批評監督責備」十分有限，老百姓還是歡迎的。

相比之下，對於文字的通俗化，國民黨報人更爲熱衷些，他們認爲，報紙「應在各個方面力求其平民化，合平民之要求，更合平民之興味」，「徹底的做到一個車夫，一個學徒，一個農工，都能朗誦的地步。」〔註55〕爲此，國民黨中央宣傳部一方面要求其黨報向《新華日報》等學習，力求文字通俗易懂，另一方面著手創辦文字通俗、篇幅短小的「簡報」。這種簡報，一般4至8開，每期千字左右，僅有五六個人和一部收音機就夠了。1941年重慶有1家簡報，1942年全國預計增加到60家，到1944年預計增減到400家左右。這種計劃，後來基本實現了。〔註56〕

由於發行量急劇下降和發行收入的普遍減少，特別是由於物價飛漲，造成了國民黨黨報的普遍虧損。以1944年第一季度爲例，18家中央直轄黨報虧損的有6家，其他12家也僅能收支相抵，談不上盈利。所以，各報不得不「於

〔註52〕馬星野：《國民精神總動員與新聞界》等篇，《新聞學季刊》第1卷第1期。
〔註53〕馬星野：《國民精神總動員與新聞界》等篇，《新聞學季刊》第1卷第1期。
〔註54〕《在艱苦中生長》，《漵浦民報》1940年1月1日。
〔註55〕馬星野：《國民精神總動員與新聞界》等篇，《新聞學季刊》第1卷第1期。
〔註56〕許孝炎：《本黨的宣傳機構及其運用》，《新聞學季刊》第2卷第2期。

極端艱難困苦中，（謀求）所以自給自足之道」〔註57〕。黨報的收入主要靠撥款、發行和廣告。在撥款不變和發行下降的情況下，只能靠廣告來維持生存。上述 10 家中央直轄黨報中，篇幅、副刊和發行量都大幅度縮減，唯獨廣告篇幅所佔比例有增無減。戰前，各中央直轄黨報的廣告篇幅均在 3 至 5 版之間，占全部版面的 25% 至 40%，而抗戰期間各中央直轄黨報廣告篇幅在 1 至 2 版之間，占全部版面的 25% 至 50%，大大高於戰前的比例。一張對開 4 版的報紙，被廣告占去了 50%，剩下的篇幅只能登評論和中外要聞，地方新聞極少，難免會影響「國策」的宣傳。但是，從另一角度看，各國民黨黨報的廣告經營是有成績的，以 1944 年第一季度的廣告收入為例，重慶《中央日報》為 2466166 元，昆明《中央日報》為 2176026 元，《西京日報》為 1201822 元，《中山日報》為 203977 元，西康《民國日報》為 247162 元，分別大大超出了各報同時期的發行收入（分別為 144100，551780，503180，356982，131325）和撥款（分別為 765360，34240，104910，62595，85020）〔註58〕。比較豐厚的廣告收入，一方面改善了受物價飛漲之害的國民黨報人的生活，另一方面孕育了黨報企業化經營管理意識。

三、抗日戰爭時期中國國民黨報人的奮鬥精神

　　抗戰時期，中國國民黨黨報能夠取得較大的發展並發生一些積極的變化，與工作於其間的國民黨報人的奮鬥精神是密切相關的。在全民族奮起抗戰的激昂情緒鼓舞下，在那艱難困苦的環境中，不少國民黨報人逐漸養成了一種為國犧牲的精神和艱苦創業的奮鬥精神。在這方面，上海「孤島」時期國民黨報人的奮鬥尤可稱道。

　　（一）為國犧牲的精神。不少國民黨報人不僅以自己的言論歌頌抗戰，而且以自己的行動為抗戰事業含辛茹苦，拋頭灑血。在那戰火紛飛的前線，他們出生入死，採寫新聞；在那敵人逼近的城市他們從容不迫，編印戰報；在那千里迢迢的播遷道上，他們風餐露宿，歷盡艱辛；在那四面受敵的「孤島」，他們怒斥敵偽，激揚正氣。在所有這一切艱難困苦之中，他們中的一些人及其家屬獻出了寶貴的生命。據筆者初步統計，在抗戰期間為國捐軀的新聞工作者中，國民黨報人及其家屬有 100 人以上。

〔註57〕中國第二歷史檔案館檔案，全宗號 711（5），卷號 259。
〔註58〕中國第二歷史檔案館檔案，全宗號 711（5），卷號 259。

抗戰期間中國國民黨報殉職人員一覽表

姓　名	單位及職務	殉職時間	殉職地點	原　因
蔣德彰	中央廣播電臺工程師	1937.8.24	南京	敵機轟炸
陳瑞齋	江西民國日報編輯	1939.2	江西	敵機轟炸
張慕眞	重慶中央日報記者	1939.5.4	重慶	敵機轟炸
李堯卿	中央社武漢分社主任	1939.5.4	重慶	敵機轟炸
劉紹平	重慶中央日報記者	1939.5.4	重慶	敵機轟炸
蔣化棠	山東民國日報編輯主任	1939.6.7	魯南里店	被俘殺害
張祖秋	山東民國日報記者	1939.6.7	魯南里店	被俘殺害
孫家傑	江西民國日報編輯	1939.6.14	江西吉安	敵機轟炸
范覺旬	江西民國日報編輯	1939.6.14	江西吉安	敵機轟炸
工友 2 人	中美日報社	1939.7.22	上海	日僞暗殺
姜子正	魯省某軍隨軍記者	1939.8	山東東平	日僞捕殺
劉柏生	中央社贛閩電臺主任	1940.4	江西上饒	遭敵襲擊
胡謹期	中央社總社保管員	1940.5	湖北巴安	溺水
張似旭	大美辦報主編	1940.7.19	上海	日僞暗殺
金華亭	申報編輯、中宣部特派員	1941.2.3	上海	日僞暗殺
金瑞本等 63 人	東南日報社	1941.6-42.8	金華南平	遷移遇難
周維善	中央社上海電臺報務員	1942.6	上海	被俘烤死
員工 20 餘人	前線日報社	1942.7.9	福建崇安	敵機轟炸
鍾期森	桂林掃蕩報總編輯	1944.8	貴州	車禍

（資料來源：《新華日報》1941 年 9 月 1 日，《中央社六十年》等）

　　事實上，這只是殉職的國民黨報人中的一部分。他們那冒死犯難，爲國捐軀的精神，同中國共產黨及其他在抗日戰爭中犧牲的新聞工作者一樣，永遠值得人們紀念。

　　（二）艱苦創業的精神。抗戰相持階段對中國新聞界來說，是極端艱苦的時期。長途搬遷，敵機轟炸，物資匱乏，內地風氣未開，重重困難擺在國民黨報人眼前。面臨這些困難，他們不退卻，不氣餒，愈挫愈勇，終於打開

了局面。在漫漫的搬遷途中，國民黨報人忍受顛沛流離之苦，每到一地，想盡一切辦法，恢復報紙的出版。在這方面。《東南日報》是一個突出的典型。1937 年 12 月，杭州失陷，《東南日報》開始向金華撤退。其間，由於日軍進攻浙贛地區，該報先後在金華、麗水、雲和之間輾轉反覆，器材、人員損失很大。進入福建省之浦城、建陽、建甌，到達南平，於 1942 年 8 月出版南平版。在經過崎嶇千里，費時 3 月跋涉之後，很快在南平打開了局面，發行量逐漸上升到萬份以上。〔註59〕

　　內遷各大報安定之後所遇到的困難，首先是敵機狂轟濫炸。開始，由於沒有準備，各報都受了一些損失，尤其是 1939 年重慶「五三」、「五四」大轟炸，重慶各報的損失更慘。後來，各報者採取措施，積纍了一些經驗。昆明、貴陽、廣西《中央日報》是疏散到郊外，成都《中央日報》是採取「兩部制」，即編輯部在鄉下，經理部在城市，或者物資貯藏所在鄉下，而工作人員在城市。重慶《中央日報》則充分利用城市內的防空洞，「每個人都有洞可躲，所以工作起來，非常安心。……因為各報的印刷機，甚至排字房都在洞中，所以轟炸之時，不至影響工作。」〔註60〕其次，各偏遠地區黨報主要讀者是農民，如何推銷報紙成了棘手的問題。解決的方法，當然主要是依靠各級黨政軍機關轉發。但是，各機關往往草率應付，「結果區署或鄉公所多不發下去，截留作糊窗裱壁之用。」〔註61〕為此，他們不得不另闢蹊徑，在各學校、礦區和主要交通路口設立分銷處。芷江《中央日報》曾在辰溪、所裏、銅江等地設立教育分銷處，在 XX、XX 傷殘醫院和新兵訓練區設立傷兵新兵區分銷處，在黔陽、會同、辰溪、晃縣設立礦工分銷處。〔註62〕由於國民黨報人的努力，各報的發行工作都取得了一定的成效。據國民黨中宣部統計，1944 年 3 月各直轄黨報的發行收入一般都在 30 萬元以上，最高者重慶《中央日報》在 140 餘萬元以上，遠遠超過了當月國民黨中央補助各報的經費。〔註63〕

　　（三）「孤島」時期上海報人的奮鬥。在抗日戰爭時期國民黨報人的奮鬥

〔註59〕徐運嘉、楊萍萍著：《杭州報刊史概述》，浙江大學出版社 1989 年版，第 77~79 頁。

〔註60〕劉光炎：《抗戰期大後方新聞界追憶》，臺灣《報學》第 1 卷第 2 期，1952 年 1 月出版。

〔註61〕《江西新聞事業概覽》等篇，《新聞學季刊》第 1 卷第 3 期。

〔註62〕《江西新聞事業概覽》等篇，《新聞學季刊》第 1 卷第 3 期。

〔註63〕中國第二歷史檔案館檔案，全宗號 711（5），卷號 259。

中，「孤島」時期上海報人的奮鬥最為艱難困苦，也最著聲譽。1937 年 11 月
13 日，中國軍隊西撤，上海即周圍地區被日軍佔領。但是，外國租界由於受
治外法權的保護尚能保持平靜，形成一片「孤島」。上海是東亞第一大都市，
是南京國民政府國脈所繫，國民黨中央當然不會輕易放棄這塊蕞爾之地。上
海失陷後，國民黨中央立即組成了以吳開先、吳紹澍、馮有眞、蔣伯誠等為
首的上海統一委員會，領導上海的地下抗日鬥爭。一批國民黨報人如胡樸安、
胡道靜、詹文滸、吳任滄、袁業裕、金華亭、趙君豪等留下來和共產黨及其
他抗日新聞工作者一道，堅持抗日鬥爭、打擊日寇和漢奸氣焰，鼓舞上海及
周圍地區人民的信心。

　　「孤島」報人所遭遇到的最大困難，是日偽的新聞檢查。日軍佔領上海
後，立即接管了國民黨中央宣傳部設在上海的新聞檢查機關。12 月 13 日，日
軍通令各報館，必須將小樣「送往哈同大樓檢查，否則當以激烈的手段對付。」
〔註 64〕除《新聞報》等少數報紙屈服於淫威外，其他中文報紙均自動停刊，
以示堅決抵制。據 1937 年上海公共租借工部局年報記載，「自 11 月華軍推出
上海後，出版物之停刊者共 30 種，通訊社之停閉者共 4 家，包括中國政府機
關的中央通訊社在內。」〔註 65〕為了打破日偽的新聞封閉，上海報人很快找
到了掛洋商旗號辦中文報紙的辦法。在辦「洋旗報」的過程中，國民黨先後
創辦了《中美日報》和《正言報》。作為中央直轄黨報，前者創刊於 1938 年
11 月 1 日，由吳任滄任社長，詹文滸任總編輯；後者創刊於 1940 年 9 月 20
日，由吳紹澍任社長（後由葉鳳虎接任），袁業裕任總編輯。該兩報在傳達重
慶國民黨中央的聲音，團結「孤島」抗日新聞界方面，起到了重要作用。

　　1939 年 5 月，汪精衛一行抵達上海，汪偽漢奸集團所謂「和平運動」的
中心也轉移到上海。「汪兆銘初來之時，一般滬地住民都莫測高深，而他的臭
爪牙就利用機會，捏造『雙簧』、『諒解』等流言從中煽動。一時上海市民俱
信汪逆的倒行逆施。」〔註 66〕為了揭露漢奸的眞面目，堅定上海人民抗戰必
勝的信念，「孤島」各抗日報紙發動了聲勢浩大的「討奸運動」。以《中美日
報》為例，該報先後集中揭發了上海中學校長陳濟成、上海女中校長吳志騫

〔註 64〕趙君豪：《上海報人的奮鬥》，國光印書館 1946 年版，第 6 頁。
〔註 65〕轉引自：《抗戰時期上海新聞史論集》，上海社會科學院新聞研究所 1991 年編
　　　　印，第 99 頁。
〔註 66〕詹文滸：《報業經營與管理》，正中書局 1948 年版，第 58 頁。

等人的賣國言行，使之成為人人喊打的過街老鼠。其中，一些動搖分子「知道利害結合之無法維繫，都引此為戒，從此俱各稍稍斂迹。」〔註67〕

「討奸運動」的深入開展，教育了廣大人民，也引起了汪偽「76 號特工總部」的瘋狂反撲。1939 年 6 月，汪偽特務對各報編輯記者發出了第一封恐嚇信，威脅說：「如果不改變態度，即缺席判決死刑。」〔註68〕1940 年 7 月 1 日，汪偽特務發佈的 83 名「抗日分子黑名單」中有 49 位新聞工作者。其中《申報》10 人，《中美日報》5 人。〔註69〕7 月 22 日《中美日報》發表吳稚暉、楊公達斥汪精衛賣國的文章後，汪偽特務開始對抗日報人展開血腥屠殺。1939 年 8 月 30 日，《大美晚報》主編張似旭被暗殺；1941 年 2 月 3 日，《申報》編輯、國民黨中宣部新聞特派員金華亭被狙擊身亡。與此同時，「76 號特工總部」開始大規模襲擊各抗日報館。在這種血腥恐怖之中，抗日報人毫不動搖。他們表示：「余之英靈將彪炳於雲霄之上，與日月爭光，照遍全中國任何黑暗陰霾之面」〔註70〕（朱惺公語）。日偽的殘酷迫害，迫使各報高牆重壘，武裝自衛。當時曾身臨其境的《正言報》老報人潘湛鈞、梁酉廷回憶說，「報社（九江路 281 號）大門口堆置沙包，設有兩重鐵門。均加大鎖，日夜由警衛人員（由報社出資向巡捕房聘用）把守，報紙職工出入，隨手鎖門。每層樓扶梯口和半扶梯口處，也設有鐵柵，沙袋、到四樓為止。同時，四樓屋頂的平臺四周，還裝有兩重鐵絲網。」〔註71〕真是戒備森嚴，如臨大敵。就是在這種嚴酷的環境中，國民黨報人和其他愛國新聞工作者一道，堅持抗戰，流血犧牲，直到 1941 年 12 月 8 日太平洋戰爭爆發，「孤島」淪陷。在此期間，有許多人獻出了自己的生命。抗戰勝利後，國民政府通令褒獎的新聞界烈士，上海一地即達 15 名之多。〔註72〕他們的工作贏得了廣大讀者的信任和愛護，他們把這看成是「寶貴收穫」和「至上安慰」。〔註73〕

〔註67〕詹文滸：《報業經營與管理》，正中書局 1948 年版，第 60 頁。
〔註68〕趙君豪：《上海報人的奮鬥》，國光印書館 1946 年版，第 41 頁。
〔註69〕《抗戰時期上海新聞史論集》，上海社會科學院新聞研究所 1991 年編印，第 78 頁。
〔註70〕趙君豪：《上海報人的奮鬥》，國光印書館 1946 年版，第 41 頁。
〔註71〕《抗戰時期上海新聞史論集》，上海社會科學院新聞研究所 1991 年編印，第 94 頁。
〔註72〕《抗戰時期上海新聞史論集》，上海社會科學院新聞研究所 1991 年編印，第 157 頁。
〔註73〕詹文滸：《報業經營與管理》，正中書局 1948 年版，第 63 頁。

第三節　抗日戰爭時期新聞界的聯合與鬥爭

一、抗日戰爭初期新聞界的團結合作

　　抗日戰爭是在國共兩黨重新合作的基礎上，以抗日民族統一戰線的形式展開的。隨著國共合作的建立，特別是隨著國民黨新聞政策的轉變，全國新聞界很快捐棄前嫌，出現了團結合作的局面。

　　在國民黨統治區，以共產黨機關報《新華日報》為代表的一批抗日民主報刊應運而生或恢復出版。據統計，從 1937 年 8 月至 1938 年 10 月一年多的時間內，僅在上海、武漢等地新出版的報刊就有 17 家之多〔註74〕，其中，影響最大的是《救亡日報》和《新華日報》。

　　《救亡日報》創刊於 1937 年 8 月 24 日，是上海文化界救亡協會（簡稱「文救」）機關報，也是國共兩黨合作在新聞界最早的產物。1937 年 7 月初，周恩來指示潘漢年、夏衍等，鑒於《新華日報》不可能很快在南京或上海出版，於是提出，先「由上海『文救』出一張日報。」〔註75〕於是，潘、夏二人很快同國民黨上海特別市黨部負責人潘公展商談合作出報事宜。「潘公展同意了發刊《救亡日報》，決定這份報紙以郭沫若為社長，國共雙方各派總編輯一人（夏衍、樊仲雲），並各出 500 元作為開辦經費。」〔註76〕因於全體採編人員的共同努力，這張不登廣告，不登通訊社消息，專以特寫、評論、戰地採訪和文藝作品為內容的報紙，很快打開了銷路，日銷 1000 份以上，最多時銷到 3500 多份。1937 年 11 月 22 日，上海失陷後該報停刊，之後遷往廣州、桂林繼續出版。

　　《新華日報》是中國共產黨在國民黨統治區公開出版的大型報紙。在國共談判中，當共產黨代表提出創辦《新華日報》的建議時，得到了國民黨方面的理解和支持。國民黨中宣部長邵力子明確表示，支持在南京創辦《新華日報》。1937 年秋，國民黨元老、國民政府監察院院長于右任應周恩來之請為《新華日報》題寫了報頭。但是，由於時局緊迫，在南京剛剛籌備就緒的《新華日報》不得不遷武漢再作籌劃。在漢重新申請登記期間，蔣介石對《新華

〔註74〕《抗戰時期上海新聞史論集》，上海社會科學院新聞研究所 1991 年編印，第 157 頁。
〔註75〕夏衍：《懶尋舊夢錄》，生活・讀書・新知三聯書店 1985 年版，第 381 頁。
〔註76〕夏衍：《懶尋舊夢錄》，生活・讀書・新知三聯書店 1985 年版，第 381 頁。

日報》的創辦問題作了明確的答覆：「對此完全同意。」〔註77〕漢口特別市政府主管報刊登記的官員也對《群眾》周刊和《新華日報》的註冊予以特別通融。國民黨黨報《掃蕩報》和《武漢日報》也曾以顯著位置登載《新華日報》出版的大幅廣告，介紹該報的任務是「團結全國抗戰力量，鞏固民族統一戰線，發表正確救亡言論，討論救亡實際問題」，宣稱該報「是非常時期人人必讀的報紙。」〔註78〕經過一番艱難曲折，《新華日報》於 1938 年 1 月 11 日終於在漢口出版。從創刊號開始，該報利用兩個多月的時間刊登了各黨各派各界知名人士 40 多人的祝辭，其中包括了國民黨黨政軍要員王寵惠、孔祥熙、邵力子、吳國楨、馮玉祥、于右任、張治中、白崇禧等，《武漢日報》社長王亞明也贈送了「一言興邦」的賀辭。爲此，《新華日報》公開發表感謝信稱，「本報創刊伊始，荷蒙黨政軍領袖，社會群眾，紛賜題詞，無任榮幸。……感謝之餘，謹向賜詞諸公致民族解放敬禮！」

　　《救亡日報》和《新華日報》的創辦，體現了國共合作的精神，也表明全國新聞界團結抗戰新局面的出現。

　　上海、南京失陷後，武漢成了戰時首都。《新華日報》創刊了，鄒韜奮和柳湜主編的《全民抗戰》也復刊了。「空氣的確在變。沉睡了 10 年的武漢，似乎又慢慢恢復到了它在北伐時代的氣勢了。」〔註79〕在這種蓬勃向上的氣氛中，新聞界的團結合作得到了進一步加強，1938 年 2 月，爲了採訪徐州會戰的消息，武漢各大報社、通訊社組成了 50 多人的戰地記者採訪團。深入徐州戰役前線採訪。在這次採訪中，每個人都懷著犧牲報國的心情，出色地完成了任務。其中《大公報》記者范長江、《新華日報》記者陸詒、中央社記者曹聚仁、《武漢日報》記者房滄浪等都有突出的表現。4 月 7 日，中央社記者曹聚仁用自帶無線電臺首先發回了臺兒莊大捷的消息。當晚，武漢三鎮 10 多萬人舉行了火炬遊行，戰時首都沉浸在歡騰之中。稍後，陸詒發回了長篇通訊《踏進臺兒莊》在《新華日報》上發表，使讀者詳細瞭解到前線的情況。房滄浪爲了採訪最後消息，一直堅持到徐州淪陷那一天（5 月 20 日），結果被俘，在敵寇俘虜營過了三個月的非人生活，後來經過千辛萬苦逃出了魔掌。5 月下旬，採訪徐州會戰的記者大部分回到武漢。《新華日報》、《大公報》、中

〔註77〕韓辛茹：《新華日報史》，重慶出版社 1990 年版，第 4 頁。
〔註78〕韓辛茹：《新華日報史》，重慶出版社 1990 年版，第 5 頁。
〔註79〕郭沫若：《洪波曲》，人民文學出版社 1979 年版，第 20 頁。

央通訊社、《掃蕩報》、《武漢日報》和軍事委員會政治部先後舉行宴會和座談會慰問記者。正如博古在宴會上所指出的，「這次徐州突圍中，同業之間在工作上能相互支持，共同協作，充分表現出團結戰鬥的精神。」〔註80〕

　　已經團結起來的新聞界，不僅在具體的行動上相互協作，而且逐漸建立起比較固定的組織聯繫。1937 年 11 月，由范長江、夏衍等人發起，在上海建立了全國性的新聞記者的聯合組織——中國青年新聞記者學會（簡稱「青記」）。經過國民中央宣傳部備案，「青記」於 1938 年 3 月 30 日正式在武漢舉行成立大會和首次代表大會，選舉范長江、孟秋江、惲逸群等為負責人。這個組織的成員包括《大公報》、《掃蕩報》、《武漢日報》、《新華日報》和中央通訊社等單位的 1000 多名新聞記者，分佈在全國 10 多個省市。「青記」的成立，對於團結廣大新聞工作者，加強抗戰的宣傳，密切中外新聞工作者的聯繫，起到了重要的作用。

　　在此基礎上，1938 年 11 月，經過范長江等積極籌備，又在桂林正式成立了國際新聞社（簡稱「國新社」）。先是，由於國民黨新聞機構充滿假話、大話、空話的宣傳得不到國際社會的信任，主管國民黨軍事委員會國際宣傳處的親英美派人士董顯光、曾虛白頗思振作，試圖變通。他們通過周恩來請范長江、胡愈之（軍委會政治部第三廳處長）組成國際新聞社。雙方達成協議，國際新聞社負責供給國際宣傳處新聞稿件，國際宣傳處每月為國際新聞社供數百元稿費。後來由於國民黨「中統」特務從中作梗，曾虛白等被迫終止協議〔註81〕。但是，「國新社」由此成為全國性的通訊社，向海內外中文報刊發稿，受到普遍歡迎。

　　進入抗戰相持階段後，國共合作出現裂痕，但新聞界團結合作的勢頭並未因此減低，反而有所增長。其主要表現是重慶各報《聯合版》的發行和中國新聞學會的成立。

　　1939 年 5 月 3 日和 4 日，日本飛機對重慶狂轟濫炸。各報遭受嚴重損失，《中央日報》損失最慘。編輯部和印刷廠被摧毀殆盡。敵機的轟炸暴露出了戰時報紙集中於市中心區域的弊端。有鑒於此，「遂有中央、時事、國民、大公四家發行之議。」〔註82〕5 月 5 日，蔣介石發佈「手諭」，下令「各報一律

〔註80〕《新華日報的回憶》續集，四川人民出版社 1983 年版，第 338 頁。
〔註81〕《國際新聞社回憶》，湖南人民出版社 1987 年版。第 60、第 66 頁。
〔註82〕黃天鵬：《重慶各報發行聯合版之經過》，《新聞學季刊》第 1 卷第 2 期。

停刊，疏散市外，在此停刊期間發行聯合版。」〔註83〕同日。國民黨中央宣傳部也發出通知，「指定由《中央日報》牽頭，召集各報負責人到《新民報》開會，商討出《聯合版》事宜。」經商議，5月6日重慶各報《聯合版》創刊發行，參加的有《中央日報》、《時事新報》、《大公報》、《掃蕩報》、《國民公報》、《新蜀報》、《新民報》、《西南日報》九家。在得到國民黨中宣部部長葉楚傖的保證「出《聯合版》是臨時措施，沒有讓《新華日報》就此停刊的意思」〔註84〕後，5月7日《新華日報》也參加進來。經集議，決定由各報社長組成各報聯合委員會，由《中央日報》社社長程滄波任主任委員；各報總編輯組成編輯委員會，由《大公報》總編輯王芸生為主任委員；各報總經理組成經理委員會，由《時事新報》總經理黃天鵬為主任委員。《聯合版》從5月6日創刊至8月12日停刊，歷時3個月零7天，計99日。

由於各報代表著不同的政治派別和利益集團，《聯合版》發行過程中難免有些摩擦，但是其貫穿始終的是真誠的團結和愉快的合作。正如《聯合版》發刊詞中所指出的，「聯合版所表現的精神最顯著的是團結」。「敵人對我們的各種殘酷手段，我們的回答是加緊我們的組織，粉碎敵人的陰謀詭計，……展開我們的奮鬥的陣容。」〔註85〕對此，國共兩黨新聞工作者都有共同的看法。1944年1月《新華日報》發表編者文章指出，「聯合版的工作，合作得相當順利。……一直到聯合版於『八一三』停刊，大家都合作得很好。編輯部裏和廣告課中，真是再融洽也沒有了，而且，工作精神也都很好。」〔註86〕國民黨報人則稱，「十家大報同舟共濟，以百折不撓之精神，開報史一新紀錄。」〔註87〕日後，有的研究者過分誇大其中的「鬥爭」，是不符合實際的。

由於各報的精誠合作，《聯合版》取得了良好的社會效益和經濟效益。從言論上看，由各報總編輯或主筆輪流（每人三天）撰寫的言論，都能從大局出發，不標新立異，輿論趨於一致。「聯合版的一篇社論，常為國際通訊社引用為中國輿論的代表。」〔註88〕從發行上看，《聯合版》由於集各報之精華，精編精選，奇卉鬥豔，受到各界讀者歡迎，發行量不斷上升。據黃天鵬所作

〔註83〕黃天鵬：《抗戰時期重慶報業》，臺灣《中央日報》1957年3月20日。
〔註84〕韓辛茹：《新華日報史》，重慶出版社1990年版，第97頁。
〔註85〕黃天鵬：《抗戰時重慶報業》，臺灣《中央日報》1957年3月20日。
〔註86〕卓芸：《在轟炸中前進》，《新華日報》1944年11月。
〔註87〕黃天鵬：《重慶各報發行聯合版之經過》，《新聞學季刊》第1卷第2期。
〔註88〕黃天鵬：《重慶各報發行聯合版之經過》，《新聞學季刊》第1卷第2期。

《重慶各報聯合版之經過》一文披露，初創時期日發行 2 萬餘份，後來增加到 3 萬份；日發行收入也由 5 月份的 667 元增加到 8 月份的 1205 元，由於報紙暴漲，發行虧損日巨，才不得不加以限價，以致「報販居奇，每份售價竟有倍於定價者。」從廣告經營上看，《聯合版》也取得了可觀的效益。由於各報停刊，各方廣告源源而來，「倍極擁擠，當時情形，幾乎無法應付。」〔註89〕因此，每月廣告費收入不斷上升，由 5 月份的 19000 元上升到 6 月份的 28647 元，再上升到 7 月份的 35858 元，8 月份因各報準備復刊，廣告客戶減少，12 天廣告費為 10283 元。當然，《聯合版》對新聞界本身的影響也是顯而易見的。《聯合版》停刊後，重慶各報聯合委員會作為固定的組織形式被保留下來，日後它在維繫各報之間的聯絡、改進業務、調整報價等方面仍發揮了一定作用。

在重慶各報《聯合版》的基礎上，1941 年 3 月 16 日在重慶成立了中國新聞學會。學會仍然標榜團結抗戰的宗旨，也包括了 24 省市的 200 多名報業代表，《新華日報》社長潘梓年且被選為候補理事，但由於它是在「皖南事變」後由國民黨中央宣傳部一手操持創辦起來的，所以團結徒有虛名，組織形同虛設，沒有什麼作為。

二、抗日戰爭中後期新聞界內部的鬥爭

國共兩黨之間，從抗日戰爭一開始，就存在著不同的抗戰路線。一條是中國共產黨的全面抗戰路線，其中心內容是實行全國軍隊和人民總動員以及實行民主政治；一條是中國國民黨的片面抗戰路線，即只依靠軍隊抗戰，不動員人民群眾並繼續實行獨裁專制統治。這就是說，國共兩黨雖然在抗不抗日的問題上已達成共識，但在怎樣抗日的問題上卻仍存歧見。由此引發了國共兩黨之間的一系列摩擦和鬥爭。1941 年 1 月發生的「皖南事變」，就是這種摩擦和鬥爭的最劇烈的表現。作為雙方的鬥爭工具，以《中央日報》為代表的國民黨黨報和共產黨黨報《新華日報》之間也為此進行了長期的較量，其他報紙依違於兩者之間，或左或右，搖擺不定。不過，受戰爭環境的影響，這種鬥爭並不總是通過報面直接地、尖銳地表現出來，而是通過隱蔽的、曲折的方式進行。表面上波浪不驚，實際上暗流湧動，「暗鬥」多於「明爭」，這是抗日戰爭時期新聞界聯合戰線內部鬥爭的一個特點。

〔註89〕黃天鵬：《重慶各報發行聯合版之經過》，《新聞學季刊》第 1 卷第 2 期。

　　大致來說，抗戰初期中國國民黨抗戰比較努力，國共關係比較融洽，新聞界也比較團結。進入抗戰相持階段後，國民黨的政策發生了很大變化，1939年 1 月召開的五屆五中全會確立了「防共、限共、溶共、反共」的方針。這就給國共合作蒙上了陰影，為各地反共事件提供了依據，也為新聞界的鬥爭埋下了導火線。

　　最初，國共兩黨黨報的鬥爭是通過間接的方式表現出來的。1938 年 12 月 12 日，國家社會黨的張君勱配合國民黨「一個主義」、「一個政黨」、「一個領袖」的宣傳，在《再生》雜誌第 10 期上發表了《致毛澤東先生的一封公開信》，要求共產黨取消邊區、取消八路軍和新四軍，「將馬克思主義暫時擱一邊」。《中央日報》等國民黨黨報立即加以轉載〔註90〕，以擴大其影響。由此引發了新聞界內部的第一次衝突。1939 年 1 月 14 日，《新華日報》以「來論」的形式發表林北麗的來信，開始反擊。來信指責張君勱的信，「言多乖於事實」，於國共合作將「其起猜疑與摩擦之漸」。3 月 4 日，該報又在「來函照登」欄發表朱家瑜的《脫離國家社會黨公開聲明書》，指責張君勱是「拾人唾餘」，「屬故意離間友黨感情，挑撥是非之論」。這兩篇文章，前一篇的作者是張的「世侄女」，後一篇的作者是「國家社會黨黨員」。《新華日報》通過這兩篇文章，旁敲側擊，達到了這樣的宣傳效果：「張君勱寫信罵共產黨是幹了一件眾叛親離的蠢事。」〔註91〕

　　第一個回合失敗後，國民黨宣傳部門轉而利用自己控制的《商務日報》於 1939 年 9 月發動了新的反共宣傳攻勢。《商務日報》原是重慶市商會主辦的報紙，後來被「軍統」康澤控制，由三民主義青年團重慶市區團部負責人高允斌任社長，國民黨中宣部秘書長劉光炎任總編輯。1939 年 7 月 8 日，《新華日報》出版「紀念抗戰兩週年特刊」，發表毛澤東撰寫的社論《當前時局的最大危機》〔註92〕。社論針對當時國內外的「和平陰謀」和反共活動指出，「半年以來，由於日本誘降政策的加緊執行，國際投降主義者的積極活動，主要地還是在中國抗日陣線中的一部分人的更加動搖……投降的可能成了當前政治形勢中的主要危險；而反共，即分裂國共合作，分裂抗日團結，就成了那

〔註90〕《中央日報》1938 年 12 月 25 日以「來論」形式轉載張君勵的信，但沒有發表評論。
〔註91〕韓辛茹：《新華日報史》，重慶出版社 1990 年版，第 115 頁。
〔註92〕此文收入《毛澤東選集》第 2 卷，題為《反對投降活動》。

班投降派準備投降的主要步驟」。社論特別指出，「這一套，不但汪精衛在演出，更重要的就是還有許多的張精衛、李精衛，他們暗藏在抗日陣線內部，也是和汪精衛裏應外合地演出，有些唱雙簧，有些裝紅臉。」這明明是在指責蔣介石的「反共投降活動」〔註93〕，因而引起了國民黨宣傳部門的反對。9月8日，《商務日報》發表社論《汪精衛爲什麼做漢奸》，批駁毛澤東的上述觀點。社論指出：「有的人說，汪精衛之所以做漢奸，唯一的原因，就是他反對共產黨。因爲他反對共產黨，日寇亦是反對共產黨，所以汪精衛便和日寇勾結，主張投降，因而做了漢奸。這種看法，表面看來，似屬有理，實則完全錯誤，因爲汪精衛之做漢奸與反共，完全是兩件事，絕對不會發生連帶的因果關係的。在目前的環境之下，做漢奸的固然是反共，但反共的人，不一定是漢奸，並且不是做了漢奸，方可以反共。」對此，《新華日報》於9月10日發表該報總編輯吳克堅的署名文章《駁商務日報的有害謬論——關於反共與投降因果關係》，予以駁斥。文章指出，「誠然『在目前的環境之下，做漢奸的固然是反共，但反共的人不一定是漢奸』，因爲今日的確存在這樣一種人，或者對共產黨存在著成見，或者其反共是別具用心，可是今日還不是漢奸，甚至其中少數人主觀上還是主張抗日的。但是我們要指出，無論這些人主觀上是如何想法，最少在客觀事實上，今日的反共是幫助日寇滅華的，是幫助漢奸汪精衛投降的，其歷史必然的歸宿，或者是由反共而走到放棄抗戰立場，或者是竟由反共而滾到日寇和漢奸的懷抱裏去。」

吳文發表後，《商務日報》又連接發表了《對新華日報謬論的糾正》和《論反共與漢奸》兩篇社論，指責《新華日報》「反共即漢奸」的論點「污蔑了國民黨及其他黨派，更侮辱了全國純潔而愛國的同胞。」〔註94〕9月17日，吳克堅再次發表文章進行反擊，他指出：《商務日報》企圖「間離我們與國民黨同志的友好關係，來挑撥我們與其他黨派的惡感，來挑撥我們與純潔而愛國同胞的親密關係……，這種企圖也是會徒勞無功的」。因爲「自抗戰以來，我們不僅在口頭上和文字上而且在行動上一貫的擁護共同團結，擁護國民黨，擁護蔣委員長領導抗戰。一貫的主張並實行與其他抗日黨派團結，一貫的站在民眾利益前面爲民眾的利益奮鬥。」值得注意的是，在這次論戰中，

〔註93〕《毛澤東集》第2卷，注釋【6】、【7】、【8】，人民出版社1991年版，第574頁。

〔註94〕韓辛茹：《新華日報史》，重慶出版社1990年版，第119頁。

《新華日報》未用社論的形式大張討伐，在觀點上也有所讓步，國民黨黨報特別是《中央日報》也沒有直接出面，並且國民黨中央宣傳部和戰時新聞檢查局能適時出面「勸架」，「同業應保持親愛精誠之旨，共謀抗戰宣傳之發展。」〔註95〕這說明國民黨黨報和共產黨黨報雙方均有所剋制。

　　但是，這種比較隱諱的間接的鬥爭方式並沒有維持多久，到1941年1月「皖南事變」發生時，國共兩黨黨報的鬥爭就公開地表現出來，並且達到白熱化的程度。事變前夕重慶各報就已嗅到了一種極不平常的氣氛，呈現出一派肅殺之象。1940年12月14日，積極追隨國民黨反共政策的天主教報紙《益世報》發表《勝於「一」》的社論，宣稱：「我們全國上下，只有一個領袖、一個意志、一個綱紀、一個目標，領袖執掌著這唯一的綱紀。凡事破壞綱紀，不接受領袖命令或陽奉陰違的人們，這是我們最大的敵人。」「任何不奉行軍令的人，也應該槍決，這是綱紀問題，不是團結問題。」〔註96〕12月20日，《掃蕩報》也發表《統一軍令》的社論，指出：「如尚有操縱軍隊，把持地盤，或擅移陣地，擴軍自利，罔顧法令的人物，雖未必投入敵人的懷抱，而其危害國家，減弱抗敵力量，（與漢奸）初無二致。」〔註97〕1941年1月4日，《中央日報》的社論《以統一以來保障勝利》更是殺氣騰騰，「國家民族今日已至真是決定盛衰存亡的關頭，斷不容許個人、任何軍隊，蔑視國家的法令，違反國家的紀律，破壞國家政治軍事的統一。……統一的象徵在哪裏？貫徹政令是統一，貫徹軍令是統一，整肅綱紀是統一，制裁叛逆是統一。」社論說：「敵寇是我們的唯一的敵人，違反紀律妨礙抗戰者，是有助於日寇的行為，也就是國家民族的罪人，與漢奸無殊！唯有貫徹政令，嚴肅軍紀，制裁這些『千古罪人』，方能維護國家的統一，方能保障抗戰的勝利。」

　　在這種森嚴的氣氛中，一場激烈的搏鬥展開了。1月17日，中央通訊社播發了「軍事委員會通令」和「軍事委員會發言人談話」。「通令」和「談話」聲稱：「國民革命軍新編第四軍抗命叛變，襲擊友軍，已由顧司令長官緊急處理，現該軍全部解散，編遣竣事。該軍軍長葉挺就擒，交軍法審判，副軍長項英在逃，正緝獲中。」〔註98〕第二天，《中央日報》和所有國民黨黨報均在

〔註95〕韓辛茹：《新華日報史》，重慶出版社1990年版，第121頁。
〔註96〕陳銘德等著：《<新民報>春秋》，重慶出版社1987年版，第175～176頁。
〔註97〕陳銘德等著：《<新民報>春秋》，重慶出版社1987年版，第175～176頁。
〔註98〕《中央日報》，1941年1月18日。

最顯著的地位大字標題刊登了這條消息，並紛紛發表社論爲國民黨軍事當局的行徑辯護。與此同時，蔣介石侍從室第二主任陳布雷和國民黨中央宣傳部部長張道藩等人召集各民營報紙的老闆談話，對他們施加壓力，強迫他們刊登中央社消息，並配發社論。在這類報紙中以《益世報》最爲積極，它一方面用「中號」加「半個出」那樣斗大字號作標題刊出；另一方面又發表《處置抗令叛變之新四軍》的社論，爲國民黨當局幫腔。其他各報則是被迫應付，空發「屈服於刺刀尖下的違心之論。」〔註99〕從表面上看，國民黨黨報及其追隨者氣勢逼人，反共聲浪不可一世。

面對強大的壓力，《新華日報》全體人員在周恩來指揮下進行了堅決而頑強的鬥爭。一方面，社長潘梓年等人深夜趕到《新民報》、《新蜀報》、《國民公報》等報館夜班編輯部，說明皖南事變眞相，希望他們「考慮大局，主持正義，對中央社歪曲事實、污蔑新四軍的稿件予以抵制。」〔註100〕另一方面。總編輯章漢夫等人巧妙避開國民黨新聞檢察官，將周恩來的親筆題詞「爲江南死國難者誌哀」，「千古奇冤，江南一葉，同室操戈，相煎何急！？」刊發出來。報紙印好後，全體人員一齊出動分途送發，終於在各報之前把報紙在大街小巷閱報欄裏張貼，送到訂戶手中。雖然國民黨當局派出大批憲警特務追捕報童沒收並撕毀報紙，當時共產黨的聲音已經銳不可擋地傳播出去。在這個意義上來說，《新華日報》掌握了宣傳的主動權，取得了初戰的勝利。接著，該報工作人員又在周恩來、葉劍英的領導下用一天的時間編印了《新四軍皖南部隊被殲眞相》的小冊子，用具體的事實逐一澄清了由國民黨新聞機構製造的混亂。

國民黨當局的倒行逆施，不但遭到了共產黨的堅決反抗，而且遭到了國內民主人士和國際輿論的譴責。宋慶齡、陳友仁、章伯鈞、陳嘉庚等紛紛發表聲明或舉行抗議活動，譴責蔣介石和國民黨中央「剿共內戰違背民心」，已「引起國人惶惑」，要求他們「愼守總理遺訓」，「撤銷剿共部署，解決聯共方案，發展各抗日實力」，並且大力「推進民主改革」。〔註101〕蘇、美、英各國也先後發表聲明，希望中國繼續抗戰，國共繼續合作。美國政府表示，「美國在國共糾紛未解決前，無法大量援華，中美間的經濟、財政等各種問題不可

〔註99〕《抗日戰爭時期的中國新聞界》，重慶出版社1987年版，第135頁。
〔註100〕韓辛茹：《新華日報史》，重慶出版社1990年版，第195頁。
〔註101〕《中國共產黨歷史》上卷，人民出版社1991年版，第574頁。

能有任何進展。」〔註102〕在國內外強大輿論壓力下，蔣介石不得不表示「踐履諾言，以竟抗建大業」，「以後決再無剿共的軍事」。〔註103〕至此，反共高潮被迫收場，國民黨黨報的反共宣傳也以失敗告終。

雨過天晴，優劣昭昭：國民黨違背民心。威信喪盡，政治上極端孤立；共產黨堅持團結，顧全大局，贏得了廣泛同情。中國歷史的走向業已犁定。

皖南事變以後，國共兩黨黨報之間的鬥爭復歸於「暗流」之中，即由報面上公開的直接的對立轉爲經營管理方面尤其是發行領域的爭奪，監視和圍攻《新華日報》的任務也由國民黨黨報轉到了國民黨軍警、特務和新聞檢察官身上。這種狀況一直維持到抗體戰爭結束。

三、抗日戰爭時期國共兩黨黨報之比較

抗戰初期，在新聞界的歷次鬥爭中，國民黨黨報都失敗了。對此，國民黨報人並不避諱，他們承認，「我們對共區的宣傳，論人才不成比例，……論經費，也還花的多。只是我們處處自甘被動，所以落了下乘，以致吃盡虧，受盡氣。」〔註104〕爲什麼政治地位優越、經濟實力雄厚、人才陣營龐大的國民黨黨報反而在同遠離中共中央所在地延安、孤軍作戰於國民黨戰時「陪都」的《新華日報》的鬥爭中「落了下乘」呢？這是有深刻原因的，其中國共兩黨黨報優劣迥異，是不可忽視的因素。

首先，國共兩黨黨報所代表和宣傳的抗戰路線是不同的，這就從本跟上決定了雙方的優勝劣敗。國民黨黨報所代表和宣傳的是國民黨的片面抗戰路線，雖然這條路線在抗日方面受到了人民的歡迎，但其獨裁專制的一面卻是違反民主自由這一人民群眾的根本要求和現代中國歷史發展方向的。因此，人民群眾對國民黨黨報的宣傳仍然存在著一種本能的逆反心理。《新華日報》則不同，它所代表的民族精神得到全國人民的擁護，而且以民主憲政的精神適應了時代的要求。因此，人民群眾對《新華日報》有一種自發的信任和熱愛，正如一位讀者給該報的信中所表示的，「我愛護《新華日報》，如同愛護我的父母一樣。」〔註105〕他們不但是《新華日報》的讀者，而且幫助義務發行，招攬廣告，甚至

〔註102〕《中國共產黨歷史》上卷，人民出版社 1991 年版，第 575 頁。
〔註103〕《中央日報》，1941 年 3 月 9 日。
〔註104〕劉光炎：《抗戰期大後方新聞界追憶》，臺灣《報學》第 1 卷第 2 期，1952 年 1 月出版。
〔註105〕韓辛茹：《新華日報史》，重慶出版社 1990 年版，第 146 頁。

建立造紙工廠。這樣，極大地支持了《新華日報》，使之立於不敗之地。

　　爲了擴大影響，1941 年《中央日報》、《掃蕩報》曾會同國民黨中宣部、重慶市黨部和重慶市派報工會商討發行對策。他們規定，除行政推銷外，還給報販和訂戶「施以精神訓練」和特殊津貼，兩報每月給派報工會「救濟費500 元，國民黨中央和重慶市黨部每月撥給報販「福利事業費 1000 元，各工廠學校可以 3 折訂閱兩報。〔註106〕儘管如此，兩報的發行效果並不理想，《中央日報》的發行量一直就 10000 份左右徘徊不定，到 1944 年也不過 16000 份。〔註107〕這樣就爲《新華日報》和其他民營報紙贏得了廣大的讀者群和廣闊的發展前景。據 1940 年 8 月國民黨中宣部的調查，《新華日報》在重慶地的日銷數由遷渝時的不足 3000 份上升到 8000 份，1942 年 2 月更上升到 15000 份。「已與《大公報》之銷數相等」。〔註108〕

　　爲片面抗戰路線宣傳特別是反共宣傳，既不合民心，也非大多數國民黨報人的本意。國共兩黨黨報的鬥爭並不是兩黨報人的個人恩怨，相反除極少數反共分子外，大多數愛國的國民黨報人對共產黨人的態度是比較友好的。1938 年 12 月 5 日《新華日報》舉行「本報與八路軍殉國烈士追悼會」，《中央日報》社社長程滄波在會上發言，「著重提出這 16 位新聞從業員的犧牲，是表示新聞從業員對喚醒民眾工作同情與援助。」次年 1 月 26 日在《新華日報》社舉行的招待會上，程滄波再次出席並作了熱情的講話：「在這個宴會上，各黨各派各界人士濟濟一堂，實是全國精誠團結的具體表現，所以我覺得中國的前途非常光明。《新華日報》爲中國共產黨機關報，在報上發表中共擁護三民主義、擁護蔣委員長的眞誠態度，我希望大家在民族至上，國家至上的原則之下，以期抗戰必勝、建國必成。」〔註109〕即使以反共出名的《掃蕩報》，也不是鐵板一塊的。如桂林《掃蕩報》總編輯鍾期森就曾向《救亡日報》總編輯夏衍表示：「您不要把我和重慶的《掃蕩報》聯繫起來，在桂林，我們兩家的處境是差不多的，都是『寄人籬下』，加上現在是抗日時期，我不會在版面上發表不利於團結的言論的。」〔註110〕事後，他確實一直對共產黨保持了

〔註106〕《白色恐怖下的新華日報》，重慶出版社 1990 年版，第 146 頁。

〔註107〕參閱本書第五章第二節第二目之「10 家中央直轄黨報規模一覽表」。

〔註108〕參閱本書第五章第二節第二目之「10 家中央直轄黨報規模一覽表」。

〔註109〕《新華日報》，1938 年 12 月 6 日，1939 年 1 月 27 日。

〔註110〕夏衍：《懶尋舊夢錄》，生活・讀書・新知三聯書店 1985 年版，第 433 頁。

友好關係。鍾期森本人也於 1944 年 8 月犧牲於抗戰事業。1943 年張治中改組重慶《掃蕩報》總社後，新任社長黃少谷也公開表示「不在言論宣傳方面同《新華日報》對立」。當時，重慶報界曾流傳著「是中央掃蕩新華，還是新華掃蕩中央」的言論，郭沫若戲言道：「把掃蕩作這樣的動詞，大有中間的味道吧。」〔註111〕至於在業務交流和物資交換方面，兩黨報人之間也不乏相互支持的事例。在重慶紙張供應最困難的時候，《中央日報》總經理張明煒就曾向《新華日報》總經理雄瑾玎求援。「熊老闆對『友黨』的要求表現非常慷慨，當即挑選 40 令好紙借給他。」〔註112〕後來，張明煒也曾代《新華日報》鑄造過一幅標題大字，並介紹幾名印刷工人到《中央日報》印刷廠學習。「張明煒和熊瑾玎的『友好』關係後來傳到國民黨某些要人的耳朵裏，有人說他跟共產黨打得火熱，危險！因此丟掉了中央日報館的經理職務。」〔註113〕因此可見，有些國民黨報人參加反共宣傳是被動的、違心的，只不過是例行公事而已。

其次，抗戰中後期蔣介石和國民黨中央更加強了對國民黨黨報的控制，從而加劇了國民黨黨報體系內部固有的矛盾。和前一時期相比，蔣介石對國民黨黨報乃至整個新聞宣傳工作的關注明顯地加強了。他一生中兩次關於新聞工作的專門講話──《今日新聞界之責任》和《怎樣做一個現代新聞記者》，就是在 1940 年 3 月和 7 月發表的。不僅如此，這一時期他「對中央宣傳部的指示特別多，幾乎每天都有所指示。大概每次都是由陳布雷打電話給張道藩部長，張部長便很緊張地找公展先生，程滄波先生，馬星野先生商量。」〔註114〕蔣介石之所以重視《中央日報》，是因為他認為「中央日報是代表政府及其個人發言的機關，稍有偏差，就會影響大局，所以要求非常嚴格。……稍有差錯，必遭訓斥。」〔註115〕

為了更嚴密地控制黨報，國民黨中央宣傳部於 1939 年底成立了由中宣部部長為主任的黨報社論委員會。這個委員會的設立，主觀上是為了「撰發聯合社論，供應各地黨報的要求……齊一言論，提高報紙社論格調」〔註116〕，但客觀上卻架空了各黨報社長和總編輯的權力，而且「委員們都是忙人，沒有多少

〔註111〕《抗日戰爭時期的中國新聞界》，重慶出版社 1987 年版，第 84 頁。
〔註112〕韓辛茹：《新華日報史》，重慶出版社 1990 年版，第 141 頁。
〔註113〕韓辛茹：《新華日報史》，重慶出版社 1990 年版，第 141 頁。
〔註114〕王健民等：《潘公展傳》，臺北市新聞記者公會 1974 年版，第 25 頁。
〔註115〕馬之驌：《新聞界三老兵》，臺灣經世書局 1986 年版，第 388 頁。
〔註116〕黃天鵬：《抗戰時期重慶報業》，臺灣《中央日報》1957 年 3 月 20 日。

時間坐下來寫稿。中央日報的社論甚至只有半篇，有時沒有結論」〔註117〕。這樣事與願違，不僅沒有加強黨報的言論，反而束縛了它的手腳。對此，當時任蔣介石侍從室第二處第五組組長兼《中央日報》總主筆的陶希聖也感到非常爲難。他日後回憶說：「在重慶時代，蔣委員長對中央日報的鞭策很嚴，責成其認眞踏實地宣達中央的政策。……中央日報是黨報，新聞既是中央發佈，言論受了許多限制。……（既）要知道政情，要參與機密，但是不能泄露機密。這就使我們很感困難。」〔註118〕至於一般的報人或與蔣關係不深的人，處境就更難堪了。1942年年底，《中央日報》因搶發「中美英廢除不平等條約」的新聞，闖下了大禍。據卜少夫回憶，「蔣在江山一早見報，非常震怒，立刻找到住在南溫泉的（中宣部長）張（道藩），追問中央日報這條消息的來源。」〔註119〕結果，記者卜少夫被罰薪兩個月後，趕出報社。「我的上級或記大過或被解職，陶百川先生也因此丟掉中央日報社長。」〔註120〕

爲了更加嚴厲地控制國民黨黨報，1943年國民黨中央制定了《中央宣傳部直轄黨報組織規程》、《中央宣傳部直轄報社及分社管理規則》等三個重要文件，其中規定，「直轄報社設社長一人，綜理全社事務，由本部任用，呈報中央執行委員會備案」；「直轄報社設主筆一至三人，由社長呈准本部任用之，首都中央日報社得設總主筆一人，由本部任用，呈報中央執行委員會備案」；「社長之下分社編輯部經理部總務處，……各設總編輯、總經理和總務主任一人，分掌各該部處事務，由社長呈准本部任用之。」〔註121〕在社長之外平添一個總主筆，在總編輯和總經理之間平添一個總務主任，嚴重損害了1932年確立的社長負責制，人爲地製造了報社內部的矛盾，擾亂了報業的運行機制。倘使「不幸私人發生了意見，將使報館的主要業務，處於非常困難地位。」〔註122〕

由於制度和思想方面的矛盾，導致了頻繁的人事變動。1940年秋程滄波被迫離開《中央日報》後，何浩若、陳博生、陶百川、胡健中等走馬而過，長者不及兩年，短者僅有月餘。抗戰相持階段是《中央日報》社長變動最頻

〔註117〕王健民等：《潘公展傳》，臺北市新聞記者公會1974年版，第25頁。
〔註118〕臺灣《傳記文學》第13卷第6期，陶希聖文。
〔註119〕臺灣《傳記文學》第28卷第4期，卜少夫文。
〔註120〕臺灣《傳記文學》第28卷第4期，卜少夫文。
〔註121〕中國第二歷史檔案館檔案，全宗號711（5），卷號259。
〔註122〕詹文滸：《報業經營與管理》，正中書局1948年版，第100頁。

繁的時期，以致許多人視此爲畏途，「弄到中央宣傳部一直找不到合適的人選。」〔註123〕國民黨黨報體系內部這種尖銳複雜的矛盾，極大地損耗了其自身的戰鬥能力。

　　再次，和國民黨黨報不同，共產黨黨報《新華日報》卻是一個組織嚴密、內外關係和諧的戰鬥集體。在每一次鬥爭中，它都能得到中共中央特別是周恩來爲首的中共南方局及時而具體的指示。在 1941 年至 1945 年的中共全黨「整風運動」中，雖然延安《解放日報》發生過不適當的批判《野百合花》事件〔註124〕和「審幹運動」，但是在重慶的《新華日報》卻因報紙處於特殊的環境，報社領導多側重自我批評，沒有採取過火的鬥爭形式，從而形成了高度的凝聚力和旺盛的鬥志。在「整風運動」期間，該報還連續刊登《本報特別啓事》，徵求社會各界讀者的批評意見，進一步確立了報紙「不僅是中共中央的機關報，同時，要成爲人民自己的報紙」〔註125〕的辦報方針，形成了接近中下層讀者、接近實際、通俗易懂的辦報風格，建立了一整套行之有效的經營管理措施。皖南事變後，國民黨中宣部曾多次派人對《新華日報》進行調查，得出的結論是，它「發行時間最早」、「發價低廉，派報處樂爲代銷」、深受讀者歡迎，「對一般人民思想影響甚巨」。〔註126〕對於這樣一個戰鬥集體，除非國民黨當局強行封閉，國民黨黨報是無能爲力的。

　　《新華日報》不僅內部環境和諧，而且同整個新聞界的關係良好。在堅持團結抗日的前提下，反對國民黨苛刻的新聞檢查制度，爭取新聞出版自由，是抗戰時期新聞界的一項長期鬥爭。一般來說，國家對外宣傳，戰時施行新聞檢查，防止軍機泄露，保持人心安寧，是必要的。但是，國民黨新聞檢查的目的主要在於防止異己思想特別是共產主義思想的傳播，維護其一黨專政的獨裁統治，而且規定繁雜苛細、形式原始落後、檢查人員素質極其低下，因而從一開始就遭到了新聞界的抵制和反對。在這一鬥爭中，《新華日報》高舉民主自由的旗幟，創造了「違檢」、「拒檢」、「暴檢」等一整套行之有效的方法，得到了新聞界的贊同和支持。顯然，在同整個新聞界的關係中，國民

〔註123〕馬之驌：《新聞界三老兵》，臺灣經世書局 1986 年版，第 389 頁。
〔註124〕1942 年 8 至 10 月，《新華日報》和《群眾》雜誌連續發表文章批判《野百合花》作者王實味，引起重慶文化界震動，也招致國民黨報刊的攻擊。
〔註125〕《爲本報革新敬告讀者》，《新華日報》1942 年 9 月 18 日。
〔註126〕《白色恐怖下的新華日報》，重慶出版社 1990 年版，第 394 頁、第 613 頁。

黨黨報也是處於孤立無援的地位的，因而它往往在鬥爭中「落了下乘」。經過新聞界共同的艱苦鬥爭，1945 年 10 月 1 日，國民黨中央被迫宣佈廢除新聞檢查制度。

　　1945 年 8 月 15 日，日本侵略者宣佈無條件投降，中國人民經過八年犧牲奮鬥，終於迎來了抗日戰爭的偉大勝利。這是全體炎黃子孫的勝利，這是第二次國共合作對民族歷史的貢獻。包括國民黨報人在內，一切為抗戰勝利出過力、流過血、獻出了生命的同胞，理應受到後人的尊敬。

第四節　抗日戰爭時期中國國民黨黨報經營管理體制的變更

　　抗日戰爭時期，國民黨黨報之所以一方面獲得全面的發展和進步，另一方面又在與共產黨黨報的鬥爭中「落了下乘」，與這一時期國民黨黨報經營管理體制的變更，和這一時期國民黨報人提出的一系列辦報思想，密切相關。

一、抗日戰爭時期中國國民黨黨報經營管理體制的變更

　　1943 年，中國的抗日戰爭進入最艱苦的時期。為了爭取抗日戰爭的早日勝利，國民黨中央和國民黨政府強化了對全國政治、經濟、文化等各方面的統制。在這種情況下，1943 年 4 月和 6 月，國民黨中央常務委員會重新制定了《中央宣傳部直轄黨報組織規程》、《中央宣傳部直轄報社分社組織規程》和《中央宣傳部直轄報社及分社管理規則》三個重要文件〔註127〕，重新加強了對國民黨黨報的直接控制。由這三個文件所確立起來的戰時黨報經營管理體制，對 1932 年春所確立的黨報社長負責製作了重大的修改。其基本內容如下：

　　第一，關於黨報的組織形式。文件規定：（一）「直轄報社由本部（中央宣傳部）指揮監督」〔註128〕；（二）「直轄報社設社長一人，綜理全社事務，由本部任用，呈報中央執行委員會備案」，「直轄報社設主筆一至三人，由社長呈准本部任用之。首都中央日報地設總主筆一人，由本部任用，呈報中央

〔註127〕這三個文件收藏於南京中國第二歷史檔案館，全宗號 711（5），卷號 259。
〔註128〕《中央宣傳部直轄黨報組織規程》，國民黨中央常務委員會 1943 年 4 月 10 日備案。

執行委員會備案」〔註129〕；（三）「社長之下分設編輯部、經理部、總務處，編輯部設總編輯一人，經理部設總經理一人，總務處設總務主任一人，執掌各該部處事務，由社長呈准本部任用之」〔註130〕；（四）「編輯部於總編輯之下設編輯、採訪、資料三組，必要時得設電務組。編輯組設主任一人，編輯、助理編輯各若干人，校對長一人，校對若干人。採訪組設主任一人，採訪若干人。資料組設主任一人，編譯員、徵集員、保管員若干人。電務組設主任一人，電務員、譯電員各若干人」〔註131〕；（五）「經理部於總經理之下設發行、廣告、工務三組，必切要時得設承印組，各組設主任一人。」〔註132〕

　　第二，關於黨報的人事管理。文件規定，（一）「直轄報社及分社之職員技工非本部許可不得兼任社外職務」；（二）「直轄報社及分社之職員有陞遷調補時，應按月造送工作人員動態各項有關人事表冊，如係新任工作人員應附工作人員調查表、保證書等呈部憑核」；（三）直轄報社及分社於每年年度開始，應造具職員名冊、技工名冊、工役名冊呈本部備查；（四）「直轄報社及分社應將工作人員年度總考成績表，呈部核辦」；（五）「直轄報社及分社應按月呈報小組會議考覈月報表及小組會議記錄以憑考覈。」〔註133〕

　　第三，關於黨報的財務管理和營業管理。文件規定：（一）「直轄報社設會計室、人事室，其組織依照黨務機關會計規程規定辦理之」〔註134〕；（二）「直轄報社分社於每年年度開始，應擬具營業計劃書、營業預算書呈送本部核定」；（三）「直轄報社分社於每年年度終了，應造具營業狀況月份比照表（甲乙兩種）、資產負債各月份比照表、營業損益預算決算對照表財產目錄，呈報本部備查」；（四）「直轄報社及分社於每月月終應依中央頒佈黨務機關會計規

〔註129〕《中央宣傳部直轄黨報組織規程》，國民黨中央常務委員會 1943 年 4 月 10 日備案。

〔註130〕《中央宣傳部直轄黨報組織規程》，國民黨中央常務委員會 1943 年 4 月 10 日備案。

〔註131〕《中央宣傳部直轄黨報組織規程》，國民黨中央常務委員會 1943 年 4 月 10 日備案。

〔註132〕《中央宣傳部直轄黨報組織規程》，國民黨中央常務委員會 1943 年 4 月 10 日備案。

〔註133〕《中央宣傳部直轄報社及分社管理規則》，國民黨中央常務委員會 1943 年 6 月 28 日備案。

〔註134〕《中央宣傳部直轄報社組織規程》，國民黨中央常務委員會 1943 年 4 月 10 日備案。

程規定，造具營業狀況報告（甲乙兩種）、資產負債表、損益計算書、財產增減表、固定負債目錄表、現金結存表，呈部審核。」〔註135〕

綜合上述三個文件對國民黨黨報經營管理體制的規定，擬定抗日戰爭時期重慶《中央日報》社組織系統圖如下：

抗日戰爭時期重慶中央日報社組織系統圖（1943 年）

```
              ┌───────────────┐
              │  中央執行委員會  │
              └───────┬───────┘
              ┌───────┴───────┐
              │   中央宣傳部    │
              └───────┬───────┘
          ┌───────────┴──────────┐
      ┌───┴───┐              ┌────┴────┐
      │  社長  │              │  總主筆  │
      └───┬───┘              └─────────┘
   ┌──────┼──────────────────────────────┐
┌──┴──┐         ┌──────┐         ┌──────┐
│總務處 │         │經理部 │         │編輯部 │
└──┬──┘         └──┬──┘         └──┬──┘
```

| 印刷廠 | 人事室 | 會計室 | 診療室 | 出納室 | 事務室 | 文書組 | 承印組 | 工務組 | 廣告組 | 發行組 | 資料組 | 電務組 | 採訪組 | 編輯組 | 主筆室 |

二、抗日戰爭時期中國國民黨黨報經營管理體制的特點

和 1932 年春天所確立的社長負責制的黨報經營管理體制相比，抗日戰爭時期國民黨黨報經營管理體制的變更，具有一些顯著的特點。這些特點，對國民黨黨報的發展產生了深刻的影響。首先，各直轄黨報重新置於國民黨中央宣傳部的直接「指揮監督」之下，並且在社長之外平行設立主筆或總主筆，這在一定程度上削減了社長的權力，損害了報社獨立自主的地位。從表面上看，這不利於黨報的發展。但是，在戰爭的特殊環境下，這又使黨報能直接地及時地得到中央的全面指導和扶植，從而既能獲得穩固的發展，又能密切配合黨政方略的貫徹實施。一般來說，報社在言論宣傳方針上起主導作用的是主筆或總主筆，而不是社長。以重慶《中央日報》為例，總主筆一職先後

〔註135〕《中央宣傳部直轄報社及分社管理規則》，國民黨中央常務委員會 1943 年 6 月 28 日備案。

由中央宣傳部副部長潘公展和軍事委員會委員長侍從室第二處第五組（分管宣傳）組長陶希聖擔任，就清楚地說明了這一點。由中央宣傳部組成統一的「黨報社論委員會」，每周撰寫社論六篇，各黨報必須刊登三篇以上。而這正是由主筆或總主筆組織實施的。因此，主筆或總主筆的責任非常重大。陶希聖曾說：「《中央日報》是中央的黨報，為中央喉舌。抗日戰爭，中央最高決策要由中央日報正式宣達。但是中央日報並不能獨家宣達中央最高旨意。」「於是中央日報只有一條路可走，就是正確的解說和傳達中央最高意旨。唯其要正確，主筆就難做了。」〔註136〕

其次，黨報指揮管理權限的高度統一，便於國民黨中央統一布置各黨報的地點，分配各黨報的經費。這樣，既保障了重點，又照顧了大局，使直轄黨報無論是在繁華的都市，還是在偏遠的區域都能穩固地生存下來並有所發展。如果沒有國民黨中央的大力扶助，這是不可能的。1944 年和 1943 年相比，國民黨中央補助各直轄黨報的經費，除重慶《中央日報》外，均大體相同，並有所增長（見下表）。

1943～1944 年國民黨中央補助各直轄黨報經費分配對照表 （單位：元）

報　　社	1943 年經費		1944 年經費		1944 年比 1943 年增長（％）	備　　註
	全年撥款	每月撥款	全年撥款	每月撥款		
重慶中央日報	1681680	140140	3062520	255210	82	
貴陽中央日報	198120	16510	297180	24715	50	
芷江中央日報	124800	10400	／	／	／	1944 年經費增加後撥武漢日報
成都中央日報	234000	19500	35100	29250	50	
昆明中央日報	224640	18720	336960	28080	50	
西京日報	296400	24700	419640	34970	42	內由中宣部分別月助10400元和 13520 元

〔註136〕《革命人物志》第十三集，臺灣中華文物供應社，第 205 頁。

南鄭西京日報	101400	8450	152100	12675	50	
武漢日報	253452	21121	567372	47281	124	
中山日報	166920	13910	250380	20865	50	另由廣東省政府分別月助2800元和2912元
梅縣中山日報	85800	7150	128700	10725	50	另由福建省政府分別月助5290元，後歸中宣部補助
福建中央日報	85800	7150	223920	18660	160	
福州中央日報	49920	4130	74880	6240	50	
湖南中央日報	156000	13000	234000	195000	50	另由湖南省政府月助300元
廣西中央日報	90480	7540	135720	11310	50	
安徽中央日報	489600	40800	674400	56200	38	
西康民國日報	239520	19960	340080	28340	42	由中宣部月助藏文版8000元其中3000元照藏幣發
青海民國日報	192000	16000	288000	24000	50	內由中宣部月助4500元，青海省政府月助588元
寧夏民國日報	216000	18000	324000	27000	50	另由寧夏省政府月助280元
合　計	4886532	407211	7830851	655071	61	

（資料來源：國民黨中央宣傳部檔案，南京中國第二歷史檔案館，全宗號711【5】，卷號259。）

　　再次，在中央宣傳部的嚴密督導下，各黨報不僅在宣傳方針上和中央密切配合，而且均能保持良好的營業勢頭。其中，尤以發行收入和廣告收入增長較快。這可以從下面所列「1943年各直轄黨報社收支盈虧表」中得到印證。

1943 年國民黨各直轄黨報社收支盈虧表　（單位：元）

報　　社	總收入	總支出	盈　虧	備　　註
重慶中央日報			1697828	①安徽中央日報未報送表格
貴陽中央日報	7650530	4675426	2975104	②各直轄報未列入
成都中央日報	4346886	3462745	884071	
昆明中央日報	10663936	6422588	4241448	
西京日報	5100923	3926345	1174578	
武漢日報	690871	962286	−271415	
中山日報	1174808	1355255	−180447	
福建中央日報	998140	932614	65526	
湖南中央日報	1515922	1525844	-9952	
廣西中央日報	1555031	1364118	190913	
西康民國日報	425852	815348	−389496	由中宣部月助藏文版 8000 元
青海民國日報	292222	232528	−30296	內由中宣部月助 4500 元
寧夏民國日報	740380	733829	6551	另由寧夏省政府月助 280 元
合　　計	38588427	29801750	8786677	

（資料來源：國民黨中央宣傳部檔案，南京中國第二歷史檔案館，全宗號 711【5】，
　　　　卷號 259。）

　　1943 年是中國抗日戰爭最困難的時期。在經濟極為困難的情況下，各直轄黨報大體尚能保持收支平衡，並略有盈餘，實屬難能可貴。這說明，在中央高度嚴密的控制下，各直轄黨報社自主的地位雖有所削弱，但其注重經營的發展省級並沒有被遏制。

　　第四，在肯定國民黨黨報經營管理體制的變更對各黨產生的積極作用的同時，也應該看到它所帶來的一些消極影響。一方面，由於國民黨中央及其領袖蔣介石對黨報的嚴密督導，使得黨報體系內部業已存在的上下之間的矛盾更加緊張。蔣介石認為，「『中央日報是代表政府及其個人』發言的報紙，稍有偏差，就會影響『大局』，所以要求非常嚴格。」「每天出版的報紙，必須在當天『呈閱』。稍有差錯，必遭訓斥。」〔註137〕處於中央嚴厲「訓斥」之

〔註137〕馬之驌：《新聞界三老兵》，臺灣經世書局 1986 年版，第 338 頁。

下的報人們　　不得自安，難以有所作爲。以重慶《中央日報》爲例，抗日戰爭時期是該報社長變動最頻繁的時期。長者不過兩年，短者僅有月餘。這種頻繁的人事變動，對於黨報的穩定發展是不利的。另一方面，由於（總）主筆和總務處的設立，社長負責制遭到削弱，黨報體系內部左右之間的平衡關係被打破。「從前的制度，編經二部職權清楚，根本不會發生摩擦；現在經理部與總務處的可能衝突眞的會從職權中產生了。」〔註138〕同時，由於內部關係失衡，必造成管理不周，從而給一部分以職謀私者以可乘之隙。以廣告營業人員而言，「他們充滿私心，他們在報館的服務，與其說是忠於報館，毋庸說是忠於自己。因爲忠於自己，有時竟不惜以報館利益作爲犧牲，從而滿足私人的利欲。……他們的腰包誠然飽了，報館的收入卻大受打擊。」〔註139〕這種狀況，與抗日戰爭勝利後即將出現的全國報業大發展的新形勢是極不相適應的。

第五節　抗日戰爭時期中國國民黨人的新聞思想

一、蔣介石的新聞思想

　　抗日戰爭中後期，是中國人民最艱苦的時期，也是國民政府所轄區域特別是西南地區相對安定的時期。在這種短暫而特殊的平靜環境中，中國國民黨領袖們有可能靜下心來研習並豐富三民主義的理論體系。三民主義作爲國民黨的中心思想，早在1929年3月中國國民黨第三次全國代表大會上即已確立。大會通過的宣言指出，「總理觀察過去歷史上之一切變革，認爲當歸納爲三大問題，即民族問題、民權問題、民生問題是已。此三大問題，必須同時爲之確定一連帶解決之根本方案，然後可以致人類於自下而上之樂利之域，而三民主義實依此旨而確定而創造開發以及於完成者也。」〔註140〕但是，由於當時黨內思想複雜，政見分歧，這一中心思想未被全黨接受。抗日軍興，國民黨先後公佈《抗日建國綱領》和《國民精神總動員綱領》，確定三民主義暨「總理遺教」爲抗戰建國之最高準繩。至此，三民主義作爲抗戰建國的最

〔註138〕詹文滸：《報業經營與管理》，正中書局1948年版，第101頁。

〔註139〕詹文滸：《報業經營與管理》，正中書局1948年版，第155～156頁

〔註140〕榮孟源主編：《中國國民黨歷次全國人民代表大會及中央全會資料》上冊，光明日報出版社1984年版，第621頁。

高原則，爲國民黨全黨和全國所接受。在此基礎上，蔣介石於 1939 年 5 月 8
日在中央黨部演講「三民主義之體系」，對三民主義理論，作融會貫通之講述，
即對黨義有整個的一貫解釋。據蔣介石自稱，「三民主義之體系，即實施程序
之完成，足以告慰於總理在天之靈。」〔註 141〕三民主義之體系及其實施程序
的完成，對於三民主義新聞思想的提出具有重要的意義。

　　蔣介石不僅致力於三民主義及其實施程序的探討，而且悉心指導黨報的
宣傳活動，具體提出了三民主義新聞思想中的一些基本點。1940 年，他先後
對新聞工作作過兩次重要的講話。一次是 1940 年 3 月 23 日在中央政治學校
新聞專修班甲組第一期畢業典禮上所作的《今日新聞界之責任》的訓詞，另
一次是 1940 年 7 月 16 日在中央政治學校新聞專修班一二期學生畢業典禮上
所作的《怎樣作一個現代新聞記者》的訓詞。在這兩篇訓詞中，他結合三民
主義的原理，提出了一些關於新聞工作的觀點。

　　關於新聞事業在抗戰建國過程中的地位和作用。蔣介石指出，「我們以後
要抗戰勝利，建國完成，新聞事業作爲宣傳工作主要部門所負的責任是特別
重大！大家都知道：我們要實行三民主義，建設現代國家，一定離不開下面
三件事：即（一）人與社會的組織，（二）幹部與群眾的訓練，而（三）宣傳
事業的推動，尤爲重要！我們要實行主義，尤先要闡揚主義，要建設國家，
就先要宣揚國策，能發動民眾，群策群力，以收事半功倍之效。」〔註 142〕他
又說，「新聞記者應爲國家意志所由表現之喉舌，亦即社會民眾賴以啓迪之導
師。我國 50 年來國民革命之事業，由萌　而發生而成熟，皆與新聞界有極深
之關係，其消長進退之機，亦視爲新聞界之認識與努力以爲斷。凡新聞界之
努力與建國方針相適合，革命之進展必迅速，反是則必遲滯。今當全國努力
抗戰之時，我新聞界爲國奮鬥責任之重大，實不亞於衝鋒陷陣之戰士。如何
宣揚國策，統一國論，提振人心，一致邁進，達到驅逐敵寇，復興民族之目
的，而完成三民主義國家之建設，實唯新聞界積極奮鬥是賴。」〔註 143〕

　　關於黨報的屬性，即黨報究竟是代表黨和政府發言，還是代表人民大眾
發言的問題。蔣介石認爲，這兩者是統一的，黨和國家的利益就是人民的利
益，爲黨和國家發言就是替人民大眾講話。他指出，「新聞記者，關係國家

〔註 141〕張其昀：《黨史概要》第三冊，臺灣中央文物供應社 1979 年版，第 1011 頁。
〔註 142〕蔣介石：《怎樣作一個現代新聞記者》，《新聞學季刊》第 1 卷第 3 期。
〔註 143〕蔣介石：《今日新聞界之責任》，《新聞學季刊》第 1 卷第 3 期。

意志所表現之喉舌，亦為社會民眾所賴以啓迪之導師。」「以新聞事業，比之如教育，則國境之內，皆為其教室，而全國讀者盡受其薰陶。」〔註 144〕因此，他要求新聞工作者既要「善盡宣揚國策之責任」，也要「善盡發揚民氣之責任」〔註 145〕，這樣，新聞事業就在黨和國家與人民大眾之間充當了一種棟梁和紐帶的作用。關於此點，程滄波早在 1932 年就有論述：「依吾人所見，黨之利益，與人民之利益，若合符節。換言之，人民之利益即黨之利益，為人民之利益，即為黨之利益而言。故本報為黨之喉舌，即為人民之喉舌。」〔註 146〕蔣介石在此不過是重新強調而已。當然，我們應該看到，國民黨黨報的「黨性」只反映國民黨中央特別是蔣介石個人的意志，根本不能代表人民利益。因此。蔣介石的這一新聞觀點雖然不無道理，但其虛偽性也是不言而喻的。

　　關於黨報的宣傳本位或營業本位的問題。蔣介石認為，黨報應以宣傳為本位，營業僅是達到宣傳目的之手段，不可倒果為因。他說，「我們作了本黨的新聞記者，我們的宗旨在於闡揚主義，宣揚國策。」〔註 147〕又說，「我們要實行主義，尤先要闡揚主義，要建設國家，就要宣揚國策，才能發動民眾，群策群力，以收事半功倍之效。」〔註 148〕對於以新聞事業為營利的工具的思想，他是堅決反對的。他說：「我們從事黨國的宣傳工作，無論辦報紙、辦刊物，一定要求其銷行之普及，而不可以營利為目的。本來現代新聞事業的經營，決不是純粹商業的性質，而是要求達到宣傳民意，指導輿論，貫徹國家宣傳政策的目的。」新聞事業「不僅不能以營利為目的，而且要不惜成本，充實內容，提高效率。」〔註 149〕無可置疑，黨報要堅持自己的黨性，要宣傳黨的主張。但是，在現代社會中，黨報也是社會企事業單位之一。除了堅持宣傳本位之外，它還應該按照企業化經營管理的原則運作。只有這樣，黨報才能求得自身的生存和發展，才能更好地堅持其黨性。

　　關於黨報的新聞言論方針。蔣介石也提出了明確的要求，認為，「新聞

〔註 144〕轉引自：馬星野《總裁所期望於黨報的是什麼？》，臺灣《中央日報》1956年 3 月 1 日。

〔註 145〕蔣介石：《今日新聞界之責任》，《新聞學季刊》第 1 卷第 3 期。

〔註 146〕滄波：《敬告讀者》，《中央日報》，1932 年 5 月 8 日。

〔註 147〕蔣介石：《今日新聞界之責任》，《新聞學季刊》第 1 卷第 3 期。

〔註 148〕蔣介石：《怎樣作一個現代新聞記者》，《新聞學季刊》第 1 卷第 3 期。

〔註 149〕蔣介石：《怎樣作一個現代新聞記者》，《新聞學季刊》第 1 卷第 3 期。

事業經營，第一就要迅速。要知道：新聞之所以成為新聞，就在於內容的新穎，所以新聞特別注重『時間』的因素。……新聞的時間，真是要用分　來計算。」〔註150〕「第二是確實。本來迅速確實，是任何人——無論士農工商——辦事的基本原則，而從事新聞尤要特別注意。如果新聞宣傳失實，或竟完全虛偽，結果必致失掉讀者的信用，讀者對我們的紀載既有懷疑，那你無論花多少經費，都毫無用處！」〔註151〕第三，黨報不能僅以報導官方政治新聞為滿足，而且應面向經濟建設，面向工農大眾的新聞方向發展。他說，「我國今日，實已進入真正開始建設之一新時期，故報紙之使命，亦隨之而入一個新時代。昔日報紙所採取之新聞之主要對象為官署，為機關，今後應為農村工場，為合作社，為一切生產之組織。」〔註152〕第四，黨報不能枯　乏味，而應講究新聞的趣味性，但絕不能輕薄浮靡。他說，「吾人今當努力抗戰，同時又要努力建國，必當善導國民，共履忠義奮發之正道。姦邪在所必斥，正義在所必揚。故積極方面應充分表彰戰區軍民英勇節烈之事迹。消極方面，宜鄙棄輕薄浮靡之文字，盡掃頹廢無聊之氣氛。吾人須知謹嚴非即為枯　之別名，而興味之養成，亦自有其辦法。」〔註153〕

　　關於黨報從業人員的職業道德修養。蔣介石要求養成一種愛國救國的高尚情操和艱苦卓絕的奮鬥精神。他說，「新聞記者之職業，決非僅視為生活之所資，而必另有其高尚之目的……是以新聞記者必自待甚厚，而自修甚篤，不以艱辛而改其業，不以困阻而輟其功。新聞記者所賴以維持其恒久之努力者，唯救國救世之抱負，與日新又新之興趣。」〔註154〕欲達此境界，「我們第一件事就是要修養新聞記者的品德。我們要作一個現代的新聞記者，首先要確定立場，抱定宗旨。為了貫徹立場，達成宗旨，我們一定要有富貴不能淫，貧賤不能移，威武不能屈的精神」〔註155〕。「其次我們要作新聞記者——尤其是外勤記者——對於上中下各級社會都要接觸。因此我們無論對哪一界的人士，格外要和藹可親，禮貌周到，使人人都樂意接近我們，供給我們以消息！」再次，「我們接觸的社會既廣，就一定要有極豐富的常識，對於各種社會環境，

〔註150〕蔣介石：《怎樣作一個現代新聞記者》，《新聞學季刊》第1卷第3期。
〔註151〕蔣介石：《怎樣作一個現代新聞記者》，《新聞學季刊》第1卷第3期。
〔註152〕蔣介石：《今日新聞界之責任》，《新聞學季刊》第1卷第3期。
〔註153〕蔣介石：《今日新聞界之責任》，《新聞學季刊》第1卷第3期。
〔註154〕蔣介石：《今日新聞界之責任》，《新聞學季刊》第1卷第3期。
〔註155〕《蔣委員長對中國新聞學會之賀電》，《中央日報》1941年3月16日。

尤必有深刻瞭解。」〔註156〕總之，黨的新聞記者「務要自愛自重，增進我們的技能，修養我們的品德。然後才不愧為三民主義的新聞記者。」〔註157〕總之，蔣介石從才、德、識等各個方面提出了對新聞工作者的要求。這些要求就其基本方面而言，具有普遍性意義。但在當時特定條件下，蔣氏實際上是要求新聞工作者成為維護國民黨一黨專政的工具。

二、馬星野對三民主義新聞思想的論述

眞正明確提出「三民主義的新聞事業」概念的是中央政治學校新聞系主任馬星野。馬星野（1909～1991），浙江平陽人，1934年畢業於美國密蘇里大學新聞學院，回國後在中央政治學校講授《新聞概論》，1935年起任該校教授兼主任達14年之久，1942年至1944年任國民黨中央宣傳部新聞事業處處長。1939年9月30日出版的重慶《青年中國》創刊號上，發表了他的長篇論文《三民主義的新聞事業建設》。文中首揭「三民主義的新聞事業」之義，並對此作了詳盡論述。

文章首先指出，「我們要一種制度，一種文化生活的方式，如理想變化，首先要確立這種思想，確定著我們要採哪種方式。本文的目的，便是對三民主義社會中的新聞事業之理想及方式，做個初步的研究。」〔註158〕文章認為，「一切制度的背後，有著理想，一切方法的核心，有著目的。因為共產主義的理想，所以產生蘇聯現狀下的新聞事業。眞理報，新聞報，斯社都是工具，無產階級的利益才是目標。因為個人主義、自由主義的理想，所以產生了英美法等國的新聞事業，北嚴兄弟的托辣斯，哈斯托連環保等等都是工具，資本家的牟利總是目標。因為法西斯蒂主義、極權主義的理想，所以產生德意各國現狀下的新聞事業。德意志社、海通社、斯蒂芬　社、觀察報、爾、蓋達等都是工具，獨裁者及其少數統階級之利益才是目的。一切制度因觀念不同而異，一切文化工具因所求的　的不同而表現出不同的形態。」〔註159〕「為個人之『搖錢樹』的報紙，是謂媚大眾之報紙。為統治階級『揚聲筒』

〔註156〕蔣介石：《怎樣作一個現代新聞記者》，《新聞學季刊》第1卷第3期。

〔註157〕蔣介石：《怎樣作一個現代新聞記者》，《新聞學季刊》第1卷第3期。

〔註158〕馬星野：《三民主義的新聞事業建設》，《青年中國》創刊號，1939年9月30日出版。

〔註159〕馬星野：《三民主義的新聞事業建設》，《青年中國》創刊號，1939年9月30日出版。

之報紙，是煽惑或欺騙大眾之報紙。這種新聞事業，都不是一個合於理想社會所應有。」〔註160〕至若「三民主義社會的新聞事業之目標，不是爲資本家賺錢，不是爲統治階級說謊，而是爲著全社會中每個分子（國民），同全社會的整個生命（民族）服務。記載時事，領導輿論只是一個手段，解放民族，建設文化才是目標。」〔註161〕這樣就從民族主義的立場上，將三民主義新聞事業同其他不同類型的新聞事業區別開來。馬星野指出，「據這個原則而建設的新聞事業，很明顯的不會是以個人賺錢爲目的的英美新聞事業，不會是以宣傳少數統治階級利益迷惑大眾爲目的的德國意大利及蘇聯的新聞事業，更不是出賣民族利益的洋奴漢奸之新聞事業及詆毀祖國替他國捧場的某某黨的新聞事業。民族至上，國家至上，這是中國新聞界的第一個指南針！」〔註162〕

　　報業在國家民族中的地位和作用問題，即報業之所以存在和發展的根本問題，是三民主義新聞事業中民族主義所應包納的內容。報業同政府和人民的關係問題，即報業怎樣實現自己的目標，怎樣爲國家和民族服務的問題，是民生主義對新聞事業的必然要求。「如果這個問題不能解決，則新聞界意志與力量無由集中，新聞界與政府步調無由一致。如果這個問題解決了，現在一派主張言論出版自由的，同一派主張新聞統制的互相爭辯，也是庸人自擾，鬧不必要的糾紛了。」〔註163〕有人認爲，英美等國享有充分的言論自由，中國應該效法他們，「使報紙充分發揮批評政府監督官吏，指責失政失職的作用。他們認爲言論自由出版自由，是民治主義的最好保障。」〔註164〕對此，馬星野指出，英美固然有言論出版自由，但是「像英美式的言論出版自由，能不能充分發展民權，能不能充分表示民意，在理論上，答覆是肯定的，在實際上，答覆是否定的，專門在憲法及法律上去看是不夠的。英美國家，只有資產階級、特權階級之報紙，很少有代表全民說話的報紙，只有百萬富家，才有在倫敦紐約辦報的能力，

〔註160〕馬星野：《三民主義的新聞事業建設》，《青年中國》創刊號，1939年9月30日出版。

〔註161〕馬星野：《三民主義的新聞事業建設》，《青年中國》創刊號，1939年9月30日出版。

〔註162〕馬星野：《三民主義的新聞事業建設》，《青年中國》創刊號，1939年9月30日出版。

〔註163〕馬星野：《三民主義的新聞事業建設》，《青年中國》創刊號，1939年9月30日出版。

〔註164〕馬星野：《三民主義的新聞事業建設》，《青年中國》創刊號，1939年9月30日出版。

他們維護著階級利益，是十分明顯的。……英美出版是自由的，但是沒有錢便什麼自由都沒有了。」〔註165〕「在資本家支配利用下之出版自由，能不能代表民意伸張民權呢？能不能忠實記載事實不偏不頗呢？我們非常懷疑。」「英美報紙肆意攻擊政府批評政客，往往另有動機，而不是爲全民之利益著想。……出版自由，言論自由，多少罪惡假汝以行。」〔註166〕「反之，現在主張言論統制，新聞統制的人，則主張效法德意志意大利。」殊不知，「在德意等獨裁國家，報紙在政治上之地位，便是做獨裁者鞭策民眾的工具，做獨裁者製造民意的發酵素。希脫勒說過：利用報紙，可以使人民視地域爲天堂。」「如果報紙僅僅是政治工具，如果世界上沒有是非真僞之分別，則德國意國的報紙，可謂盡了他們的使命。然而，記載時事，人民所求者爲真，批評時事，人民所求者爲理。犧牲了真理和正義，不許成千成萬的人民，說他願意說的話，這只有中世紀黑暗時代，才有這種現象。使人民的耳聾了，使人民的眼睛瞎了，使人民的感覺神經麻木了，思想中樞麻木了，這樣的現象，不是我們所願意，這種新聞事業，決不許存在於三民主義的社會。」〔註167〕

那麼，在民權主義的理想政治之下，三民主義新聞事業與政府及人民之間的關係如何呢？馬星野認爲，概括地說，有以下四個方面的內容：第一，民權主義主張「全民政治，不是階級專政或財閥政治。」因此，「凡鼓吹階級利益，少數人利益，及派別利益的報紙，都要予以限制或不許其存在。」〔註168〕第二，民權主義主張「革命人權，不是天賦人權，凡是反革命者不許享受民權。」因此，「凡是反革命的人，顯然不許其享有言論自由與出版自由。換言之，創辦報紙，記載時事與批評時事，只有服膺革命的人民才有此權利。……凡是叛國叛黨亂臣賊子，都不許在民權主義的社會中，藉口言論自由與出版自由，肆無所忌。爲了使反革命分子不至於盜竊此項自由，所以任何人在出版報紙之先，要由國家審查其合格與否，而頒給許可證。在報紙出刊以後，國家不許其有危害

〔註165〕馬星野：《三民主義的新聞事業建設》，《青年中國》創刊號，1939 年 9 月 30 日出版。

〔註166〕馬星野：《三民主義的新聞事業建設》，《青年中國》創刊號，1939 年 9 月 30 日出版。

〔註167〕馬星野：《三民主義的新聞事業建設》，《青年中國》創刊號，1939 年 9 月 30 日出版。

〔註168〕馬星野：《三民主義的新聞事業建設》，《青年中國》創刊號，1939 年 9 月 30 日出版。

黨國及公安之言論記載。出辦法之訂立即在完成此二任務。」〔註169〕第三，民權主義主張「權能分開，政府要有充分的治權，人民要有充分的政權。」因此，「根據權能分開之意義，則當政府行使其充分的治權的時候，報紙不能作不負責任之攻擊；當報紙領導人民訓練人民行使其充分的政權的時候，政府也不許對報紙作不必要之束縛。……關於前一點，總理曾對新聞記者演說時說過：『報紙在專制時代，則利用攻擊，以政府非人民之政府。報紙在共和時代，則不利用攻擊，以政府乃人民之政府，政府的官吏乃人民之公僕。譬如設一公司，舉人司理，股東自言其司理人狡詐，生意安望興隆。如果政府做惡，人民當一致清除之。』關於後者，列寧說：『在群眾從事於建設新社會鬥爭中，報紙是最好的組織者與領導者』，這些都是很正確的話。」〔註170〕因此可見，「中國國民能不能實行直接民權，中國新聞界實負極大之責任。」〔註171〕第四，民權主義主張「擴大自由之意義，注意團體尤其是國家之自由，不注重個己的自由；注重個人對他人之義務，而不注重個人之權利。」因此，「當報紙的記載自由及批評自由與國家利益社會利益有衝突之時候，報紙要犧牲其自由；當報紙之記載權利與批評權利，侵入其他個人或團體應有權利之時，報紙也應守著義務而犧牲其權利。」〔註172〕總之，馬星野認為，「民權主義之特色，決定了中國新聞事業在政治上、社會上所處特殊之地位及所負特殊之使命。英美的自由主義與德意的統制主義，我們均無所取。而且民權主義是民生主義（經濟上平等主義）的民權主義，所以言論自由不許資產階級或無產階級壟斷。民權主義又是民主主義（民族利益第一主義）的民權主義，所以為顧全民族利益與國家自由，報紙要犧牲其自由之一部分。」〔註173〕

所謂民生主義，就是研究社會經濟組織各方面之需要，科學地合理地解決人民生計之困難，滿足人民生活各方面之需要。「報紙是人類精神的食糧。文明

〔註169〕 馬星野：《三民主義的新聞事業建設》，《青年中國》創刊號，1939 年 9 月 30 日出版。

〔註170〕 馬星野：《三民主義的新聞事業建設》，《青年中國》創刊號，1939 年 9 月 30 日出版。

〔註171〕 馬星野：《三民主義的新聞事業建設》，《青年中國》創刊號，1939 年 9 月 30 日出版。

〔註172〕 馬星野：《三民主義的新聞事業建設》，《青年中國》創刊號，1939 年 9 月 30 日出版。

〔註173〕 馬星野：《三民主義的新聞事業建設》，《青年中國》創刊號，1939 年 9 月 30 日出版。

國家的人民，沒有讀到當天的報紙，比沒有吃飯還要不　服。本來民生問題，是包括一切自下而上需要的問題，精神上之自下而上之需要，決不比物質上生存需要如衣食住行等不爲重要。所以研究報紙問題也可說是民生問題。」〔註174〕從民生主義的角度來研究三民主義的新聞事業，主要是研究報紙「這個精神上生存必需品的新聞事業如何經營，如何組織，怎樣生產，怎樣分配」〔註175〕的問題。現代中國新聞事業存在著生產不夠與分配不均兩種困難或弊病。約有740多家正規報紙，每天出版總量150萬份，而且這些報紙又集中於上海、南京、廣州、天津、武漢、北平、重慶、成都、昆明等大城市，分配極不合理。因此，一般人民之「精神生存需要」極不平等，極不合理。從報紙之組織與經營之方式來看，「各國通行者不外三種：一種由私人（商人）經營的，二爲由國家經營的，三爲由私人經營受國家統制的。英美法是第一式，蘇聯是第二式，德國與意大利是第三式。中國是三種方式同時存在著。」〔註176〕這就是說，當時中國國民黨和國民政府對新聞事業的管理是極爲混亂的。

　　救濟之道何在？馬星野認爲，「我們可以根據民生主義的原則來解決他。民生主義以生產工具國有爲最後理想，所以中國報業最後當然會走上純粹國營的道路上去。然而在目前情形之下，民生主義對於一切產業，是主張以下三個辦法的：（一）發達國家資本，以謀生產技術之社會化。（二）節制私人資本以謀生產要具之社會化。（三）保護私人資本，以謀民族資本之發展。」按照這種認識，他爲中國新聞事業未來的發展規劃了以下三個層次的管理方法：「這三種辦法，完全可以應用於新聞事業。（一）要發展國營的新聞事業，採取最新的科學方法，爲將來純國營新聞事業奠定基礎。（二）對於私營的新聞事業，凡是不合於需要及貽害國家民族及社會者要加以取締及撲滅。（三）對於善良的新聞報紙，國家要高度予以保護，使其欣欣向榮，爲國營新聞事業之輔翼。」〔註177〕顯然，其發展的重點是國營新聞事業，即黨報和軍報兩

〔註174〕馬星野：《三民主義的新聞事業建設》，《青年中國》創刊號，1939年9月30日出版。

〔註175〕馬星野：《三民主義的新聞事業建設》，《青年中國》創刊號，1939年9月30日出版。

〔註176〕馬星野：《三民主義的新聞事業建設》，《青年中國》創刊號，1939年9月30日出版。

〔註177〕馬星野：《三民主義的新聞事業建設》，《青年中國》創刊號，1939年9月30日出版。

大系統。「兩個國營新聞事業之系統，應該用最新的科學方法配合著抗戰建國最迫切的需要，作有計劃有步驟之擴充。在這裏，蘇聯國民新聞事業，許多部分是值得我們參考的。蘇聯的黨報與政府機關報，在技術方面差不多百分之百採用英美方法的，新聞之傳遞迅速，印刷之精美鉅量，管理之嚴密與發生之有效率，都可以直追英美。」〔註178〕

　　馬星野第一次明確地處了「三民主義新聞事業」的概念，並就其各方面的內容進行了初步的探討。這對於推動國民黨黨報在抗日戰爭時期的全面發展，對於豐富現代中國新聞思想，有一定意義。但是，其基本點和蔣介石的言論同出一轍，都是為維護中國國民黨一黨專政的統治服務的。其用心良苦，甚至比蔣介石的觀點有過之而無不及。其中，雖然不乏真知灼見，但有許多觀點是錯誤和虛偽的，不足為訓。

三、程滄波等對黨報企業化經營管理思想的論述

　　長期以來，中國國民黨黨報一直由中央黨部和國民政府財政撥款，只重政治宣傳，不求經濟效益。若在平時，社會經濟穩定，政府財政撥款充裕，這種狀況尚能勉強維持。但至戰時，若社會經濟瀕危，政府財政拮据，這種狀況就難乎為繼了。抗日戰爭中後期，就是這樣一個特殊時期。由於財政支出浩繁，國民黨中央和國民政府對黨報的撥款相對減少。以貴陽《中央日報》社為例，1943 年國民黨中央補助該報的經費為 198120 元，每月平均補助 16510 元。1944 年增加到 297180 元，每月平均補助了 24765 元〔註179〕。1944 年比 1943 年全年補助和每月平均補助，分別增長了 50%。而同一時期的物價指數和法幣發行指數，1943 年為 12792 和 1598，1944 年為 44675 和 11555〔註180〕，分別增長了 287.79% 和 151.3%。相比之下，國民黨中央和國民政府對中央黨報的補貼相應削減了許多。

　　補助經費相對減少和物價飛速上漲，使國民黨黨報深深陷入困境。一方面，由於紙價不斷上升，多發行一份報紙就多一份賠累，其發行量一直停滯不前。重慶《中央日報》的最高發行量為 16000 份，僅占重慶《大公報》的

〔註178〕馬星野：《三民主義的新聞事業建設》，《青年中國》創刊號，1939 年 9 月 30 日出版。
〔註179〕參閱本書第五章第四節第二目之「1943～1944 年國民黨中央補助各直轄黨報經費分配對照表」。
〔註180〕史全生主編：《中華民國經濟史》，江蘇人民出版社 1989 年版，第 472 頁。

1/4 強，對此，蔣介石一直極為不滿：「現在我們中央以及地方各級黨部對於新聞事業莫不盡量協助，量力津貼，但是我們對於發行的刊物不能盡量推銷，……不能收到響應的效果。」〔註181〕另一方面，物價飛漲，導致人民生活普遍下降，也使廣大中下層國民黨報人處境窘迫。以 1937 年重慶市各業人員實際薪金和工資指數為 100，到 1943 年公務人員下降了 90％，教師下降了 83％，一般服務行業人員下降了 43％。相反，一些官僚、權貴和黃金、外匯、地產商人的財富卻越聚越大。在此期間，地主的收入增長了 24％，投機商人增長了 163％，各類外匯、證券商增長了 10160％。〔註182〕可見，生活水平下降最多的是公務人員，獲利最多的是極少數特權階級。國民黨報人屬公務人員編制，他們已由戰前較優裕的待遇降到了社會底層。其結果，造成了國民黨新聞人才的大量流失。「新聞人才之缺乏，決非由於鄙視斯業之故，而實由於生活難以維持。……待遇無法提高，是使人視從事報業為畏途也。」〔註183〕對此，《中央日報》社長程滄波發出了如下血淚之辭〔註184〕：

> 社會普遍恭維教授、新聞記者，有一句口頭禪，便是「你們清苦」。這句話充分表現我們社會的落後。社會中能容許這種事實的繼續存在與這種語調的流行，是社會一個恥辱。社會中高等文化知識分子是不應該清苦的，社會不應讓這許多人清苦，文化知識分子不應自甘於清苦。為什麼教授、新聞記者，不能得著人生應有的高尚物質生活？為什麼高尚物質生活只能讓官與商或半官半商的人去專有？……一個社會中，若盡使官與商或半官半商的人肥頭大耳去發達滋長，這個社會就是落伍。文化界生活標準的提高，是社會的責任，也是文化界的責任。

　　如何擺脫困境，改善經營，成為一部分具有事業心的國民黨報人所思考的問題。由此，他們提出了黨報企業化經營的管理思想。

　　最早提出黨報企業化經營管理思想的是程滄波。早在 1935 年 12 月，他在一篇批判周佛海等人鼓吹「人治」的文章中指出，士大夫精神的墮落是由

〔註181〕蔣介石：《怎樣作一個現代新聞記者》，《新聞學季刊》第 1 卷第 3 期。
〔註182〕史全生主編《中華民國經濟史》，江蘇人民出版社 1989 年版，第 498～500 頁。
〔註183〕胡道靜：《新聞史上之新時代》，世界書局 1946 年版，第 40 頁。
〔註184〕程滄波：《新時代的新聞記者》，《中央日報》1940 年 4 月 1 日。

不良的社會制度造成的。要轉移社會風氣,「只有從政治及社會經濟各種制度上著手……我們必須走上民主政治及發達資本的路線」,而「輿論公意原是私人資本經濟制度下的產物,也還是民主政治下的產物。」〔註185〕這裏已經表露了報紙企業化經營管理的意圖。進入抗戰相持階段後,面對國民黨黨報及其報人的窘迫處境,他進一步明確提出了黨報企業化經營管理的主張。1940年4月1日,程滄波在《中央日報》發表《新時代的新聞記者》一文。他指出,「我視察中國的新聞事業,如果要希望新時代的報紙,負起新時代的使命,必須使新時代的報紙盡量企業化。報紙本身必使成功一個獨立的生產的企業,然後報紙的各種機能才能充分發揮。」「新聞事業在將來必然發達,新聞事業在將來也必然企業化,都是固定的趨勢」。因此,他明確提出,國民黨報人「不僅要拿筆桿子,還要拿算盤,用器儀。」〔註186〕

程滄波還進一步提出了新聞界的待遇問題。他說:「新聞界待遇的標準,還不應懸官吏為標的,應該以實業界為標準。新聞界從業人員的待遇享用應該與實業、金融界有同樣的水準。這就要靠報紙的企業化,新聞事業的企業化,要靠報界自身多產生組織的人才、業務的人才。同時社會中間才能之士,要變換目光去看待新聞事業,要看新聞事業不定是賠累的事業,而且是勢與利兼具的事業。」〔註187〕

「黨報企業化經營」的主張和中國國民黨中央領袖的認識大異其趣。1940年3月2日,戴季陶在中央政治學校新聞專修班甲組第一期畢業典禮聚餐會上說,「革命之工具,第一為槍桿,第二為筆桿,吾人要使槍桿當筆桿使,筆桿當槍桿用,始能達到新聞宣傳工作之目的。」〔註188〕蔣介石雖然也重視黨報的經營管理,但他更多的是強調黨報的政治宣傳,是黨報的普及發行。1940年7月16日,他在中央政治學校對新聞專修班第一、第二期畢業學生的訓詞中,實際上對「黨報企業化經營管理」的思想提出了嚴厲批評。他說:「現代新聞事業的經營,決不是純粹的商業的性質,而是要求達到宣達民意,知道輿論,貫徹國家宣傳政策目的」〔註189〕,他批評了那種「不能精誠盡到職責,

〔註185〕程滄波:《精神建設與社會制度》,《中央日報》1935年12月1日。
〔註186〕程滄波:《新時代的新聞記者》,《中央日報》1940年4月1日。
〔註187〕程滄波:《新時代的新聞記者》,《中央日報》1940年4月1日。
〔註188〕《中央日報》,1940年3月23日。
〔註189〕蔣介石:《怎樣作一個現代新聞記者》,《新聞學季刊》第1卷第3期。

反而藉此只顧賺錢」的現象。爲此，1940 年秋天，程滄波被迫離開中央日報，前往監察院任職，陳布雷曾經致書程滄波予以安慰，「爲當時戰時首都少一個新聞從業人員而歎息。」〔註 190〕

其實，政治宣傳和黨報企業化經營管理並不相礙。黨報企業化經營管理狀況良好，不僅可以擴大政治宣傳的影響，還可以改善黨報自身的形象，使一般民眾樂於接受。因此，程滄波雖然離開了《中央日報》，但「黨報企業化經營管理」的呼聲並未止息。《中央日報》新任社長陶百川並未停止對黨報企業化經營管理的探索。1941 年 11 月國民黨五屆十中全會上，陶百川提出了「改進黨報經營體制」的三個提案。他認爲，「黨報的經營方法目前已有問題。它的缺點之一，是報館像衙門，辦報像做官，人手多而效力反低，有黨的補助費而運用不得其道，以致實務不能開展，更談不到自力更生。」〔註 191〕「這不僅是人的問題，也是制度問題。」因此，他主張：「（一）本黨設立中國新聞事業股份有限公司……；（二）公司股東由中央指定六個人出面代表。股東產生董事會，並以中央宣傳部爲理事長；（三）公司設管理處，對所屬報社，除言論編輯方針須聽命於中央宣傳部外，統籌兼營；（四）管理處設經理一人專任，任期內不得輕予更調。〔註 192〕據陶氏稱，這樣做至少有兩個好處：「第一、使黨報的經營事業化、營業化，庶幾可用一般經營的方法去爭取時間，掌握機關。第二，把各自爲政的四五十家較大的黨報置於一個有組織的管理權之下，組成一個有機體，可能力量較大，呼喊較靈，調度較便。」〔註 193〕根據這種設想，陶氏的副手詹文滸在 1943 年春，「於營業編輯擬具遠大之計劃，惜任事不久，未得行其志而去。」〔註 194〕不過同程滄波一樣，陶、詹的主張和計劃也爲國民黨中央擱置，二氏皆　　去職。去職後，詹氏任中央政治學校新聞系主任，對黨報企業化經營管理問題仍孜孜以求，終於在 1944 年 8 月著成《報業經營與管理》一書。他明確指出：「報館之組織，以採取股份有限公司的制度最爲相宜。」也就是說，黨報應採取「中央日報以外其他各私營報紙的一般組織法。」〔註 195〕這本書雖

〔註 190〕程滄波：《重訴生平》，臺灣《革命人物志》第十三集，中央文獻供應社，第 216 頁。
〔註 191〕陶百川：《我們的信念》，《中央日報・掃蕩聯合版》1942 年 12 月 11 日。
〔註 192〕陶百川：《我們的信念》，《中央日報・掃蕩聯合版》1942 年 12 月 11 日。
〔註 193〕陶百川：《我們的信念》，《中央日報・掃蕩聯合版》1942 年 12 月 11 日。
〔註 194〕詹文滸：《報業經營與管理・序》，正中書局 1948 年版，第 1 頁。
〔註 195〕詹文滸：《報業經營與管理》，正中書局 1948 年版，第 80 頁、第 101 頁。

不爲國民黨中央所重視，遲遲不能出版，但卻爲日後國民黨黨報全面實行股份制企業化經營管理提供了理論依據。事實上，該書的意義還遠不於此，它爲後來繼續探索中國黨報企業化的實踐者指示了最初的方向。

　　總之，抗戰時期，中國國民黨報人關於黨報企業化經營管理的思想符合世界民主政治發展潮流，符合新聞事業發展的內在規律，在當時即產生過重要而積極的影響，對後來整個新聞事業的發展均具有明確的啓示作用。僅此而言，他們無愧於中國現代新聞事業改革的先行者。

第六章　抗日戰爭勝利後中國國民黨黨報的擴展和在大陸的消失

　　抗日戰爭勝利後，外敵入侵業已解除，國內矛盾驟然激化。是沿著和平民主的道路進展到獨立富強的新境界，還是回覆到各派政治勢力混戰、中國國民黨一黨專制的舊秩序，中國國民黨面臨著歷史性選擇。可悲的是，在作過一些和平民主的努力之後，中國國民黨卻選擇了「反共內戰」的方針，中國重新陷入了全面內戰的災難之中。在新的歷史條件之下，中國國民黨黨報曾有過迅猛的發展，其經營管理體制和宣傳策略也有所變化。黨報企業化經營管理體制的確立和普遍實施，使中國國民黨黨報一度變得生機盎然。但是，隨著全面內戰的來臨，中國國民黨黨報很快在經濟上、宣傳上陷入了危機，以致最後在中國大陸消失。

第一節　抗日戰爭勝利後中國國民黨黨報的擴展

一、抗日戰爭勝利後中國國民黨黨報的復員

　　1945 年 8 月 15 日，日本天皇宣佈無條件投降。中國人民經過八年犧牲奮鬥，終於迎來了抗日戰爭的偉大勝利。這是全體炎黃子孫的勝利，也是執掌全國政權的中國國民黨及其所領導的國民政府對民族歷史的貢獻。其間，中國國民黨黨報及其報人為抗日戰爭的勝利出過力、流過血、獻出過生命。

　　抗日戰爭勝利後，飽經戰亂之苦的中國人民迫切希望一個和平民主的環境，恢復家園，休養生息。但是，在萬端紛紜、百廢待舉的局面之中，中國國民黨中央和國民政府所採取的接收政策卻出現了許多嚴重弊端。一些本性

貪婪且心存異志的「接收大員」有了以權謀私、中飽私囊的便利。抗戰勝利後，國民黨中央和國民政府曾派遣大批官員對「收復區」進行接收。據國民政府行政院公佈的數字，在全國七大收復區，國民政府共接收了 6200 億元法幣以上的敵偽物資。〔註1〕實際上，其數目遠不止此。大約有 3/5 以上的敵偽物資流入了接收大員個人的腰包。國民黨上海市黨部主任委員吳紹澍就利用職權侵吞敵偽房產 1000 餘幢，汽車 800 餘輛，黃金 10000 多條。〔註2〕所謂敵偽資產，很大一部分屬收復區人民的個人財產，也被國民黨官員侵吞。這種接收，在當時被稱爲「劫收」，充分暴露了中國官僚壟斷資本主義的貪婪殘暴，也暴露了國民黨統治集團中腐敗墮落份子的眞面目。收復區人民對國民政府所抱的希望迅速破滅。正如有些國民黨人後來所反思的，「在一片勝利聲中，早已埋下了一顆失敗的定時炸彈。」〔註3〕

這種情形在新聞界的復員中也有突出表現。經過八年顛沛流離的內遷各報，抗戰勝利後立即提出了復員的要求。1945 年 8 月 23 日，全國抗敵犧牲報業復員聯合會在重慶成立。聯合會通過決議，向國民黨中央宣傳部和國民政府提出了如下要求：（一）對敵犧牲之報紙，應准予優先復刊；（二）由聯合會派員廣播，警告敵方注意保護所在地原來報館之產業；（三）各戰區之軍事長官，應保護原被掠奪報館之產業；（四）向主管機關登記犧牲報館產業之損失，俾作要求敵人賠償之根據；（五）准予犧牲報業請購外匯，俾能向國外購買機器、紙張；（六）懲治附敵附逆之漢奸報紙與漢奸報人。〔註4〕

對這些正當要求，國民黨中央和國民政府不僅不予以重視，反而爲掠奪民營報業財產，擴展國民黨黨報，而緊急行動起來。9 月 27 日，國民政府行政院轉發由國民黨中央宣傳部擬訂的《管理收復區報紙通訊社雜誌電影廣播事業暫行辦法》〔註5〕。其中規定：（一）敵偽機關或私人經營之報紙通訊社雜誌及電影製片廠廣播事業一律查封，其財產由宣傳部會同當地政府接收管理，但其中原屬於未附逆之私人及非敵國人民財產而由敵偽佔用，經查明確實並經中央核准後得予發還；（二）中央宣傳部爲便利推行宣傳計，前項沒收

〔註1〕參閱：《中國共產黨歷史》上卷，人民出版社 1991 年版，第 686～688 頁。

〔註2〕參閱：《中國共產黨歷史》上卷，人民出版社 1991 年版，第 686～688 頁。

〔註3〕邵毓麟：《勝利前後》，臺灣傳記文學出版社 1967 年版，第 87 頁。

〔註4〕《中央日報》，1945 年 8 月 24 日。

〔註5〕《管理收復區報紙通訊社雜誌電影廣播事業暫行辦法》藏於上海市檔案館，全宗號 6，卷號 193。

查封之敵僞或附逆報紙通訊社雜誌電影製片廠廣播事業所有之印刷機器房屋建築工作用具及其他財產經中央核准後，得會同當地政府啓封利用；（三）宣傳部政治部各級黨部政府原在收復區各地淪陷前所辦之報紙通訊社應在原地迅即恢復出版，以利宣傳；（四）各地淪陷前之商辦報紙通訊社照下列優先程序〔註6〕，經政府核准後得在原地恢復出版；（五）凡自收復區因戰事內移繼續出版之報紙通訊社應以各返原地恢復出版爲原則，非經政府特許不得遷地出版；（六）收復地區報紙通訊社自政府正式接收日起一律重新登記。

　　這些規定在一定程度上對內遷各報的復員起過積極作用。比如《大公報》、《新民報》、《世界日報》等民辦報紙「均獲准先出版後補行登記手續」的優待在上海、南京、北平等地復刊；甚至連夏衍、龔澎等共產黨人主辦的《建國日報》（前身爲《救亡日報》）和《新華三日刊》也曾於 1945 年 10 月在上海出版。但是，很明顯，這些規定還有另一方面的功用。這就是限制共產黨黨報遷地恢復出版和發展，同時也爲國民黨黨報在收復區迅速出版創造便捷條件。首先，它規定「中央宣傳部爲便利推行宣傳計」，對所接收的「敵僞」新聞事業，「得會同當地政府啓封利用」。其中當然包括那些「原屬於附逆之私人及非敵國人民財產」。這些財產雖「經查明確實並經中央核准後得予發還」，但既已「啓封利用」，則其中勢必有一些被有償或無償地接收了。其次，它規定內遷各報「應以各返還原地恢復出版爲原則，非經政府特許不得遷地出版」，收復區各報「一律重新登記」。這樣就在共產黨黨報面前形成了兩道森嚴的關卡：一、禁止其發展（不得遷地出版）；二、取消其出版（重新登記）。上海《新華三日刊》和《建國日報》就是以此爲藉口被封閉的。「經政府特許」，遷地出版是可以的，但那是國民黨黨報的特權，是對那些「遵紀守法」的民營報紙的獎掖。再次，它規定各級各類國民黨黨營新聞事業「應在原地迅即恢復出版」，也可以獲得「政府特許」遷地出版或重新創設。這樣就爲各級各類國民黨黨報的恢復或創辦提供了十分便捷的條件。當時國民黨中央宣傳部批准辦報的表格是：「查 XXX 報係本黨黨部、青年團、本黨黨員所辦，茲經中常會核准特許出版。」〔註7〕

　　事實上，實際情況還遠不止如此。早在這個文件發佈之前，即在日本剛

〔註6〕優先程序爲：（1）隨政府內移，繼續出版，致力抗戰宣傳者；（2）無力遷地出版，但主持人保持忠貞或至內地服務抗戰工作，有案可稽者。
〔註7〕《中國將沒有聲音了！》，《新華日報》1945 年 10 月 26 日。

宣佈無條件投降之後，中國國民黨中央宣傳部和各直轄黨報的接收復員工作就已緊鑼密鼓地大規模地展開了。最先行動的是處在東南前線第三戰區內的安徽《中央日報》。8 月 20 日左右，該報社長馮有眞派人到南京，接收了汪僞《中央日報》和《申報》全部房屋器材，並於 8 月底出版了安徽《中央日報》南京版。而這時重慶國民黨中央尚在商討任命接收特派員事宜。9 月初，第一批接收特派員發表：陳訓悆爲南京接收特派員，詹文滸爲上海接收特派員，王亞明爲武漢接收特派員，張明煒爲北平接收特派員。他們利用中宣部特派員的名義，接收所有當地的報紙。這樣一來，「收復區所有報紙的房屋機器生財等就成爲黨的財產了。」〔註 8〕因此，在收復區最早恢復出版的都是清一色的國民黨中央直轄黨報。據筆者查閱，在上海、南京、北平最先復刊的國民黨黨報的時間分別爲：上海《中央日報》（8 月 30 日）、南京《中央日報》（9 月 10 日）、北平《華北日報》（10 月 1 日）。而在上述三市最先復刊的民辦報紙的時間是，11 月 1 日（上海《大公報》）、1946 年 1 月 4 日（南京《新民報》晚刊）、1945 年 11 月 20 日（北平《世界日報》）。這反映出國民黨中央和國民政府建立強大的以黨營、國營新聞事業爲主體的三民主義新聞事業體系，搶佔輿論陣地，「黨化全國報紙」的用心。

中國國民黨黨報在收復區捷足先登，接收了大量的「敵僞」財產。在這方面，上海《中央日報》和南京《中央日報》是兩個典型代表。抗戰勝利後，最先接收敵僞報業的是自屯溪遷滬的上海《中央日報》。該報共在上海接收了三處敵產：河南路 316 號三層樓三開間市房一所，原係僞《新中國報》社；羅浮路 27 號五層大樓中地下層及一二層，原係僞中華儉德儲蓄會會所；圓明園路 149 號四層大樓一所，係向通和洋行租賃，另在江蘇無錫中山路 401 號接收僞《新錫日報》，作爲該報附屬事業——《江蘇日報》之社址，其全部財產係以 201831600 元向敵產處理處購進。〔註 9〕9 月 5 日，陳訓悆偕李荊蓀和卜少夫抵南京，立即開始了緊張的接收工作。在此期間，南京《中央日報》接收了僞《中報》、僞《中央日報》、僞新中印刷公司、日本總領事館和日本千代洋行南京支店等單位的房屋、印刷材料、傢具、圖書、交通工具、照相器材等共計 1074310421 元法幣的資產。〔註 10〕因此，該報很快在 9 月 10 日

〔註 8〕《中國將沒有聲音了！》，《新華日報》1945 年 10 月 26 日。
〔註 9〕上海市檔案館檔案，全宗號 006，卷號 22。
〔註 10〕南京中國第二歷史檔案館檔案，全宗號 656（4），卷號 5612。

復刊。如此雄厚的物資基礎，使國民黨黨報有可能實施企業化經營管理，也使它們在日後激烈的報業競爭和物價飛漲中站穩腳跟。

在全面接收敵偽宣傳事業和擴展自身黨報的同時，中國國民黨黨報也將曾經陷敵的民間報紙據為己有。《申報》和《新聞報》是全國發行量最大而極具影響的兩家民間報紙。早在 30 年代，國民黨中央就曾試圖通過參入「官股」的方式控制兩報，但因兩報堅決反對而未能如願。太平洋戰爭爆發後，兩報均為日本軍部接收和改組，成為其御用工具。抗戰勝利後，國民黨當局立即批示上海特派員詹文滸派人封閉了兩報並加以接收。《申報》老闆史永賡到重慶表示接受「改組」，《新聞報》老闆汪伯奇則表現得畏葸不前。為此，國民黨中宣部副部長潘公展拍案大罵，說汪「目無中央，非抓汪坐牢並沒收該報不可。」〔註 11〕1945 年 9 月初，國民黨中央曾專門開會討論接收和改組兩報事宜，擬訂了《管理〈申報〉〈新聞報〉辦法》和《〈申報〉〈新聞報〉報務管理委員會組織規程》。〔註 12〕其中規定，「保留《申報》《新聞報》兩報名稱，以利宣傳」；兩報「暫時在（中央）宣傳部管理下恢復出版」；「由（中央）宣傳部各遴派適當人員 11 人至 15 人分別組織《申報》《新聞報》報務管理委員會，負責接管經營並籌劃各該報改組事宜。各該會為兩報管理期中最高權力機關，對宣傳部負責。」根據這些規定，國民黨中宣部很快擬定了以潘公展為首的《申報》管理委員會和以程滄波為首的《新聞報》管理委員會。經蔣介石核准後，潘、程二氏立即率工作組進駐申、新兩報館，實施接管和改組。1945 年 11 月 22 日，申、新兩報同時復刊，報名依舊，面目全改。由此，國民黨實現了長期以來夢寐以求控制兩大報紙的願望。申、新兩報在「以民營報紙立場，為國家盡宣傳職責」的辦報方針下，被納入國民黨黨報體系。

二、中國國民黨黨報的擴展

以接收的收復區敵偽報業和民間報業為基礎，在國民黨各級黨政軍機關的大力扶植下，國民黨各級各類黨報很快恢復起來，並有了空前的擴展。如果說，從抗戰結束到 1946 年底是中國報業的「復興時期」，那麼從 1947 年起中國報業則進入了所謂「擴充時期」。在前一時期，全國報紙已登記者共 984 家，總銷數

〔註 11〕《中國將沒有聲音了！》，《新華日報》1945 年 1 月 26 日。
〔註 12〕馬光仁：《戰後國民黨對申、新兩報的控制》，《新聞研究資料》第 33 輯，中國新聞出版社 1985 年 11 月出版。

估計約爲 200 萬份，尙未達到戰前水平。在後一個時期，到 1947 年 8 月，全國已登記換照的報紙總數增加到 1781 家，增長了 81%〔註13〕。在這些新增加的報紙中，除一些大規模的民辦報紙如《新民報》、《大公報》、《世界日報》等有較大發展外，主要是各級各類國民黨黨報。中國國民黨黨報很快成爲一個龐大的報業體系。大致說來，這個報業體系包括以下四個大的子系統：

第一，以南京《中央日報》及其各地分版爲首的中央直轄黨報系統，共 23 家。在抗戰時期發展的基礎上，《中央日報》的陣營進一步擴大，採用《中央日報》名稱出版發行的有南京、上海、重慶、貴陽、昆明、桂林、南寧、長沙、福州、廈門、瀋陽、長春等地的分版，共 12 家。此外，還有北平的《華北日報》、《英文時事日報》，漢口、宜昌的《武漢日報》，廣州、梅縣的《中山日報》，西安的《西京日報》，成都的《中興日報》，天津、西康的《國民日報》。現將國民黨各中央直轄黨報的基本情況，列表於後：

抗戰勝利後國民黨中央直轄黨報基本情況一覽表

報　名	負責人	創刊或復刊時間	發行量	備　註
南京中央日報	馬星野	1945 年 9 月 10 日	70000	自渝返寧復刊
上海中央日報	馮有眞	1945 年 8 月 30 日	30000	自屯溪遷滬易名發行
陪都中央日報	劉覺民	1946 年 5 月 5 日	10000	由重慶中央日報改名
成都中央日報	翟水森	1947 年 1 月 1 日	10000	由成都中央日報改名
貴陽中央日報	王亞明	1938 年 12 月 1 日	10000	未受復員影響
昆明中央日報	錢滄碩	1939 年 5 月 5 日	約 5000	同上
桂林中央日報	徐永平	1946 年 3 月 1 日	同上	新創刊
南寧中央日報	？	1945 年 8 月 11 日	同上	由梧州遷來
長沙中央日報	段夢暉	1946 年 1 月 1 日	10000	由邵陽遷來
福州中央日報	翁禮維	1945 年 8 月	10000	
廈門中央日報	林炳康	1945 年 10 月	約 5000	由漳州遷來
瀋陽中央日報	余紀忠	1946 年 7 月 15 日	10000	新創刊
長春中央日報	潘公弼	1946 年 7 月 7 日	約 5000	同上

〔註13〕曾虛白：《中國新聞史》，臺灣國立政治大學新聞研究所 1977 年版，第 452~453 頁。

北平華北日報	張明煒	1945 年 10 月 1 日	40000	復刊
北平英文時事日報	？	1945 年 10 月 1 日	不詳	復刊
天津英文時事日報	梁寶和	1948 年 6 月	不詳	北平英文時事日報分版
天津民國日報	卜青茂	1945 年 9 月 6 日	70000	復刊
漢口武漢日報	宋漱石	1945 年 8 月 26 日	30000	由黃岡遷來
宜昌武漢日報	？	1945 年 9 月 18 日	約 5000	由恩施遷來
西安西京日報	陳泯光	1933 年 3 月	約 8000	
廣州中山日報	林伯雅	1945 年 10 月 1 日	10000	復刊
梅縣中山日報	陳變勳	1939 年 5 月	不詳	
西康民國日報	段公爽	1940 年 10 月 10 日	不詳	後歸西康省黨部辦理

（資料來源：賴光臨著《七十年中國報業史》，第 196-198 頁）

　　上述 23 家中央直轄黨報是國民黨黨報的主體，總發行量在 45 萬份左右，佔了全國報紙總發行量的 20％。從發行量來說，國民黨中央直轄黨報在當地都佔據著首位。這些黨報儘管在形式上均按企業化的原則各自獨立經營，但在言論方針、新聞政策上完全秉承國民黨中央的意旨，由國民黨中央宣傳部統一指揮。

　　第二，以《和平日報》為首的軍隊黨報系統。《和平日報》的前身為《掃蕩報》，1942 年 6 月至 1943 年 4 月曾一度和《中央日報》發行聯合版。1943 年 3 月，張治中出任軍委會政治部部長，黃少谷被指派為社長。在張、黃主持下，1944 年 8 月該報曾組成報業股份有限公司，實行企業化經營管理。抗戰勝利後，為了渲染和平氣氛，張治中、黃少谷不顧賀衷寒、蕭贊育等人的反對，並徵得蔣介石的同意，於 1945 年 11 月 12 日將《掃蕩報》改名為《和平日報》，報名由于右任題寫。在《和平日報》的名義下，該報首先復刊漢口版（劉威鳳任社長），接著於 11 月 12 日創設南京版（萬德涵任社長，楊彥歧任總編輯）。1946 年 5 月國民政府「還都」南京，《和平日報》總社亦由重慶遷南京，黃少谷任總社社長兼南京版社長。至此，《和平日報》除總社直接經營的重慶、南京、上海、漢口、蘭州五個分社外，還有受總社指導的廣州分社（黃珍雲任社長）、瀋陽分社（1946 年 1 月創刊，閻奉宗任社長），

臺灣分社和海口分社，共八個分版，成爲一個全國性的報業系統。《和平日報》雖然名稱已改，但其反共精神卻絲毫未減。全面內戰爆發後，更是全力投入了反共「勘亂」宣傳。除《和平日報》外，各地還有《黨軍日報》、《黃埔日報》、《陣中日報》以及內部發行的簡報，都屬於軍隊黨報系統，總計約170多家。

第三，地方黨報系統。國民黨地方黨報和戰前一樣，仍由省市縣各級黨部主辦，有的省還有由省黨部宣傳部直接指導的區黨報。在各地方黨報中，以江蘇省黨報辦理最爲突出。早在抗戰之前，該省即將全省劃分爲六個黨報區，當時因經費困難，未能全部實現。抗戰勝利後，「吳報」、「蘇報」、「通報」、「徐報」、「淮報」、「海報」等次第出版發行，聯成一個大的省黨報系統。其他各省亦有類似黨報創設，如安徽省之合肥、蚌埠、蕪湖，河北省之保定、唐山、石家莊等。全國此類黨報共 27 家，總發行量約 14 萬份〔註14〕。除省級黨報外，由各縣級黨部主辦的黨報爲數更多。以江蘇爲例，60 餘縣中有 40 多家縣黨報，湖南更是幾乎每縣都有。這此黨報發行量極小，名稱不一，刊期各異，但數量龐大，約占全國報紙總數的一半左右，即 890 家左右。這些地方黨報雖沒有中央直轄黨報和軍隊黨報正規，但也能爲國民黨中央及其國民政府政令之宣達起到一定作用。

第四，以國民黨黨員個人名義主持的「民間黨報」系統。以「民間」的形式辦黨報，這種做法國民黨在戰前就實行過，當時叫「本黨報」和「準黨報」。這類黨報擁有第一流設備和第一流人才，又以「民間報紙」面目出現，因此影響遠在一般中央直轄黨報之上。這類報紙約 20 家，總發行量在 50 萬份以上〔註15〕。其中，潘公展主持的《申報》和程滄波主持的《新聞報》是突出的代表。此外，還有胡健中主持的上海、杭州《東南日報》，吳紹澍主持的上海《正言報》，胡樸安主持的上海《民國日報》，吳任滄主持的上海《中美日報》，吳望及主持的杭州《正報》，餘烈主持的杭州《大同日報》，龔德柏主持的南京《救國日報》，張一寒主持的南京《中國日報》，袁雍主持的漢口《華中日報》等。因爲這類黨報具有「民辦」色彩，又極具影響，所以國民黨中央花了極大精力來經營它。以申、新兩報爲例，國民黨通過精心策劃控制申、新兩報後，效果並不理想。《申報》復刊時，發行 53000 份。此後「日趨下游，

〔註14〕曾虛白：《中國新聞史》，臺灣國立政治大學新聞研究所 1977 版，第 462 頁。
〔註15〕曾虛白：《中國新聞史》，臺灣國立政治大學新聞研究所 1977 版，第 462 頁。

句日之內，跌至 3 萬份左右，形勢異常險惡。」〔註 16〕《新聞報》的景況也是江河日下，遠不如戰前。為了擴大宣傳，兩報採取了一系列改進方法。首先是確立「以民營報紙立場，為國家盡宣傳職責」的方針。其實「民營報紙報紙立場」是假，「為國家盡宣傳職責」是真。其次是標榜「信守客觀公正態度」。從表面上看，兩報很少用中央通訊社稿，注意「刊載本報電訊，報導獨家新聞」〔註 17〕，但在一此關鍵問題上卻和中央通訊社聲應氣求。1948 年 5 月，各地發生大規模反美學潮，《申報》在發給各通訊處《關於學潮新聞之處理》的內部批示中指出：「共匪反美有國際背景，藉口美國扶日問題來鼓動學潮，更是暴露奸匪之目的。故此消息，可在揭發奸匪陰謀，引起讀者同情並增長認識共匪真面目之原則下，予以刊登。」〔註 18〕按照這種批示製造出來的「獨家新聞」，毫無客觀公正可言。再次是允許私人購股，由私人股東組成董事會，決定報社的大政方針。但是所謂私人股東大多是以國民黨黨員個人名義承領的「官股」，這種「官股」在兩報股額中超過了 51%折比例〔註 19〕。在這種「股東」面前，其他股東只能俯首貼耳，毫無權利可言。國民黨中央尤恐控制不周，又於 1946 年在南京設立兩報辦事處，直接聽命於國民黨中央。後來，兩報乾脆都聘請陳布雷為「名譽總主筆」。希望陳「對本報言論編輯隨時賜以指示。」〔註 20〕因此可見，申、新兩報不僅聽命於國民黨中央宣傳部，而且直接聽命於蔣介石。

上述四大國民黨黨報系統中，計有：中央直轄黨報 23 家，發行約 45 萬份；軍隊黨報約 170 家，發行約 30 萬份；各維地方黨報約 920 家，發行約 31 萬份；各類「民間黨報」約 20 家，發行約 50 萬份。如果再加上各省、市政府主辦的「政報」（以 22 省每省 1 家，每家發行 5000 份計算）20 多家，發行 10 萬份。國民黨黨報共計有 1170 作家，發行量為 116 萬份。如果以當時全國報紙 1781

〔註 16〕馬光仁：《戰後國民黨對申、新兩報的控制》，《新聞研究資料》第 33 輯，中國新聞出版社 1985 年 11 月版。

〔註 17〕馬光仁：《戰後國民黨對申、新兩報的控制》，《新聞研究資料》第 33 輯，中國新聞出版社 1985 年 11 月版。

〔註 18〕馬光仁：《戰後國民黨對申、新兩報的控制》，《新聞研究資料》第 33 輯，中國新聞出版社 1985 年 11 月版。

〔註 19〕馬光仁：《戰後國民黨對申、新兩報的控制》，《新聞研究資料》第 33 輯，中國新聞出版社 1985 年 11 月版。

〔註 20〕馬光仁：《戰後國民黨對申、新兩報的控制》，《新聞研究資料》第 33 輯，中國新聞出版社 1985 年 11 月版。

家、發行量 220 萬份計算，國民黨黨報在報紙總數和總發行量中所戰友的比例分別爲 66％和 54％，大大高於戰前 40.5％和 21.1％的比例。以如此龐大的黨報陣營來控制全國的輿論，來推行「黨論國策」，大有氣吞萬里如虎之勢。中國新聞界前途之險惡，使人不寒而要。《新華日報》就此尖銳指出：「這是一個考驗，一定要弄得天下掛孝，盡成白色，未必合人民的胃口呀！」〔註21〕

三、新聞自由運動的幻滅

國民黨黨報的迅猛擴張，必然以限制和壓迫共產黨黨報和民辦報紙爲前提。據統計，到 1946 年 10 月，國民黨借「登記」之名查禁的報紙至少有 143 家。1947 年 1～4 月，被國民黨政府查禁的報刊至少在 100 種以上。

令人莫名其妙的是，在這種背景下，中國國民黨黨報上卻出現了一股「新聞自由」運動。

中國國民黨黨報所發動新聞自由運動，起始於 1945 年 3 月，終結於 1948 年 6 月，歷時三載有餘。在此期間，《中央日報》發表的有關新聞自由的社論、專論等在 30 篇以上，其他各黨報也發表過一些類似的文章。南京《中央日報》社長馬星野曾到處演講、撰文，予以鼓吹。1948 年 3 月，在啟程參加日內瓦國際新聞自由會議前，他動員屬下利用一晝夜時間將此類言論 13 篇編成《新聞自由論》小冊子出版。一面是對新聞界的嚴厲壓制與摧殘，一面是「新聞自由」運動的高調。光怪陸離，令人捉摸不定。然而，只要我們略加分析，即不難窺其底蘊。

新聞自由作爲一種思想，早在 1644 年就由英國人約翰‧彌爾頓（John Millton）提出了。但是，它作爲一股思潮、一個動動，則是在第二次世界大戰後期出現的。鑒於德、意、日法西斯獨裁者壟斷新聞事業、愚弄人民、製造戰爭輿論的教訓，同時爲了加強各國人民利用新聞媒介瞭解世界變化眞相和進行感情交流，1944 年 4 月美國新聞界首先發起了「新聞自由」運動。爲了取得戰後世界新聞界的領導地位，美國新聞界頭面人物頻頻出訪、遊說，爭取各國支持。1945 年 3 月，由福勒斯特、麥吉爾、亞更曼組成的美國新聞代表團經歐洲、西亞、蘇聯來中國鼓動。

此時，中美關係正處於微妙階段。一方面，美國政府不滿意國民政府中某些官吏的腐敗行爲，認爲「蔣所領導的封建中國，無法與中國北部廣得人

〔註21〕《中國沒有聲音了！》，《新華日報》1945 年 10 月 26 日。

心之現代政府競存。」〔註22〕另一方面，美國又要利用國民黨抵制中共勢力，不甘心中共取得全國政權。1944 年 10 月「史迪威事件」後，美國政府派赫爾利任駐華大使，明顯傾向「扶蔣反共」。美國的支持是國民政府所迫切需要的。1944 年夏季豫湘桂戰役中，國民黨軍隊失利頗多。與此同時，國民政府統轄區域內的「民主自由運動」，高舉「反對腐敗」旗幟，不斷揭露抨擊國民黨及其國民政府。處此艱難困苦之中，國民黨中央和國民政府，必須作出一些民主自由的承諾，以便應會國內外的壓力，特別是爭取美國財政、軍事和政治援助。只有這樣，才能渡過難關，維護自己的統治。況且民主政治（含新聞自由）本是三民主義民主憲政中的應有之義。隨著時勢的轉變，國民黨黨報上出現新聞自由的運動，也就不難理解了。

　　1945 年 3 月 29 日，美國新聞代表團一到重慶立即進行了緊張的活動：上午 9 時半，拜會國民黨中宣部長王世杰，「談對於戰後新聞自由之意見」；10 時，拜會中國新聞學會理事長蕭同茲，「說明訪華任務，並徵求對於新聞自由問題之意見」；10 時半，拜會立法院院長孫科，「徵求孫院長對新聞自由之意見」；11 時許，拜會國民黨中央秘書長吳鐵城，「吳秘書長對於新聞自由問題，曾表示謂：中國對於檢查問題素無經驗，故有許多地方做得不十分滿意。……余堅信中國在戰後，一定可有新聞自由」；下午 2 時半，到政治學校新聞學院講演；下午 4 時，出席美國新聞處茶會；晚 7 時，赴中宣部副部長董顯光宴會，會後赴大公報拜訪〔註23〕。在這股「旋風」面前，國民黨當局不得不承認新聞自由並允諾改善或撤銷新聞檢查制度。次日，《中央日報》發表了《擁護新聞自由——歡迎美國同業代表團》的社論。社論指出，「我們相信，無論中國人民和政府，均以極大興趣與熱心，贊成這一有意義的運動。而且我們相信，中國人民也許能比其他國家的人民更深刻瞭解這一運動的意義和價值。」「如果民主政治是輿論政治，那麼我們無任何理由不贊成新聞自由。而如果我們走真理之路，我們也斷無須懼怕真理之傳達。」〔註24〕因此可見，國民

<hr />

〔註22〕轉引自：張憲文主編《中華民國史綱》，河南人民出版社 1985 年版，第 621 頁。另據臺北市新聞記者公會 1976 年出版之《潘公展傳》記載，「民國三十三年起，因中共、美共及各國共產黨交相煽詡的影響，美國輿論對我國政府大爲不利，紛紛指摘我政府如何腐化無能，大捧中共如何進步民主。」（該書第 114 頁）

〔註23〕《中央日報》，1945 年 3 月 30 日。

〔註24〕《擁護新聞自由——歡迎美國同業代表團》，《中央日報》1945 年 3 月 30 日。

黨黨報所發起的新聞自由運動，實則啓導於國際新聞自由運動。

　　新聞自由運動不僅迎合了當時國際上的新聞自由思潮，而且客觀上也有助於國內爭取新聞言論自由的運動。隨著抗日戰爭勝利曙光的臨近，中國新聞界要求撤銷新聞檢查制度，要求新聞言論自由的呼聲日益高漲。早在 1944 年 11 月，中國新聞學會第三屆年會曾專門通過了擁護新聞自由的決議。抗日戰爭剛一勝利，1945 年 8 月 17 日，重慶《憲政》、《國訊》等 16 家雜誌社聯合發表「拒檢」聲明。在重慶出版之中共中央機關部《新華日報》，連續發表了《為筆的解放而鬥爭》等一系列的社論或時評。這些社論或時評，猛烈抨擊了國民黨中央和國民政府所實施的戰時新聞檢查，呼籲新聞從業人員團結起來，打碎「銬在手上的鏈子，掙脫縛在喉間的繩索。」〔註25〕9 月 15 日，成都《華西晚報》等 16 家新聞單位發表《致重慶雜誌屆聯誼會公開信》，宣佈從即日起停止新聞「送檢」，並且表示將和全國新聞界一道，「高舉言論自由的大旗，宣告檢查制度的死亡。」〔註26〕面對聲勢浩大的「拒檢」運動，國民黨軍政領袖束手無策，不得不接收全國民意，於 9 月 30 日宣佈，從 1945 年 10 月 1 日起，「廢除出版檢查制度」。經國民黨中央常務委員會決議，國防最高委員會委員長蔣介石核定的《廢除出版檢查制度辦法》規定：「（1）自民國三十四年十月一日起，廢止戰時出版品審查辦法及禁載標準，戰時書刊審查規則及戰時違檢懲罰辦法；（2）新聞檢查出軍事戒嚴區外，一律廢止。軍事戒嚴區之範圍，依軍事委員會之規定；（3）現行出版法應酌予修訂。」〔註27〕

　　新聞檢查制度廢除之時，《中央日報》發表題為《輿論政治時代的來臨》的社論，指出：「現在抗戰已經達到了最後勝利的目標，民族國家最危險的時期已成過去，國民革命的前途最大的障礙已告肅清。我們為了貫徹三民主義革命的目標，天然要在民族至上國家至上的觀念之外，再添上民權至上、民生至上的新觀念，並揭政治第一、經濟第一的主張，以為舉國上下共赴之目的。」新聞檢查的廢除，「是推行民權主義的政治建設的一環，是言論出版自由從軍政訓政時期轉到憲政時期的分野，是國民革命轉到一個新階段的里程

〔註25〕《為筆的解放而鬥爭》，《新華日報》1945 年 9 月 1 日。

〔註26〕轉引自：丁淦林主編《中國新聞事業史》，武漢大學出版社 1990 年版，第 322 頁。

〔註27〕《出版檢查明日廢除》，《中央日報》1945 年 9 月 30 日。

碑，它的作用是讓戰後的中國向著輿論政治而邁進。」〔註28〕因此可見，國民黨黨報之鼓吹「新聞自由」，一方面為受國內民主政治運動逼迫所致，另一方面又在一定程度上推動了國內民主政治運動之發展。

在新聞自由運動中，國民黨黨報，特別是南京《中央日報》社長馬星野的文章，系統地向中國民眾介紹了新聞自由思潮之源起和新聞自由運動之概貌。馬星野曾長期留學美國密蘇里大學新聞學院，耳濡目染，對西方新聞自由運動之歷史和現實瞭如指掌。因此，他自然成了向中國全面系統傳播西方新聞自由思想之第一人。他提出，現代政治「是民主政治，又名民意政治」，而「形成民意，表現民意，最有效、最周到的方式，卻是新聞紙」；新聞紙是「民治之基石」〔註29〕。特別是，在他文章中還結合中國的實際提出了一些富於啓發性的觀點。

比如，面對戰後各國新聞界之間出現的激烈競爭，馬星野呼籲加強中國新聞事業，以平等自由的地位參加國際競爭，他指出，「自由競爭，要參加者是勢均力敵的，立在平等的地位。如果是不平等的，則弱小的一方雖有競爭之機會，而不能利用，……以後在國際新聞領域上，我們將無法立足，在國際的是非爭執中，我們將失去發言辯駁之機會。」因此，「我們要建立大規模的國際性的通訊社，做我們參加國際新聞報導的代表」；「最根本的，還是國內報紙在數量與質量上之改造，要建立一個新的中國新聞事業。」〔註30〕只有這樣，才能使中國人「不會被人忘記，被人誤解，被人歧視。」〔註31〕從民族主義立場看，這種觀點在當時有一定積極意義。

又比如，怎樣建設一個「新的中國新聞事業」呢？馬星野認為，在當今世界尚無真正自由的新聞事業可言。「有一類國家，新聞紙受到政府的嚴格控制，幾成政府的御用品，是不自由的。有的國家，新聞紙受到資本家的控制，被金錢收買與左右，失去了自由。更有一些國家的新聞紙，因為經費不獨立，或者因為主持人的無為，而受各形各色的力量所控制，失去自由的報格。」〔註32〕這些都不是民主政治所需要的新聞事業。「要民主政治成功，我們首先要有自由

〔註28〕《輿論政治時代的來臨》，《中央日報》1945年10月1日。
〔註29〕馬星野：《新聞自由論》，南京中央日報社1948年版，第39頁。
〔註30〕馬星野：《新聞自由論》，南京中央日報社1948年版，第19~20頁。
〔註31〕馬星野：《新聞自由論》，南京中央日報社1948年版，第19~20頁。
〔註32〕馬星野：《新聞自由論》，南京中央日報社1948年版，第40頁。

的、獨立的、勇敢的、負責任的而且普及於民眾，眞正做到老百姓的耳目與喉舌的報紙。」〔註33〕這種觀點如果能夠眞正做到，是有助於中國新聞事業健康發展的。可惜這些觀點連同整個新聞自由運動一起，很快隨著「反共勘亂」戰事的全面爆發而中途夭折。

1948 年 7 月 8 日，南京《新民報》因「泄露軍情」，「爲共匪張目」而被國民政府下令永久停刊。此事激起新聞界的強烈反對，並導致全國新聞界出現分裂，也使國民黨黨報所發起的新聞自由運動歸於終結。7 月 10 日，上海《大公報》發表《由〈新民報〉停刊談出版法》的社論，指出：「一個國家不需要有汗牛充棟、多不勝記的法律，只要有三部法律（憲法、民法和刑法）便可治國。……此外若有法律，大致皆是可有可無的附屬性質。至於若干枝節性質的法律，是有不如無。出版法，是個枝節性質的法律，我們敢冒昧地說，其有不如其無。這個法，是袁政府時代的產物，國民政府立法院略有修正，而大體固仍其舊，實是一件憾事。……出版法的立意，乃在限制言論與發表的自由，這與保障民權的精神是不合的。」北平《世界日報》社長成舍我也認爲，《出版法》繁雜苛刻，語意含糊，「如果這樣子含糊說下去，每一報紙隨時都有被封的危險，每一記者隨時都有下獄的憂慮。」〔註34〕因此，他堅決主張廢除。與此同時，國民黨黨報則被迫拋下「新聞自由」的旗號，轉而爲國民黨中央及其政府的決策辯護。7 月 14 號，南京《中央日報》針對《大公報》發表《出版譴責的應付問題》的社論。說《新民報》「罰當其罪」。16 日，又發表社論《在野黨之特權》，對《大公報》總編輯王芸生進行人身攻擊，說王是「新華社廣播的應聲蟲」。18 日王芸生被迫還擊，《中央日報》緊接著發表《王芸生之第三查》的社論，攻擊王是新華社的「雙料應聲蟲」。其他國民黨黨報也紛紛發表社論，與《中央日報》相呼應，歡呼《新民報》「封得好」。其中曹天縱主持的《新南京報》自 7 月 12 號其接連發表《共產黨尾巴的可憐相》、《〈新民報〉封得太晚》、《鄧季惺的立委資格問題》等時評，批評國民黨政府處分輕了，要求沒收《新民報》的財產，將陳銘德、鄧季惺以「匪諜」治罪，並繼續封閉《新民報》的同類。〔註35〕

在馬星野主持的出版法與出版自由座談會上，一班國民黨報人也出動圍

〔註33〕馬星野：《新聞自由論》，南京中央日報社 1948 年版，第 19～20 頁。
〔註34〕《出版法與出版自由座談會記錄》，《報學雜誌》試刊號。
〔註35〕陳銘德等：《〈新民報〉春秋》、重慶出版社 1987 年版，第 78 頁。

攻成舍我的主張。有些人尋根覓據，以所謂「大陸法系」、「中國國情」，爲制定嚴厲的出版法辯護。有些人則直言不諱，鼓吹新聞限制。陶希聖說：「今天共產黨是專門利用汽油來破壞自由的陰謀暴動集團。言論自由受了他們的利用，便成爲擾亂公共秩序顛覆政府、紊亂憲政、內亂外患行爲的掩護，聯合國新聞自由會議通過的新聞自由的八項限制，就是針對國際陰謀團體以自由破壞自由的活動而發……所以我國不能不訂定出版法。」〔註36〕

　　「反共勘亂」戰爭的全面爆發，導致了國民黨黨報的新聞自由運動的中斷，引發了中國新聞界內部長期以來的矛盾衝突。自此，現代中國所形成的特有的新聞事業結構，由分裂而到解體。

第二節　中國國民黨黨報企業化經營管理體制的確立和實施

一、中國國民黨黨報企業化經營管理體制的確立及其動因

　　抗日戰爭勝利後，從 1946 年 7 月開始，國民黨黨報著手實施企業化經營管理。到 1947 年春天，各大型國民黨黨報都組建報業股份有限公司。

　　最早實施企業化經營管理的國民黨中央直轄黨報是成都《中央日報》。1946 年 7 月 1 日，該報改名《中興日報》，並刊登啓事聲稱：「茲爲加強基礎，廣開業務起見，特自本年 7 月 1 日起改爲公司組織，並將報名改稱爲《中興日報》。期以獨立之精神，發揮企業化之功用。」同日，該報發表題爲《從中央日報到中興日報》的改組社論。社論指出：「現在國民革命，業已從破壞進到建設階段。中國政治也從訓政轉入憲政的過度時期，本報以公司組織，承中央日報之後，與四川讀者相見，願意在發刊第一天，將今後本報之言論方針，概括報告於讀者」；「結束訓政，實現憲政，本是中國國民黨的一貫初衷，……無論環境之艱困如何，國民黨終不止其扶植國家進入憲政的努力。……中國國民黨在成都的言論機關，易名改組，從中央日報到中興日報，也便是秉於整個黨的意志。」〔註37〕

　　接著，上海《中央日報》奉令著手籌備企業化計劃。據該報 1947 年度《業

〔註36〕《出版法與出版自由座談會記錄》，《報學雜誌》試刊號。
〔註37〕成都《中興日報》，1946 年 7 月 1 日。

務報告及檢討事項》〔註38〕記載,「自三十五年四月份起著手進行,並予試辦,旋又奉令暫緩。至三十六年三月十日,始奉中央財務委員會令飭依限成立。經依照規定程序,將一切表冊手續辦理完竣,於三十六年五月十八日正式成立公司組織,並於是日召開第一次黨股代表大會及第一次董事監察人聯席會議。」會議一致決定擴充資金爲 25 億元,除將原有資金 7 億元提高 140%,計升股爲 16.8 億元外,其餘之數仍按黨股占 75%,商股占 25%的比例,分別增募。該報股份有限公司眞正登記成立是在 1947 年底。

在中國國民黨黨報實施企業化經營管理過程中,規模最大、組織最完備者,當推南京《中央日報》。據該報《三十五年度工作報告》〔註39〕稱,「本報於卅四年度復刊之初,即開始企業化準備工作,故自動改於元月起先就業務許可範圍內試行實施。」但眞正開始試行企業化經營管理,則是在 1946 年3 月國民黨中央發佈「本年四月一日起直轄黨報一律開始實施（企業化）」的指示之後。1946 年 3 月,在國民黨六屆二中全會上,馬星野社長曾「建議南京中央日報首先實施企業化,並率先自動停領津貼。」馬星野的建議得到陳果夫、陳立夫的支持,「促成中央銀行批准中央日報購結外匯三十萬美元之事。」〔註40〕

該報實施企業化經營管理籌備工作主要從以下三個方面進行：第一,在接收敵僞產業 1074310421 元的基礎上,申請國民黨中央一次性增資 1.3 億元,並將 1946 年 1 至 6 月職工生活補助費 34367248 元及全年盈餘 192899149.49元充作股份基金。其資產總額達到 2607583629.49 元,資金負債總額達到725860702.87 元。負債增額約占資產總額 27.83%,淨值約爲 72.17%。自此,該報「停領經費,實行自給自足」。第二,整理報社資產。該報除收回戰前自置房地產外,並接收敵僞財產 1074310421 元,由敵產處理局點查清理估價,由國民黨中央從日本賠償項下撥付報社使用；至 1946 年 12 月底,又重新購置各類資產達 160683214.25 元。總計資產在 12 億元以上。第三,改組公司組織。自1946 年 4 月 1 日起,該報即遵照國民黨中央指示,草擬公司章程,並

〔註38〕《上海中央日報業務報告及檢討事項》,上海市檔案館檔案,全宗號 006,卷號 22。

〔註39〕《本報三十五年度工作報告》,南京中國第二歷史檔案館檔案,全宗號 656（4）,卷號 5612。

〔註40〕《六十年來的中央日報》,臺灣裕臺公司中華印刷廠 1988 年版,第 28 頁。

擬定黨股代表人、董監事名單，呈送中央宣傳部及中央財經委員會核定。雖然因國民黨中央推遲黨報企業化經營管理實施計劃，董監事會未能按時成立，但「本報人事任免、合計出納，均照預定計劃先行實施，營業預算一本量入為出之原則，不使人有冗員，錢有虛靡，一人一錢均須配合營業需要。」〔註41〕

在此基礎上，1947 年 5 月 30 日，南京中央日報社股份有限公司正式宣告成立。陳立夫、陳誠、陳布雷、馬星野、黎世芬等 42 人參加了成立大會。會議由陳立夫主持，討論和通過了《南京中央日報社股份有限公司章程》，選產生了以陳立夫為董事長，包括于右任、胡健中、陳布雷、馬星野等 15 人組成的董事會，和以陳誠為監察長包括戴季陶、程滄波等 5 人組成的監察會。會議任命馬星野為南京《中央日報》社社長兼發行人，黎世芬為總經理。《南京中央日報社股份有限公司章程》〔註42〕，包括總則、股份、股東會、監察人、職員、決算及盈餘分配、附則等，共 8 章 30 條。關於股票，《章程》規定：「本公司資本總額定為國幣二億五千萬元，計分二萬五千股，國幣一萬元由發起人一次繳足，認股人以中華民國人民為限」；「本公司股息每週年一分」；「本公司股票為記名式，由董事長主簽，常務董事會副簽，編號填發」。關於股東會，《章程》規定：「本公司股東會分常會與臨時會兩種；甲，常會每年決算後三個月內由董事會召集之。乙，臨時會於公司臨時發生事項經董事會或監察人會認為有必要或有股份二十分之一以上之股東請求時隨時召集之」；「股東會須有股份總額過半數股東代表之出席，其議決除公司法有特別規定者除外，以出席股東表決權過半數行之」。關於董事會，《章程》規定：「本公司設董事十五至十九人，由股東大會選任之，凡本公司之股東均有被選舉權，任期為三年」。關於決算及盈餘分配，《章程》規定：「本公司以每年一月至十二月為營業年度，並以營業年度終了時為決算期，由社長造具次列各項表冊送請董事會核轉監察人會覆核後報告股東會：一、業務報告書；二、資產負債表；三、財產目錄；四、損益計劃書；五、盈餘分配表」。

南京中央日報社股份有限公司的成立，標誌著國民黨黨報企業化經營管理

〔註41〕《本報三十五年度工作報告》，南京中國第二歷史檔案館檔案，全宗號 656（4），卷號 5612。

〔註42〕《南京中央日報社股份有限公司章程》，南京中國第二歷史檔案館檔案，全宗號 656（4），卷號 5612。

籌備過程的完成。自此，中國國民黨大型黨報正式開始實施企業化經營管理。

抗日戰爭勝利後，國民黨黨報普遍實施企業化經營管理，不是偶然的歷史現象，而是有著深刻的政治、經濟原因。國民黨黨報實施企業化經營管理後，並不意味著它由此變成了企業化報紙甚至或如其所自稱的「是十足的民間報」，〔註43〕無論是實質上還是名義上，國民黨黨報仍然是國民黨中央及其政府的宣傳工具，仍然是爲國民黨一黨專制統治服務的，只不過是在新形勢下有了某些變化而已。

從政治上說，中國國民黨黨報企業化經營管理是適應國民黨從「訓政」到「憲政」統治方式的轉變而出現的。抗日戰爭勝利後，爲使其統治方式符合孫中山所設想的民主憲政的理想境界，中國國民黨中央及其領導者根據國內政局多變的形勢，打出了「民主憲政」的旗號。1945 年 10 月 10 日簽訂的《政府與中共代表會談紀要》就（即「雙十協定」），確立了和平民主的建國方針。1946 年 1 月 10 日開幕的政治協商會議上，蔣介石致開幕詞，明確提出了「眞誠坦白，樹立民主的楷模」，「大公無私，顧全國家的利益」，「高瞻遠矚，正視國家的前途」三個原則和「保障人民自由」、「保障各黨派合法地位」、「實行普選」、「釋放政治犯」四項保證〔註44〕。但是，事與願違，這種虛僞的表示雖然能暫時迷惑一些人，但其本質仍在維護國民黨一黨專政的統治。正如成都《中央日報》改版社論所提出的：「時至今日，雖已無人敢於再向三民主義作正面的攻擊，然而曲解冒用的陰謀，欲繼之而起。這便是假民族主義之名，以行民族分裂之實，假民權主義之名，以行割據叛亂之實。……今天中國國民黨的理論鬥爭，顯然是轉入了一個新的階段。這便是從三民主義的口號之鬥爭，轉爲三民主義之內容的鬥爭。也可以稱之爲從『體』的鬥爭轉而爲『用』的鬥爭。」〔註45〕與上述由「訓政」到「憲政」轉變的政治形勢和圍繞三民主義而展開的從『體』的鬥爭到『用』的鬥爭的理論鬥爭形態轉變相適應，中國國民黨黨報必須在形式上有所變更。於是，便有了「從訓政時期的國民黨報紙，蛻變爲憲政時期的國民黨報紙」。〔註46〕這是國民黨黨報實施企業化經營管理的根本原因和目的，也是其實質所在。

〔註43〕黎世芬：《我們的營業作風》，南京《中央日報》1946 年 9 月 10 日。
〔註44〕參閱：蕭效欽主編《中國國民黨史》，安徽人民出版社 1989 年版，第 321 頁。
〔註45〕《從中央日報到中興日報》，成都《中興日報》1946 年 7 月 1 日。
〔註46〕《從中央日報到中興日報》，成都《中興日報》1946 年 7 月 1 日。

　　從經濟上說，國民黨黨報實施企業化經營管理，是抗戰勝利後國家壟斷資本主義迅速壯大的事實在黨營新聞事業中的必然反映。抗日戰爭勝利後，國民政府按照孫中山關於「發達國家資本」、「節制私人資本」的民生主義的經濟政策，接收了大量的敵偽資產，其中也混雜著一些民間財產。由此，國家壟斷資本主義迅速壯大，據毛澤東估計，其「價值達一百萬至兩百萬萬美元」。〔註47〕國民黨黨營新聞事業是在國家壟斷資本主義基礎上建立和發展起來的。隨著國家壟斷資本主義的壯大，國民黨黨報經濟實力也有了快速增長。這可以從南京《中央日報》和上海《中央日報》接收敵偽產業的記錄中得到印證〔註48〕。但是，在接收敵偽資產的過程中，由於時間緊迫，情形複雜，其中也難免佔用了一些民間產業，因而引起了一些原業主的不滿。從南京《中央日報》和上海《中央日報》的有關檔案中，可以發現「該業主堅欲收回，交涉無效」，「該公司一再堅欲收回自用」一類的記載。如何既「平息民怨」，又鞏固業已取得的經濟地位，國民黨中央找到了報業股份有限公司這種形式。作者手中未能掌握國民黨中央關於組建黨報股份有限公司的文件，但下列檔案材料足可資為旁證。

　　1945年底，國民黨中央宣傳部指定的《黨營電影事業企業化過渡辦法說明》〔註49〕指出：「為實現黨營電影事業企業化，除將現有黨營大中央電影攝影廠蛻化為民營組織，並盡可能優先利用戰後在各地所接管之日偽電影事業之資產及業務，作為本黨電影事業之基點外，過渡期間，仍有暫時辦法以資應用；實際上該場仍屬於黨，惟為滅除吸引外資時之猜忌與障礙起見，表面上仍力求事業之專業化與企業化。並盡量避免黨部之直接控制或黨營等字樣，而在運用上，尤應盡可能利用現有政治上之優越地位，如確定接管日偽電影事業機構之產權及股權，特准申購法價外匯購料，按洽國家銀行低息貸款或透支等，以擴充業務，造成既成事實，一面盡量扶植及獎勵黨員，尤其對電影有基礎與經驗者，從事於各部門業務之商業組織，借收指臂之力。庶於民營組織成立之時，本黨得以確實掌握整個事業，造成事業黨化及養黨之最終目的。」

　　由此可見，國民黨黨營新聞事業（包括黨報）實施企業化經營管理的經

〔註47〕《毛澤東選集》第4卷，人民出版社1991年版，第1253頁。

〔註48〕參閱：本書第六章第一節第一目「抗日戰爭勝利後中國國民黨黨報的復員」。

〔註49〕《黨營電影事業企業化過渡辦法說明》，南京中國第二歷史檔案館檔案，全宗號718，卷號241。

濟動因乃在於利用所接收的敵僞新聞事業資材，強固國營（黨營、私營）新聞事業的陣營，以便在即將來臨的民主憲政時代，取得輿論的領導權。於是，在這種意圖下，黨報股份有限公司有了兩大功用：第一，它可以幫助國民黨黨報合法有效地佔用和使用所接收的敵僞財產和民產。這部分財產除少數民產被購進或被原業主索回外，大部分被折爲股票，納入公司資本。原業主雖然就成了公司的股東，也參入分紅，但由於國民黨「黨股」占 75%以上，而且分紅極不合理，又無權過問公司的一切，實際上排斥在公司之外。第二，它可以幫助國民黨黨報利用控股的形式改造那些曾陷入敵手的民營大報，擴大黨報的陣營，達到壟斷全國輿論的目的。在接收和改組申、新兩報過程中，國民黨使用的正是這種手段。名義上，在《申報》資本原額 1.5 萬股中，國民黨收購 6000 股。在《新聞報》資本原額 2 萬股中，國民黨收購 5000 股。實際上，在兩報股額中，國民黨「官股」所佔的比例，均在 51%以上〔註 50〕。這樣，申、新兩報雖保存了民營的性質，卻被納入了國民黨黨報體系。它們「以民營報紙立場，爲國家盡宣傳職責」，其作用遠在一般黨報之上。

二、 中國國民黨黨報企業化經營管理體制確立的意義

在中國，報紙企業化經營管理不是從中國國民黨黨報開始的，1872 年創刊的由英商美查（Ernest Major）等私人合資經營的《申報》就公開宣稱「以行業營生爲計」。辛亥革命時期，孫中山、于右任等曾試過辦黨報股份公司，抗戰勝利前的《東南日報》、《前線日報》、《掃蕩報》等均以開始實施企業化經營管理。但是，中國國民黨黨報普遍採用股份有限公司的形式實行企業化經營管理並形成一種潮流。因此，中國國民黨黨報企業化經營管理的實施是中國新聞事業史上的一件大事。

中國國民黨黨報企業化經營管理體制的確立，從根本上改變了過去那種由中央宣傳部乃至黨中央最高負責人直接指揮黨報，且報紙只重視政治宣傳而不重視業務拓展的傳統型黨報（甚至包括社長負責制）經營管理形態。如前所述，中外報業經營管理體制，大致有由獨資或集股經營的（股份制）企業制和由政黨或政府出資包辦的總編輯或社長負責制兩種形式。兩種報業經營管理體制各有劣勢，但就其經營效益而言，前者優於後者。長期以來，

〔註50〕馬光仁：《戰後國民黨對申、新兩報的控制》,《新聞研究資料》第 33 期，1985 年 11 月出版。

國民黨黨報政治宣傳極盡能事，而業務拓展不盡人意，其原因概由於此。因此，中國國民黨黨報在其發展過程中，經常注意吸收企業化民營報業經營管理經驗，力圖揚長避短。

如果說，1932 年春天《中央日報》實施社長負責制在經營管理體制上向企業化民營報紙上邁進了第一步，那麼 1947 年國民黨黨報實施企業化經營管理體制則在經營管理體制上向企業化民營報紙邁出了關鍵性的一大步，以至於僅從形式上看，兩者完全趨於一致。這一點，我們從上海中央日報社經營組織系統表和 1942 年重慶大公報所制定的組織系統表的對照中，可以得到證明。

大公報社組成系統表（1942 年 4 月公佈）

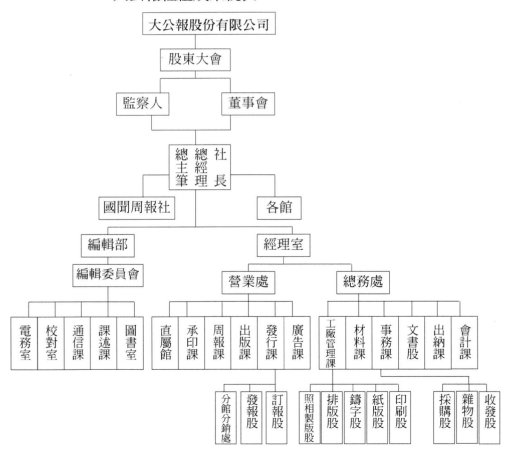

（資料來源：大公報聯合辦事處 1942 年 4 月 6 日公佈）

上海中央日報企業化經營組成系統表（1947 年 5 月制定）

（資料來源：《上海中央日報社業務報告及檢討事項》，1947 年 5 月第 58 頁）

　　由此可見，中國國民黨黨報股份企業化經營管理體制的確立，使得它在組織形式上基本上同於企業化民營報紙，實現了財產所有權和經營權的分離。在利益機制的刺激下，有了高度自主權的企業必須面向市場，對產、供、銷實行嚴格的科學管理。這樣，就克服了舊有體制中那種「報館像衙門，辦報像做官，人手多而效力反低，事務不能開展，更談不上自力更生」〔註 51〕的弊端。實施股份制企業化經營管理後，中國國民黨黨報雖然仍是黨的政治宣傳工具，但已被當作一種企業，並且公開標榜以「經濟自給自足」為最高營業方針。〔註 52〕從理論意義上講，這是中國國民黨黨報經營管理體制上的一大進步。

　　從報社機構設置來看，中國國民黨黨報實施企業化經營管理之後，結構趨於合理。在此之前，各黨報社由社長總管全局，下設主筆室、編輯部、經理部、總務處、會計室、人事室，管理較為籠統粗放，且機構重疊、職責不清、人浮於事、互相扯皮。在此之後，各黨報社最高權力機關為股東大會選

〔註 51〕陶百川：《我們的信念》，《中央日報‧掃蕩報》1942 年 12 月 11 日。
〔註 52〕黎世芬：《我們的營業作風》，南京《中央日報》1946 年 9 月 10 日。

舉產生之董事會。董事會下設人事室、設備委員會、社會實務委員會、員工福利委員會，並設主任秘書協助社長工作。新的組織機構，條例清楚，各有專責，既不能相互推諉，又便於相互溝通，相互監督。在這種優化的組織機構之下，報社能以精幹的隊伍，在激烈的報業競爭中取得理想的成績。以上海《中央日報》為例，面對《新聞報》、《申報》、《大公報》的激烈競爭，該報採取的主要措施是緊縮精幹隊伍。如採訪部門，申、新、大公各有 10 人，《中央日報》僅 6 人。翻譯一職，各報均有 2 至 3 人，《中央日報》僅 1 人。副總編輯一職，《申報》3 人、《新聞報》1 人，《中央日報》未設，副總主筆、通訊主任、編輯主任，均由社內現職人員兼任。這樣就使社內人員工作負擔達到飽和，做到了人盡其能，節約開支。經過全社員工的努力，該報由實施企業化經營管理之前的 1947 年 4 月每日發行 34000 份，增加到 1947 年 12 月的每日發行 51700 份。在上海各報之中，其發行量在申、新、大公之後，居第 4 位，而且與第 3 位相差無幾，超過第 5 位的一倍以上。〔註53〕

　　中國國民黨黨報企業化經營管理體制的確立，其意義不僅表現在這一事實本身，而且也表現在它所採取的股份有限公司這種企業組織形式上。股份製作為一種靈活有效的集資手段，既便於籌集鉅額資金，又有利於保持企業資產的完整性和經營的穩定性。中國國民黨黨報實行股份制企業化經營後，資金來源有所擴大，由原先純粹依靠黨和政府撥款轉而由黨和政府以法人名義投資入股（黨股）和公開吸收社會閒散資本（商股）。這在很大程度上增強了黨報的經濟實力，擺脫了過去那種因資金短缺而造成的困境。以上海《中央日報》為例，在 1946 年 1 月試行企業化交通管理前，該報雖然接收了大量的敵偽產業，但資本總額僅 7 億元，1947 年 5 月該報正式成立股份公司後，其資本總額迅速增加到 16.8 億元。〔註54〕其他各黨報亦大致如此。因此，在當時嚴重的經濟危機中，各黨報均能「處物價波動、百業蕭條之際，仍能如常發展，得有盈餘。」〔註55〕

　　股份制是一種科學的經營管理模式。在股份制企業中，企業法人代表（董

〔註53〕《上海中央日報業務報告及檢討事宜》（1947 年），第 55 頁，上海市檔案館檔案，全宗號 006，卷號 22。

〔註54〕《上海中央日報業務報告及檢討事宜》（1947 年），第 55 頁，上海市檔案館檔案，全宗號 006，卷號 22。

〔註55〕《南京中央日報股份有限公司業務報告書》（1948）年，南京中國第二歷史檔案館檔案，全宗號 656（4），卷號 5613。

事會）擁有對企業的所有權，企業經營者（總經理）對董事會負責擁有完全獨立的經營權。這種所有權和經營權的既分離又統一，使企業面對激烈競爭的市場，合理地配置人、財、物，科學地組織供、產、銷。這就有利於優秀企業家的成長。中國國民黨黨報實行股份制企業化經營管理之後，一批具有現代經營意識和新聞工作經驗的報人脫穎而出，擔任各黨報社長。如南京《中央日報》社長馬星野、《新聞報》社長程滄波、《東南日報》社長胡健中、重慶《中央日報》社長劉覺民，都是一時之選。拋開政治觀點不說，他們一般都具有勇於開拓的經營意識。以馬星野為例，他畢業於美國密蘇里新聞學院，回國後又長期主持中央政治學校新聞系，接管《中央日報》時年僅 35 歲。他曾自稱：「勝利以來，我負著相當艱難的報業責任，我本著一點平常的理想，想把一個一向依賴津貼的報紙，變成遵守報業常規的報紙。想用我的一點常識，使報界的惡風氣不能打進這一個事業中去。」〔註 56〕雖然事與願違，處於風雨飄搖之中的中國國民黨黨報已無可救藥，但平心而論這並不說明他不是辦報專家。

總之，中國國民黨黨報普遍實施企業化經營管理的意義在於，它既迎合了當時中國報業企業化的潮流，又探索了中國黨報企業化、現代化的新路。

在肯定國民黨黨報確立和實施事業化經營管理體制的意義的時候，也應該看到，這種報業經營管理體制也存在不健全、不合理的地方。從股票形式和股額比例分配來看，它所採用的是記名股票。股票由董事長主簽、常務董事副簽，編號填發，不許自由買賣或轉讓。另外，國民黨中央明確規定「黨股」必須占到 75% 以上。這種公司實際上不是股份有限公司，而是有限責任公司或無限責任公司，而這種公司具有極大的壟斷性。從董事會和監事會的權限來看，董事會任期三年，具有「召集股東大會」、「審定各項章則」、「審定業務方針及工作計劃」、「決定重要工作人員之任免」等各項權利。從人財物到供產銷，從生產到分配，無所不包，無權不攬。而監事會除規定由若干人組成「任期為一年」外，毫無權責可言。〔註 57〕既然股份有限公司是國家壟斷資本主義企業，則監事會的權力應大大加強。否則，其隨心所欲營私舞弊不可避免。因此，它又隱伏著腐朽性。從利益分配來看，《南京中央日報股

〔註 56〕馬星野：《其可告人無一二》，《報學雜誌》創刊號，1948 年 8 月出版。
〔註 57〕《南京中央日報股份有限公司章程》，1947 年 5 月 30 日公佈，南京中國第二歷史檔案館檔案，全宗號 656（4），卷號 5612。

份有限公司章程》明確規定：「本公司每屆決算期所有收益除去各項費用及折舊呆賬、準備（金）外，所以純益應先提公積金十分之一，必要時可酌提特別公積金並依法繳納稅款，次付股息。如再有餘額，按下列百分率分派之：一、股東紅利百分之五十；二、董事監察人酬勞金百分之十；三、社長及員工獎勵金百分之二十；四、員工福利基金百分之十；五、社會事業補助金百分之十五」。〔註58〕一般商股只能在 50% 的範圍內一次性分得餘利，國民黨黨股（官僚、報人、員工）則可通過多種途徑五次分得餘利，已屬不合理。更何況少數「董事監察人」（官僚）可以按 5% 的比例獲取暴利，此種不平，至爲明顯。

三、中國國民黨黨報企業化經營管理的成效

　　中國國民黨黨報企業化經營管理的實施，在實際中也取得了一定的成效。一般說來，實施企業化經營管理後，中國國民黨黨報規模有所擴大，業務有所發展，面貌也有所改觀。在這方面，南京《中央日報》有較突出的表現。在基礎設施方面，該報憑藉雄厚的經濟實力和各種特權積極擴張基建，購置現代化印刷機器。該報除收回新街口原址外，另接收敵僞報業三處：邀貴井僞中新印刷廠；朱雀路僞中報社；中正路僞中央日報社，編輯、營業、工廠分佈四處。爲便於管理，1947 年該報另在新街口購置瓊崖同鄉會會館等處地皮 4 畝、二層樓房一幢（「恕樓」），建築職工宿舍一幢 8 間（「儉舍」）技工勤工宿舍一幢 24 間（「勤樓」）、職員眷屬宿舍一幢（「清廉新村」）和能容納 200 噸捲筒紙的倉庫一座，「總計全部約值金圓券 856.33 元（均按原價，疑爲 85633 元之誤）」〔註59〕。在此基礎上，又投資法幣 2141818333 元興建鋼筋水泥三層大廈一幢（「忠樓」），投資金圓券 719910.25 元興建四層大廈印刷廠一所。1948 年 10 月，該報又動用外匯 148558.69 美元委託中央信託局經上海商業投資公司向美國購進最新流線型四單位告訴高斯印報機一臺。基本建設的擴張和印刷機器的改進，爲該報業務的全面拓展打下了堅實的基礎。

　　在發行和廣告等業務方面，實施企業化經營後，該報面對京滬報業激烈

〔註58〕《南京中央日報股份有限公司章程》，1947 年 5 月 30 日公佈，南京中國第二歷史檔案館檔案，全宗號 656（4），卷號 5612。

〔註59〕《南京中央日報股份有限公司業務報告書》（1948）年，南京中國第二歷史檔案館檔案，全宗號 656（4），卷號 5613。

競爭的局面，一方面以黨政軍實力支持爲依託，另一方面「力求自給自足以報養報，發行改革過去機關報作風，而置重心於發行廣告方面之爭取。」〔註60〕該報即著手建立全國性發行網絡。先後由津浦、隴海鐵路向北、向西北發展，由長江航道向西、向南發展，由京滬、浙贛、京蕪鐵路向華東、中南、華南地區發展。隨著國民黨軍事一度在蘇北、西北、綏察等地得手，又著手製定邊疆報部發行辦法。其中僅浙贛一線增設分銷處即達 42 個，增銷報紙 8100 餘份。由於發行網絡的普遍建立和傳遞速度的加快，該報的銷數成直線上升，由 1946 年 1 月的 35000 份增加到 1946 年 11 月份的 99200 餘份再增加到 1948 年 8 月的 150000 份（此數據似不可靠）。〔註61〕與發行方面「低價傾銷」的政策相反，該報在廣告方面則「堅執主動調價，大抵比照滬市新、申、大公三報標準，視市場情形，決定高低。」〔註62〕因此，廣告營業額大幅度增加：廣告所佔篇幅由 1946 年 1 月的 1 版半增加到 1946 年 12 月的 3 版半；廣告收入由 1946 年 1 月的 14 096 892 元上升到 1946 年 12 月的 218 469 920 元，到 1948 年 9 月「廣告營業額在本市得以獨佔」〔註63〕。

在新聞業務方面。該報實行「充實版面。報紙雜誌話」方針，也收到了一定的成效。由於該報忠實充當國民黨「反共戡亂」的喉舌，不爲一般激進人士所接受。爲了改善其形象、爭取讀者，該報不得不在報紙編輯上設法彌補。其主要方法是：第一，擴大報導範圍，充實報紙版面。該報副刊之初，人少稿缺，每天將抗戰期間的「舊聞」以大事記的形式填充版面，使人讀之興味索然。改行企業化經營後，馬星野鼓勵記者快速採訪，廣關新聞來源，對一些社會醜惡現象時有針砭。例如，「因刊出『中孚揚子公司』新聞，差點惹出大亂子。」〔註64〕第二，報紙雜誌化，對某一方面的只是利用專刊形式作系統的介紹。其中，有供給一般讀者以綜合知識及趣味的的《中央副刊》（每周 6 刊，占半版），有供給國學愛好者的《泱泱》副刊（每周 2 刊，占半版），有幫助讀者解釋時勢的《地圖周刊》（每周 1 刊，占 1 版），有供給家庭婦女生活知識的《婦女周刊》（每周 1 刊，占半版），有作爲小學生課外讀物的《兒

〔註60〕《南京中央日報股份有限公司業務報告書》（1948）年，第 10 頁，第 7 頁，
　　　　南京中國第二歷史檔案館檔案，全宗號 656（4），卷號 5613。
〔註61〕《本報三十五年度工作報告書》第 32 頁及《報學雜誌》創刊號廣告。
〔註62〕《南京中央日報社股份有限公司業務報告書》（1948 年），第 10 頁，第 7 頁。
〔註63〕《南京中央日報社股份有限公司業務報告書》（1948 年），第 10 頁，第 7 頁。
〔註64〕《南京中央日報社股份有限公司業務報告書》（1948 年），第 10 頁，第 7 頁。

童周刊》（每周 1 刊，占 2 版）。此外，還有《國際》、《醫生》、《社會服務》、《中央周刊》等共計 12 種，這些刊物涉及面廣、各有特色，受到讀者歡迎。第三，組織新聞界活動，開展新聞學研究。爲了爭取在新聞界的主導地位，馬星野曾多次主持召集新聞界頭面人物就一些「熱點」問題舉行座談。1948年 7 月 20 日至 9 月 20 日，該報先後主持召集了《出版法與出版自由》、《全國新聞記者的組織問題》、《我國應否參加國際新聞自由公約》、《如何解決紙荒問題》四次座談會。同時，爲了加強新聞學術研究、推動中國新聞事業進步，該報還創辦了《報學雙周刊》和《報學雜誌》半月刊。前者創刊於 1946年 6 月 10 日，共出 44 期，每期以一整版篇幅隨《中央日報》刊行。後者創刊（試刊）於 1948 年 8 月 16 日，共 11 期。這些工作的開展，對於加強新聞界的交流、積纍新聞學研究資料，具有一定積極意義。

從單純的新聞事業經營管理的角度看，這一時期的南京《中央日報》進行過多方面嘗試，並取得了一定成效。而這正是實施黨報企業化經營管理所帶來的結果。

第三節　中國國民黨黨報在中國大陸的消失

一、全面內戰爆發後中國國民黨黨報的經濟危機

1946 年 6 月下旬，國民黨軍隊在湖北之宣化地區向共產黨軍隊發動猛烈襲擊，全面內戰爆發。內戰之初，國民黨軍在東北、西北、華北、華東、中原等幾個戰區展開向人民解放軍全面攻擊，並頻頻獲勝。但是，由於反共內戰不得人心，加之共產黨軍隊奮起反擊，這種全面進攻很快以無效告終。

從 1947 年 3 月開始，國民黨軍隊被迫放棄全面進攻，轉而對陝北和山東兩個解放區實行重點進攻。僅僅過了 3 個月，到 1947 年 6 月，這種重點進攻很快又以失敗而告終。隨著軍事進攻的失利，國民政府在政治上也處境艱難。1946 年 11 月中旬召開的「行憲國大」，國民黨認爲是在中國實施民主政治的絕好時機，但是由於共產黨和受其影響的民主黨派拒絕參加，國民大會未能達到目的。1947 年 4 月國民政府實行改組，青年黨、民社黨領袖左舜生等及社會賢達王雲五等加入政府。但是，這種粉飾太平的做法也受到共產黨及民主人士的揭露。「國民黨革命委員會」負責人李濟深指出，「國民黨員在國民政府內仍占壓倒多數」，「被邀請參加政府的中國青年黨和民社黨不能代表中

國眞正的自由主義者」，「這樣的政府改組是和政協決議顯然極端背謬的。」
〔註65〕據 1947 年 5 月 3 日中央通訊社發表的《中共地下鬥爭路線綱要》和行
政院新聞局局長董顯光談話稱：中國民主同盟、中國民主建國會、三民主義
同志聯合會等組織，「已爲中共所實際控制，其行動亦遵循中共意志而行」，
成爲「中共之新的暴動工具。」〔註66〕因此可見，國民黨和國民政府日益孤
立，所面臨的政治形勢極爲嚴峻。

　　和政治上的嚴峻形式相比，國民黨及其政府所面臨的經濟形勢更爲險
惡。由於全面內戰的爆發和擴大，大量的財富消耗在戰火之中。由此導致了
嚴重的經濟危機。1946 年國民政府的軍費支出爲約 6 億元 1947 年達到 213 100
億元（法幣），占財政總支出的 52％。〔註67〕軍費的增加，使本來已十分薄弱
的財政金融基礎被破壞。1946 年財政總收入爲 19791 億元，總支出爲 55672
億元，財政赤字爲 43000 億元，超過總支出的 78％。1947 年，財政總收入爲
138000 億元，總支出爲 409100 億元，財政赤字爲 270000 億元，占總支出的
67.5％。〔註68〕

　　爲了彌補鉅額財政赤字，國民政府不得不增發紙幣，由此造成通貨膨脹。
抗戰前夕，年法幣發行額爲 14 億元，1946 年增減到 82000 億元，1947 年再
增加到 400000 億元。通貨膨脹，貨幣貶值，必然引起物價飛漲。和抗戰前夕
相比，1947 年 7 月物價上漲了 6 萬倍，到年底更上漲了 14.5 萬倍。〔註69〕工
人罷工，學生罷課，農村破產，商業倒閉，國民政府統治區域的經濟已達到
了崩潰的邊緣。

　　但是，在這種「國」破家亡的景象中，一般貪官污吏，商富巨賈卻趁火
打劫，貪婪無比。他們倒賣外匯，囤積居奇，操作黑市，醉生夢死。對此，
南京《中央日報》社長馬星野提出了尖銳的批評。他說：「八年間發國難財者

〔註65〕轉引自：張憲文主編《中華民國史綱》，河南人民出版社 1985 年版，第 687
　　　頁。

〔註66〕轉引自：張憲文主編《中華民國史綱》，河南人民出版社 1985 年版，第 697
　　　頁。

〔註67〕參閱：張憲文主編《中華民國史綱》，河南人民出版社 1985 年版，第 679～680
　　　頁。

〔註68〕參閱：張憲文主編《中華民國史綱》，河南人民出版社 1985 年版，第 679～680
　　　頁，第 727 頁。

〔註69〕參閱：張憲文主編《中華民國史綱》，河南人民出版社 1985 年版，第 679～680
　　　頁，第 727 頁。

的魔爪，伸到京滬一帶，變本加厲。這些窮奢極欲暴富暴貴的吸血鬼……都是吸過其他數十萬數百萬人民之膏血的人。他們或者是貪官，或者是流氓，或者是不勞而獲的大地主、大資本家同他們作孽出來的兒女，他們豢養著的妻妾，他們奴役著的走狗，和吮著殘膏殘血的一些依賴階級。」他們「把窮苦的公務員榨枯了骨，把窮苦的教師榨乾了腦，把出生入死的士兵榨盡了血，來營養大都市的奸商、惡吏、大都市的流氓。他們在縱欲！他們在奢侈！他們的錢來得太容易！」〔註 70〕在這班吸血鬼操縱下，黑市交易橫行猖獗。以上海為例。1948 年 2 月，市價大米為 198 萬元一石，而黑市價卻高達 215 萬元。〔註 71〕

通貨膨脹，貨幣貶值，物價飛漲，黑市猖獗，威脅著人民的生存，威脅著報業的生存，也使中國國民黨黨報陷入了深深的危機。這種危機，首先是由不合理的配紙制度造成的。抗戰勝利後，國民政府對京津滬漢穗等大城市的報紙實行配紙制度。其目的是為了節省外匯，限制進口，並通過配售紙張扶植國民黨黨報、限制民辦報紙的發展。這個制度極不合理，給國民政府統轄區的報業帶來了一系列困難：第一，由於限額進口，各報普遍感到紙張吃緊。《南京人報》社長張友鸞在一次關於「如何解決紙荒問題」的座談會上指出：「今日政府對於購買紙張的外匯，限額如此之小，個人認為，根本不合理。一個國家文化的高低，和它所用紙多少成正比；我們要想提高文化，就不應該對用紙有所限制。倘若說外匯數目不夠，為什麼允許一九四九的漂亮小車大量進口？為什麼聽憑洋酒洋煙香水香粉湧潮而來？這些浪費不去限制，卻要限製紙張，這就是不合理。」〔註 72〕第二，國民黨黨報大量囤積居奇引起民營報業不滿。對此張氏詰難說：「國民黨的書刊用紙，和民營報業書業用紙，是一筆賬？還是兩筆帳？……靠近配紙機構的，可以『近水樓臺先得月』，多配一點」，〔註 73〕究竟多配多少，張氏無法指陳，國民黨黨報更極力否認。不過有趣的是，1946 年 3 月 15 日，南京《中央日報》倉庫發生火災，燒毀白報紙 400 餘筒。〔註 74〕是否有餘紙出售，無須考證，但該報有大量配紙囤積卻

〔註 70〕《馬星野覆武道函》，《中央日報》，1946 年 4 月 15 日。
〔註 71〕參閱：張憲文主編《中華民國史綱》，河南人民出版社 1985 年版，第 728 頁。
〔註 72〕《如何解決紙荒問題》，《報學雜誌》第 1 卷第 3 期，1948 年 10 月出版。
〔註 73〕《如何解決紙荒問題》，《報學雜誌》第 1 卷第 3 期，1948 年 10 月出版。
〔註 74〕《本報三十五年度工作報告書》，第 38 頁，南京中國第二歷史檔案館檔案，全宗號 656（4），卷號 5612。

是實情。第三，由於分配不均，造成了嚴重的紙張黑市。「多多少少報館，一手拿到官價紙，一手向黑市去賣了錢，去做黃金美鈔之投機。辦報事小，而爭報紙配額事大。」〔註75〕以南京為例，每月配紙 120 噸至 130 噸，「頂多有一半夠用，真正在經營的只有兩三家，其餘則大多以出賣白報紙過活。」〔註76〕這種弊端就連國民黨報人也不滿意，他們說：「配紙制度是中國健全新聞事業之大障礙，配紙制度是中國報人道德所受的大打擊，配紙制度造出許多作偽舞弊，無恥之行為。」〔註77〕

　　配紙制度的不合理，為「官倒」、奸商操縱黑市、壓榨報業大開了方便之門。中國本來是發明造紙術的國家，但是近代外國資本主義入侵，嚴重抑制了國內造紙業的發展。1946 年 11 月，《中美友好通商航海條約》簽訂後，外紙像其他洋貨一樣衝擊著中國市場，摧殘著中國的造紙業，「進口的報紙不能課稅過高，所以生產白報紙不能賺錢。為了工廠的經濟命脈，……都不肯盡量生產白報紙。」〔註78〕據統計，當時中國年產白報紙約 6000 噸，而進口的白報紙卻達到了 6 萬噸，〔註79〕外紙是國產紙的 10 倍。中國報紙的生命繫於外紙，而外紙又操縱在「官倒」和奸商手中。據馬星野披露。由海寧洋行（A.B.Henningsen）進口加拿大白報紙，在上海的交貨市場為每噸 50 美元，每噸紙可開出 40 令（500 大張，1000 對開張），每令紙價為 3.8 美元（合法幣 1 萬元）。而每令黑市價卻是 13 萬元至 15 萬元（合 49.4 至 57 美元）。〔註80〕這意味著，花 4000 萬法幣購進 100 噸紙，一轉手即可賺 6 億法幣或 22800 美元。而當時囤積 200 噸、300 噸乃至 1000 噸以上的大戶，不乏其人。配紙嚴重不足，迫使報社向黑市買紙，連《中央日報》「由海寧洋行訂購的紙，還不足全消費量的二分之一，只得向黑市購紙，飽受紙商之剝削。」〔註81〕其他報紙的境遇之悲慘，也就可想而知了、

　　官商眉開眼笑之日，正是報人束手待斃之時。紙價、郵電和鐵路運輸價格的不斷上漲，使報紙的生產成本不斷增加。當時，日出 3 大張的南京《中

〔註75〕《配紙制度之廢除》，《報學雜誌》創刊號，1948 年 9 月出版。
〔註76〕《如何解決紙荒問題》，《報學雜誌》第 1 卷第 3 期，1948 年 10 月出版。
〔註77〕《配紙制度之廢除》，《報學雜誌》創刊號，1948 年 9 月出版。
〔註78〕《如何解決紙荒問題》，《報學雜誌》第 1 卷第 3 期，1948 年 10 月出版。
〔註79〕《如何解決紙荒問題》，《報學雜誌》第 1 卷第 3 期，1948 年 10 月出版。
〔註80〕馬星野：《報與紙》，《中央日報》1947 年 2 月 20 日。
〔註81〕馬星野：《報與紙》，《中央日報》1947 年 2 月 20 日。

央日報》號稱發行 10 萬份，而每份售價僅爲 100 元。當白報紙每令 1 萬元時，每份 3 大張的白報紙成本約 30 元。按當時批發習慣 7 折算起，除 30 元紙價外，還有 40 元應付印刷、編輯、發行之費用。當白報紙每令 10 萬元至 15 萬元時，則每份 3 大張白報紙成本爲 300 元至 450 元，仍以 100 元報價 7 折批發，僅白報紙成本每份就虧損 230 元至 380 元之巨。如果按 1/3 的白報紙由黑市購入比例計算，則發行 5 萬份並扣除另外 5 萬份中的盈餘部分（200 萬元），每日虧損至少在 1150 萬元以上。〔註82〕如此鉅額的賠累，對任何一家報紙即使如南京《中央日報》有政府大量津貼，都是不堪重負的。這種多發行一份報紙多增加一份賠累的現象，在當時普遍存在。另外，從 1946 年 11 月開始，國民政府宣佈對郵電、鐵路大幅度加價，平郵每 50 公分報紙加價 10 元，郵航加價 160 元，新聞電報每字加價 200 元，長途電話 3 分鐘加價 1500 元至 3200元，火車運費加價 75%。這些負擔都沉重地壓在報紙的頭上。在如此重壓之下，京滬報紙，「能以自力毫無問題度此難關的，僅有一二家。賬面有盈餘而仍有現金周轉的，也只有兩三家。此外大部分的報紙都是到了山窮水盡的境地。」〔註83〕

　　廣告是報社開源並彌補發行虧損的重要手段。但是，由於民族工業的大批倒閉（1946 年下半年到 1947 年底，上海、天津、漢口、廣州等 20 個城市工商業倒閉達 27000 多家），包括中國國民黨黨報在內的報紙的廣告經營也普遍不驚奇。其表現：一是廣告來源枯竭。據南京《中央日報》自稱，從 1948 年初起，「物價一月數易，工商業之經營均趨變態，本報廣告業務之遭受打擊亦重大」。從是年 10 月開始，「廣告適逢搶購風潮，商業停止，商業廣告絕迹。」〔註84〕二是刊費日趨低廉。「通貨膨脹的結構，廣告刊費低廉到幾乎全然失去了商品的本質。商人的興趣集中在囤積居奇這一點上，沒有人願意耗大批廣告費來吸引顧客。報紙的經理人既不能把廣告視如普通商品一樣囤積，只好自貶身份，向刊戶傾銷，演變下去，……不少報社的廣告變成了應酬的禮品。」〔註85〕三是廣告收入銳減。以上海《中央日報》爲例，該報的廣告收入 1947 年 1 月爲 104179370 元，12 月爲 724136501 元，增長 6.9 倍。但同一時期的

〔註82〕據馬星野：《報與紙》，《中央日報》1947 年 2 月 20 日。
〔註83〕沛：《報業的危機》，《中央日報》1948 年 12 月 9 日。
〔註84〕《南京中央日報社股份有限公司業務報告書》（1948 年），第 7 頁。
〔註85〕黎世芬：《幣制改革前後的報業觀》，《報學雜誌》創刊號。

貨幣發行量由 82000 億元增加到 400000 億元，貨幣貶值達 4.8 倍。所以，該報 12 月廣告收入實際為 150 861 771 元，只增長了 1.4 倍。〔註86〕若按 10 萬法幣兌換 3.8 美元的比價計算，則該報 12 月廣告收入僅為 397 美元，這種收入委實可憐。

　　在嚴重的經濟危機中，中國國民黨黨報的根基開始動搖。從 1947 年 2 月 16 日起，南京《中央日報》開始減張、加價和裁員。由原先日出 3 大張改出 2 大張半，《食貨》、《科學》、《文史》等周刊相繼被迫停刊。而當時發行價格卻猛烈上躥，由原先日出 3 大張售價 100 元到 1 月 7 日的 200 元，再到 2 月 10 日的 300 元，再到 3 月 1 日的日出 2 大張半售價 500 元。二個月之內，上漲了 6.6 倍。但是，報價的上漲除了減少訂戶以外，毫無實際意義。因為「目前的物價，一日數變，報紙（價）廣告費無論怎樣調整，也趕不上物價，甚至越趕越脫節。」〔註87〕報社的成本越來越高，銷路越來越小，開支越來越大，職員的生活越來越苦。因此，導致報社內部勞資關係越來越緊張。一般員工要求加薪，反對裁員、怠工罷工、破壞性生產的事情頻繁發生，報社內部經營管理開始混亂。2 月 20 日，馬星野在解雇了「數十位勤勞負責的同事們」之後沉痛地指出，「這一切都是違背我作報之初衷，都被經濟上打算」，都是因為那些欲壑難填的「紙商之剝削無窮，我們的艱辛敵不過紙商之吸血。瞻望前途，真是不寒而慄。」〔註88〕的確，國民黨黨報已是山窮水盡，險象環逼，死期將至。

二、中國國民黨黨報宣傳的破產

　　1947 年 6 月，國民黨軍隊對陝北和山東的重點進攻受挫。國共軍力對比隨之發生根本性變化。有鑒於此，6 月 30 日，中國國民黨中央常務委員會和中央政治委員會舉行聯席會議，作出了「戡亂總動員」的決策。7 月 5 日，國民政府正式發佈《戡亂共匪叛亂總動員令》。

　　「戡亂總動員令」的發佈，給危急中的國民黨黨報注入了一針強心針。一方面，國民政府以「重新登記」的名義封閉了一大批「破壞戡亂」的民辦報紙。這樣就減少了國民黨黨報所受的競爭壓力，使其能夠重新壟斷輿論陣地。另一方面。國民政府為「加強戡亂宣傳」，給國民黨黨報增撥大量經費。8 月 29 日，

〔註86〕參閱：《上海中央日報社業務報告及檢討事宜》第 14 頁，並前引有關數據。
〔註87〕《全國報業面臨危機》，《報學雜誌》試刊號。
〔註88〕馬星野：《報與紙》，《中央日報》1947 年 2 月 20 日。

國民黨中央宣傳部制定的《剿匪宣傳計劃及預算》〔註89〕決定增撥 180 755 萬元各類文字宣傳經費。從「聯絡全國教授專家協作剿匪宣傳」到「加強報紙言論」、「散發匪區及前方報紙」等各項費用都作了具體的規定。11 月 14 日，行政院新聞局制定了《戡亂剿匪宣傳計劃和經費預算》〔註90〕，再次撥出 240 億元鉅款用於「剿匪宣傳」。其中規定「本預算所列計算數字係根據卅六年十一月中旬之物價計算。值茲物價動蕩之時，如有漲減，應隨時有所伸縮。」

　　這兩筆鉅額資金的注入有如一匙續命羹，使國民黨黨報重新振作起來，發起了瘋狂的反共內戰宣傳。但是，這又反過來增加了國民政府的經濟負擔。在 1947 年財政赤字 27 億元的基礎上，1948 年的財政赤字上升到 900 萬億元。1948 年 2 月，從上海開始，商品價格直線上升，全國出現搶購風潮。爲了挽救經濟崩潰，1948 年 8 月 19 日蔣介石發佈《財政經濟緊急處分令》，重新實施「幣制改革」。根據這項命令，並將全國各類物價凍結在 8 月 19 日的水平上。「幣制改革」對業已嚴重虧損的國民黨黨報來說無疑是雪上加霜。8 月 19 日以後國民黨黨報一直維持低價銷售，未能按照物價漲幅調整價格。僅此一項，南京《中央日報》「八九兩月營業收入因維持限價，損失金圓券約十二萬。」〔註91〕9 月 20 日，行政院統一各報取消限價，自行調價。但是各地搶購之風卷地而起，11 月 10 日國民政府被迫取消限價，並宣佈金圓券大幅度貶值。至此，「幣制改革」中途殂折，國民政府統治區的經濟全面崩潰。中國國民黨黨報也隨之油盡燈枯，經濟上失去依託。

　　隨著經濟的破產，中國國民黨黨報的政治宣傳也陷入困境。「反共戡亂」一直是其宣傳的重頭貨。在這方面的宣傳中，它所使用的是一些造謠惑眾的極致的手法。國民政府行政院新聞局曾指示各報館，「搜集罪證」，「揭露共匪禍國殃民事實」；並且經常「由本局搜集各種有關資料，編爲新聞，供給各地報紙刊登。」〔註92〕對於副刊，也予充分利用，要求「以生動活潑之文筆描寫共匪陰謀罪惡及我軍民剿匪之英勇事迹。」〔註93〕於是，一場由國民黨最高新聞當局策劃和參與的大規模的造謠運動開始了。「反共勘亂」、「揭露共匪罪行」的新聞佔據了

〔註89〕南京中國第二歷史檔案館檔案，全宗號 24（2），卷號 413。

〔註90〕南京中國第二歷史檔案館檔案，全宗號 24（2），卷號 413。

〔註91〕《南京中央日報社股份有限公司業務報告書》（1948 年），南京中國第二歷史檔案館檔案，全宗號 656（4），卷號 5613。

〔註92〕南京中國第二歷史檔案館檔案，全宗號 24（2），卷號 413。

〔註93〕南京中國第二歷史檔案館檔案，全宗號 24（2），卷號 413。

各國民黨黨報的大部分版面。如南京《中央日報》關於「共產黨的十六刑三十六殺」的報導與《察民眾代表報告崇禮血案》的報導及照片，〔註94〕連篇累牘，竟日不絕。這些新聞旨在揭露「共黨罪行」，但一般民眾往往視之爲國共兩黨之爭，不能引起廣發注意。更何況其中有些報導完全是假新聞〔註95〕：明明是東北「剿總」副司令鄭洞國已放下武器，接受改編，它卻說，「鄭洞國將軍在（10月）廿一日上午發出最後一彈，壯烈成仁」；明明是邱（清泉）李（彌）兵團被殲，杜聿明被俘，它卻稱，「杜聿明將軍和邱、李兩兵團在宿永地區殲滅共軍十七萬，刻以任務達成，已主動脫離青龍集戰場，轉進有利地區續予匪打擊。」把活人說成死人，把失敗說成勝利，自欺欺人，中國國民黨黨報已經走到完全靠造謠支撐的地步。但是，在鐵的事實面前，這些謠言一再轉瞬不攻自破。中國國民黨黨報作爲新聞傳播媒介和政治宣傳工具的功能也就難乎爲繼了。

　　「打虎」宣傳（或稱肅貪宣傳），是南京《中央日報》在撤離大陸前夕所發動的另一項大規模的宣傳運動。這個運動最早是由美國人、馬星野的密蘇里新聞學院的同學、聖約翰大學新聞系主任武道（Marice Votaw）倡議的。1946年4月15日，南京《中央日報》發表武道教授致馬星野的一封公開信和馬星野的覆信。武道在信中說，「近有美軍軍官及善後救濟總署人員同我說到京滬一帶物價之高漲及暴富高利之情形，他們對京滬一帶人民之窮奢極欲，甚不以爲然。而湖南湖北廣西貴州等省人民，飢餓待斃者日以百萬計。」因此，他建議該報發動一場倡廉肅貪運動。馬星野在覆信中表示：「這些窮奢極欲暴富暴貴的吸血鬼，是我們的敵人，是你們的的敵人，也是全世界人類的敵人」；我們要「請求我們政府與人民向這一堆國家的 敗類罪惡進攻！」他還表示，「我們已下決心來做，我們要發動我們的訪員，來暴露那些窮奢極欲者之罪惡，我們要發動我們的主筆們，對這批吸血鬼作無情的打擊。我們中央日報全體一致，來替我們的黨，我們的政府，做掃清貪污奢靡的工作！」

　　我們不懷疑國民黨報人中個人志行高潔之士對貪污腐敗的痛恨，但是他們不清楚（或故作糊塗）貪污腐敗的根源在於腐朽的國家壟斷資本主義，在於貪婪成性的國民黨黨政最高當局。這個毒根不挖除，貪污腐敗未有已時，中華民族永無寧日。中國國民黨黨報及其報人企圖暴露貪污腐敗的現象，而掩飾其根

〔註94〕南京《中央日報》，1946年12月25日。
〔註95〕參閱：李良榮《「原始失實」到「官方造謠」》，復旦大學《新聞大學》第5期。1982年12月出版。

源，其結果只能是半途而廢，自打耳光。拋開那些《向官僚資本主義開戰》、《挽救死亡》、《我們爲什麼要節約》的官樣文章，通過南京《中央日報》刊登的五幅漫畫，我們可以清楚地看出這場肅貪宣傳的虛僞性和妥協性。這五幅漫畫刊於該報 1946 年 4 月 18 日、19 日、20 日、22 日、25 日。

第一幅——《親者所痛，仇者所快》：大胖子、妖怪高呼「抗戰勝利，享福開始」；士兵、窮人、洋人、日本兵，表情各異。

第二幅——《他山之石，可以攻錯》：肥頭大耳之人，抱女人舉酒杯，對面一牌子上書，「西曆 1918～1940 年期間，法蘭西慘痛教訓，應切記，『窮奢極欲，足以亡國』，警句」。

第三幅——《你看這根電鞭的效力如何？》：穿靴紮皮帶之人（「當局」）拿一電鞭（「決心」），對兇猛獅子（怒目圓睜，腳下人頭、骨頭，「奢欲」），場外坐著愁眉不展的「友邦」和揮拳喊打的「輿論」。

第四幅——《收緊你的褲袋，放寬我的腰帶》：帶禮貌長鬍鬚老者（「教授」）向頭頂骷髏之胖子（「奢欲」）請求「救濟」。

第五幅——《看馬大夫如何處理這個毒瘤》：馬歇爾將軍怒對共軍（「毒瘤」。）

這五幅漫畫透露出如下信息：第一，中國國民黨報人對貪官污吏是痛恨的；第二，中國國民黨黨政最高當局也試圖「肅貪」，其壓力來自「友邦」和「輿論」；第三，中國國民黨黨報對貪官污吏的隱忍和妥協；第四，「反共」重於「肅貪」。如此這般，這場「肅貪」只能不了了之。

隨著軍事、經濟、政治形勢的急劇惡化，特別是隨著貪官奸商給報業帶來的禍害日益嚴重，1947 年夏天和 1948 年秋，南京《中央日報》再次掀起了聲勢浩大的「打虎」宣傳。在此期間（特別是 1948 年秋蔣經國上海「打虎」期間），該報以大量篇幅刊發了揭露孔（祥熙）宋（子文）家族操縱外匯、囤積居奇、鼓動黑市、牟取暴利的新聞和言論，一時大快人心。但是，「由於蔣介石集團被迫與孔宋豪門及江浙財閥妥協」，〔註96〕《中央日報》的「打虎」宣傳再次以含侮忍辱的不光彩結局宣告敗北。1947 年 7 月 29 日，該報在《孚中暨揚子等公司破壞進出口條例財經兩部奉令查明》的新聞中披露了孚中、揚子和中國建設銀行公司結購外匯的巨大數目。但是兩天之後，該報卻發表「更正」聲明說：（一）「本報記者未見財政、經濟兩部調查報告之原件，故所記各節與原件當有出入

〔註96〕參閱：郭緒印主編《國民黨派系鬥爭史》，上海人民出版社 1992 年版，第 631頁。

之處」；（二）「本報所記載各該公司外匯之數目，有數處漏列小數點，以致各報轉載時，亦將小數點漏列」；（三）「查：孚中公司結購外匯為 1537787.23 美元（原公佈為無小數點）；揚子公司結購外匯為 1806910.69 美元；中國建設銀行公司結購外匯為 877.62 美元。」〔註97〕採用移動小數點的辦法，被迫與官商妥協，令天下寒心。

　　根本動搖，大廈將傾，瞻念前途，不寒而慄。長期以來為國民黨腐朽統治效命的國民黨報人，或者加入到人民革命陣線（如上海《正言報》社長吳紹澍），或者萬念俱灰、自暴自棄。1948 年 8 月 16 日出版的《報學雜誌》試刊號上就充塞著一種失敗主義的情緒。程滄波說：「我的心情有兩種境界，把我的靈魂的歸宿著眼於偉大的信仰；另一種希望，就是痛快地把我禁閉在監獄中，我還不想和成舍我先生十餘年前那樣的優待生活，更不想望禁閉的時間那樣簡短。」馬星野也將心中的苦悶傾瀉而出：「我在一個特別的時期，負責做一個特別的報紙，有許許多多苦痛，恐非一般同業所曾感受到的。」至於國民黨新聞宣傳部門最高決策人陳布雷，則採取了極端的手段，於 1948 年 11 月 13 日自殺身亡。他在遺書中探析：「油盡燈枯」，「不但怕見統帥，甚至怕開會」，「倘使我是在抗戰中因工作關係（如某年之七月六日以及在長江舟中）被敵機掃射轟炸而遭難，雖不能是重於泰山，也還有些價值。」〔註98〕陳布雷之死，標誌著中國國民黨報人精神的徹底破產。

三、中國國民黨黨報在大陸的消失和《中央日報》遷臺灣出版

　　中國國民黨黨報群體的解體，從 1948 年就開始了。由於財政困難，各報紛紛停刊或發行聯合版。據筆者初步統計，1948 年 1 月至 11 月，各地停刊和聯合發行的 報紙達近 70 家。其中包括廣州的《中山日報》、《和平日報》、《廣州日報》，南昌、青海等地的《民國日報》，南京的《中國日報》，上海的《正言報》等重要的國民黨黨報。

　　1949 年初，隨著時局的急轉直下，龐大的中國國民黨黨報體系連同國民政府統治在中國大陸的瓦解，也迅速消失。除少數中國國民黨黨報將部分人員和器材撤至港臺地區外，其餘均被各地人民解放軍軍事管制委員會接收。

　　4 月 23 日，人民解放軍渡江作戰，攻佔南京。南京《中央日報》在 4 月 22

〔註97〕南京《中央日報》，1947 年 7 月 29 日，7 月 31 日。
〔註98〕《陳布雷》，臺灣中華文物供應社《革命人物志》第十三集，第 177～178 頁。

日出版最後一期後自動停刊。部分器材、人員事先遷往臺灣，其餘設備被沒收後，併入中共江蘇省委機關報《新華日報》。

5月27日，人民解放軍全部攻佔上海。上海《中央日報》曾於1948年冬計劃遷廣州出版，但籌備過程中該報董事長彭學沛、社長馮有眞空難身亡，原計劃中輟。除部分器材、人員遷香港，併入《香港時報》外，報紙於5月25日停刊，改爲「上海市軍管會文教處印刷廠」。

北平《華北日報》，1949年1月31日北平和平解放時被接管，器材和人員移交給中共中央機關報《人民日報》。

《天津民國日報》，1949年1月15日天津解放時被接管，一部分器材事先遷香港，併入《香港時報》，其餘併入中共天津市委機關報《天津日報》。

《武漢日報》，1949年5月武漢三鎮解放，報紙設備器材被沒收，併入中共中央中南局機關報《長江日報》。一部分人員、器材隨白崇禧部遷至廣西柳州出版，不久停刊，併入中共柳州市委機關報《柳州日報》。《武漢日報》宜昌版曾遷四川萬縣，後被接收，仍遷回宜昌，以其設備爲基礎，改出中共宜昌市委機關報《宜昌日報》。

重慶《中央日報》，1949年11月底重慶解放，所有器材設備併入中共中央西南局機關報《新華日報》，另出《工人報》。

廣州《中央日報》，除一部分器材遷海口續辦海口《中央日報》外，所有留穗器材設備均於1949年10月14日廣州解放時被沒收，併入中共廣東省委機關報《南方日報》。

《東南日報》曾出杭州版和上海版。1948年冬，胡健中曾計劃將滬版遷至臺灣，將杭版遷衡陽。但遭到部分員工的牴觸，計劃落空。隨著滬杭相繼解放，兩版先後於1949年5月3日和5月27日停刊，杭版設備併入中共浙江省委機關報《浙江日報》。

湖南《中央日報》是國民黨中央直轄黨報中唯一宣佈「起義」的報紙。8月4日，程潛、陳明仁將軍在長沙宣佈「起義」。8月5日，湖南《中央日報》社長段夢暉率全社員工通電響應。該報繼續出版至8月10日，自動停刊，併入中共湖南省委機關報《湖南日報》。

此外，成都、昆明、貴陽、廣西、福州、廈門、瀋陽、長春等地的《中央日報》和《西京日報》先後被沒收而停刊。1950年5月1日，海口《中央日報》停刊。至此，在中國大陸上，包括海南島在內，中國國民黨黨報已全部消失。

　　在國民政府撤出南京前夕、中國國民黨黨報紛紛停刊之際，南京《中央日報》社長馬星野「冒著不可避免之誹謗與譏諷」著手策劃《中央日報》遷臺出版事宜。先是，1948 年 10 月 25 日馬星野應臺灣省主席魏道明邀請赴臺參加臺灣光復節博覽會，作了初步調查。10 月 30 日，陳布雷召集董事會會議，決定創設《中央日報》「太平洋版」於臺灣，派總經理黎世芬主持其事。1949 年 1 月蔣介石宣佈「引退」，《中央日報》遷臺工作加緊進行。「一方面要在南京繼續天天出報，一方面又要搶著搬機器、裝銅模及鉛字等等，搬運到臺灣來。」〔註 99〕其間，最困難的是搬運剛剛從美國訂購運抵上海的一步高速高斯印報機。1948 年 11 月，馬星野決定將該報機件從火車上卸下，重新裝船運抵臺灣高雄。1950 年 6 月 28 日，高斯印報機在臺北正式啓用，為《中央日報》的恢復和發展準備了物資基礎。

　　該報表示：「過去讓它過去，該毀棄的讓它毀棄。沒有破壞，不會有建設；沒有挫折，不會有新生。譬如今日植樹節的造林，必在一片乾淨的土地上播種插苗，才能希望將來綠葉成蔭。」〔註 100〕《中央日報》在經歷滄桑巨變之後，時過境遷，在祖國的寶島臺灣，沿用往昔的名義，作為中國國民黨中央機關報繼續出版。人們有理由相信它能本著「爭取國家獨立、完整、自由、康樂的根本目的」，〔註 101〕在維護國家獨立、謀求人民幸福、完成祖國統一大業中起到積極推動作用。對於這方面的情況，作者仍具有濃厚的研究興趣，在條件具備時當再作具體研究。

《中央日報》遷臺灣後董事長、社長變動情況表（1990 年止）

董事長	任職期限	社長	任職期限	備　註
董顯光	1949.10-1953.4	馬星野	1945.11-1952.8	蕭自誠為副社長
		蕭自誠	1952.8-1952.12	
		胡健中	1952.12-1953.4	
胡健中	1953.4-1956.5	陳訓悆	1953.4-1954.3	
		阮毅成	1954.3-1956.5	
陶希聖	1956.5-1972.2	胡健中	1956.5-1961.6	胡懇請辭職

〔註 99〕馬星野：《中央日報遷臺之經過》，臺灣《中央日報》1978 年 2 月 1 日。
〔註 100〕《我們的信念》，臺灣《中央日報》1949 年 3 月 12 日。
〔註 101〕《我們的信念》，臺灣《中央日報》1949 年 3 月 12 日。

		曹聖芳	1961.6-1972.2	
曹聖芳	1972.2-1987.8	楚崧秋	1972.8-1977.9	楚懇辭社長職
		曹聖芳	1977.9-1978.3	曹兼任社長
		吳俊才	1978.3-1979.2	吳升任中央副秘書長
		潘煥昆	1979.2-1981.5	潘調任中央社社長
		姚朋	1981.5-1987.1	
楚崧秋	1987.8-1990.12	黃天才	1987.1-1988.4	黃調任中央社社長
		石永貴	1988.4-1990.12	

（資料來源：臺灣《中華民國新聞年鑒》1991 年版）

主要參考文獻

一、綜合著作類

1. 《孫中山選集》，人民出版社 1981 年第 2 版。
2. 《先總統蔣公全集》第 1 冊，臺灣中國文化大學出版部、中華學術院 1984 年版。
3. 《毛澤東選集》第 1～4 卷，人民出版社 1991 年版。
4. 張憲文主編：《中華民國史綱》，河南人民出版社 1985 年版。
5. 蕭效欽主編：《中國國民黨史》，安徽人民出版社 1989 年版。

二、專業學術著作類

1. 方漢奇著：《中國近代報刊史》上、下冊，山西人民出版社 1981 年版。
2. 曾虛白著：《中國新聞史》，臺灣國立政治大學新聞研究所 1977 年版。
3. 李瞻主編：《中國新聞史》（論文集），臺灣學生書局 1979 年版。
4. 賴光臨著：《中國新聞傳播史》，臺灣三民書局 1983 年版。
5. 賴光臨著：《七十年中國報業史》，臺灣中央日報社 1981 年版。
6. 陳夢堅著：《民報與辛亥革命》上、下冊。臺灣正中書局 1986 年版。
7. 丁淦林主編：《中國新聞事業史》，武漢大學出版社 1990 年版。
8. 方漢奇主編：《中國新聞事業通史》，中國人民大學出版社 1983 年版。
9. 史和、姚福申等編：《中國近代報刊名錄》，福建人民出版社 1991 年版。
10. 許晚成編：《全國報館刊社調查錄》，上海龍文書店 1936 年版。
11. 王雲五編：《十年來的中國》下冊，商務印書館 1937 年版。
12. 胡道靜著：《新聞史上的新時代》，世界書局 1946 年版。

13. 詹文滸著：《報業經營與管理》，正中書局 1948 年版。

14. 趙君豪著：《上海報人的奮鬥》，國光印書館 1946 年版。

15. 《抗戰時期新聞史論集》，上海社會科學院 1991 年編印。

16. 陳銘德著：《〈新民報〉春秋》，重慶出版社 1987 年版。

17. 徐運嘉、楊萍萍著：《杭州報刊史概述》，浙江大學出版社 1989 年版。

18. 馬星野著：《新聞自由論》，南京中央日報社 1948 年版。

19. 張靜廬編：《中國現代出版史料》乙、丙、丁編，中華書局 1955 年版。

20. 榮孟源主編：《中國國民黨歷次代表大會及中央全會資料》上、下冊，光明日報出版社 1985 年版。

21. 《陳布雷回憶錄》，臺灣傳記文學出版社 1967 年版。

22. 徐詠平著：《陳布雷先生傳》，臺北市新聞記者公會 1974 年版。

23. 馮志翔著：《蕭同茲傳》，臺北市新聞記者公會 1974 年版。

24. 《蕭同茲和中央社》，中國人民政治協商會議湖南省常寧縣委員會文史資料研究委員會 1988 年編印。

25. 季灝等著：《潘公展傳》，臺北市新聞記者公會 1976 年版。

26. 馬之驌著：《新聞界三老兵》，臺灣經世書局 1986 年版。

27. 冷若水主編：《中央社六十年》，中央通訊社 1994 年版。

28. 《六十年來的中央日報》，臺灣裕臺公司中華印刷廠 1988 年版。

29. 蕭育贊等編：《掃蕩二十年》，臺灣中華文化基金會 1978 年版。

三、檔案類

1. 《設置黨報條例》等，南京中國第二歷史檔案館，全宗號 722，卷號 400。

2. 《中央宣傳委員會直轄黨報組織通則》等，南京中國第二歷史檔案館藏，全宗號 711（5），卷號 66。

3. 《中央宣傳部直轄黨報組織規程》等，南京中國第二歷史檔案館藏，全宗號 711（5），卷號 259。

4. 《南京中央日報社股份有限公司章程》等，南京中國第二歷史檔案館藏，全宗號 656（4），卷號 5612。

5. 《南京中央日報社股份有限公司業務報告書》，南京中國第二歷史檔案館藏，全宗號 656（4），卷號 5613。

6. 《上海中央日報業務報告及檢討事宜》，上海市檔案館藏，全宗號 006，卷號 22。

中國國民黨湖南省黨部《宣傳部部務彙刊》，湖南省檔案館藏，全宗號 1，卷號 78。

四、報刊類

1. 《中央日報》（上海、南京、長沙、重慶、南京時期），1928 年 2 月至 1949 年 4 月。

2. 上海《民國日報》，1916 年至 1932 年 12 月。

3. 廣州《民國日報》，1923 年 6 月至 1932 年 12 月。

4. 《華北日報》，1929 年 1 月至 1930 年 10 月。

5. 《武漢日報》，1929 年 6 月至 1930 年 10 月。

6. 《申報》、《大公報》、《新華日報》有關部分。

7. 《中央週報》1928 年至 1931 年部分。

8. 《新聞學季刊》，第 1 卷第 1 期至第 2 卷第 2 期，1939 年 11 月至 1942 年 2 月。

9. 《新聞雜誌》，試刊號第 1 卷第 3 期，1948 年 10 月。

10. 《新聞研究資料》第 1 至 58 輯，中國社會科學院新聞研究所主辦。

11. 《新聞大學》第 1 至 30 輯，復旦大學新聞學院主辦。

12. 《我國現代報業的先驅——中央日報創刊五十週年簡史》，臺灣《中央日報》1978 年 2 月 1 日。

13. 程滄波：《廿四年中的一段——爲中央日報二十四週年作》，臺灣《中央日報》1952 年 2 月 1 日。

14. 程滄波：《我在本報的一個階段——時代環境及本黨宣傳政策》，臺灣《中央日報》1957 年 3 月 20 日。

15. 馬星野：《三民主義的新聞事業建設》，重慶《青年中國》創刊號，1939 年 9 月 30 日出版。

16. 馬星野：《中央日報遷臺之經過》，臺灣《中央日報》1978 年 2 月 1 日。

17. 馬星野：《總裁所期望於黨報的是什麼？》臺灣《中央日報》1956 年 3 月 1 日。

後　記

　　薊北楓丹，江南草綠，寒來暑往，九易春秋。1990 年 10 月，作者別離瀟湘，負笈北上，入中國人民大學新聞學院師從方漢奇教授，攻讀博士學位，研習中國新聞事業史。呈獻於讀者之前的這本習作，便是在作者博士學位論文基礎上修改而成的。

　　選擇中國國民黨黨報作爲研究對象，所遇到的困難頗多。具體來說，主要有以下幾個方面：第一、中國國民黨黨報是一個龐大的報業系統，其數量之多，時間之長，結構之複雜，爲近現代中國報業史所僅見。對此作全面系統的研究，顯然不是一人之力，數載之功，一篇博士學位論文所能完成其研究任務的。故此，我把研究時限界定在 1927 年至 1949 年之間，即中國國民黨執掌全國政權期間。第二，資料彙集的艱辛。研究中國國民黨黨報，必須佔有大量的詳細的第一手資料。爲此，我在北京圖書館窮一年時光，查閱了大量的原始報刊，並先後到南京、上海、長沙查閱了有關檔案資料。看微縮膠捲，不是一件輕鬆的事，頭昏眼花，口鼻充血。其中苦樂，如魚飲水，冷暖自知。第三，經費不足。由於沒有經費支持，資料不能大量複製，只能靠手工摘抄。就是靠這種原始方法，我抄錄了整整三大本、約 100 萬字的資料。作者不敏，本書的寫作，確實花費了心血。朝於斯，夕於斯，戰戰兢兢，如履薄冰，如臨深淵。這種態度是作者聊以自慰的。

　　所幸者，我得到了眾多良師益友的鼓勵和幫助。在此，我深深感謝我的導師，國務院學位委員會新聞傳播學科評議組組長、博士生導師、中國人民大學新聞學院教授方漢奇先生。從本書選題，提綱擬定，到資料彙集整理，初稿審閱和最後定稿，先生傾注了大量的心血。且先生爲人達觀，治學嚴謹，

更使我終生受益。

我也深深感謝我的妻子李伊女士。多年來，我在北京求學，她獨持家務，教養小女文逸，任勞任怨。沒有她的理解和支持，我是無法安心研習的。

我還深深感謝關心我、幫助我的其他師友。他們是：上海師範大學郭緒印教授，復旦大學寧樹藩教授、丁淦林教授、姚福申教授，北京中國人民大學甘惜分教授、童兵教授、彭明教授、林茂生教授，北京大學劉桂生教授，中國社會科學院新聞研究所孫旭培研究員，和我的同窗楊磊博士、高策博士、胡太春博士、季燕京博士、耿建新博士、徐志宏博士、向松祚博士，以及臺灣《自立早報》記者陳威儐小姐。他（她）們或提供資料，賜予教誨；或盤詰辯難，砥礪文思。此外，中國人民大學新聞系資料室張紹宗、劉保全先生，北京圖書館報刊部許麗萍、李銀霞女士，南京中國第二歷史檔案館萬元仁館長、張克明研究員、朱瑛女士，中國書籍出版社副社長章宏偉先生，也提供了諸多便利。正是由於有這些幫助，本書才得以順利完成。

199 年底，應廣州師範學院招聘，作者自北京中國人民大學新聞學院舉家南遷，執教於廣州師範學院新聞傳播系。此間，中共廣州師範學院黨委書記陳運森教授、廣州師範學院院長張國揚教授、廣州師範學院科研處處長金佩琬女士、廣州師範學院新聞傳播系應天常副教授，以及中共廣東省委宣傳部部長於幼軍先生，都對本書的出版給予過熱忱關懷和幫助。本書獲得廣東省高等教育廳社會科學出版基金和廣州師範學院社會科學出版基金資助。對所有這些幫助或資助，本人銘記在心，由衷感激。

在本書寫作過程中，作者參考了臺灣新聞史家曾虛白教授、賴光臨教授、李瞻教授的著作。在此，謹向他們表示敬意。

由於本人才疏學淺，本書不足之處尚多。懇請專家不吝賜教，使之日臻完善。

蔡銘澤

1993 年 6 月於北京中國人民大學

1997 年 9 月修訂於廣州桂花崗

臺灣初版後記

　　《中國國民黨黨報歷史研究》（1927～1949）是作者的博士學位論文，寫作於 1990 年至 1993 年之間。因研究對象敏感，經報呈中共中央宣傳部和國家新聞出版總署審核批准，1998 年 9 月由北京團結出版社出版。在此過程中，時任中國書籍出版社副社長章宏偉先生、人民日報資深記者王武錄先生和人民日報副總編輯謝宏先生曾給予熱情幫助。作爲一本學術著作，經過嚴格審核面世，實屬不易。本書題材重大，且耗費作者近十年心血，其價值始終爲學界所認可。

　　現在，臺灣花木蘭文化出版社有意將本書以中文繁體字形式重新出版。機緣難得，二十年心願一朝了卻，作者唯有認眞修訂，精益求精，以期不負平生、不負本書、不負天下厚望於我之師友。

　　隨著電腦技術不斷提升，書稿當初的「軟盤」早已無法複製。爲靜候佳緣，數年前我即請研究生陳敏、王麗、周占輝、張玉敏等同學將書稿重新錄入。此次修訂即以此電子版爲基礎。大量的歷史事件、歷史人物、資料注釋、數字圖表，乃至遣詞造句，均須認眞核對。其工作量之繁複，可想而知。檢校之下，作者對本書之價值與質量仍無愧於心。然而，文章有佳境，可近不可及。書中錯漏之處仍然難免，祈求專家繼續批評指正。

　　中國國民黨和中國共產黨是當代中國最重要的政治力量，它們對民族國家未來的發展均負有重要使命。歷史上，國共兩黨曾兩次互爲「敵」「友」。現在，爲了祖國統一和民族復興，國共兩黨再次攜手合作，實爲中華民族之

大幸。本書再版若能有利於兩岸學術交流，則作者深以爲榮。有鑒於此，敬錄南宋愛國詞人辛棄疾《菩薩蠻・書江西造口壁》如下，以與讀者諸君共享。其詞曰：

鬱孤臺下清江水，中間多少行人淚。西北望長安，可憐無數山。

青山遮不住，畢竟東流去。江晚正愁余，山深聞鷓鴣。

蔡銘澤

2012 年 6 月修訂於廣州松泉居

附錄：本書作者蔡銘澤著述目錄一覽

種類	名　　稱	出版社（刊物）	出版時間	字數
著　作				
1	《中國國民黨黨報歷史研究》	團結出版社	1998.8.	25
2	《中國國民黨黨報歷史研究》	花木蘭文化出版社	2013.9	26
3	《中國新聞事業簡史》	中國人民大學出版社	1995.11	10
4	《新聞學概論新編》	暨南大學出版社	1998.9	27
6	《中國近代史記》（參撰）	湖南人民出版社	1989.8	2
7	《中國革命史》（參撰）	吉林文史出版社	1989.8	2
8	《中華人民共和國實錄》	吉林人民出版社	1992.10	10
9	《新聞傳播學》	暨南大學出版社	2003.9	25
10	《新聞學概論新編》（修訂）	暨南大學出版社	2004.8	27
11	《〈向導〉周報研究》	福建人民出版社	2004.8	15
12	《新聞法規與職業道德教程》	復旦大學出版社	2003.9	5
13	《廣東省社科志・新聞學》	廣東人民出版社	2004.6	3
14	《新聞春秋》論文集（副主編）	四川人民出版社	2003.6	20
15	《新時期廣東報業發展研究》	福建人民出版社	2006.4	30
16	《新聞細語》	南方日報出版社	2007.5	20
17	《新聞傳播學》修訂本	暨南大學出版社	2007.12	30

18	《新聞傳播學》第三版	暨南大學出版社	2010.9	30
19	《興稼細語》	暨南大學出版社	2012.2	20
20	《興稼傳播史論集》	暨南大學出版社	2012.12	34
論　文				
1	鄧中夏和早期工人運動	工人日報	1980.10.19	0.3
2	評陳獨秀的兩篇重要文章	湘潭大學學報	1983.3	0.9
3	向警予研究中的幾個問題	求索雜誌	1985.5	0.5
4	論共產黨在一戰中的策略	湘潭大學學報	1986.4	0.9
5	向導周報幾個問題的辨析	黨史研究資料	1987.5	0.4
6	論陳獨秀右傾錯誤的原因	湘潭大學學報	1987.增刊	1.1
7	評《愛國將領馮玉祥》	民國檔案	1988.2	0.3
8	誰鎖住了真理的聲音？	上海社會科學報	1989.1.19	0.2
9	近代中國農民的歷史變遷	湘潭大學學報	1989.2	0.9
10	論向導周報對一戰的指導	新聞研究資料	1989.6	1.1
11	論向導對革命的理論貢獻	湘潭大學學報	1991.3	0.9
12	向導爲何未刊完農考報告	新聞研究資料	1991.8	0.4
13	報禁解除後的臺灣報界	新聞出版報	1992.2.19	0.3
14	中國國民黨黨報述略	新聞研究資料	1992.3	1.6
15	上海民國日報的法治宣傳	新聞研究資料	1992.9	0.8
16	臺灣「報禁」縱橫談	編輯之友	1992.6	0.7
17	論向導對北伐的指導	向導 70 年文集	1992.7	1.5
18	評《毛澤東的早年和晚年》	中共黨史通訊	1993.4.10	0.1
19	抗戰時期國民黨報的發展	新聞大學	1993.6	1.1
20	論新聞界的反右派鬥爭	新聞研究資料	1993.6	1.1
21	江清批「武訓」	山西發展導報	1993.12.31	0.4
22	論中國國民黨黨報的特色	學人	1994.5	1.8
23	論 30 年代的輿論環境	中國人民大學學報	1994.3	1.2
24	論中國國民黨黨報企業化經營	新聞大學	1994.4	0.6
25	論市場經濟下新聞事業的發展	廣州師院學報	1994.4	1.0

26	國民黨地方黨報的建立和發展	廣州師院學報	1995.1.	1.0
27	論國民黨黨報企業化經營體制	新聞與傳播研究	1995.2	1.2
28	30年代國民黨新聞政策演變	新聞與傳播研究	1996.2.	1.2
29	〈南風窗〉雜誌的精品意識	嶺南新聞探索	1996.3	0.5
30	求眞務實	嶺南新聞探索	1998.1	0.5
31	抗戰時期國民黨人的新聞思想	新聞與傳播研究	1998.3	0.9
32	專制主義政策與新聞自由運動	香港中華書局	1999.9	1.0
33	新聞界的反右派鬥爭及其教訓	新聞大學	2000.春	0.9
34	羊城報業新天地	新聞記者	2000.3	0.6
35	輿論監督「步步高」	新聞記者	2000.6	0.6
36	新聞規避:不可忽視的話題	新聞記者	2000.10	0.6
37	論新聞界的撥亂反正	新聞大學	2001.春	1.2
38	尊重記者的採訪權	南方新聞研究	2001.1	0.3
39	「入世」與新聞教育的關係	嶺南新聞探索	2001.1	0.7
40	把握時代脈搏，描繪南粵新篇	南方新聞研究	2001.3	1.1
41	增進市場意識，改進新聞教育	新聞大學	2001.冬	0.8
42	輿論監督與新聞規避論略	亞洲研究	2001.總39	1.2
43	高歌唱大風	南方新聞研究	2002.3	0.8
44	高度如何決定影響力	南方新聞研究	2002.5	0.6
45	新時期新聞批評的恢復和發展	新聞大學	2002.冬	0.6
46	羊城十日觀報記	中國記者	2003.4	0.3
47	析廣州三大報「非典」報導	新聞大學	2003.夏	0.6
48	新聞：從「批判」到「批評」	新聞春秋	2003.6	1.2
49	廣東報業發展歷程及其特色	新聞與傳播評論	2004.10	1.8
50	風雨現彩虹	嶺南新聞探索	2004.3	0.7
51	增強市場意識，改進新聞教育	蘭州大學出版社	2004.4	1.0
52	新聞改革學術研討會年會總結	新聞春秋	2003.6	0.3
53	《頭版頭條的學問》的序言	南方日報出版社	2003.9	0.7
54	《都市文萃》序言	花城出版社	2003.11	0.5

55	「迷・瘋・靜」－爲學三境界	王永亮《傳媒論典》	2004.1	1.5
56	展現西南出海大通道壯麗畫卷	人民日報出版社	2004.3	0.5
57	新聞彰顯人性美	策劃大道	2004.11	0.5
58	清麗高雅，賞心悅目	策劃大道	2004.11	1.1
59	細微之處見精神	新聞界	2005.2	0.5
60	大人物看小節	新聞愛好者	2005.5	0.5
61	南方日報農業生產責任制報導	暨南學報	2005.2	0.8
62	彰顯人文關懷，構建和諧社會	嶺南新聞探索	2005.3	0.6
63	新聞學科建設要務實、創新	新聞與寫作	2005.11	0.4
64	《老大無悲傷》序言	黑龍江人民出版社	2005.11	0.8
65	刑事案件報導中的人文關懷	新聞天地	2005.11	0.6
66	把春天留住	嶺南新聞探索	2006.1	0.8
67	陳谷書序	南方日報出版社	2006.7	0.4
68	關注・思考・成功	花城出版社	2006.7	0.4
69	南宋理學家蔡元定生平考異	暨南學報	2006.5	1.0
70	新聞信息傳情簡論	嶺南新聞探索	2007.專	0.8
71	好新聞的基本標準淺議	嶺南新聞探索	2007.2	0.6
72	新聞美談	新聞記者	2007.9	0.6
73	新聞美三談	嶺南新聞探索	2007.5	0.6
74	傳播三論	嶺南新聞探索	2008.1	0.6
75	文章天成	嶺南新聞探索	2008.5	0.3
76	新聞信息傳情論	福建師大學報	2009.1	0.8
77	老子傳播思想探析	湖湘論壇	2012.6	1.2
小　品　文				
78	興稼細語小品文近百篇	南方日報、廣州日報、羊城晚報、茂名日報、惠州東江時報、汕尾日報、暨南大學報等	歷年	約20